Hans-Jörg Kühne · Der Pfahlmörder

Ein Serienkiller geht um und Hauptkommissar Kuss tappt vollkommen im Dunklen. Ein Zahnarzt wird auf grausame Weise auf seinem eigenen Behandlungsstuhl gefoltert und hingerichtet, eine Leiche wieder ausgegraben und in einer Kirche ausgestellt – und der Täter mordet weiter.

Dann bekommt Kuss einen Hinweis und plötzlich ergibt sich eine heiße Spur: Der Täter orientiert sich an Ereignissen aus vergangenen Jahrhunderten. So erinnert etwa die exhumierte Leiche an das Schicksal von Papst Formusus, dem man im Jahre 897 den Prozess machte – aber da war er schon lange tot. Der halbverweste Leichnam saß damals in seinen Amtsgewändern auf dem Papstthron, als man ihn schuldig sprach.

Sind aber die Opfer zufällig gewählt? Oder verfolgt der wahnsinnige Täter einen perfiden Plan? Wie soll Kuss dem Mörder auf die Spur kommen? Und vor allem: Wie kann er gestoppt werden?

Wem die Filme von Quentin Tarantino gefallen, der wird an „Der Pfahlmörder“ seine helle Freude haben.

Hans-Jörg Kühne lebt, arbeitet und musiziert in Bielefeld. Er studierte Geschichte, Soziologie und Wirtschaftswissenschaften. Hans-Jörg Kühne verfasste nicht nur diverse Publikationen zur Stadtgeschichte, sondern ist auch als Saxophonist über die regionalen Grenzen hinaus unterwegs.

Hans-Jörg Kühne

Der Pfahlmörder

PENDRAGON

1. Letale Zahnbehandlung

‚Was ist das denn nun wieder für eine ekelhafte Sache?' Hauptkommissar Thomas Kuss tut so, als sei er fürchterlich schlecht drauf. In Wirklichkeit freut er sich, dass die Woche mit einem seltsamen, wenn auch unappetitlichen Fall beginnt. Das langweilige und schreckliche Wochenende ist endlich vorbei. Da hat er die meiste Zeit unter seinem Neonring in der Küche gesessen und durchs Fenster in die Gegend gestarrt und nachgedacht, gegrübelt. Das war nicht besonders prickelnd gewesen. Er hatte sich am Samstag unvorsichtigerweise aus der Apotheke die ‚Apotheken-Umschau' mitgenommen und zu Hause etwas darin gelesen. Und danach hat er fast alle Krankheiten bekommen, die darin besprochen wurden. Seine uneingestandene Hypochondrie bekam überreichlich Futter. Am Sonntagabend war er drauf und dran, sich in die Notaufnahme des Klinikums Mitte zu begeben, um sich selbst einzuweisen. Abgehalten davon hat ihn nur eine Tatort-Folge im Fernsehen. Die war ganz lustig und hatte ihn etwas von seinem Vorhaben abgelenkt.

„Guten Morgen, Herr Kuss!", grüßt ihn sein Assistent Oliver Kirchner.

„Ich hab dir schon tausend Mal gesagt, dass du mich duzen sollst!"

Hauptkommissar Kuss tritt näher an den Behandlungsstuhl heran und sieht sich die ganze Bescherung an.

„Is' ja widerlich! Also wirklich, wenn irgendetwas widerlich ist, dann is' es das hier!"

Im Behandlungsstuhl sitzt, oder besser liegt, Herr Dr. Franz Klagenfurt, Zahnarzt von Beruf. Dr. Klagenfurt lebt nicht mehr. Die Handgelenke sind mit schwarzem Gewebeklebeband an die Lehnen des Stuhls gefesselt. Auch die Beine und Füße sind umwickelt und mit dem Stuhl fest verklebt. Sogar um den Hals ist Klebeband gezogen und mit der Nackenstütze des Behandlungsstuhls fest verbunden.

„Der konnte sich nicht einen Millimeter bewegen. Wie im Kokon eingesponnen!“, sagt Kirchner zu Kuss.

„Was du nicht sagst!“, grunzt dieser und guckt sich das Gesicht von Dr. Klagenfurt an. Oder besser, was einmal sein Gesicht war. Der Mund ist mit einer chirurgischen Klammer weit aufgespannt und im Mundwinkel hängt der Speichelsauger, der auf Hochtouren läuft. Drinnen sieht es teuflisch aus. Es fehlen sämtliche Zähne. Ein Stück Gaumen ist verschwunden und es riecht nach verbranntem Fleisch. Das riecht nicht nach lecker Bratwurst vom Grill, sondern ganz anders.

„Was war hier los?“, fragt Kuss seinen alten Kumpel Dr. Heinrich Skrzybinski von der Gerichtsmedizin.

„Komische Sache. Dem Mann hier im Stuhl sind erst sämtliche Zähne und dann auch noch der halbe Gaumen rausgerissen worden. Und dann hat jemand die große Wunde mit irgendetwas Glühendem, einem Metallstück, ausgebrannt. Das Ganze ohne Betäubung. Diese unfassbare Tortur hat unser Patient nicht überlebt, wie man sieht. Ist wahrscheinlich am Schock, an Kreislaufversagen, gestorben. Mehr kannst du morgen erfahren!“

„Wann is' er entdeckt worden? Und von wem?“, fragt Kuss seinen Assistenten.

„Von einer der Sprechstundenhilfen, Frau Pankoke. Die kam heute Morgen um sieben Uhr in die Praxis. Sie sei immer die Erste, wie sie sagt.“

„Wo ist sie?“

„Sitzt im Wartezimmer. Hat ganz geistesgegenwärtig sofort alle Termine abgesagt. Vorher hat sie uns allerdings angerufen.“

„Ist ja toll!“, sagt Kuss.

Beide gehen nach nebenan ins Wartezimmer, wo Frau Pankoke einsam auf einem Stuhl sitzt und in einer Illustrierten blättert. Sie ist mittleren Alters und sieht resolut aus. Und sie hat gar keinen weißen Kittel an. Darum wirkt sie wie eine Patientin, die darauf wartet, zu Dr. Klagenfurt hereingerufen zu werden. Kuss begrüßt sie freundlich. Frau Pankoke macht keinen besonders schockierten Eindruck.

„Bitte erzählen Sie mir noch einmal, wie Sie die Leiche von Dr. Klagenfurt entdeckt haben!“, fordert Thomas Kuss sie auf.

„Das hab ich nun schon drei- oder viermal gemacht. Auch Ihrem Kollegen hier, dem netten Herrn Kirchner, hab ichs schon erzählt“, beschwert sich Frau Pankoke.

„Der soll nett sein?“, Kuss tut erstaunt und wendet sich zu seinem Assistenten. „Da hast du dich wohl mächtig ins Zeug gelegt, was?“ Kirchner grinst. Dann dreht sich Kuss zu Frau Pankoke um: „Erzählen Sie mir bitte alles noch einmal! Ich bin nämlich der Wichtigste hier in diesen Räumen!“

„Na, wenn das soooo ist!“, sagt Frau Pankoke und beweist damit, dass sie über Humor verfügt. „Ich komm also heute Morgen, wie übrigens jeden Morgen, um Punkt sieben Uhr in die Praxis. Da ist meist noch niemand da, die drei Kolleginnen nicht und der Doktor auch noch nicht. Ist mein Job, hat sich im Laufe der Zeit so eingespielt. Ich schließe alles auf, mache Licht, schalte die PCs und die Behandlungsstühle ein und koche Kaffee. Bis kurz vor acht kleckern dann die anderen ein. Der Letzte ist meistens Dr. Klagenfurt. Und dann gehts los. Die ersten am Montagmorgen sind in aller Regel die Schmerzpatienten …“

„Und heute muss doch irgendwie alles ganz anders gewesen sein, oder?“

„Na ja, sicher! Die Tür war zwar abgeschlossen, aber hier in der Praxis alles hell erleuchtet. Ich dachte zuerst, dass eine meiner Kolleginnen aus irgendeinem unerfindlichen Grund es so früh geschafft hätte, hier zu erscheinen. Das kommt tatsächlich manchmal vor. Zwar ganz selten, aber es kommt vor.“

„Okay, in Ordnung. Und wie fanden Sie dann Ihren Chef?“

„Nun, ich fand ihn immer ziemlich streng. Irgendwie alte Schule …“

Kirchner lacht etwas schrill und leicht hysterisch auf. Kuss murrt: „Auch noch lustig, was? Legen Sie sich nicht mit der Staatsgewalt an!"

„Nun seien Sie mal nicht gleich so, Herr Kommissar!", sagt Frau Pankoke.

Kuss grummelt. „Hauptkommissar! … Weiter im Text!", sagt er nur.

„Also, ich wunderte mich, dass hier alles hell erleuchtet war und rufe laut: ‚Schon jemand da?' oder so. Es meldete sich aber niemand. Ich hörte aber, dass im ersten Behandlungsraum der Speichelabsauger lief. Das rauscht ja so laut. Daraufhin bin ich dort hinein und dachte noch, wahrscheinlich ist Dr. Klagenfurt schon da, hat ganz früh einen Schmerzpatienten reingenommen. Aber ohne Stuhlassistenz? Na, und dann machte ich die Tür auf und sah die Bescherung. Da lag er. Regungslos. Ich habs zunächst gar nicht begriffen. Dachte, das sei ein Patient. Dann sah ich, dass es Dr. Klagenfurt war, mit der chirurgischen Klammer im Mund. Ich wollte ihn losmachen, merkte aber sehr schnell, dass er bereits tot war. Dann habe ich nichts weiter berührt und die Polizei gerufen. Aus den vielen Krimis, die ich schon gesehen und gelesen habe, weiß ich, dass man nichts anfassen soll, damit die Spurensicherung noch was Brauchbares findet."

„Haben Sie gut gemacht!", lobt Kuss. „Sagen Sie mir bitte, ob Sie etwas über persönliche Feinde Ihres Chefs wissen. Das war ja nun kein schöner Tod, den Dr. Klagenfurt gehabt hat! Vielleicht hat sich jemand auf diese Weise an ihm gerächt."

„Wie ich schon sagte, Dr. Klagenfurt war streng, nicht immer ganz gerecht. Eher selbstgerecht. Meines Wissens waren die Patienten aber ganz zufrieden mit ihm. Was privat so gelaufen ist, da weiß ich nichts. Hab aber nie etwas Nachteiliges gehört!"

„Na, denken Sie doch noch mal nach! Irgendwas, das vielleicht erst vor kurzem passiert ist. Vielleicht die missglückte

Behandlung eines Patienten. Zu teuer, zu umfangreich, zu schlecht, was weiß ich. Vielleicht auch ein verärgerter Kassenpatient, der sich über die Zweiklassenmedizin aufregt!"

Kuss hat einen Scherz gemacht, den er selbst gelungen findet und lacht, wobei er abwechselnd Kirchner und Frau Pankoke anschaut, um sie zum Mitlachen zu animieren. Die finden es aber erstaunlicherweise gar nicht richtig lustig.

„Also wissen Sie", sagt Frau Pankoke, „außer, dass Dr. Klagenfurt ein Zahnarzt vom alten Schlag war, so einer, der etwas rabiater und ohne Betäubung behandelt, wenns nicht unbedingt notwendig ist, ist mir nichts bekannt. Seinen Zahnersatz und andere handwerkliche Dinge hat er immer gut gemacht. Deshalb hatte er auch viele Patienten. Aber meist nur Erwachsene. Mit Kindern konnte er nicht so gut umgehen. Diesen Eindruck hatte ich zumindest. Vielleicht hat er von sich selbst ja was anderes gedacht."

„Sie sind nicht besonders traurig über das Ableben Ihres Chefs, oder?", fragt Kirchner.

„Ach, was heißt schon traurig? Dr. Klagenfurt war schon sehr humorlos. Aber auch korrekt. Das Traurigste für mich ist der Verlust des Arbeitsplatzes. Ich weiß nicht, ob ich in meinem Alter noch einmal einen neuen bekomme. Sind ja schwierige Zeiten geworden!"

Kirchner und Kuss tun so, als verstünden sie das und nicken mit dem Kopf. Sie versuchen, gute Menschen zu sein.

Kurz danach stehen beide im Flur der Praxis und geben sich größte Mühe nachzudenken. Wollen schlaue Kriminaler sein.

„Verdammt!", sagt Kuss. „Wie lange ist der Zahnarzt denn überhaupt gefoltert worden? Haben sie ihm heute Morgen erst den Gaumen rausgerissen oder schon gestern oder vorgestern? Wie lange ist der denn schon hier?"

„Wir sollten noch mal Skrzybinski interviewen!", sagt Kirchner.

„Sollten wir!", sagt Kuss.

Dr. Heinrich Skrzybinski will gerade verschwinden. Kuss hält ihn auf und fragt.

„Wie es aussieht, ist der Tod vielleicht in der vergangenen Nacht eingetreten. Aber das Opfer ist bestimmt schon länger hier. Der musste hier seine großen und mehrere kleine Geschäfte direkt in die Hose verrichten, wenn ihr versteht, was ich damit meine", antwortet der Gerichtsmediziner und fügt rasch hinzu, dass das aber nicht unbedingt ein Indiz für den Zeitraum sei, denn bei Todesangst ginge natürlich schnell mal was in die Hose.

„Klebt der Mann vielleicht schon seit Freitag in seinem Behandlungsstuhl fest, als die Praxis fürs Wochenende schloss?"

„Durchaus möglich. Aber, wie gesagt, Näheres erfahrt ihr, wenn ich ihn auseinandergeschnippelt habe!"

„Is' ja gut!", sagt Kuss und schimpft innerlich vor sich hin. Diese Heinis haben alle zu viele Krimis gesehen, in denen missgelaunte Pathologen auftreten. Das finden sie cool und machen ihre Vorbilder jetzt nach. Die schlechte Laune scheint dabei das konstitutive Element zu sein. Die sollten alle nicht so viel Fernsehen glotzen.

„Hör mal, Kirchner", wendet sich Kuss an seinen Kollegen und Untergebenen, „stell dir vor, der hat möglicherweise das ganze Wochenende im Stuhl verbracht, und keiner hat ihn vermisst! Ist doch merkwürdig, oder?"

„Offenbar nicht einmal seine Frau. Denn die hätte sich doch bestimmt bei den Kollegen gemeldet!"

„Mein Gott, Kirchner, deine Kombinationsgabe möchte ich haben! Du bist so schlau!", sagt Kuss. „Komm, wir fahren jetzt zu seiner Frau und überbringen ihr die schlechte Nachricht. Das heißt, du machst das. Ich stehe im Hintergrund und stelle deine Fortschritte im Umgang mit Menschen in Extremsituationen fest."

„Immer ich! Das ist gemein, Herr Kuss."

„Klappe! Du bist noch jung, hast das ganze Leben noch vor dir. Da hat der Umgang mit Todesbotschaften noch etwas Romantisches. Wenn die Einschläge näher kommen, wie bei mir, sieht das Ganze schon verdammt real aus. Deshalb muss ich geschont werden!"

„Aber mir geht das auch nah!", mault Kirchner.

„Ach, auf einmal?", fragt Kuss.

2. Bei Reichermanns

Thomas Kuss und Oliver Kirchner sitzen in ihrem großen, schwarzen Dienst-VW und fahren gen Westen, dorthin, wo die Reichen, Schönen und Berühmten der Stadt wohnen. Es wird ruhig, baumbestanden, schattig und auch ein wenig stereotyp. Alte, gut gekleidete Damen führen seltsame Hunde aus. Struppige, verwöhnte kleine Viecher, die offenbar ihre bedingungslose Liebe genießen.

„Unfassbar“, sagt Kuss zu Kirchner, „das sieht hier ja aus wie in einer Fernsehserie, die bei ‚besseren‘ Leuten spielt. Als würden wir hier durch die Kulissen fahren“.

Kirchner sagt nichts. Er muss, wie immer, fahren und sich voll auf den Verkehr konzentrieren. Zwar ist der hier im Grunde so gut wie nicht vorhanden, aber Kirchner ist ein schlechter Fahrer. Schon ein sich auf der Gegenfahrbahn näherndes Auto kann ihn aus dem Konzept bringen.

Bockend und stotternd nähern sie sich der Adresse von Dr. Klagenfurt. Durch ein großes Gittertor biegen sie in eine Einfahrt, die im Kreis um einen Vorgarten führt, der so groß wie ein Fußballfeld ist. Die Villa befindet sich an der Stelle, wo das Gegentor stehen würde und hat die Ausmaße eines mehrstöckigen Sozialbaus, nur viel schöner.

„Donnerwetter! Kann man mit Zahnklempnerei so viel Kohle verdienen? Ich hätte auf meine Mutter hören sollen. Die hat immer gesagt, werd’ Arzt, mein Sohn! Am besten Zahnarzt. Dann hast du immer was zu beißen! Haha, Kalauer, Kirchner!“

Kuss haut Kirchner auf die Schulter. Der zuckt zusammen ob der plumpen Vertraulichkeit seines Vorgesetzten und würgt dabei aus Versehen den Motor ab. Während er ihn neu startet, auf halber Strecke zum Wohnhaus, berichtet er:

„Klagenfurts Frau war Teilhaberin von Render-Enterprises. Die wurden vor ein paar Jahren an eine britische Firmengruppe verkauft. Irina Klagenfurt ist damals mit 43 Millionen Euro abgefunden worden. Das stand übrigens alles in der Zeitung, Herr Kuss!"

„Ach, tatsächlich? Na, muss ich wohl übersehen haben. War mir nicht so wichtig, wer wie viel Geld hat. Sofern ichs nich' hab! Haha! Mann, ich bin heute irgendwie richtig lustig, oder?"

„Ja, ja!", antwortet Kirchner und wundert sich, was an diesem Montag in Kuss gefahren ist. Hat der etwa 'ne neue Freundin? Kann doch gar nicht sein!

Es ist wirklich alles wie im Film, wie in einem B-Movie. Kaum sind Kuss und Kirchner in ihren langweiligen und billigen Straßenklamotten aus dem Auto gestiegen, stürmen zwei Rottweiler um eine Ecke. Sie bellen gar nicht erst, sondern knurren laut und gefährlich, sind kurz vorm Schnappen. Und kommen immer näher. Kuss meint, ihren stinkenden Atem schon riechen zu können und zieht sofort seine Dienstwaffe, lädt durch, entsichert, legt an. Kirchner hat seine Pfefferspraydose in der Hand und die Hosen voll.

‚Sieht ja geradezu niedlich aus, irgendwie bemitleidenswert', denkt Kuss, ‚Olli, das Schäfchen.'

Es ertönt ein schriller Pfiff, irgendein Kommando. Die Hunde stoppen sofort ihren Lauf, halten an, knurren nur noch leise. Gegeben hat die Kommandos eine Frau, die im Türrahmen des Anwesens steht. Sie ist vielleicht Anfang 30, groß, schlank, lange blonde Haare, ein wahrer Männertraum.

„Um Gottes Willän, schießen Siä nicht auf die arrrrrmen Tierrrä!", ruft sie. Man hört deutlich ihren osteuropäischen Zungenschlag.

„Du glaubst es nicht!", knurrt Kuss leise zu Kirchner rüber, „Frau Dr. kommt aus Russland. Da passt ja wirklich alles zusammen. Kannst dich schon mal umsehen, wo die versteckte Kamera ist!"

Kirchner zittern die Hände. Er steckt sein Pfefferspray weg und atmet durch. Er hatte sich schon von den Hunden zerfleischt gesehen.

„Frau Klagenfurt?“, fragt Kirchner die Frau im Türrahmen.

„Ja, das bin ich!“, sagt diese leicht entrüstet, „Sie hättenn fast meinä liäben Hunde umgäbrrrracht!“

„Wenn Sie solche Killermaschinen herumlaufen lassen, haben wir sogar die Berechtigung dazu, solch gemeingefährliche Tölen zu töten!“, schimpft Kuss zurück.

„Wir sind nämlich von der Polizei“, ergänzt Kirchner mit Stolz in der Stimme und zückt seinen Ausweis. „Mordkommission“.

Kuss verdreht die Augen. Wie feinfühlig! Der lernts nie! Sollte doch die Todesbotschaft, die Trauernachricht schonend überbringen und stellt sich mit der Information ‚Mordkommission‘ vor.

„Was wollen Sie, um Himmäääls Willen? Mordkommission? Werr ist ermordet worden? Waaas ist passiert?“

„Äh, Ihr Mann, Frau Klagenfurt! … Also, der ist tot! Er wurde heute Morgen in seiner Praxis aufgefunden. Schrecklich zugerichtet …ähem, ja.“

„Halt endlich die Klappe, Kirchner!“, zischt Kuss und drängt sich dazwischen. Wie kann man nur so dämlich sein!

„Ja, Frau Klagenfurt!“, sagt Kuss mit künstlich betretener Stimme. „Das stimmt leider. Ihr Mann wurde offenbar ermordet. Und wir müssen Ihnen nun einige Fragen stellen. Das heißt natürlich, nur wenn es geht.“

Während Kuss das sagt, gleitet sein Blick zu einem riesigen Garagentor, etwa 50 Meter neben dem Haupteingang der Villa. Davor stehen ein Ferrari Testarossa und ein eiergelber Porsche 911 Carrera einer älteren Bauart. Ein echtes Sammlerstück, das sieht Kuss sofort. Da weiß er Bescheid. Dass es sich überdies um ein Coupé handelt, macht den Wagen noch teurer.

Er und Kirchner gehen die Stufen hoch und stehen jetzt vor der Dame des Hauses. Frau Klagenfurt erweckt den Eindruck, als sei sie wie vom Donner gerührt. Aber sie tut nur so. Thomas Kuss erkennt so etwas. Und dass sie eine ganz passable Schauspielerin ist. Aber um das alte Frontschwein Kuss reinzulegen, dafür reichts noch nicht. Frau Klagenfurt weicht zurück, verbirgt ihr Gesicht in den Händen, tut so, als weine sie und stolpert über einen Riesenteppich auf eine Sitzgarnitur in der sich hinter ihr auftuenden Empfangshalle zu. Die ist so groß wie ein Flugzeughangar und ebenso geschmacklos eingerichtet. Sie lässt sich fallen und schluchzt nun ganz herzzerreißend. Oliver Kirchner verspürt den Drang, die Frau hilfreich tröstend in die Arme zu nehmen. Kuss verspürt das auch, ruft sich aber selbst zur Ordnung, weil er die unkeuschen Anteile solcher Gedanken kennt.

„Oh nein, ich glaubä äs nicht! Wer tut denn so was? Hat Franz doch niemals Feindä gehabt!"

Kirchner und Kuss marschieren hinter der Trauernden her zur Mitte des Saales, wo sich Sitzgelegenheiten befinden. Sie lassen sich gegenüber von Frau Klagenfurt in ockerfarbene Ledersessel fallen, die ganz eckig aussehen und irgendwie unbequem sind. Als sich die Trauernde etwas beruhigt hat und mit leicht verheulten Augen aufblickt, würde Kuss ihr am liebsten ein Kompliment bezüglich ihrer exzellenten Schauspielkunst machen. ‚Was ist das nur für ein Schmierentheater?', denkt er. Dann stellt er die erste Frage: „Wann haben Sie Ihren Mann zum letzten Mal gesehen, Frau Klagenfurt? Nach unserer Einschätzung dürfte er das ganze Wochenende über nicht zu Hause gewesen sein. Haben Sie ihn denn nicht vermisst? Warum haben Sie uns nicht benachrichtigt?"

„Abärrr, Frrranz war doch auf einem Lehrgang! Hat er gesagt, er muss nach Bad Reichenhall zur Fortbildung! Ganzes Wochenende lang. Hat ärrr mich auch angerufen von dorrt. Auf Handy!"

Kuss guckt Kirchner an. Beide verdrehen die Augen. Wie dämlich kann eine allein eigentlich sein?

„Also, wir haben Ihren Mann in seiner Praxis hier in der Stadt aufgefunden. Und es sieht so aus, als habe er sich dort das ganze Wochenende lang aufgehalten!", sagt Kirchner.

„Drrrei Tagä in der Prrraxis? Was macht Frrranz drrei Tagä in seiner Prrrraxis? Übärrs Wochenendä! Gibt doch keinen Sinn! Waaaas ist passiert?"

„Nun, es scheint so, als hätten der oder die Täter Ihren Mann dort über das Wochenende festgehalten und schließlich umgebracht", sagt Kuss.

„Waas macht in Praxis? Warrum fästgehalten? Ich verrrstehä nicht!"

„Herr Dr. Franz Klagenfurt ist anscheinend gefoltert worden. Von jemandem, der ihn wirklich nicht mochte, ihn hasste. Oder der etwas erpressen wollte. Oder der sich für etwas Bestimmtes rächte. Deshalb noch mal meine Frage an Sie: Bitte denken Sie noch einmal ganz genau nach. Kennen Sie vielleicht doch Feinde Ihres Mannes?"

Frau Klagenfurt verneint und beginnt, laut und theatralisch zu heulen. Kuss meint, in dieser Phase doch so etwas wie leichte Beunruhigung in der Heul- und Zeterorgie, zu der sich Frau Klagenfurt nun steigert, zu hören.

Das Gejammer will nicht enden. Es hat keinen Zweck mehr, weiter zu fragen. Kirchner und Kuss stehen auf, verabschieden sich, kündigen aber noch weitere Besuche an, um den Fall zu klären und Frau Klagenfurt zu informieren.

Als die beiden Polizisten ihren Mittelklasse-Dienst-VW besteigen, bemerkt Kuss, dass der Ferrari in der Zwischenzeit verschwunden ist. Wer fährt so eine Kiste? Das Hauspersonal der Klagenfurts? Wohl kaum. Außer die sind selbst recht liquide. Das kann sich Kuss aber nicht vorstellen. Was er sich aber vorstellen kann, ist, dass Frau Klagenfurt Besuch gehabt hat, der sich nach dem Eintreffen der Polizei geflissentlich davonmachte. Vielleicht aus Rücksicht, vielleicht aber auch aus anderen Gründen. Kuss nimmt sich vor, die rote Riesenkarre und ihren Besitzer ausfindig zu machen. Kann ja nicht so schwer sein. An das Kennzeichen kann er sich leider nicht erinnern, obwohl das Registrieren und Merken solcher Dinge zu den Grundlagen polizeilicher Ausbildung gehört. Das war aber auch auf die Entfernung nur schlecht erkennbar gewesen. Verdammte Eitelkeit, denkt sich Kuss. Und dass er unbedingt eine Brille braucht, die er dann aber auch aufsetzen muss!

Kirchner stockt und bockt den Dienstwagen so schnell es geht Richtung Polizeipräsidium. Es geht auf Mittag zu und die Kantine lockt mit ihren Köstlichkeiten. Heute gibt es Königsberger Klopse, die er sich auf gar keinen Fall entgehen lassen will. Es ist eines der wenigen Gerichte, die, so Kirchners Meinung, die Catering-Firma einigermaßen hinbekommt. Sonst gibts immer nur Matsche-Patsche und Nährschlamm. Er grinst in sich hinein. Wo hat er das denn noch mal gelesen? Matsche-Patsche und Nährschlamm? Ach ja, Fleisch ist mein Gemüse von Heinz Strunk! Lustiges Buch, das.

„Herrgott, Kirchner, bleib ruhig! Du fährst ja schon fast 50! Die verdammten Klopse laufen dir schon nicht weg! Und überhaupt – ist das etwa der Höhepunkt deiner Woche? Königsberger Klopse in einer der schlechtesten Polizei-Kantinen weltweit? Am Montag? Mit Industrie-Apfelmus als Nachtisch? Diese schleimige Masse, ohne Apfelstückchen? Diese Beleidigung des Gaumens? Würde mich nicht wundern, wenn die in das Apfelmus auch noch Gammelfleisch reinmöllern! Mann, bist du genügsam! Hast du eigentlich keine Freundin?“

Kirchner sagt nichts, sondern konzentriert sich voll und ganz auf den Verkehr.

3. Die Hexe im Schloss

Kuss hat sich entschlossen, heute auch einmal die Königsberger Klopse zu essen, von denen sein Assistent so schwärmt. Tatsächlich schmecken sie sogar ganz passabel. Anschließend gibt es tatsächlich kleingemöllerte Äpfel, die so fein geschrotet sind, dass das Apfelmus fast schon eine graue Farbe angenommen hat.

„Ist alles drin!“, meckert Kuss. „Kerngehäuse, Kerne, Apfelstrunk, Schale und ’n ganz bisschen Fruchtfleisch. Kommt in die große Mühle, Geschmacksstoff hinterher und etwas graue Farbe. Und danach in der Polizeikantine auf ’n Tisch!“

Kirchner trinkt zum Essen ein großes Glas Cola. Die ist eiskalt und verträgt sich gar nicht mit dem einigermaßen heißen Essen. Aber Kirchner liebt den Kick, wenn es in seiner Brust ganz eng und kalt wird, bevor das Getränk den Magen erreicht.

Thomas Kuss lässt seinen Blick in der Kantine über die Kolleginnen und Kollegen schweifen. Darunter sind eine ganze Reihe hübscher Polizeischülerinnen.

„Wann kriegen wir denn mal so eine Polizeischülerin zugeteilt?“, fragt Kuss seinen Assistenten. „Ich habe den Eindruck, dass die uns immer übergehen. Dabei sind wir doch ’ne wichtige Abteilung!“

„Ist doch ein offenes Geheimnis, dass es die Sitte immer wieder schafft, die schönsten Anwärterinnen ewig lange durch die eigenen Abteilungen laufen zu lassen. Simsek hat da ein gutes Händchen. Wir gehen immer leer aus!“, schimpft Oliver Kirchner.

Simsek ist der Chef der Sitte und Kuss und Kirchners verhasstester Kollege im gesamten Präsidium.

Auf dem Rückweg zum Büro treffen beide auf Ilanka, die montenegrinische Putzfrau, die für die Etage zuständig ist, auf der Kuss und Kirchner ihr Büro haben. Dabei spricht Kuss mit ihr immer ein paar Worte. ‚Morgen', ‚Guten Tag' und ‚Tschüss! Schönes Wochenende!'. Aber eben nichts Persönliches. Dabei findet Kuss Ilanka irgendwie ziemlich gut.

Dann sitzen beide wieder auf ihren teuren, ergonomisch ausgefeilten Bürostühlen, trinken Kaffee und Tee und verlängern die Mittagspause. Kuss fühlt sich wohl, die Königsberger Klopse liegen nicht allzu schwer im Magen. Er holt eine seiner Schweizer 400-Gramm-Schokoladen aus dem einzigen abschließbaren Fach seines Schreibtisches und bietet Kirchner eines der mächtigen dreieckigen Stücke an. Dann bricht er sich auch eines ab und steckt es in den Mund.

„Gibt auf der Welt nichts Besseres als diese Schoggi!", sagt er zu Kirchner. „Du musst das dicke Stück lutschen wie ein Bonbon, dann erst zerbeißen!"

„Geht in Ordnung!", sagt Kirchner und lutscht erst mal ein bisschen.

„Is' schon 'ne feine Sache!", erwidert Kuss.

„Aber hallo!", sagt Kirchner.

„Hör mal, Kirchner, was machst du eigentlich so in deiner Freizeit? Nicht, dass mich das auch nur im Entferntesten interessieren würde, aber trotzdem frage ich mich manchmal, ob du so etwas wie ein Privatleben hast."

Kirchner ist ein wenig verärgert über diese Ansprache. Das fragt ausgerechnet jemand, über dessen Privatleben man im Präsidium erst recht nichts weiß. Deshalb sagt er erst mal nichts und trinkt seinen Tee. Kaffee verträgt er nicht gut. Davon kriegt er immer Durchfall.

Es klopft an der Tür. Bevor einer von beiden ‚herein' sagen kann, wird die Tür aufgerissen und Friedhelm Böse wuchtet seinen gewaltigen, schweren Leib in den Raum. Er pfeffert Kuss ein paar Umschläge auf den Tisch.

„Hi Thomas! Hi Olli!", sagt er und verschwindet wieder.

„Ich frage mich immer, wie viel Friedhelm wohl draufhat. Was meinst du?", fragt Kuss.

„Keine Ahnung! Aber es is' wirklich nich' wenig. Bewegt sich aber wie 'ne Gazelle!"

„Finde ich auch! Wie 'ne Gazelle! Hätte ich nicht besser ausdrücken können", sagt Kuss und geht die Post durch. Montags dauert das Sortieren der Post und die Verteilung immer bis zum frühen Nachmittag. Keiner weiß, warum. Kuss wirft drei der sechs Briefe Kirchner zu.

„Drei für dich, drei für mich", sagt er und reißt den ersten Umschlag auf. Das Schreiben darin klärt darüber auf, dass die Fußballer des hiesigen ‚Polizeisportvereins', des PSV, zu einem Freundschaftsspiel gegen eine Auswahl von Soldaten der British Army am kommenden Sonntag antreten. Um zahlreiches Erscheinen wird gebeten, damit die Ränge voll werden. Die Eintrittsgelder würden einem Kinderkrankenhaus gespendet.

Dann macht Kuss einen großen braunen A 4-Umschlag ohne Absender auf, der ganz dünn und leicht ist. Sein Name und die Anschrift der Polizei sind mit einem Laserdrucker aufgedruckt. Im Umschlag befindet sich lediglich ein Flyer, ein Faltblatt. Thomas Kuss klappt es auseinander. Es ist ein prächtiges Foto von einer noch prächtigeren Schlossanlage zu sehen. In dicken, goldenen Lettern verkündet der Prospekt, um was es hier geht: ‚Château de Versailles'. Daneben befindet sich ein goldenes Gesicht, umgeben von einem Strahlenkranz. Das soll offenbar die Sonne darstellen. Kuss wendet den Flyer hin und her, schüttelt den Umschlag, sucht nach einem Brief. Doch den gibt es nicht. Nur den Prospekt, der in mehreren Sprachen über die Sehenswürdigkeiten in und um das Schloss Versailles berichtet. Deutsch ist nicht unter den aufgeführten Sprachen, dafür aber ostasiatische Schriftzeichen. ‚Deutsche besuchen wohl Versailles nicht', denkt sich Kuss. Er wirft den Flyer zu seinem Kollegen hinüber.

„Was hältst du davon? Irgendjemand möchte offenbar, dass wir nach Versailles fahren!"

Kirchner blättert in dem Prospekt herum und wundert sich ebenfalls.

„Kein Schreiben, nichts dergleichen?"

„Gar nichts!"

„Hat das jetzt mit irgendeinem Fall von uns zu tun? Sagt uns damit jemand etwas?"

„Wenns so wäre, dann haben wir jetzt 'ne Menge unserer eigenen Fingerabdrücke auf dem Blatt hinterlassen!"

„Hast Recht! Autsch. Sollen wir das Blatt trotzdem zur Spurensicherung geben?"

„Erst untersuchen wir selbst den Flyer. Zieh dir mal die Chirurgenhandschuhe an!"

Kirchner schmeißt ihm ein Paar der hautfarbenen Gummidinger rüber und zieht selbst welche an.

„Tja, Herr Kuss, das ist man nur so ein Werbedingens. Wie toll es in Versailles ist, was man dort alles bewundern kann. Wie man mit welcher Metro, mit der Bahn oder dem Auto dorthin gelangt. Und, dass alles, was man dort sehen kann, überaus einzigartig ist!"

Kuss' Telefon klingelt. Er meldet sich, bekommt Informationen, schreibt sich etwas auf.

„Los Kirchner, es geht weiter. Ich habe gerade die Namen der drei Besitzer eines Ferrari Testarossa in unserer Stadt bekommen. Die klappern wir jetzt ab. Vor Klagenfurts Villa stand einer davon herum. Als wir Frau Klagenfurt verließen, war er verschwunden. Irgendeiner ist damit getürmt. Hast du gar nicht gemerkt, was? Kirchner, Kirchner, was soll aus dir bloß noch einmal werden? Du taugst ja nur zum Klopse-Essen!"

Kirchner ist jetzt noch beleidigter, steht grummelnd auf, nimmt sich seine Jacke vom Haken, trinkt noch einen Schluck Tee und folgt Kuss. Bevor es losgeht, will er aber noch einmal auf die Toilette. Wer weiß, ob er bei den weiteren Ermittlungen noch Gelegenheit hat, aufs Klo zu gehen. Kuss zieht die Augenbrauen genervt hoch.

„Gib mir mal den Flyer. Den bring ich in der Zwischenzeit zur Spusi!“

Kurze Zeit später sitzen beide wieder im Dienstwagen, Kirchner am Steuer, Kuss daneben.

„Ich bin einfach zu nervös fürs Autofahren“, verkündet Kuss immer wieder, „außerdem sieht das gut aus, wenn ich als Ranghöchster und Dienstältester gefahren werde!“

Es geht nach Sennestadt. Auch da wohnen reiche Menschen.

„Unser erster Kandidat ist ein gewisser Dr. Ribbeck. Hmm, der Name erinnert mich an ein Gedicht, das ich in der Schule mal auswendig lernen musste. Irgendwas mit Birnen oder so, ... Und der fährt so eine teure Karre? Wirkt unseriös. ... Wir müssen in die Reichowstraße, nächste links!“

„Wissen Sie, woher der Name Reichowstraße kommt?“, fragt Kirchner. Er will mit seinem Wissen prahlen und Kuss zeigen, was er historisch so alles draufhat. Kuss stöhnt.

„Nein, weiß ich nicht! Aber du wirst es mir mit Sicherheit jetzt erklären. Ich bitte um möglichst ausführliche Erläuterungen!“

„Damit kann ich dienen!“, sagt Kirchner und freut sich, dass einer sein Wissen abruft. „Hans Bernhard Reichow ist, oder besser war, ein Architekt aus Hamburg. Hat Anfang der 1950er Jahre den Auftrag bekommen, südlich von Bielefeld, im damaligen Landkreis, eine Trabantenstadt zu entwerfen. Für Flüchtlinge, Vertriebene und so. Sollte nach modernsten Gesichtspunkten entstehen. Herausgekommen ist Sennestadt!“

„Toll, Kirchner! Was du so alles weißt! Bist ’n echter Klugscheißer. Und wo hat der tolle Architekt gelebt? Bestimmt nicht in so einer Siedlung! Der hat sich von der ganzen Kohle wahrscheinlich einen schönen Hamburger Altbau oder ’ne Villa mit Blick auf die Elbe gekauft und restauriert. Und darin Rotwein getrunken und sich als Kenner aufgespielt.“

„Ich glaube, auf Pasta und Rotwein standen die Reichen damals noch nicht so! War noch nicht modern. Ich meine auch, man trank damals eher so Dujardin oder Asbach Uralt. Und gegessen hat man schwer und fett. Waren eben die Fuffzigerjahre!“

„Kirchner, geh mir nicht auf die Nerven! Ich kann Widerworte nicht ausstehen!“

Kirchner muss anhalten und im Stadtplan nachsehen, wo er hinfahren muss. Kuss stänkert, ob er, Kirchner, nicht fähig sei, das Navigationsgerät in Gang zu setzen.

„Ach, das finden wir auch so“, wiegelt Kirchner genervt ab. „Das ist doch lächerlich! Ich schalte doch nicht im Stadtbereich das Navi ein!“

„Ja, und warum nicht? Siehst doch, dass wirs nicht finden!“

Sie fahren noch ein wenig durch die Gegend, biegen hier und dort ab und verfransen sich immer mehr. Die Umgebung wird schöner und waldreicher. Man hat die Bauten aus den 50er- und 60er Jahren hinter sich gelassen und ist jetzt da, wo es überaus angenehm wird. Der Baumbestand ist knorrig und eigentlich sinds nur Nadelbäume.

‚In dem verdammten Sand wächst ja sonst nichts Vernünftiges!‘, denkt sich Kuss.

Oliver Kirchner lenkt den Dienstwagen vor die zweite Villa an diesem Tag. Es ist ein ebenso großes Haus mit ebenso großem Vorgarten wie dem der Klagenfurts. Nur ist alles noch geschmackloser. Gelber Klinker verblendet die großflächigen Mauern des Anwesens. Braun eingetönte Fensterfronten lassen die erdrückende Spießigkeit der 70er Jahre erahnen. Als Kuss das sieht, bekommt er schlechte Laune.

Wenn das drinnen auch so grausam aussieht wie draußen, dann gute Nacht, Marie! Er wundert sich selbst, wie er auf den Spruch ‚Gute Nacht, Marie!‘ kommt. Ist doch seit Ewigkeiten nicht mehr im Schwange. Das hat er zum letzten Mal in einem Fernsehfilm der ARD über die Wannsee-Konferenz gehört. Und das ist auch schon Jahre her.

Kirchner und er zücken ihre Ausweise und bauen sich vor der Haustür aus braunem Messing auf. Kirchner drückt auf den Klingelknopf. ‚Ding-dong-dang' macht es wohlklingend irgendwo im Haus.

‚Auch das noch', stöhnt Kuss innerlich auf.

„Schätze, wir sind in einem ‚Time-Tunnel' gelandet, Kirchner! Gleich macht uns John Travolta auf und bietet uns ein Glas Persiko an!"

Kirchner grinst und tut so, als verstünde er den Scherz. In Wirklichkeit weiß er nicht, von was Kuss da redet. ‚Time Tunnel'! Was bedeutet das? Und wieso sollte John Travolta Persiko anbieten? Was ist das, Persiko?

„Kirchner, machs mir doch nicht so schwer, lustig zu sein! Wenn du was nicht kapiert hast, dann immer raus damit!"

„Ist schon gut!"

„Nein, ist es nicht!"

Innen im Haus ist plötzlich rasendes Hundegebell zu hören.

„Das gibts doch wohl nicht, oder?" Kuss kann es nicht glauben. „Ist das heute der große Déjà-vu-Tag? Das mit dem Hund hatten wir doch vorhin schon!"

Plötzlich eine kratzige Stimme aus einem Lautsprecher über der Türklingel. Irgendjemand fragt irgendetwas. Man versteht aber kein Wort, weil die Sprechanlage das Hundegebell in brüllender Lautstärke überträgt. Der Mensch am anderen Ende scheint überdies in irgendeiner Halle oder einem gefliesten Hausflur zu stehen. Es klingt wie in der Kirche. Wirklich schlechte akustische Bedingungen.

„Komm, wir gehen! Hab auf solche Scheiße keinen Bock. Bleibt der Mord eben unaufgeklärt. Wär ja nicht das erste Mal!"

Tatsächlich ist Kuss drauf und dran, abzuhauen. Kirchner gibt aber nicht auf und brüllt ihre Namen, und dass sie von der Polizei sind, in das Mikrofon der Sprechanlage. Dann ist es plötzlich still und etwas Zeit verstreicht.

„Mein Gott, sind wir hier die Bittsteller, die Würste, die vor den Türen der Reichen kratzen, um eingelassen zu werden?“ Thomas Kuss ist mittlerweile richtig sauer.

Die Tür geht schließlich auf und vor ihnen steht eine jüngere Frau, vielleicht Anfang 30, die fast genauso aussieht wie Dr. Klagenfurts Angetraute. Aber es ist nicht dieselbe. Sie hat nämlich brünette Haare. Kann natürlich sein, dass sie sich in der Zwischenzeit die Haare gefärbt hat. Mit der rechten Hand hält sie einen riesigen Dalmatiner am Halsband fest, der wie besessen bellt und knurrt, als stünde der Leibhaftige vor ihm. Die Frau kann ihn kaum bändigen.

„Die Herren sind von der Polizei?“, hört man ihre Stimme leise durch das Lärmgewitter des Hundes dringen. „Was habe ich verbrochen? … Nun gib doch endlich Ruhe, Hexe! … Ihre Ausweise, bitte!“

Kirchner und Kuss zücken gleichzeitig und brav ihre Ausweise und halten sie vor ihre grinsenden Gesichter. Jetzt sehen sie aus wie ein Komikerduo.

Hexe gibt keine Ruhe und wird noch etwas lauter, als die Frau die beiden Polizisten hereinbittet. Kirchner zögert etwas, da ihm der Hund Angst macht. Kuss marschiert dagegen munter drauflos. Kirchner weiß, dass sein Kollege die rechte Hand am Holster seiner Pistole hat und den Hund glatt über den Haufen schießen würde, wenn er ihm zu nahe käme. Das hat er schon einmal gemacht. Das Tier war so ein schwarzes Riesenvieh gewesen, das einem obdachlosen Punker in der Bahnhofstraße gehörte. Der Punker hatte damals einen Riesen-Stress gemacht und wollte mit seinen Kumpels auf Kuss los, um ihn zu lynchen. Da hat Kuss die Waffe auf die Leute gerichtet und einen Warnschuss abgegeben. Danach war natürlich Ruhe. Fast. Sie ließen Kuss unter den schlimmsten Beschimpfungen von dannen ziehen. Und das alles geschah vor den Augen der Passanten in der Bahnhofstraße. Die öffentliche Hinrichtung eines Hundes. Sogar die Presse rückte an und machte Fotos. Der Ärger verflog aber schnell, denn Punker sind arm und können sich keinen Anwalt leisten. Ihr Interesse an dem Vieh verflog auch sehr rasch. Der Köter lag noch zwei Tage dort und dann kam die städtische Reinigung und entsorgte die Leiche.

Unter Terrorgebell bedeutet die Dame des Hauses Kuss und Kirchner, auf einer riesigen altmodischen, braunen Couchlandschaft mit Cordbezug Platz zu nehmen. Und so langsam beruhigt sich auch die dalmatinische Hexe und fängt mit aufdringlichem Schnüffeln an.

„Darf ich Ihnen etwas anbieten? Kaffee, Tee, Saft?“, flötet die Frau. Kirchner und Kuss entscheiden sich für Apfelschorle.

Die Ribbecks haben eine Hausdame. Oder ist das die Chefsekretärin? Jedenfalls bringt eine gut gekleidete Frau mittleren Alters die Getränke, während Hexe Zutrauen zu Kuss gefasst hat und nun von ihm gekrault werden will. Kuss mag keine Köter. Aber um des lieben Friedens willen streichelt er jetzt Hexe das Haupt und den Rücken.

Kirchner schaut sich um. An Geschmacklosigkeit ist dieses Riesen-Wohnzimmer nicht zu überbieten. Irgendjemand hat das sowieso krasse 70er Jahre-Ambiente mit unechtem Ritter-Kram verschönert. Über dem Kamin hängt ein Schild, auf dem aber gar nicht die Insignien eines veritablen Ritters aufgemalt sind, sondern das einfach nur knallrot ist und so klein, dass es nicht einmal dem kleinsten Ritter der Welt vor 800 Jahren irgendwelchen nennenswerten Schutz hätte bieten können. Darüber sind zwei Florette gekreuzt, die mit Farbe und künstlicher Oxidation irgendwie auf alt getrimmt worden sind. Kirchner schüttelt innerlich den Kopf. Welcher Ritter kämpfte im Hochmittelalter mit dem Florett, das doch erst im 16. Jahrhundert aufkam? In der Ecke steht die Nachbildung einer Ritterrüstung. Auch sie ist krampfhaft auf „echt“ gemacht, mit Drahtbürste, schwarzer Farbe und mattem Lack. Auch viel zu klein, das Ding.

‚Was für ein Scheiß!', denkt Kirchner.

„Womit kann ich Ihnen dienen?", fragt Frau Ribbeck.

„Nur eine Kleinigkeit!", sagt Kuss. „Besitzen Sie einen Ferrari Testarossa? Mit silbernen Felgen?"

„Ja, mein Mann fährt so einen Wagen. Wieso? Was ist damit?"

„Wir stellen hier die Fragen!", sagt Kirchner plötzlich zackig. Kuss glaubt nicht, was er da hört. Was ist nur in Kirchner gefahren? Der sieht wohl zu viele Krimis im Fernsehen. Kuss beginnt ernsthaft, an Kirchners Verstand zu zweifeln. Oder ist es sein eigener Verstand, der ihm eine akustische Täuschung vorgegaukelt hat?

„Bitte entschuldigen Sie die Bemerkung meines Kollegen. Der ist noch nicht so lange dabei und vergreift sich manchmal im Ton! – Kennen Sie die Klagenfurts, Frau Ribbeck?"

„Aber sicher! Das sind wirklich ganz liebe Leute! Gute Freunde von uns. Wir sind schon oft zusammen im Urlaub gewesen. Wirklich, gaaanz, ganz liebe Leute!"

Kuss und Kirchner verdrehen nach dieser Ansage gedanklich die Augen nach innen.

„Wo ist Ihr Mann heute?", fragt Kuss. „Können wir ihn sprechen?"

„Aber nein! Mein Mann ist doch heute in seiner Praxis! Montags ist immer sehr viel zu tun. Da kommen die ganzen Notfälle vom Wochenende! Können Sie mir nicht endlich sagen, worum es geht? Ist jemand zu Schaden gekommen? Da ist doch was vorgefallen, wenn die Polizei vorbeikommt!"

„Ja, sehen Sie, Frau Ribbeck, Herr Dr. Klagenfurt ist heute Morgen in den Räumen seiner Praxis tot aufgefunden worden. Offenbar ermordet."

Frau Ribbeck ist sprachlos, bekommt kein Wort heraus. Derweil hat Kuss seine kraulende Hand von Hexe zurückgezogen, was diese nicht akzeptiert. Sie bohrt ihren Kopf rigoros und mit Gewalt unter Kuss' am Körper anliegenden Arm, reißt diesen hoch. Er muss weiterkraulen. Jede noch so kleine Unterbrechung wird von der Dalmatinerin mit Gewalt und Knurren geahndet.

„Das kann doch einfach nicht sein! Wer tut denn so etwas? Ermordet, sagen Sie?" Die Hausherrin ist entsetzt, wirklich entsetzt. Sie scheint das nicht zu spielen. „Und was möchten Sie jetzt von meinem Mann?"

„Wir möchten wissen, was Ihr Mann heute Morgen bei Frau Klagenfurt zu tun hatte. Während wir Ihre Freundin besuchten, war er nämlich im selben Haus. Hat sich uns aber nicht vorgestellt. Als wir Frau Klagenfurt verließen, war sein Ferrari bereits fort."

„Wie gesagt, wir kennen uns sehr gut. Vielleicht hat er dort etwas vorbeigebracht, abgegeben oder so …?"

„Wir werden ihn selbst fragen!" Kuss erhebt sich. Kirchner auch. Hexe fängt an zu knurren. Und zu bellen. Der Lärm scheppert von den kahlen Wänden zurück. Kirchner und sein älterer Kollege verlassen fluchtartig das Haus, verfolgt von einem aggressiven und lärmenden Hund.

„Na, wenn da mal nicht was im Busche ist!", sagt Kirchner auf der Fahrt. „Ob da wohl eventuell Fremdgehen und Eifersucht als Motiv für einen bestialischen Mord im Spiel sind?"

„Könnte sein! Wäre aber irgendwie zu einfach! Das wäre der simpelste Fall in meiner bisherigen Laufbahn!"

Seine Praxis hat Dr. Ribbeck in der Bielefelder City. Sie befindet sich im neuen ‚Northside-Tower'. „Das kann ja kein Mensch aussprechen!", stänkert Kuss.

In der Praxis ist keiner mehr da, außer einer jungen, hübschen Sprechstundenhilfe mit langen schwarzen Haaren und dunklen, frischen und funkelnden Augen. Auf einem Namensschild an ihrem Kittel steht: Fr. Cemlik. Kirchner wird ganz unruhig. Deshalb übernimmt Kuss, ganz alter Hase, die Kontaktaufnahme und Befragung. Frau Cemliks Augen, blitz, blitz, schauen direkt, gerade und beinahe unverfroren in Kuss' Pupillen, während sie in einwandfreiem Deutsch erklärt, dass Herr Dr. Ribbeck schon vor einiger Zeit gegangen sei. Er habe nur die Notfälle versorgt und dann sehr früh die Praxis verlassen, ohne seinen Assistentinnen zu sagen, was denn anliege. Nur soviel habe er verlauten lassen: Es sei äußerst dringend. Sie halte hier gewissermaßen die Stellung und mache Telefondienst.

Kuss entscheidet, dass Kirchner am nächsten Morgen noch einmal vorbeischauen soll. Der freut sich auf diese spezielle eigenständige Ermittlungsarbeit.

4. Die glitschige Leiche

Am Dienstagmorgen hockt Thomas Kuss, Hauptkommissar der Kriminalpolizei Bielefeld und momentan in der Kommission tätig, die den Mord an Dr. Klagenfurt aufklären und den oder die Täter festnehmen soll, auf einem Klo im Präsidium. Während er so sitzt und denkt, schaut er sich um und fragt sich, mit welchen Kindsköpfen er es zu tun hat. Was sind das für Kollegen, die ihm auf den Fluren mit wer weiß wie seriöser Miene begegnen, und die, sobald sie in der Klappe sind, mit dickem, nicht mehr zu beseitigendem Filzstift versaute Sachen und dummes Zeug an die Wände schmieren? Wer so was tut, schifft wahrscheinlich auch auf den Rand, wäscht sich nur gelegentlich und putzt sich nicht die Zähne. Kuss darf gar nicht weiter dran denken. Wahrscheinlich waschen die sich nicht einmal die Hände nach dem Kacken, und auf dem Flur kriegt man dann von diesen Menschen die Hand zum Gruß gedrückt! Direkt vor Kuss, in Augenhöhe des Sitzenden, hat jemand mit durchaus zeichnerischem Talent eine Comic-Figur eigener Schöpfung gemalt, so ein lustiger Hundekopf, der menschliche Züge trägt. Darüber steht in einer Sprechblase: ‚Scheiß ab, Nazi-Hippie!' Kuss prustet los, kann sich kaum auf dem Klo halten vor Lachen, das laut von den Kachelwänden zurückscheppert. Was für eine Kombination! Nazi-Hippie! Gegensätze ziehen sich an! Dann liest Kuss noch die erboste Reaktion eines der Kollegen, die, ebenfalls mit schwarzem Filzstift, aber in anderer Handschrift, sich unter dem Bild befindet: ‚Melde dich, du Schwein! Gibt direkt paar aufs Maul!' Jetzt hauts Kuss fast vom Keramikbecken. Er brüllt vor Lachen. Aus irgendeiner anderen Klappe ruft laut jemand:

„Ruhe dahinten! Kann man denn hier nicht einmal in Ruhe scheißen?"

Kuss heult vor Lachen. Die Tränen spritzen. Er beendet seine Tätigkeit, wäscht sich die Hände und geht kichernd wie ein

Teenager in sein Büro. Es ist niemand da. Auf dem Tisch mit der Kaffeemaschine und den Teeutensilien von Kirchner steht die neue große Delacre-Keksdose, aus der sich immer alle bedienen. Das macht Kuss schon wieder wütend. Normalerweise fressen sie erst die Schokokekse weg, dann die mit dem nur teilweisen Schokoüberzug und übrig bleiben schließlich nur die unattraktiven und phantasielosen Einfachstkekse. Der Füllstoff, die Platzhalter!

Kuss macht sich keine Hoffnungen, nach dem Öffnen der Dose noch Schokokekse vorzufinden. Trotzdem hat er Hunger auf etwas Süßes. Auch wenns nur ganz normales, langweiliges Gebäck ist. Jedoch – der Behälter ist vollkommen leer! In der Mitte liegt ein Zettel. Darauf steht geschrieben: ‚Leider leer!' Kuss kocht augenblicklich vor Wut. Wäre der Mensch im Raume, der den Zettel verbrochen hat, er würde ihn auf der Stelle töten. Da das aber nicht der Fall ist, schnappt er sich einen anderen Zettel von seinem Schreibtisch und schreibt darauf: ‚Melde dich, du Schwein! Gibt direkt paar aufs Maul!' und legt ihn in die leere Keksdose. Jetzt gehts ihm schon ein wenig besser.

Kollege Kirchner taucht auf, grüßt freundlich und scheint irgendwie aufgeräumt.

„Was soll die gute Laune, Kirchner? Und überhaupt – warum bist du nicht bei diesem Arzt? Hatte ich dir doch gestern gesagt, das sollst du als Erstes heute machen!"

Oliver Kirchner ficht das nicht an. Er lässt sich die gute Laune nicht verderben.

„Nur noch schnell ein Tässchen Tee im Büro, dann kanns auch schon losgehen! Wollte mich auch telefonisch in der Praxis anmelden, damit Ribbeck nicht wieder unterwegs ist!"

„Das hättest du doch auch von unterwegs machen können! – Übrigens, weißt du, welcher unselige Geist uns die ganzen Kekse weggefressen hat? Wer da so leichtfertig mit seinem Leben spielt?"

Es entsteht eine längere Pause. Kirchner wird leicht rötlich und dann etwas blass.

„Du warst das! Verdammt, ich hätts mir denken können! Du willst mir wohl mit aller Gewalt den Tag verderben?"

„Tut mir leid! Ich habe hier gestern Abend nach Dienstschluss noch mit Kollegin Prohaska von der Sitte zusammen gesessen. Haben noch einen Prosecco getrunken und dabei die Kekse aufgegessen."

„Ach, deshalb bist du heute so penetrant gut gelaunt! Da bahnt sich was an! Oder läuft schon alles, und ich habe mal wieder nix gemerkt? Gott – wie niedlich, wenn junge Menschen zusammenfinden! Ist es denn schon zum GV gekommen?"

Kirchner guckt verwirrt.

„Ich verstehe nicht ganz, GV?"

„Vergiss es! Mach dich endlich auf die Socken zu unserem Ferrari-Fahrer!"

Es klopft an der Tür und herein tritt Frau Prohaska von der Sitte. ‚Was für ein Zufall!', denkt Kuss. Kirchner freut sich und strahlt über das ganze Gesicht. Verena Prohaska ist nicht gerade dünn, allerdings auch nicht dick und hat ein niedliches Gesicht. Sie ist vom Wesen das, was man gemeinhin als ‚patent' bezeichnet und wird Oliver Kirchner, das arme Weichei, um den Finger gewickelt haben. Und es war mit Sicherheit eine ihrer leichtesten Übungen.

„Guten Morgen!", flötet sie. „Wie siehts aus bei euch, Jungs? Alles senkrecht?"

„Na klar!", muffelt Kuss. „Wenn du im Raum bist, ist alles in Ordnung!"

„Och, unser kleiner Thomas! Immer irgendwie a bisserl grantig. – Ich hab was Interessantes für euch, Jungs! Fällt zwar mehr in den Bereich Sitte, Anstand und Ordnung und geistige Verwirrung, aber es ist wirklich interessant. Solltet ihr euch mal ansehen! In der St. Andreas-Kirche sitzt 'ne Leiche aufrecht an einem Tisch und müffelt still vor sich hin!"

„Was redest du da?", fragt Kirchner verzückt.

„Na, vorhin hat uns der Küster angerufen. Als er seinen morgendlichen Rundgang beginnen wollte, sitzt da vorn, im Altarraum, ein Mann auf einem Stuhl. Der Küster kriegt einen Schrecken, schaut sich das Ganze näher an. Und stellt fest, dass da eine Leiche sitzt. – Sofort danach klingelts Telefon wieder bei uns. Der Mitarbeiter eines Beerdigungsinstitutes ist dran und berichtet, dass er auf dem Sennefriedhof gerade ein frisches Grab vom langsam verdorrenden Blumenschmuck der einige Tage zurückliegenden Beisetzung hat befreien und herrichten wollen, als er bemerkte, dass das Grab geöffnet war. Der Sarg im Erdreich war aufgebrochen, die Leiche verschwunden! – Also, wie siehts aus, Oliver und Thomas? Wollt ihr mit? Ich fahre jetzt zur St. Andreas-Kirche."

Das Sujet hört sich genauso wenig appetitlich an wie es der Zahnarzt vom Tag vorher war. Aber es klingt spannend. Und deshalb lassen Kirchner und Kuss sich auch nicht lange bitten und steigen in Verenas Dienstwagen.

Vor der Kirche haben die uniformierten Kolleginnen und Kollegen schon abgesperrt. Kuss findet, dass die es in letzter Zeit immer ein wenig übertreiben. Heute ist also kein Zugang für Gläubige und Heiratswillige, auch nicht für Trauerfeiern. Die St. Andreas-Kirche liegt mitten in der City und ist das größte und älteste Gotteshaus der Stadt. Kirchner und Kuss gehen hinter Verena her, durch das große, bronzene Portal in die Kirche. Ruhe umfängt sie urplötzlich. Nur weit vorne, im Altarraum, da wird geredet. Man sieht die Damen und Herren von der Spurensicherung, die jetzt immer in weißen Overalls rumlaufen und ganz wichtig aussehen. Es riecht, wie es in großen Kirchen immer riecht: ein wenig muffig, wie eine vollgehängte Garderobe nach einem Wolkenbruch. Auf halber Strecke zum Altar steigt den Dreien ein unverkennbarer und ätzend penetranter Geruch in die Nase, den Kirchner und Kuss durchaus kennen, und den man den ganzen Tag nicht mehr aus der Nase kriegt. Da verwest jemand oder etwas.

Als sie vorn in Höhe der Kanzel ankommen, sehen sie den Grund für den subtilen Gestank. An einem Tisch, auf einem Lehnstuhl, sitzt eine Leiche im Anzug. Sie befindet sich im Stadium fortgeschrittener Verwesung und sieht wirklich nicht gut aus. Man hätte ihr die Ruhe lassen sollen.

„Gestern schon so ein Dreck und heute gleich wieder so was Ekelhaftes! Was ist hier in unserer schönen Stadt eigentlich los?", fragt Kuss laut.

Der Kollege Simsek von der Sitte kommt auf sie zu.

„Auch das noch, dieser Idiot!", sagt Kuss zu Kirchner. „Halt mich fest, Kirchner, sonst gehe ich auf den Kerl los und haue ihm eine rein!"

„Bleiben Sie cool, Herr Kuss! Bitte nicht zur Waffe greifen. Das gibt nur Scherereien. Niemand mag diesen Deppen! Aber riskieren Sie nicht ihre Pension für seinen Tod!"

„Obwohl – Pension gegen den Tod von Simsek. Irgendwie ein verlockender Gedanke!"

Simsek steht jetzt vor den beiden und legt sofort los: „Schau einer an, die Herren Kirchner und Kuss von der Mordkommission! Unser Star und seine Hofschranze, die Intelligenzbestie! Wollt ihr mal ein bisschen schauen, was die Kollegen so machen? Ein wenig dazulernen?"

„Halts Maul!", sagt Kuss.

„Fresse, Simsek!", sagt Kirchner.

„Kirchner und Kuss! Wie habt ihr beiden es bloß geschafft, dass man euch Mordfälle anvertraut? Zwei so Schnarchsäcken wie euch!", legt Simsek nach. „Ich kanns einfach nicht glauben!"

„Ganz einfach!", erwidert Kuss, „weil solche Typen wie du einfach zu dämlich sind. Bis du ein Verbrechen aufgeklärt hast, ist der Täter schon längst an Altersschwäche verstorben oder hat sich aus Mitleid mit deiner Unfähigkeit selbst gestellt."

„Geht das schon wieder los!" Verena Prohaska ist dazugekommen und schreit die drei an: „Haltet doch einfach mal die Klappe!"

Das tun dann auch erst mal alle. Denn sobald man den Mund zum Sprechen öffnet, glaubt man, eine Portion des Gestanks regelrecht zu schlucken, in sich aufzunehmen. Kirchner hält sich ein Taschentuch vor Mund und Nase.

„Erzähl mal! Was ist hier los?", fordert Verena Prohaska einen Kollegen von der Sitte auf. Kirchner und Kuss hören aufmerksam zu.

„Na ja", sagt dieser, „da hat also irgendeiner den vor vier Wochen verstorbenen Meinward Adler ausgegraben, so heißt der Tote, ihm das Leichenhemd aus- und einen neuen, recht preisgünstigen Herrenanzug von Peek & Cloppenburg angezogen. Dann hierher geschafft und auf den Stuhl und an den Tisch gesetzt. Eine Reinigung wird den Anzug wohl nicht mehr retten können. Meinward Adler hat mittlerweile eine so schleimige Konsistenz erreicht, dass da nicht mehr viel zu machen ist!"

„Wenn ich Witze hören will, melde ich das vorher an!", sagt Frau Prohaska. „Gibt es schon Anhaltspunkte, weshalb die Ausbuddelei stattfand und was hier in der Kirche geschah?"

„Leider noch gar nichts", sagt der Kollege, „Fingerabdrücke haben wir zwar reichlich. Die stammen aber von zig verschiedenen Personen. Meinward Adler ist übrigens fast 90 Jahre alt geworden. War lange Jahre am Immanuel-Kant-Gymnasium und in verschiedenen Internaten als Geschichts- und Musiklehrer tätig. Ganz untadelige Person, wie man so hört. Sieht man einmal von seinem Oberlippenbart ab. Hat wegen seiner Verdienste um das kulturelle Leben der Stadt sogar einmal das Bundesverdienstkreuz verliehen bekommen."

Kirchner ist gleichzeitig abgestoßen und fasziniert von der morbiden Szenerie und dem Gestank. Irgendwie erinnert ihn das an etwas. Aber was, kann er nicht sagen. Er geht um den kleinen Tisch herum, an dem die Leiche sitzt. Was heißt sitzt? Sie liegt mehr, zerfließt in ihre Bestandteile. Der Anzug ist an vielen Stellen bereits durchgeweicht. Auf dem Tisch, es handelt sich offenbar um einen zusammenklappbaren Campingtisch, liegt ein Herrenhut. Trug die Leiche den etwa auf dem Kopf? Warum wurde er vom Täter oder der Täterin abgenommen und auf den Tisch gelegt? Auf der Tischfläche zerfließen langsam die Hände. Kirchner schaut sie sich voller Interesse an. Anatomieunterricht. Kirchner nimmt die rechte Hand des Toten in Augenschein, weil da etwas nicht stimmt.

„Hatte Meinward Adler eine Behinderung? Fehlten ihm Finger?"

„Was is los, Kirchner? Mischt du dich wieder in unsere Angelegenheiten ein? Hau endlich ab!", schnauzt Simsek.

Kuss fährt hoch: „Weißt du was, Simsek? Wenn du jetzt nicht ruhig bist, stopf ich dir das Maul mit meiner Walther! Nimms einfach mal als Geschenk, wenn Profis dir Knallcharge helfen wollen!"

„Vorsicht, Kuss! Sonst massiere ich dir gleich deine verrottete Kauleiste!"

Verena Prohaska geht dazwischen und schimpft: „Hört auf, ihr Idioten! Ihr benehmt euch wie zwei Köter, die aufeinander losgehen. Wisst wohl nicht, wie lächerlich das aussieht?"

Sie hat recht. Die anwesenden Kolleginnen und Kollegen beobachten das Ganze und feixen, einige schütteln die Köpfe. Verena Prohaska wendet sich Kirchner zu.

„Was meinst du damit, ob Meinward Adler eine Behinderung hatte?"

„Also, ich finde, es sieht aus, als fehlten Herrn Adler an

der rechten Hand drei Finger. Kann mich natürlich irren. Man findet ja durch diesen Schlamm nicht richtig durch!“

Kuss und Verena schauen genau hin. Kirchner hat Recht. An der rechten Hand fehlen der Daumen, der Zeige- und der Mittelfinger.

„Kann doch sein, dass ihm schon immer an der rechten Hand drei Finger fehlten, oder?“, fragt Verena Prohaska.

„Kann aber auch nicht sein!“, sagt Kirchner. „Ihr werdets herausfinden!“

„Was sein kann, oder was wir herausfinden, das geht euch in diesem Fall einen feuchten Dreck an! Verschwindet endlich, ihr Penner!“ Simsek ist außer sich.

„Simsek, irgendwann polier ich dir noch mal so lange die Fresse, bis du nur noch um Gnade winselst!“, droht Kuss. In der Kirche wird es jetzt richtig laut.

„Ach ja, Thomas Kuss? Wie willst du das denn anstellen?“

Kuss geht auf Simsek los. Kirchner hält ihn zurück.

„Simsek! Ruhig!“, ruft Verena, als pfeife sie einen Hund zurück, „Und ihr beiden haut jetzt am besten ab! Ich werde euch berichten, was der Pathologe dazu sagt!“

„Nichts wirst du den Deppen berichten, Verena! Gar nichts!“, brüllt Simsek durch die Kirche. Kuss und Kirchner verlassen das Gebäude, beide mit dem Geschrei von Simsek in den Ohren und dem Verwesungsgeruch von Meinward Adler in der Nase.

„Apropos Pathologe“, sagt Kuss, „zu dem fahren wir jetzt und lassen uns mal bezüglich der Leiche von gestern aufklären. Und dann fährst du endlich zu diesem Arzt!“

5. Überall Doctores

„Da hat sich doch einer auf ganz perfide Weise gerächt!", schimpft Dr. Heinrich Skrzybinski von der Gerichtsmedizin. „Manchmal geht mir ja doch noch dieses und jenes an die Nieren. Dazu gehört dieser Kram!"

Eigentlich ist Heinrich Skrzybinski sonst so ein ganz Ruhiger.

„Kommt mal hier herum und schaut euch das an!", weist er Kirchner und Kuss an, die ihn in der Pathologie aufgesucht haben. Beide stellen sich links und rechts von Skrzybinski auf und schauen ihm bei seinem blutigen Handwerk zu. Mit Handschuhen greift er dem Toten an Unter- und Oberkiefer und zieht den Mund ganz weit auf. Es knackt und knistert und hört sich gar nicht gut an. Kirchner merkt bei derartigen Gelegenheiten immer wieder, dass ihm leicht der Boden unter den Füßen wegsackt. ‚Ruhig durchatmen!', sagt er sich dann. Aber wenn er diesen komischen Geruch in der Pathologie ruhig einatmet, dann wird ihm erst recht mulmig. Deshalb versucht er heute, sich mit kaltem, fachlichem Interesse an den Ausführungen des Pathologen über Wasser zu halten.

„Herr Kirchner, Sie sehen nicht gut aus!", sagt Skrzybinski ehrlich besorgt. „Wollen Sie ein Glas Wasser?"

„Nein, nein, geht schon!", lügt Kirchner. Das, was er jetzt bestimmt nicht will, ist ein Glas Wasser. Bei der letzten Leichenschau, als ihm ganz massiv schlecht geworden war, hat er den Fehler begangen und von Skrzybinski ein Glas mit Wasser angenommen. Das Glas roch ganz komisch, so, als hätte es über Jahre in einem abgeschlossenen Schrank gestanden und den Geruch seiner Umgebung aufgenommen. Kirchner hätte beinah gekotzt.

„So, jetzt guckt da mal rein!", sagt Skrzybinski. Kirchner und Kuss beugen sich vor und gucken da rein.

„Also: Dem Zahnarzt hier sind am vergangenen Wochenende sämtliche Zähne gezogen worden und zwar alle ohne Betäubung! Der Täter ist dabei möglichst rücksichtslos vorgegangen, um die Qualen noch zu steigern. So hat er auf beiden Seiten große Stücke des Gaumens mit herausgerissen. Die Kiefer wiederum sind auf beiden Seiten mehrfach gebrochen. – Seht ihr!" Skrzybinski klappt den Unterkiefer der Leiche herunter. Es knackt gefährlich. „Herr Kirchner, kommen Sie her, sehen Sie sich das nur einmal genauer an!"

Oliver Kirchner hat sich ein wenig zurückgezogen und sieht sich das Ganze mit nur noch geringem Interesse aus zwei Metern Entfernung an.

„Ich setz' mich mal einen Moment!", sagt er. „Bin heute Morgen schon 'ne Menge rumgerannt."

„Tun Sie das!", sagt Skrzybinski und fährt mit seinen Ausführungen fort. „Also, anschließend hat der Täter mit einem glühenden Gegenstand, einem Draht oder dergleichen, die klaffenden Wunden ausgebrannt. Das aber auch höchst dilettantisch. Oder auch bewusst rücksichtslos. Gestorben ist das Opfer irgendwann in der Nacht auf den Montag an Herzversagen."

„Wie lange hat der gesamte Vorgang gedauert, Heinrich?", fragt Kuss.

„Also, der Täter hat sich wirklich Zeit gelassen. Ich schätze, er hat am Freitagabend begonnen und dann – peu à peu – bis Sonntag das Programm durchgezogen. Ich denke, da liege ich ganz richtig!"

„Mann, das ist aber ätzend!", sagt Kuss.

„Stimmt!", sagt Skrzybinski.

„Zum Kotzen!", fügt Kirchner noch hinzu.

Nachmittags ist Kirchner dann endlich bei Dr. Ribbeck. Hat sich vorher angemeldet und nach seiner Ankunft ein paar Takte mit der prachtvollen Frau Cemlik gesprochen. Sie heißt

Gülbaha mit Vornamen und ist Kurdin. Ob er sie noch heiraten könne, fragt Kirchner in einem Anflug von Coolness und Mut, die er sich selbst gar nicht zugetraut hätte. Gülbaha Cemlik lacht. „Ruhig, Brauner, ruhig!", sagt sie.

Etwas später sitzt Kirchner dem Stereotyp eines niedergelassenen Arztes mit gut gehender Praxis gegenüber: freundlich, braun gebrannt, gute Zähne, mittlere, athletische Statur. Ribbeck ist schon längst im Bilde über das Ableben seines Kollegen und Freundes, obwohl es die Tageszeitungen auf Wunsch der Polizei noch nicht gemeldet hatten. Er habe jedoch lange mit Frau Klagenfurt telefoniert.

Im Großen und Ganzen bestätigt Ribbeck die guten Kontakte zur Familie des Ermordeten. Kirchners Frage, weshalb am Montagmorgen sein Wagen, der Ferrari, vor der Tür des Klagenfurtschen Anwesens stand, bringt ihn allerdings in Verlegenheit.

„Sehen Sie, da besteht eine durchaus enge Freundschaft zwischen Irina Klagenfurt, also Frau Klagenfurt, und mir. Verstehen Sie? Eine sehr enge Freundschaft. Davon brauchte ihr verstorbener, also ihr ermordeter Mann gar nicht so viel wissen. Und meine Frau eigentlich auch nicht. Kann sein, dass sie es geahnt hat. Frauen haben ja ein gewisses Gespür dafür. Sagt man ja so …"

„Sagt man das?", fragt Kirchner zurück. So eine Gegenfrage würde den zu Verhörenden ganz schlimm aus der Ruhe und dem Konzept bringen. Das hat Kirchner jedenfalls auf einem Seminar zu todsicheren Verhörmethoden gesagt bekommen. Ribbeck lässt das aber offenbar ziemlich kalt.

„Was war der Grund für Ihren Besuch bei Irina Klagenfurt am Montagmorgen?", fragt Kirchner weiter.

„Kein besonderer Grund! Ich wollte Irina nur zum Wochenbeginn sehen. Gewissermaßen psychisch auftanken für die kommenden Tage."

„Dann mussten Sie also immer abpassen, wann Dr. Klagenfurt aus dem Haus war? Und erst dann konnten Sie Irina Klagenfurt besuchen. Was für ein Stress! – Gut. Gestern Morgen waren Sie also auch bei Irina Klagenfurt. Dann trafen wir ein. Warum haben Sie sich still und heimlich aus dem Staub gemacht?"

„Zunächst wusste ich nicht, wer da vorfährt. Sie hätten ja auch Handwerker, Zeitungswerber, Vertreter oder wer weiß wer sein können. Mit dem Auto und diesen Klamotten! Da wollte ich auf Nummer Sicher gehen und erst einmal abwarten. Ich war im Nebenzimmer und habe gehört, dass Sie sich als Polizisten auswiesen."

„Dann haben Sie ja auch mitbekommen, dass wir die schlechte Nachricht vom Tod des Dr. Klagenfurt überbrachten?"

Ribbeck ist das peinlich und unangenehm. Er weiß nicht, ob er sich bereits in einer rechtlichen Grauzone befindet.

„Ja, ich habe ziemlich fassungslos gehört, dass Dr. Klagenfurt ermordet worden ist. Ehrlich, da war ich sehr geschockt. Ich wusste überhaupt nicht, was zu tun war. Dann habe ich mich entschieden, mich aus dem Haus zu schleichen und wegzufahren. War wahrscheinlich die falsche Entscheidung!"

„Mit Sicherheit!", entgegnet Kirchner. „Wie Ihr Verhalten bei den weiteren Ermittlungen eingestuft wird, darüber muss erst noch befunden werden! Sie haben sich jedenfalls nicht gerade unverdächtig gemacht."

Kirchner lässt jetzt ganz und gar den wiehernden Amtsschimmel raushängen. Dann kriegen nämlich fast alle Angst und kalte Füße. Eine Rolle, die er manchmal gern einnimmt, wenn ihm sein Gegenüber nicht so richtig sympathisch ist.

„Wie war denn Ihr Verhältnis zu Dr. Klagenfurt? Auch freundschaftlich? Hat der denn wirklich nichts von dem – sagen wir mal – Verhältnis geahnt oder gespürt?", fragt Kirchner weiter.

„Mit dem Franz bin ich bestens ausgekommen! Wir haben

zusammen Tennis und Golf gespielt, sind zusammen verreist!“

Dr. Ribbeck macht eine Pause, wägt irgendetwas ab und gesteht: „Wissen Sie, ich glaube Franz wusste von meiner engen Freundschaft zu seiner Frau. In deren Ehe war schon seit Jahren Sand im Getriebe. Irina ist so eine lebenslustige Frau aus der Ukraine, sehr viel jünger als Franz, die wollte etwas erleben, Partys ohne Ende feiern, in der ganzen Welt herumkurven. Wie so eine Biene, die von Blüte zu Blüte fliegt, um etwas Nektar zu schlürfen. Da konnte und wollte Franz, der ja schon etwas älter war, einfach nicht mehr mithalten. Das hat ihn auch gar nicht interessiert. Was sollte Franz auch auf einer Techno-Party? Ein Witz! Dieses Unstete von Irina ist ihm auf den Wecker gefallen. Ich vermute, dass auch Franz sich irgendwo schadlos gehalten hat. Und mein Verhältnis zu seiner Frau hat er, so meine ich, akzeptiert. – Kommt Ihnen seltsam vor, Herr Kirchner, nicht?“

„Ach, wissen Sie“, sagt Kirchner altklug, „ich habe während meiner Zeit bei den unterschiedlichsten Mordkommissionen schon weitaus seltsamere Dinge erlebt!“

„Haben Sie? – So, so!“, erwidert Ribbeck auf Kirchners Bemerkung.

Oliver Kirchner überhört die Spitze und wendet sich seinem letzten Fragenkomplex zu: „Haben Sie eine Idee, eine Ahnung, eine Vorstellung, wer einen solchen Hass auf Franz Klagenfurt gehabt hat, dass er ihn dermaßen grausam zu Grunde gehen lässt?“

Ribbeck weiß noch gar nicht, wie Klagenfurt zu Tode kam. Kirchner schildert ihm den Hergang in kurzen, aber blumigen Worten. Er sieht, wie sein Gegenüber bleich um die Nase wird.

„Oh, verflucht, das ist ja geradezu entsetzlich!“, stöhnt der Neurologe auf. „Keine Ahnung, wer so etwas macht! Unglaublich!“

Kirchner sieht, wie der Arzt ein leichtes Händezittern nur schwer verbergen kann.

„Herr Dr. Ribbeck, ich bitte Sie! Wenn Sie, Ihre Gattin und die Klagenfurts doch so eng miteinander befreundet waren, dann wird Ihnen doch zu Ohren gekommen sein, wer da möglicherweise welche Schwierigkeiten hatte. Sowohl Frau Klagenfurt, Ihre Frau und auch Sie hüllen sich mehr oder weniger in Schweigen! Allein das ist schon für uns von der Polizei ein Grund, überaus misstrauisch zu werden und Sie alle zu verdächtigen! Kein Mensch auf dieser Welt wird nur geliebt! Das werden Sie doch auch schon erfahren haben!"

Ribbeck ist plötzlich ganz verschreckt: „Wie meinen Sie das?"

„Für die schlimmste Form der Rache haben viele Täter viel zu oft und objektiv gesehen nur ganz lächerliche Beweggründe gehabt, über die die anderen Menschen schlichtweg hinwegsehen würden, weil sie ihnen zu belanglos erscheinen. Für den Täter sind sie aber gewaltig und Anlass genug, um ganz bestialisch zu töten!"

„Ich verstehe nicht, was Sie meinen!"

Ribbeck wird ganz unruhig, rutscht hin und her, murmelt etwas davon, dass er nun wieder die Patienten weiterbehandeln müsse, und dass er sich melden würde, falls ihm noch etwas Wichtiges einfiele. Kirchner zieht die Augenbrauen hoch, lässt seine Visitenkarte da und verschwindet. Ein kurzer, seltsamer Abschluss der Unterhaltung.

Aber sein Gesprächspartner hat plötzlich Angst bekommen, das hat Kirchner genau gesehen. Man würde den Arzt nur noch ein paar Mal besuchen müssen, dann wäre er weich geklopft, und man würde den entscheidenden Hinweis erhalten. So lief es jedenfalls bisher in den meisten Fällen. Kirchner ist ganz entzückt von seiner eiskalten Kombinationsgabe. ‚Bin schon ein toller Hecht', denkt er und fragt sich gleichzeitig, wer diese alte Bezeichnung außer ihm eigentlich noch verwendet.

Am Empfang steht Gülbaha Cemlik und spricht mit einer Patientin. Kirchner schleicht vorbei, setzt sein freundlichstes Gesicht auf und grinst. Gülbaha lächelt zurück. Strahlend. Der Tag ist gerettet.

6. Kuss' geheime Wünsche

Oliver Kirchner eilt stehenden Fußes wieder zurück ins Polizeipräsidium. Er will noch einmal bei Verena Prohaska in der Sitte vorbeischauen und freut sich mächtig darauf. Kirchner hat es sich selbst noch nicht eingestanden, aber er ist bis über beide Ohren verliebt. Und seine Verliebtheit hat schon ein gefährliches Stadium erreicht. Er denkt, sieht, riecht, schmeckt, redet Verena, auch wenn er glaubt, er täte etwas anderes. Ein beglückender Zustand. Alle Welt ist freundlich zu ihm.

Zuerst muss Kirchner aber noch bei Kuss vorbei, um ihm Bericht zu erstatten. Der hängt im gemeinsamen Büro herum und guckt Löcher in die Luft.

„Na Kirchner, was bringst du Neues?“, fragt Kuss seinen Assistenten. Es hört sich vollkommen desinteressiert an.

„Ribbeck wird ganz schnell weich werden!“, sprudelt Kirchner los. „Der hat dermaßen Muffensausen gekriegt, als ich ihm den Hergang des Mordes an Klagenfurt geschildert habe, dass er am liebsten sofort ausgepackt hätte. Er hat sich noch beherrschen können. Aber es läuft. Der meldet sich in den nächsten Tagen. Oder wir besuchen ihn vorher noch einmal!“

„Schön gemacht, Kirchner! Bist doch nicht so limitiert, wie ich immer dachte!“

„Vielen, vielen Dank, Chef!“

„Nix zu danken! – Bei mir rufen übrigens dauernd Zahnklempner an. Die haben irgendwie von dem Mord an ihrem Kollegen Wind bekommen und fürchten, dass sie jetzt selbst dran sind. Die müssen wir alle mal besuchen und interviewen.“

„Ist gut, ich mache mich morgen gleich dran! Machen Sie auch etwas, Herr Kuss?“

„Pass auf dein freches Mundwerk auf, sonst wird es nichts mit der Beförderung! Ach, noch etwas! Wir müssen ja eigentlich noch unsere Hausaufgaben erledigen. Will sagen, wir müssen die Patientenkartei von Dr. Klagenfurt durchgehen, um alle, die irgendwie als Täter in Betracht kommen könnten, zu befragen!"

Kirchner stöhnt auf: „Keinen Bock, Herr Kuss! Das bringt doch erfahrungsgemäß auch nicht viel!"

„Weiß ich! Muss aber trotzdem sein! Haben wir denn nicht irgendeinen Untergebenen, irgendeine arme Sau, die wir mit dieser tollen Aufgabe betrauen könnten?"

„Aber sichi, Herr Kuss! Da kommt übermorgen eine Hospitantin von der Polizeischule. Hat so einen spanischen Namen."

Kirchner geht an seinen Schreibtisch und fummelt seinen Terminkalender unter all dem Zeugs hervor, das dort langsam einstaubt.

„Hier", sagt er, „meldet sich am Donnerstag! Heißt Raquel De Zosa und kommt ursprünglich aus Portugal."

„Aha, heißes, frisches Blut aus Südeuropa! Na, das wird sich bei der Arbeit in unserer Abteilung schlagartig auf das Niveau eines Kaltblüters abkühlen, haha! Mitlachen, Kirchner!"

Oliver Kirchner lacht auch. Ist irgendwo sogar ein guter Witz, weil es eigentlich gar keiner ist. Ist viel mehr die reine Wahrheit.

Während Thomas Kuss sich psychisch und physisch auf den Feierabend vorbereitet, schaut Oliver Kirchner noch einmal bei der Sitte vorbei, auf einen kleinen Plausch mit Verena Prohaska. Die sitzt tatsächlich noch im Büro. Ihr ungenießbarer Vorgesetzter Simsek, mit dem sie das Büro teilt, ist glücklicherweise fort.

„Hallo Verena! Komme gewissermaßen rein zufällig hier noch einmal vorbei! Wie siehts aus? Was macht eure Kirchenleiche?"

„Hallo Oliver!" Verena freut sich über den Besuch. „Viel

haben wir noch nicht herausbekommen. Meinward Adler, der da so still müffelnd in der Kirche vor uns saß, war 35 Jahre lang Lehrer. Sein Führungszeugnis ist ohne Fehl und Tadel. Die nächsten Anverwandten gaben sich, zumindest verbal, über alle Maßen schockiert von der Leichenschändung. Is ja auch wirklich nicht schön. Weiteres weiß ich noch nicht. Und irgendwie ist unser Enthusiasmus in diesem Fall nicht so ganz ausgeprägt. Ist ja immerhin niemand zu Schaden gekommen. Außer natürlich der gute alte Meinward. Aber der hat davon ja nix mehr mitgekriegt!"

„Sollte man annehmen! Wie lange musst du hier noch rumhängen, Verena?"

„Eigentlich bin ich schon längst über der Zeit! Irgendwelche Vorschläge zur Abendgestaltung?"

„Vielleicht ein Tässchen Bier irgendwo?"

„Is' gebongt!", sagt Verena.

Kuss hockt am Dienstagabend zu Hause in seiner unpersönlichen, zugestaubten Wohnung und trinkt geschmacksneutralen Früchtetee. Sitzt wie immer in der Küche unter dem Neonring und glotzt aus dem Fenster in die Gegend. Und denkt an die Schrecknisse, die das Leben bereit hält oder bereithalten könnte. Wie viele Krankheiten man kriegen kann! Welche Unfälle sich ereignen könnten, sobald man seinen Fuß vor die Tür setzt. Obwohl, die meisten Unfälle passieren im Haushalt! Am besten ist es, man bewegt sich gar nicht mehr. Aber das ist auch nicht gesund. Eine echte Zwickmühle. Kuss macht das kleine Radio an, das in der Küche auf der Fensterbank steht. Ein aufgekratzter Sprecher kündigt eine Oldie-Sendung an.

‚Braucht doch nicht extra angekündigt werden! Oldies spielen die bei den privaten Sendern doch nur!', denkt Kuss.

Der Radio-Discjockey hat sich heute Abend die 1970er Jahre vorgenommen. Das war doch eigentlich seine Zeit gewesen. Da war er jung, Teenager nannte man das damals. Da hat er seine tiefgreifendsten Erlebnisse gehabt. Im Radio läuft ‚Heroes' von David Bowie. Der Song versetzt Kuss wie in einer Zeitmaschine zurück. Erinnerungen, die fast schmerzen, kommen hoch. Damals hat er nicht viel anbrennen lassen, in jeder Beziehung! Tatsächlich? Das fragt er sich immer wieder. Er war 1977 in West-Berlin gewesen, just in jenem Jahr, als ‚Heroes' auf den Markt kam. Wie hatten er und seine Kumpels damals in dieser morbiden Stadt gefeiert! Hatten alles an Rauschmitteln zu sich genommen, dessen sie habhaft werden konnten. Allerdings – mit der damaligen Modedroge Heroin wollten sie nichts zu tun haben. Die war schon immer überaus schlecht beleumundet gewesen. Und lange bevor das Buch ‚Wir Kinder vom Bahnhof Zoo' im ‚Stern' als Fortsetzungsserie erschien, hatte Thomas Kuss die merkwürdige Szene am Bahnhof Zoologischer Garten gesehen und einige von den Junkies kennengelernt. Das waren damals die absoluten Stars gewesen! Wer das ganz harte Zeug nahm, der war der König, der kämpfte im Krieg ganz vorne, an der Front, unter Einsatz seines Lebens! Das waren die Marines, von allen wegen ihrer Erfahrungen bewundert.

Hat er, Thomas Kuss, was verpasst? Hätte er sich vielleicht auch voll und ganz der Droge Heroin ergeben sollen? Hätte er dann Erfahrungen sammeln können, die niemals wieder möglich sein würden? Im Prinzip konnte er das doch jetzt noch nachholen! Was für eine idiotische Idee!

David Bowies Song trug all das in sich, was hätte sein können. Zum Beispiel, dass man die Berufsausbildung oder die Schule damals den Leuten vor die Füße hätte knallen sollen. Und dann den Rest des kurzen Lebens mit hartem, schmutzigem Sex in dunklen Klappen zwielichtiger Kneipen und mit dem Suchen unvernarbter Venen auf dürren, von Blutergüssen übersäten Armen verbringen. Schon morgens, anstatt des Zähneputzens, aus dem Wasserglas hochprozentigen Wodka saufen, um dann, benebelt und sanftmütig, einer endlosen Abendgestaltung aus Partys – ach nein, damals hießen die ja Feten – entgegenzutaumeln. Irgendetwas Gefährliches machen, was Verbotenes, was Außergewöhnliches …

Der Radio-Diskjockey legt noch einen drauf, um Thomas Kuss endgültig fertigzumachen. ‚Walk on the wild Side' von Lou Reed. Kuss kann den Text immer noch auswendig. Er singt die erste Strophe leise mit:

Holly came from Miami F-L-A
Hitchhiked her way across the U.S.A.
Plucked her eyebrows along the way
Shaved her legs and then he was a she
She says, Hey babe, take a walk on the wild side.

‚Gibt wahrscheinlich nur wenige Songs wie diesen, die all das in ein paar Worte fassen, um was es im Rock'n'Roll und seinen anverwandten Lebensarten geht', denkt Kuss. Das Stück kitzelt ihn, an diesem Dienstagabend zu Beginn eines Sommers, der seltsamerweise fürchterlich heiß zu werden verspricht. Soll er, Hauptkommissar Thomas Kuss von der Mordkommission, jetzt losziehen und etwas ‚Verbotenes' tun? Kuss grinst in sich hinein. ‚Walk on the wild Side' schildert das Transvestitendasein. Soll er sich vielleicht einen Fummel anziehen? Kein Bedarf. Er erinnert sich, wie die echten Drogenfreaks damals zur Tanzfläche wankten, wenn das Stück lief. Es war ihr Song. Er gehörte nur ihnen, niemand anderem. Es war ihre Hymne, und wo immer sie gespielt wurde, schlichen sie los und zeigten mit ihrem seltsamen, drogenvernebelten Tanzstil, dass sie etwas ganz Besonderes waren, die wirklich Coolen, die Outlaws, die Junkies. Vollständig verzückt gab man sich, wenn kurz vorm ‚Fade-out' des Stückes das seltsam sperrige Solo des Baritonsaxofons einsetzte. Welcher Idiot von Tontechniker oder Produzent ist damals bloß auf die Idee gekommen, hier auszublenden? Das ganze Solo müsste doch noch irgendwo auf Magnetband in irgendeinem Tonstudio schlummern! Wie hieß der Saxofonist noch mal? Ronnie Ross! Das war der Lehrer von David Bowie gewesen!

‚Mann, ich bin ja ein wandelndes Musiklexikon!‘, denkt sich Kuss ‚Sollte mal in so ’ner Rateshow auftreten!‘

Thomas Kuss hat das Gefühl, dass ihm jemand ein Messer im Leib umdreht. Es ist aber nicht schmerzhaft. Ein warmes, angenehmes Messer. Wenn nicht heute, wann dann, wird er etwas Verbotenes nachholen, etwas machen, was er sich bisher nie getraut hat! Er wird es einmal tun und dann nie wieder. Oder vielleicht noch ein- oder zweimal, wenns schön war. Kuss schnappt sich seine Jacke und zieht los.

‚Wo solls hingehen?‘, fragt er sich selbst und gibt sich sofort die Antwort: ‚Na, zum Hauptbahnhof natürlich!‘

Es ist ein lauer Frühsommerabend. Am Hauptbahnhof ist eine Menge los. Viele Menschen bilden die übliche Melange aus Reisenden, Bahnangestellten, Obdachlosen, Alkoholabhängigen, Drogensüchtigen, Drogenhändlern, Strichern, Huren und einer kleinen Anzahl, die ganz besondere, abwegige Wünsche haben, die sie nicht ohne Weiteres mitteilen möchten und für deren Erfüllung sie hohe Preise und bei Bekanntwerden mit Knast zahlen müssen.

Kuss stapft mitten durch den gesellschaftlichen Bodensatz der Stadt. Er kennt jeden Zweiten und alle kennen ihn, weichen zurück, gucken argwöhnisch. An der Herbert-Hinnendahl-Straße, am Eingang zur Stadtbahn, herrscht Hochbetrieb. Hier treten sich die Gifter fast gegenseitig auf die Füße. Aus dem Eingang zur unterirdischen Station strömt der typische U-Bahn-Geruch, der in allen Städten gleich ist. Es müffelt nach warmem Teer und Asphalt.

Die großmäuligen Dealer aus dem Süden der Euro-Zone mit ihren Goldkettchen, die für ihre süchtige Kundschaft nur Verachtung übrig haben, packen schnell ihre Schore weg, als sie Kuss sehen. Sicher ist sicher. Kuss geht auf einen von ihnen zu.

„Handelst du hier mit Schore?“, fragt er ihn.

„Ey, Mann, Scheiße, Kuss, was willst du von mir? Was soll das sein, Schore?“

„Zeig mal, was du da in der Tasche hast verschwinden lassen!“

„Ey, Alter, bist du bescheuert, Mann? Ich hab nix in der Tasche!“

„Rück das Zeug raus, dann überleg ichs mir noch mal, ob ich dich mitnehme oder hierlasse! Das heißt für dich entweder Knast und Ausweisung oder ’nen ruhigen, unbescholtenen Abend!“

„Ey, Alter, hau ab, oder ich hau dir eins auf die Fresse!“

„Ich zähle bis drei, dann hab ich das Zeug in der Hand. Wenn nicht, sitzt du jetzt schon im Flieger nach Hause. Die freuen sich schon auf dich in deinem Dorf! Da läuft doch noch so was wie Ärger mit ’ner anderen Familie, habe ich gehört. Hast ein nettes Mädchen entehrt. Da droht Blutrache und so, nicht wahr? Und du bist der einzig Übriggebliebene aus eurer Familie. Ich glaube, ich stehe schon jetzt vor ’ner Leiche!“

„Mann, Kuss, du bist so ein Arschloch!“

„Danke, gleichfalls!“

Einige kleine Päckchen wechseln den Besitzer, verschwinden in Kuss’ Tasche.

„Schönen Abend noch!“, sagt Kuss und verschwindet.

„Kuss, du bist ’n wirklich verdammtes Arschgesicht! Was willst du mit dem Stoff? Bist wohl selbst schon drauf, was?“

Thomas Kuss marschiert über den Bahnhofsplatz in die Bahnhofshalle. Lautsprecherdurchsagen, Lärm. Viel los, heute Abend! Menschenmassen mit Koffern auf Rollen in allen erdenklichen Ausführungen. Kuss ist mittendrin, auf dem Weg zum Bahnhofsklo.

‚Mann!‘, denkt sich Kuss. ‚Muss ich mir das denn unbedingt aufm Bahnhofsklo antun? Ist doch scheußlich! Aber bei mir zu Hause wärs wohl nicht ganz stilecht.‘

Kuss macht kehrt, auf den Absätzen, geht aus der Bahnhofshalle wieder hinaus, schmeißt die Päckchen in den nächstbesten Abfalleimer und läuft in Richtung Taubengasse. Das war mal eine seiner Stammkneipen. Es ist brechend voll und verqualmt, keiner hält sich hier ans Rauchverbot. Musik und lautes Männerlachen schlagen ihm entgegen. Die Stimmung ist offenbar bereits auf dem Siedepunkt. Aus den Boxen dröhnt Wolfgang Petry: ‚Das ist Wahnsinn, warum schickst du mich in die Hölle …?‘ Alles grölt: ‚Hölle, Hölle, Hölle!‘

‚Na, hier bin ich ja goldrichtig!‘, denkt sich Kuss. ‚David Bowie oder Lou Reed werden die hier nicht spielen!‘

Der Wirt ist ein Profi und kennt auch seine ehemaligen Stammgäste. Er sieht Kuss durch den Qualm und die Leute und ruft: „Hallo Thomas, wie gehts? Was solls denn sein? Kleines Herrengedeck?“

Kuss nickt nur kurz und sucht sich einen Stehplatz an der Wand gegenüber der Theke. Da hat Didi, so heißt der Wirt, eine Art Abstellfläche für Getränke hingebaut, die sich in Brusthöhe durch die gesamte Gaststätte zieht. Das Publikum besteht zum größten Teil aus dem Strandgut des Bahnhofsviertels. Allerdings finden sich hier nur wenig Drogenabhängige. Aber was heißt das schon? Die Leute in der Taubengasse sind im Durchschnitt etwas älter und deshalb konservativer und ‚nur‘ alkoholabhängig.

Kuss sieht sich um. Keine bekannten Gesichter. Sind wahrscheinlich schon verstorben, zu Tode gesoffen. Er hats ja auch eine Zeitlang schlimm getrieben. Da war er jeden Abend hier. Tagaus, tagein. Aber auf Alk ist er nie gewesen. Vielleicht wäre das ja noch eine Option für die Zukunft? Die Existenz als heimlicher Säufer mit hochroter Birne, die angeblich vom Blutdruck herrührt, wenn jemand fragt.

In der Taubengasse hat sich außer Kuss noch nie jemand

vom Polizeipräsidium sehen lassen. Der Laden ist einfach zu weit unten, zu nahe an der Hartz-IV-Grenze. Und Razzien gibts hier nicht. Nach was sollte hier auch gesucht werden? Nach Flachmännern in den Jackentaschen?

Nach kurzer Zeit stehen ein sauber gezapftes Pils mit ordentlicher Blume und ein eisgekühlter Kurzer vor ihm. Beide auf neuen, sauberen Bierdeckeln.

‚Da musste lange warten, bis du in der modernen Systemgastronomie so'n vernünftiges Herrengedeck serviert bekommst!', sagt sich Kuss. ‚Die Kinder, die da am Zapfhahn stehen, haben doch von nix 'ne Ahnung!'

Kuss stürzt den Schnaps, trinkt sofort einen Schluck Bier nach und macht laut ‚Aaaahhhhhh'. Das stört in diesem Höllenlärm niemanden. Er fühlt sich, als habe er etwas Verbotenes getan, sei rückfällig geworden.

‚Na, dann wirds ja vielleicht doch noch ein schöner Abend', denkt er sich. ‚Wie konnte ich in meinem Alter allen Ernstes vorhaben, Heroin zu nehmen? Auf einer schäbigen Bahnhofs-Toilette. Ich ticke wohl nicht mehr richtig!'

Kuss lacht über sich selbst und zwingt sich, nach mehreren Herrengedecken, zum Gehen. Er schüttelt nur lächelnd den Kopf, als Didi fragt, ob er noch eins möchte und verschwindet. Gegenüber ist eine Döner-Bude. Da holt er sich ein Lahmacun und macht sich damit mampfend auf den Heimweg.

7. Der Pfahlmord

Kuss wacht aus schweren, tiefen Träumen auf. Das Telefon macht laute, neumodische Geräusche, die aber genauso nerven wie das alte Klingeln. Er schreckt hoch. Es ist taghell, das Deckenlicht brennt, der Fernseher ist an, die Stereo-Anlage auch. Er sieht zur Uhr. Es ist halb zwölf. Wann hat er das letzte Mal so heftig verschlafen? Ist schon sehr lange her. Kuss nimmt den Hörer ab und meldet sich. Sein Mund ist trocken, seine Stimme klingt so rau, wie die von Hildegard Knef, Gott hab sie selig.

„Ja, hallo, Chef, hier ist Kirchner! Mann, Sie klingen aber, als wenn Sie 'ne Monsterparty hinter sich hätten!"

„Was gibts denn so Eiliges, Kirchner?", fragt Kuss.

„Erstens haben wir schon wieder einen Toten, ermordet. Zweitens wollte ich mal hören, ob Sie noch unter den Lebenden weilen! Der Big Boss ist schon mächtig sauer, dass der Chef der Mordkommission nicht schon längst an Ort und Stelle ist!"

„Alles klar, Kirchner, ich komme direkt zum Tatort! Wo ist der denn?"

„Halten Sie sich fest, Herr Kuss! Ganz makaber! Auf der Galgenheide!"

„Galgenheide? So was haben wir hier?"

„Sie sind doch alter Ureinwohner, Herr Kuss! Und Sie wissen nicht, wo die Galgenheide ist? Das war mal einer der Richtplätze hier in der Stadt. Sie müssen den Haller Weg bis zum Ende fahren, dann noch ein Stück in die Walachei und dann irgendwie nach links. Ich glaub, über den Blömkeberg muss man gehen, der südlich vom Kahlen Berg liegt. Da gibts nach einiger Zeit eine Lichtung, die momentan aufgeforstet wird. Die ist für den normalen Spaziergänger nicht zugänglich. Und da hat heute Morgen ein Förster unsere Leiche des Tages gefunden. Dr. Skrzybinski ist auch schon da.

Hat mich eben angerufen und vorgewarnt, weils wieder 'ne ganz brutale Nummer ist!"

„Ist ja 'n Ding! Schon wieder ein Toter! Zwei Fälle in zwei Tagen, das gibts auch nicht allzu häufig in unserer gemütlichen Stadt!" Irgendwie freut sich Kuss, spürt ein Kribbeln, die Atmosphäre scheint aufgeladen. Es ist was los, handfeste und überaus brutale Mordfälle. Er fühlt sich lebendiger als sonst. Jetzt geht er auf die Jagd.

Kuss macht eine schnelle Morgentoilette, geht mit dem Elektrorasierer durch seine widerspenstigen Bartstoppeln, klatscht sich kaltes Wasser ins Gesicht, kämmt sich die Haare, putzt sich die Zähne. Schnell etwas essen, ist sehr wichtig. Sonst verdaut der Magen sich selbst und man kriegt scheußlichen Mundgeruch. Zur Sicherheit noch ein Pfefferminz, danach ein Aspirin. So eine Tablette, die man in viel Wasser auflöst. Dann greift er zum Telefon und bestellt ein Taxi.

Als Kuss im Wagen sitzt, kommt er mächtig ins Grübeln und sein Enthusiasmus hinsichtlich der neuen Mordfälle legt sich.

‚Was ist hier bloß los?', fragt er sich. ‚Seit Montag passieren die seltsamsten Dinge. Zwei Morde und eine ausgebuddelte und verfaulende Leiche in einem Straßenanzug! Was hatten wir sonst schon hier? Eifersuchtsmorde in schäbigen Hochhaussiedlungen und in noch schäbigeren Wohnungen bei schäbigen Menschen mit schäbigen Motiven. Das Abmurksen eines heroinsüchtigen Strichers auf einem dreckigen Bahnhofsklo. Besoffene, die sich gegenseitig totgeprügelt haben. Fälle, die 24 Stunden nach der Tat vollständig aufgeklärt sind. So muss es sein, so lernt man es auf der Polizeischule.'

Das Taxi hat die Wendeschleife am Ende des Haller Wegs erreicht. Der Fahrer hält und stoppt den Taxameter.

„So, Chef! Bis hierhin und nicht weiter. Das da vorne ist ein Waldweg. Da mach ich mir die Achsen kaputt oder die Stoßdämpfer oder beides!"

Kuss steigt muffelig aus, lässt sich eine Quittung geben, zahlt und stapft los. ‚Ist ja schönes Wetter', tröstet er sich, ‚ein kleiner Spaziergang wird mir guttun.'

Das Wetter ist wahrhaftig echtes Kaiserwetter mit weißblauem Himmel und strahlendem Sonnenschein. Aber nicht zu warm, sogar noch etwas frisch, sehr angenehm. Kuss latscht und latscht. Der Tatort ist viel weiter weg als gedacht. Schließlich marschiert er durch einen zugewachsenen Hohlweg, auf dem frische Fahrzeugspuren zu sehen sind. Kuss nimmt an, dass sie von den Kollegen stammen. Das ist doch hier eher etwas für Geländewagen. Faule Säcke! Sind wieder bis ganz nah rangefahren. Sollten auch mal ein wenig unter dem grünen Dach der Bäume lustwandeln. Derlei Empfehlungen fallen bei denen ja auf taube Ohren. Kuss' Laune wird zunehmend schlechter. Er bekommt plötzlich Hunger auf ein Eis. So eins mit einem grauenhaft blöden Namen, die es in den 70er Jahren gab und die jetzt wieder auf den Markt gekommen sind. Wie hießen die gleich noch: ‚Flutschfinger', ‚Sanobub', ‚Jopa', ‚Düsenjäger'. Neuerdings gibts eins, das heißt ‚Brauner Bär'. Klingt schon ein bisschen anzüglich, findet Kuss und muss grinsen. Was solls. Ist ja für die Kinder. Die merken ja noch nix.

Weiter hinten sieht er eine Lichtung. Dort muss sie sein, die Galgenheide. Da erkennt er auch schon ein Polizeifahrzeug. Steht wie ein Fremdkörper mitten im Wald. Passt einfach nicht hierher. Er nähert sich der Lichtung. Für einen Moment ist die Sonne hinter einem Wolkengebirge verschwunden. Jetzt kommt sie raus und beleuchtet eine Szenerie, bei deren Anblick Kuss nur leise das Wort ‚Golgatha' vor sich hin murmelt.

In der Mitte der riesigen Lichtung, auf einer kleinen Anhöhe, haben sich Leute versammelt, Kolleginnen und Kollegen. Sie stehen, knien und sitzen um einen hohen Pfahl, der aus ihrer Mitte einige Meter herausragt. Die Szenerie macht den Eindruck, als habe ein Regisseur sie kunstvoll arrangiert. Für so einen Sandalen-Film aus den 1960er Jahren, wo sich die Juden und die römischen Kriegsknechte unter dem Kreuz zusammenfinden. Das da in der Mitte ist aber kein Kreuz. Und da ist auch niemand gekreuzigt. Aber dennoch ist da irgendwie ein Mensch dran oder drauf befestigt.

„Was für ein elender Dreck ist das nun wieder?", fragt sich Kuss halblaut und kommt langsam näher. Dann vielleicht doch lieber ein Eifersuchtsmord, bei dem eine betrogene Ehefrau ihrem Mann eins mit dem Dampfbügeleisen übergebraten hat.

Als Kuss seine Kollegen erreicht, blinzelt er hoch, gegen die Sonne. Und erkennt mit Entsetzen, dass der Mann dort oben nicht irgendwie an diesem Pfahl hängt oder sonst wie an ihm befestigt ist, sondern dass er draufsteckt. Die Spitze des Pfahls geht ihm direkt ins Rektum. Am Pfahl selbst läuft Blut in kleinen Bächen hinunter. Im Bereich der linken Schulter hat das Opfer eine seltsame Ausbuchtung.

‚Verdammt!', denkt sich Kuss. ‚Da kommt der Pfahl wieder heraus!'

„Verfluchter Dreck!", sagt Kuss laut.

„Das können Sie laut sagen, Herr Kuss!" Kirchner kommt auf ihn zu und reicht ihm die Hand.

Die Spurensicherung hat wieder ihre weißen Overalls angezogen und scharwenzelt wichtigtuerisch herum. Aber alle haben Pudding in den Knien. Der Fotograf macht endlos viele Fotos, um seinen Schock irgendwie in den Griff zu bekommen und durch Aktionismus zu überspielen. Und deshalb hört man den Verschluss der Kamera ständig klicken. Er sieht seltsam bleich aus, wenn er mal eine Pause macht und an seinem Apparat herumfummelt.

Der Kopf des Gepfählten ist zur Seite gesunken. Wie Jesus am Kreuz. Zumindest wie auf den Darstellungen in den Kirchen, die Kuss hin und wieder von innen gesehen hat. Soweit er das beurteilen kann, scheint das Opfer kein junger Mann, aber auch kein ganz alter zu sein. Irgendwo dazwischen, im ‚besten Alter'. Vielleicht 55 Jahre alt.

Kuss geht um den im Erdreich fest verankerten Pfahl herum. Ganz seltsam sieht der rechte Unterarm des Toten aus. Dort, wo eigentlich die Hand sein müsste, erkennt man nur einen roten, offenbar verbrannten Fleischklumpen.

„Heinrich, was ist mit der rechten Hand passiert? Das sieht ja ganz bizarr aus!", wendet sich Kuss an den Gerichtsmediziner Skrzybinski.

„Weiß ich noch nicht! Die Hand ist ganz klein und verschrumpelt. Die muss verbrannt worden sein. Und das ist noch gar nicht lange her, wies aussieht! Als habe man die über Holzkohlenfeuer gegrillt oder in einer Pfanne gebrutzelt."

„Ante Mortem?"

„Kann sein, kann aber auch nicht sein, Thomas."

„Ach, du lieber Himmel! Das arme Schwein! Erst wird dem Kerl die Hand gegart, und dann wird er noch zur Gänze auf den Schaschlik-Spieß geschoben!"

„War kein leichter Tod! Auf dem Pfahl hat das Opfer eine ganze Zeit lebend verbracht. Vielleicht sogar mehrere Tage. Unser Mörder versteht sich aufs Foltern!"

„Da hast du verdammt Recht!"

Kuss und Kirchner kommen näher und untersuchen den Stumpf des rechten Armes. Mit den hier und dort herausschauenden weißen Knochen sieht die ehemalige Hand wie gegrilltes Rippchen von irgendeinem seltenen Tier in einem teuren Restaurant aus.

„Was für ein elendes Gematsche!", sagt Kirchner angewidert. „Was ist das bloß für ein seltsamer Typ, mit dem wir es hier zu tun haben?" Der Polizeifotograf macht mehrere Bilder von der Hand.

Kuss schaut hoch. Ihm war, als sei gerade etwas dicht an seinem Ohr vorbeigeflogen. Ein Insekt, ein Vogel? Er schaut sich um. Die gesamte Szenerie auf der Anhöhe, der Galgenheide, im grellen Sonnenlicht, im Hintergrund der Verkehrslärm des Ostwestfalendamms, ist gespenstisch.

„Wann gedenkt ihr denn, das arme Schwein von seinem Pfahl zu holen?“, fragt Kuss pampig in die Runde. „Ihr habt euch doch jetzt alle satt gesehen und genug Fotos gemacht, oder?“

„Ist ja gut, ist ja gut!“, erwidern die Leute von der Spurensicherung in gereiztem Tonfall. Sie rufen die Streifenpolizisten zusammen. Die schaufeln die Erde um den im Erdreich steckenden Pfahl weg.

„Wo ist der Förster, der ihn gefunden hat?“, fragt Kuss.

„Den habe ich wieder nach Hause geschickt“, sagt Kirchner, „der fühlte sich so schlecht und war so blass um die Nase, dass man seinem Gestammel nicht viel Sinnvolles entnehmen konnte.“

Kuss blickt noch einmal hoch zu dem Gepfählten.

„Sag mal, Olli“, fragt Kuss seinen Assistenten, „sind wir hier in so einen verfluchten Albtraum geraten, oder was geht hier vor? Macht hier jemand den Killer aus dem Film ‚Sieben‘ nach? Ich verwette meinen Hintern darauf, dass die ausgegrabene Glitschig-Leiche von gestern etwas mit dieser Sache zu tun hat!“

„Ich denke, Sie haben Recht! Da läuft irgendein vollkommen Durchgeknallter rum. Bin gespannt, ob uns noch Weiteres in dieser Kategorie bevorsteht. Und ob wir die Sache nicht der Presse bekannt geben sollten. Dann brauchen wir zwar mehrere Leute, die Telefondienst machen, aber vielleicht gibt es ja brauchbare Hinweise.“

„Keine Presse!“, sagt Kuss. „Noch nicht! Muss erst mit unserem Polizeipräsidenten sprechen. Könnte durchaus sein, dass diese Morde unsere armen Bürgerinnen und Bürger schwer aus der Bahn werfen. Da ist Vorsicht geboten!“

„Alles klar! Herumsprechen wird es sich aber. Das haben

wir ja bei den Ärzten gesehen. Und unser traumatisierter Förster wird auch nicht den Mund halten."

„Morgen setzen wir unsere Polizeischülerin an die Klagenfurt-Patientendatei. Kirchner, versuchst du über Frau Prohaska von der Sitte alles Neue über die glitschige Leiche herauszufinden? Das freut dich doch sicher, oder?"

Kirchner wird ein wenig rot.

‚Ein seltsames kleines Weichei', denkt Kuss, ‚wenn es um Frauen geht, bekommt er eine Bombe. Auch wenn hinter ihm ein Gepfählter steht.'

Vom Rande der Lichtung rumpelt unterdes der kommunale Leichenwagen heran. Ein graues, unauffälliges Gefährt mit einer Ladung Zinksärge an Bord und zwei Herren in grauen Kitteln, die mit allen Wassern dieser Erde gewaschen sind. Sie steigen aus und sehen sich die Bescherung an. Holen einen der Metallsärge von der Ladefläche.

„Schau an, unsere Sektionsgehilfen! Wenn ich die sehe, läufts mir immer eiskalt den Rücken runter!", sagt Kuss leise zu Kirchner, „Ich glaube, einer von denen ist sogar Wiener!"

„Das gibts doch nicht! Wie heißen die denn eigentlich?"

„Spejbl und Hurvinek!"

„Ich brech zusammen! Der Tod – das muss a Wianer sein!"

„Die beiden haben, wenn sie unterwegs sind und für Dr. Skrzybinski Leichen einsammeln, konsequent graue Kittel an. Das macht sie allerdings auch nicht liebenswerter!"

Spejbl und Hurvinek haben mit ihrem Zinksarg die Gruppe in der Mitte der Lichtung erreicht. Sie grüßen sehr freundlich in die Runde und schauen sich um.

„Spejbl ist der mit der Brille", flüstert Kuss, während er sich wegdreht. Auch die übrigen Kolleginnen und Kollegen gehen auf Abstand zu den beiden.

Spejbls Brille ist ein Mehrstärken-Monstrum mit Gläsern so dick wie Eiswürfel. Das Brillengestell selbst dürfte schon 1973 nicht mehr modern gewesen sein. Er ist etwas untersetzt, wirkt gehetzt, das lichte Haar ist ungekämmt und wirr. Hurvinek ist dagegen noch ein junger Typ mit dunkler Haut, Glatze und dunkel blitzendem Rattenblick. Sympathisch ist was anderes.

„Hurvinek wird auch Hurvi, die Ratte genannt!", sagt Kuss. „Davon darf er aber nichts erfahren. Sonst landet man wahrscheinlich schneller in einer ihrer Kühlkammern, als einem lieb ist."

„Naaa, Seeeervuuus!", sagt Spejbl im breitesten Wiener Schmäh. „Mit döm Moards-Dildo im Loib kriegen wir den Herren oaber nicht ins Lieferfoahrzoig! Dea schaut ja boi der Foahrt hinten hinoaus. Mit oaner offenen Tüar dürfen wia oaber net foahrn!"

Spejbl geht um das Opfer herum und kratzt sich am Kopf: „Können wia den net hinoausziehn? – Ist oan Beweisstück, I woas! Werden wia oauch ordnungsgemäß wiader obliefern. Wir können dös Ding in dör Gerichtspathologie ja oauch wiader in iahm reinstöcken, göi!"

Hurvinek kann sich ein Kichern nicht verkneifen. Er kichert und kichert. Wahrscheinlich hätte er gern laut losgelacht, aber die Reste der antrainierten Pietät verbieten es ihm. Er will ja schließlich seinen Job behalten. Skrzybinski fährt die beiden an:

„Wohl nicht mehr ganz dicht, was? Hören Sie auf, so blöd zu kichern! Was meinen Sie, wenn in Ihnen so ein Pfahl stecken würde! Dann würden Sie nicht so dämlich da herumstehen und sich amüsieren!"

Jetzt kann Spejbl nicht mehr und verliert jegliche Contenance, lacht wild los, hat Mühe, sich auf den Beinen zu halten. Kirchner und Kuss sehen dem Treiben halb erschüttert, halb amüsiert zu.

„Wir könnten den Dil…, den Pfahl ja auch absägen und in ihm drin lassen, dann stört er beim Transport nicht!", schlägt Hurvinek vor.

Jetzt fangen auch die umstehenden Uniformierten an zu kichern und zu lachen, während Dr. Skrzybinski wie ein Wahnsinniger tobt, um Anstand und Moral aufrecht zu erhalten. Kirchner und Kuss sind bereits angesteckt und schütten sich ebenfalls aus vor Lachen. Alles lacht und grölt an diesem schönen Mittwochmorgen auf der Galgenheide. Auch als die beiden Sektionsgehilfen und Dr. Skrzybinski mit vereinten Kräften schließlich den Pfahl aus dem Toten herausziehen und Spejbl sagt: „Soa, dön legen wia jötzt wöhrend des Traaansports doneben, und in der Gerichtsmedizin stecken wir dös, was zusammeng'hört, wiader z'samman, göi!", kennt die unbändige Heiterkeit keine Grenzen mehr.

Spejbl und Hurvinek tragen zuerst den Sarg in ihren grauen Wagen.

„Den Mords-Dildo holen wir gleich!", ruft Hurvinek, weil er noch einen Lacher haben will. Am meisten lacht er selbst jedoch über seinen Scherz. Es schüttelt ihn regelrecht. Er brüllt vor Lachen. Dabei rutscht ihm ein Griff des Zinksarges aus der Hand, sodass dieser zu Boden fällt und die Leiche geradewegs hinauskatapultiert wird. Jetzt ist alles zu spät. Die umstehenden Polizisten wälzen sich auf dem Boden.

„Junge, Junge, wenn das die Presse mitkriegt, unter welchen Bedingungen wir uns hier amüsieren", sagt Kuss auf der Rückfahrt zum Präsidium, „dann Gnade uns Gott! Dann können wir unseren Polizeidienst bis zur Pension in Klein-Einöd absolvieren!"

Kuss und Kirchner sind rechtzeitig zum Mittagessen in der Kantine zurück. Der Morgen war anstrengend, und so wird nun erst einmal kräftig reingehauen. Es gibt Schaschlik-Spieße, als Beilage Reis und irgendein buntes Gemüse-Zeugs, das vollkommen geschmacksneutral ist.

„Kommt wohl aus Holland, das Grünzeugs!", mault Kuss.

„Schaschlik-Spieße hats ja nun lange nicht mehr gegeben",

sagt Kirchner, „ich dachte, die wären mittlerweile so out, dass sie nicht mal mehr auf Kleingarten-Grillfesten akzeptiert würden. Und jetzt so was! Wieso muss ich eigentlich jetzt plötzlich wieder an unseren Gepfählten denken?“

„Kann ich dir auch nicht sagen! Ist mir vollkommen unklar!“

Im Büro geht Kuss die Meldungen durch. Wer hat einen etwa 55-jährigen Mann in den letzten Tagen als vermisst gemeldet? Wenn die Person allein gelebt hat, wirds natürlich sehr schwierig mit der Identifikation. Kleidungsstücke sind im Umkreis nicht gefunden worden. Und eventuelle Reifen- oder Fußspuren am Tatort, wenn die Galgenheide denn überhaupt der Tatort war, haben der Jeep des Försters und die Autos der Kollegen gründlich zerstört. Die Angelegenheit war aus Sicht der Spurensicherung wirklich keine Meisterleistung.

Kuss geht die elektronische Kartei durch. Deutschlandweit wirft der Computer ihm 14 als ‚abgängig‘ eingestufte Personen männlichen Geschlechts aus, die irgendwo Mitte 50 sind. Vier davon wohnen, beziehungsweise wohnten sogar im hiesigen Regierungsbezirk. Einer heißt Reinhold Hamich und kommt aus einem benachbarten Dorf. Seine Frau hat ihn vorgestern als vermisst gemeldet.

Das ist doch schon was! Fotos gibts auch dazu, natürlich in gewohnt schlechter Qualität. Kuss druckt sie aus. Er wird damit in die Pathologie gehen. Vielleicht hat er ja Glück, und einer von ihnen stimmt vom Aussehen her mit der Leiche überein.

‚Eigentlich wärs ja eher Pech, zumindest für das Opfer‘, denkt sich Kuss.

Dann sucht er im Internet Informationen zur fachgerechten Pfählung. ‚Ist ja zum Kotzen!‘, denkt er, als er Genaueres über diese Hinrichtungsart erfährt. ‚Was machen sich die Menschen das Leben gegenseitig schwer! Und wie geradezu bescheuert grausam!‘

Da steht, dass in einigen arabischen Ländern die Pfählung als Strafe heute noch üblich sei. Das Kreuzigen gelte im Übrigen als verweichlichte Form des Pfählens. Wer es besonders ätzend ausgestalten wollte, rammte dem Delinquenten einen nicht zugespitzten, sondern an der Spitze leicht abgerundeten und eingefetteten Pfahl in den Hintern. So 50 bis 60 Zentimeter. Dann stellte man den Pfahl auf, befestigte ihn im Erdreich. Das Körpergewicht des Verurteilten ließ ihn immer weiter auf den Pfahl hinunterrutschen, der die lebenswichtigen Organe nicht allzu sehr beschädigte, sondern nur zur Seite schob und drängelte. Das vergrößerte die Qualen immens. Bis zum Eintritt des Todes konnte es in den schlimmsten Fällen mehrere Tage dauern.

Kuss ist ganz schlecht geworden. Er atmet tief durch. ‚Wie lange der arme Kerl da oben auf der Galgenheide wohl gehangen hat?', fragt er sich. ‚Wenn es derselbe Täter wie der Zahnarztmörder und der glitschige Leichenschänder gewesen ist, dann muss der Typ mächtig einen an der Waffel haben und obendrein ziemlich gut organisieren können! Das muss doch alles vorbereitet sein, zeitlich abgegrenzt. Was für eine Arbeit!'

Kirchner kommt herein, im Schlepptau Verena Prohaska.

„Na, ihr Süßen", begrüßt Kuss die beiden, „wenn ihr allein sein möchtet, müsst ihrs nur sagen. Ich geh mir dann ein bisschen auf dem Gang die Beine vertreten. Ich will dem jungen Glück nicht im Wege stehen!"

Kirchner und Prohaska überhören das und setzen sich Kuss gegenüber.

„Oliver ist gar nicht mal so dämlich, wie es immer den Anschein hat", sagt sie zu Kuss, „denn sein Eindruck gestern Morgen in der Kirche war richtig. Skrzybinski hat das eben noch bestätigt. Der glitschigen Leiche wurden tatsächlich drei Finger der rechten Hand erst kürzlich abgehackt. Die sind jetzt allerdings auch verschwunden."

„Die Kollegen von der Sitte haben ein wenig im Leben von Meinward Adler, du weißt schon, die glitschige Leiche, herumgeschnüffelt und auch nach größtem Bemühen nichts Negatives zu Tage fördern können, was irgendjemand so in Rage setzen könnte, dass er die Leiche ausbuddelt und ihr was abhackt“, führt Kirchner aus, „und: Ich bin nicht dämlich!“

„Interessant“, sagt Kuss, „wer hat das denn recherchiert? Simsek etwa?“

„Was? Dass ich nicht dämlich bin?“

„Nein, verflucht noch mal! Dass nur profunde und weltbewegende Dinge der Auslöser für einen Mord sein können! Na, war ja klar, Simsek! Bei ihm muss einfach jede Suche erfolglos bleiben! Habe ich Recht, Frau Prohaska?“

„Herr Kuss, ich kann und will dazu nichts sagen. Wir kennen ja alle die gewissen Animositäten, die zwischen beiden Abteilungen bestehen.“

„Ist schon in Ordnung, Frau Prohaska! – Wisst ihr, was zu tun ist? Versucht einmal, an ehemalige Schülerinnen oder Schüler von Meinward Adler heranzukommen. Fragt die aus. Fragt ehemalige Nachbarn aus. Stichprobenweise. Manchmal hat man Glück, und es ergeben sich brauchbare Hinweise!“ Kuss lässt die Youngsters ein wenig an seiner Erfahrung teilhaben. Oder glaubt das zumindest.

„Es ist doch so“, fährt er fort, „der Zahnarzt ohne Zähne und Gaumen, die Glitschig-Leiche mit den verlustig gegangenen Fingern und der Gepfählte: Neben der ganzen Ekelhaftigkeit dieser Angelegenheiten sind das doch auch Symbole für etwas ganz Bestimmtes, das uns der oder die Täter vermitteln wollen. Ich hab doch schon gesagt: Da hat einer zu viele Filme über Serientäter gesehen, die mit den Ermittlern makabre Spielchen treiben. Die Kinofilme und die Kriminalliteratur sind voll davon. Die große Ausnahme hier ist die, dass der oder die Täter bisher keinerlei konkrete Hinweise hinterlassen haben. Keine Bekennerschreiben, in denen für die begangenen Taten um Lob gewinselt oder gar Anerkennung eingefordert wird. Bis jetzt nicht. Ein wirklich genügsamer Täter."

„Moment, Herr Kuss! Was ist mit dem Flyer über Versailles?"

„Mann, stimmt ja, Oliver! Der ist immer noch bei der Spurensicherung. Da muss ich gleich mal hin!"

„Was ist los? Ein Flyer über Versailles? Das Schloss?", fragt Verena Prohaska.

„Ja, der kam vorgestern in einem Umschlag anonym an. So ein Werbedingens. Besuchen Sie Versailles und seine Sehenswürdigkeiten! Ohne jeglichen Kommentar. Möglicherweise ein Irrläufer! Ich wollte auch noch mal im Internet gucken, ob man zwischen unserer ersten Leiche und Versailles einen Zusammenhang herstellen kann."

Während er spricht, sieht Kuss, dass Skrzybinski aus der Gerichtsmedizin eine Mail geschickt hat. In der Betreffzeile steht ‚Der Gepfählte'. Kuss öffnet die Post und liest: ‚Hab den Gepfählten bereits identifiziert. Handelt sich um Dr. Reinhold Hamich, Alter 55, Rechtsanwalt, wohnhaft in Dalbke, Sennestraße 43. Ist am Montag nicht von der Arbeit heimgekehrt. Noch in der Nacht hat sich seine Frau bei den Kollegen dort gemeldet. Die haben zur Ruhe und zum Abwarten gemahnt. Ja, ja, unsere Kollegen vom Lande! Gestern ging dann die Fahndung raus. Zu dieser Zeit dürfte Hamich aber schon auf dem Docht gesessen haben. Schätze, seit Montag hatte er den Pfahl drin! – Ganz schlimme Sache! Grüße, Heinrich'.

Kuss berichtet Kirchner und Prohaska von den neuen Erkenntnissen.

„Wieder einer aus der regionalen Hautevolee", sagt Kirchner, „Hamich ist doch ein ganz Bekannter! Der hat doch in den letzten Jahren immer die Großen aus der Medienbranche vertreten. Seit Kurzem ist es allerdings ein wenig still um ihn geworden."

„So is' es", sagt Kuss, „wenn man einen Pfahl im Rektum hat und tot ist, dann wird es zwangsläufig etwas still um einen! Davon abgesehen: Es gibt doch wohl keinen Rechtsverdreher auf dieser Erde, der sich nicht Todfeinde gemacht hat, die ihn gerne aufspießen würden, oder? Über Hamich kommen wir an einen großen möglichen Täterkreis ran, soviel ist klar. Wie lange brauchen wir mit dem Wagen bis Dalbke, Kirchner?"

Kirchner setzt sich an den Schreibtisch und sucht im Internet einen Routenplaner. „Mann, Oliver!", sagt Prohaska. „Da brauchst du doch nicht nachgucken. Von hier aus sind das 40 Minuten!"

„Also eine Stunde, wenn Kirchner fährt!", sagt Kuss.

„Sie können ja auch mal fahren!", meckert Kirchner.

„Du machst das prächtig, Kirchner! Und: Übung macht den Meister! – Frau Prohaska, können Sie den bescheuerten Simsek dazu bewegen, sich die ehemaligen Schüler von Meinward Adler vorzunehmen? Dann die Nachbarn. Erst später die Verwandten!"

„Ich denke, das schaffe ich. Werde ihm tief in die Augen sehen und sagen, dass die Ideen nicht von Ihnen sind, sondern letztendlich in ihm, Simsek, schon immer schlummerten!"

„Prohaska, Sie sind ein kriminalistisches Genie! Ich würd Sie viel lieber in meiner Abteilung haben als bei den Leichenschändern! Das würd Kirchner auch total freuen!"

Oliver Kirchner wird wieder ein wenig rot und sieht zur Seite.

„Los, hopp, hopp, Kirchner! Auf nach Dalbke!", sagt Kuss. „Verdammt, das ist ja schon wieder irgendwo da unten in der Senne oder so. Die Senne als Schicksal!"

„Stimmt, Herr Kuss! Wir müssen leider in den Südosten! Führt kein Weg dran vorbei!"

„Verflucht! Ich hasse die Senne, und du tust das auch, Kirchner!“

„Sehr wohl, Herr Hauptkommissar!“

„Komm mir jetzt nicht so kriecherisch daher, Kirchner!“

8. Die Senne als Schicksal

Die Senne war Kuss immer zu trist, zu langweilig. Seit er denken kann, verbindet sich damit für ihn der Anblick von schäbigen und verwohnten 60er Jahre-Wohnblocks und Reihenhäusern, die heute fast allesamt unter der amtlichen Bezeichnung ‚Sozialer Brennpunkt' laufen. Kleinindustrie hat sich dort angesiedelt und wieder dichtgemacht. Riesige Lager von SB-Warenhausketten liegen hier mitten im Wald, weit abgeschieden und nur mit dem Auto erreichbar. Die Straßen dahin sind gesäumt von Müll: alte Autoreifen, benutzte Papiertaschentücher, Zeitungen, Kondome. Auch Autohäuser finden sich dort. Denen scheint es gut zu gehen, sie haben in den vergangenen Jahren angebaut. Call-Center und so genannte Personal-Service-Agenturen, die modernen Sklaventreiber, haben sich hier niedergelassen. Marketing-Unternehmen residieren nach wie vor in Container-ähnlichen Flachbauten, schicken Drückerkolonnen nach Ostdeutschland und verstopfen die privaten Briefkästen mit billigen Werbebotschaften. Eine scheußliche Melange aus dem hochprofitablen Bodensatz der Industriegesellschaft hat sich hier versammelt. Die Chefs dieser Unternehmen sehen alle gleich aus und sind alle gleich: Ende Vierzig oder Anfang Fünfzig, groß, gewaltiger Bierbauch, Trachtenjankerl oder schlechtsitzender Anzug und mit einem aggressiven Selbstbewusstsein ausgestattet, das man ihnen schon von Weitem ansieht, und das sie so unsympathisch macht. Ihre ganze Erscheinung signalisiert: Ich bin hier der Chef und nur ich weiß, wo's langgeht! Solche Leute machen hier in der Einöde ihre Geschäfte mit den Armen und Zukurzgekommenen der Gesellschaft.

Kuss denkt zurück an seine Kindheit. Da gings oftmals am Sonntag zum Wandern in die Senne. Alles war nur karger Nadelwald. Auf dem sandigen Boden kam man nur schlecht voran. Es war öde und langweilig. Und man hatte immer Sand in den Schuhen. Kuss' Gedanken bescheren ihm eine immer schlechtere Laune, trotz des Sonnenscheins.

Als sie sich Dr. Hamichs Wohnung nähern, wird es erstaunlicherweise wunderschön. Dichter, hoher Baumbestand ist vorherrschend. Eine angenehm verkehrsberuhigte Zone und weit von der Straße und den Einfahrten entfernt liegende Villen zeigen, dass man in einer ‚besseren' Gegend angekommen ist.

„Wir habens bei unseren Opferfamilien nur noch mit sehr gut situiertem Mittelstand zu tun!", bemerkt Kirchner und hält vor der Einfahrt von Haus Nummer 43. „Hier haben wir das Anwesen derer von Hamichs."

Kirchner lenkt den Wagen vor das Haus, das aussieht, als habe man es aus einem Walt Disney-Märchenfilm direkt in die Dalbker Realität verfrachtet. Vorher hat der Architekt offenbar mit dem Schlagsahne-Sprüher an allen Ecken und Enden kleine Häubchen abgesetzt.

„Dass die Reichen immer so einen beschissenen Geschmack haben müssen!", wundert sich Kuss. „Das Haus sieht ja aus wie ein Albtraum aus Hollywood. Wohnen hier die böse Hexe oder der gute König oder beide? Haben sich offenbar zusammengetan! Mann, das tut ja in den Augen weh …!"

Zum Haupteingang des weißen Hauses mit riesigem Walmdach führen zwei große Freitreppen, die vor der Haustür zu einer einzigen zusammenlaufen. Jeweils links und rechts am Beginn der Treppen sind weiße Steingutlöwen postiert, die ein großes Schild in ihren Pranken halten. Da steht aber gar nichts drauf. Ist nur weiß. Die reichhaltigen Verzierungen der weißen Treppengeländer sind aus Eisen geschmiedet und weiß angestrichen. ‚War bestimmt nicht billig, das Ganze. Sieht deshalb aber nicht besser aus. Das Haus eines durchgeknallten Zuckerbäckers', denkt Kuss.

Kirchner drückt auf den Klingelknopf. ‚Ding-ding-dong' macht es langsam und laut im Innern des Hauses.

„Wusst ichs doch", sagt Kuss zu sich selbst, als er das Klingeln hört, „ging ja gar nicht anders!"

„Ja, bitte!", aus einem Sprechgerät meldet sich eine männliche, junge und überfreundliche Stimme.

„Kripo Bielefeld! Wir möchten zu Frau Hamich, bitte!", sagt Kirchner.

„Einen Moment! Können Sie bitte Ihre Ausweise vor das Kameraauge über dem Klingelknopf halten? Das wäre sehr nett."

Kirchner schaut Kuss an. Beide ziehen die Augenbrauen hoch und sehen sich genervt an. Hier hat man also nicht nur Geld, sondern auch noch Angst und Profilneurosen. Genauso wie bei den Klagenfurts und bei Ribbecks. Beide halten abwechselnd ihre Ausweise hoch. Kuss seinen alten, in der Plastikhülle verbogenen und eingeschmutzten und Kirchner den noch recht neuen und gepflegten.

„Ja, danke!", sagt die Stimme. „Was wünschen Sie denn von Frau Hamich?"

„Mein Gott!", schimpft Kuss in die Sprechanlage. „Bin ich hier in 'nem schlechten Tatort, oder was? Mach hinne, meld uns endlich an, sonst gibts riesigen Ärger!"

„Einen Moment bitte noch. Ich melde Sie bei Frau Hamich an!"

„Wir bitten darum! Aber zügig!"

Es dauert ein wenig, dann ertönt ein Türsummer und Kuss drückt dagegen. Bei diesem Vorgang werden sie von mindestens vier Überwachungskameras aufgenommen.

„Man kanns auch übertreiben!", murmelt Kuss, nachdem er sie durchgezählt hat. Kirchner und er finden sich in einem halbdunklen Foyer wieder, von dem links eine große Treppe in die nächsthöhere Etage führt. Kuss hatte sich das, nach dem Eindruck von außen, alles noch viel größer vorgestellt. Ein unfassbar riesiger Mann nähert sich ihnen, nicht dick, sondern muskelbepackt. Er wirkt fast quadratisch. Trägt einen schwarzen, schlechtsitzenden Anzug, weil es für seine Größe wahrscheinlich ansonsten nur Sonderanfertigungen gibt. Seine Gesichtszüge sind ostasiatisch. Aber nicht so ganz. Irgendetwas dazwischen. ‚Vielleicht Kalmücke oder so was', denkt sich Kuss.

„Guten Tag, meine Herren", begrüßt er sie in einwandfreiem Deutsch. Es ist die Stimme aus der Sprechanlage vor der Haustür. „Darf ich Sie bitten, mir noch einmal die Ausweise zu zeigen? Haben Sie Ihre Dienstwaffen dabei?"

Kuss kriegt zuviel.

„Hör mal zu, du Pfeife!", schreit er den Kalmücken an, der offenbar Mitarbeiter irgendeines Sicherheitsdienstes ist, den die Hamichs engagiert haben. „Du hast unsere Ausweise gesehen. Und wenn du nicht willst, dass ich dich gleich wegen Behinderung von Polizeiarbeit einloche, dann halt endlich die Fresse!"

Das kalmückische Muskelpaket kommt näher. Seine Gesichtszüge verraten keinerlei Gefühlsregung. Aber trotzdem sieht er ausgesprochen bedrohlich aus.

‚Ein echter Profi!', denkt Kirchner. ‚Kuss sollte nicht so eine große Klappe haben, sonst hängt er dem Typen gleich beim Einatmen quer unter der Nase!'

„Ist schon gut, Okna! Meine Herren, bitte streiten Sie sich doch nicht und kommen Sie hoch!", lässt sich eine weibliche Stimme von oben vernehmen.

‚Das war Rettung in letzter Minute!', denkt sich Kirchner.

Kuss und Okna, der vermeintliche Kalmücke, schauen sich noch einmal finster an. Okna macht eine Geste, als würde er in Richtung der beiden Polizisten spucken. Kuss wird fuchsteufelswild und will sich auf Okna stürzen. Der wartet nur ganz ruhig ab, dass der Polizist diesen Fehler begeht. Aber Kirchner hält den vor Wut kochenden Kollegen zurück.

„Immer ruhig bleiben, Herr Hauptkommissar! Der will doch nur, dass Sie auf ihn losgehen. Dann ist er im Recht!"

Okna sagt etwas in einer fremden Sprache, das sehr verächtlich klingt und entfernt sich. Kuss hätte am liebsten seine Pistole gezogen und dem Muskelpaket eins auf den Pelz gebrannt.

„Kommen Sie jetzt, Herr Kuss“, sagt Kirchner, „gehen wir nach oben!“

Die beiden Polizisten stapfen die Stufen hoch. Kuss kocht auf kleiner Flamme. Oben angekommen, stehen beide in einer phänomenal schicken und modernen Umgebung und fühlen sich mal wieder vollkommen unpassend gekleidet. So wie doofe Polizisten eben, Plattfüßler, todlangweilig. Eine gewaltige Fensterfront gestattet einen unvergleichlichen Blick auf einen riesigen Garten. Hier und dort, wie zufällig, stehen riesige weiße Sonnenschirme mit weißen Sitzmöbeln darunter.

„Guten Tag, die Herren!“, hören beide eine Stimme. Sie kommt, wie sollte es anders sein, von einer schlanken, blonden, großen Frau um die 30, die so gut aussieht, dass es fast schon wehtut. Kirchner und Kuss sehen gegen sie aus wie die geborenen Verlierer.

‚Wer so ein Luxusweibchen halten will, der muss was zu bieten haben!‘, denkt sich Kirchner. ‚Und zwar etwas, das sich in möglichst hohen Zahlen, mit vielen Nullen dran, auf Bankkonten manifestiert. Muss wohl bei Reinhold Hamich der Fall gewesen sein.‘

Kuss denkt anders. Ihn beginnt diese Parade von reichen und schönen Menschen, die er seit Montagmorgen abnimmt, zu langweilen.

‚Kacken müssen se alle, und sterben werden se auch alle!‘, denkt er sich.

„Frau Daniela Hamich?“, fragt er.

„Genau dieselbe“, antwortet das blonde Wesen in einem angenehmen Tonfall und mit einem breiten Lachen, das die makellosesten Zähne der westlichen Hemisphäre entblößt.

Kuss und Kirchner stellen sich noch einmal vor, zeigen

ihre Ausweise und reden lange um den heißen Brei herum, weil sie dem zarten Wesen, das vor ihnen agiert und einen Kaffee anbietet, nicht wehtun wollen. Kuss passt auf, dass er das Heft des Sprechens und Auskunftgebens in der Hand behält, damit Kirchner, dieser Depp, nicht wieder so einen herzlosen Mist verzapft wie bei Frau Klagenfurt am Montag. Kuss lässt durchblicken, dass man wegen Dr. Reinhold Hamich zu ihr gekommen sei.

„Ich mache mir ja solche Sorgen um Reinhold", sagt sie, „und an Ihren Gesichtern sehe ich, dass Sie ihn noch nicht gefunden haben. Was steckt bloß dahinter? Ich bekomme hier langsam aber sicher die nackte Panik. Vielleicht hat er einen Unfall gehabt und liegt seitdem irgendwo verletzt im Straßengraben, von niemandem bemerkt!"

„Es ist leider anders, Frau Hamich! Wir haben Ihren Mann heute Morgen gefunden! Allerdings tot – … äh, ermordet! Bestialisch ermordet!", sagt Kuss.

Kirchner glaubt, er höre nicht richtig. So überbringt man also als Vollprofi mit psychologischer Halbbildung, aufgefrischt in Wochenendseminaren, einem sensiblen Menschen eine schlechte Botschaft!

Daniela Hamichs Bestürzung scheint echt. Sie versteht zunächst nicht richtig oder will nicht verstehen. Dann bricht sie heulend zusammen. Das wiederum sieht nicht so überzeugend aus, findet Kirchner. Beide, Kirchner und Kuss, hätten gern Frau Hamich tröstenderweise in den Arm genommen, aber sie verkneifen sich derart plumpe Vertraulichkeiten. Könnte missverstanden werden. So stehen sie stumpf und tatenlos um das gut aussehende Häufchen Elend herum und wissen nicht, was zu tun ist.

„Haben Sie vielleicht jemanden, der sich in der nächsten Zeit etwas um Sie kümmern kann? Falls nicht, könnte ich jemanden zur Betreuung vorbeischicken", bietet Kuss an.

‚Am besten mich!', denkt Kirchner und verurteilt sich selbst sofort für ein derart unmoralisches Ansinnen, das er trotz des Schmerzes der betreffenden Person hegt. Er weiß nicht, dass Kuss ähnlich denkt und sich selbst gern in Vorschlag für psychologische und sonstige Betreuung bringen würde.

Frau Hamich sieht mittlerweile vollkommen verheult, aber immer noch umwerfend aus, schüttelt den schönen Kopf und stammelt unter Schluchzen, dass das nicht nötig sei. Sie käme schon zurecht. Kuss fragt noch, ob sie trotz ihres Schmerzes ein paar Fragen beantworten könne.

„Es geht heute nicht", antwortet sie, „bitte haben Sie Verständnis!"

„Kein Problem", sagt Kuss, „wir melden uns noch einmal bei Ihnen. Bis dahin. Falls Sie uns etwas mitteilen möchten, – hier ist meine Karte. Auf Wiedersehen!"

Auf der Rückfahrt aus Kuss' verhasster Senne hocken beide wortlos nebeneinander und stieren nach vorn.

„Also, wenn Sie mich fragen, Herr Kuss, ...!"

„Dich fragt aber keiner!"

9. Hoher Besuch

Im Büro erwartet Kirchner und Kuss hoher Besuch. Polizeipräsident Hans-Georg Nagel sitzt auf Kuss' Bürostuhl. Dessen persönlicher Referent, Ingo Busse, ist auch anwesend. Er lümmelt sich auf Kirchners, nach vielen Querelen mit dem Arbeitgeber zu Lasten des Steuerzahlers erworbenem und gesundheitsförderndem, Drehstuhl herum. Busse ist, nicht nur nach Kuss' Meinung, ein junger, arroganter Schnösel, der zu allem Übel auch noch Gel in den Haaren trägt.

‚Sieht aus, als hätte dieser kleine Drecksack vergessen, sich die Haare zu waschen!', denkt sich Kuss. ‚Verdammtes Backpfeifengesicht! Warum bloß schleppt der Polizeipräsident diesen Deppen überall mit hin?', fragt er sich und vermutet, dass es sich wahrscheinlich um eine Vitamin-B-Geschichte handelt, in die keiner Einblick hat.

„Hallo Hans-Georg, was verschafft uns die Ehre deines Besuchs?", fragt Kuss. Die beiden kennen sich seit über 20 Jahren, sind zusammen auf Streife gegangen. Dann ist Hans-Georg mit der Politik in Berührung gekommen und kometenhaft schnell in der Polizeihierarchie aufgestiegen. Bei Thomas Kuss lief alles deutlich langsamer. Und er ist auch nicht so hoch aufgestiegen.

„Tach, Thomas! Tach, Herr Kirchner!", grüßt Hans-Georg Nagel. Er gibt sich heute jovial. Sein schmieriger Referent sagt kein Wort. „Wie gehts denn so? Wollte mal vorbeischauen und fragen, wie es mit den Ermittlungen läuft. Kommt ihr voran?"

„Nun, …", hebt Kuss an und will etwas zum Hergang der bisherigen Ermittlungen zusammenstottern.

Der Polizeipräsident lässt ihn nicht ausreden: „Mit diesen beiden Morden, also dem von Montag und dem heutigen … Nicht, dass ich nicht sicher wäre, ihr würdet damit nicht fertig … Na, jedenfalls gibts in der Bielefelder Hautevolee einen mächtigen Aufruhr. Unsere dort versammelten Leistungsträger, Steuerzahler und Arbeitgeber, also die Stützen der Gesellschaft, haben allesamt Wind von der Sache bekommen, obwohl nichts in den Zeitungen stand und steht. Und ständig fragt einer bei mir an, wann denn erste greifbare Ergebnisse der Ermittlungen vorlägen. … Ich sag, Leute! Ihr verlangt zu viel, das ist einfach zu früh!"

Hans-Georg Nagel guckt in die Runde.

„Ist es zu früh? Thomas?", fragt er.

„Definitiv zu früh! Wir haben noch keine heiße Spur. Nur Vermutungen. Könnte sich bei Dr. Klagenfurt um ein Eifersuchtsdelikt handeln. Da deuten zumindest einige Kleinigkeiten drauf hin. Bei Dr. Hamich – ja, mein Gott! Der ist ja nun gerade mal eben erst identifiziert worden! Das Einzige, das bei ihm und seinem Umfeld irgendwelche Verdächtigungen nähren könnte, ist die Tatsache, dass er sich auf seinem Anwesen wie in einer Burg verschanzt hat. Schlagkräftiger Sicherheitsdienst inklusive. Wir fanden das alles andere als normal."

Es entsteht eine Pause, die ziemlich lange dauert. Alle glotzen in der Gegend herum.

„Nicht mal das Ausbuddeln von Meinward Adlers Leiche ist geheim geblieben!", mischt sich jetzt auch noch der Assistent von Nagel ein.

Nagel zieht missbilligend die Augenbrauen hoch und fährt fort: „Und obwohl dieser Fall mit den beiden Morden doch wohl nichts zu tun hat, wird er mit ihnen in einen Topf geworfen! Das Ganze bildet mittlerweile eine beunruhigende Mischung aus Angst, Abscheu, Schrecken. Offenbar hat jedes unserer High Society-Mitglieder begründete oder unbegründete Angst und vielleicht sogar etwas Dreck am Stecken und fürchtet nun die grausame Rache von Zorro."

„Also, Hans-Georg, – ich würde nicht unbedingt ausschließen, dass die Schändung von Adlers Leiche nicht doch etwas mit den beiden anderen Dingen zu tun hat!", sagt Kuss.

„Ach, ja? Wieso glaubst du das?"

„Du sagst es, – ich glaube es. Ist nur so ein Gefühl! Die beiden Morde sind extrem grausam und perfide. Die Exhumierung und Verstümmelung von Meinward Adlers Leiche – ja, mein Gott, das ist auch irgendwie eine ganz widerwärtige Tat. Trägt fast dieselbe Handschrift!"

„Du glaubst das also, Thomas? Lassen wir uns überraschen!"

„Bist du nur hier, um ein wenig Druck zu machen?", fragt Kuss. „Das ist nicht nötig. Wir sind ununterbrochen an der Sache dran. Aber du könntest mir ein paar Leute zuteilen, die bei den Ermittlungen helfen. Dann können wir den hiesigen Jet-Set früher mit Fahndungsergebnissen beruhigen."

„Das ist ein wahres Wort, Thomas! Deshalb bin ich tatsächlich auch hier. Sind wir hier. Um der ganzen Angelegenheit etwas Schub zu verleihen, werde ich eine Sonderkommission bilden, an deren Spitze du stehst. Und so werde ich das auch den interessierten Kreisen verkünden. Mit großer Manpower werden wir den oder die Täter in kürzester Zeit schnappen! Die Presse habe ich gebeten, noch nichts zu berichten. Weder über die Morde, den ausgebuddelten Meinward Adler, noch über die Sonderkommission!"

Kuss ist ganz und gar erstaunt, dass seinem Ruf nach mehr Personal, den er sonst immer und bei jeder Gelegenheit zum Besten gibt, dieses Mal so schnell entsprochen, er quasi vorauseilend erhört wird.

„Wer soll denn zur Sonderkommission gehören?", fragt er. „Sind doch im Moment alle im Urlaub. Oder gibt es Unterstützung von außerhalb?"

„Äh, ja, jetzt sind wir beim Punkt!", räuspert sich Hans-Georg Nagel. „Mit dem Personal ist es ja ganz allgemein recht knapp bestellt. Und darum fällt die Größe der Sonderkommission auch nicht besonders ins Gewicht. Ist quasi eine eher symbolische Sache. Na, was solls, es muss ja raus: Als

Dritte kommt morgen früh Frau Raquel De Zosa von der Polizeischule …"

„Das wissen wir schon! Die wär auch ohne die Bildung einer Sonderkommission hier aufgetaucht!", meckert Kuss dazwischen.

„… und Herr Sebastian Prieß vom Kommissariat 17. Hmmm, ja, das wärs eigentlich!"

Kuss meint, auf Ingo Busses Gesicht die Andeutung eines Grinsens gesehen zu haben. Es ist sozusagen über dessen Gesicht gehuscht. Das macht ihn rasend.

„Sag deinem Sklaven, er soll sich sein unverschämtes Grinsen aus dem Gesicht wischen, sonst tu ichs!", schnauzt er.

„Ruhig bleiben, Thomas! Da hast du möglicherweise etwas überinterpretiert! Habe ich Recht, Herr Busse?", Nagel dreht sich zu seinem Referenten um.

„Ich habe nicht gegrinst, Herr Polizeipräsident! Warum auch?"

„Ja, warum auch! – Siehst du, Thomas, alles in bester Ordnung. Niemand grinst hier!"

„Sebastian Prieß ist doch so'n ganz Seltsamer!", sagt Kuss. „Wird uns nicht viel helfen können! Viel zu vergeistigt! Das ist doch einer, der es nicht einmal schafft, sich mit 'ner Kneifzange die Hose richtig rum anzuziehen. Und Frau De Zosa hat doch auch von nix 'ne Ahnung! Ist doch ein vollkommener Frischling! – Herrgott, sag doch auch mal was dazu, Kirchner! Nicht immer nur den stillen Dulder mimen!"

„Äh, ja, möglicherweise hilft uns das ein wenig weiter, Herr Polizeipräsident!"

„Du sollst dich über diese Unverschämtheiten beschweren und nicht anderen nach dem Munde reden!", schimpft Kuss mit dem Unterton der Verzweiflung in der Stimme.

Hans-Georg Nagel hat genug von dem Gekabbel. Er steht auf, reibt sich die Hände und macht, alles in allem, einen zufriedenen Eindruck.

„Na, dann wäre das ja geklärt! Hätten wir das! Prima! Frau De Zosa und Herr Prieß treten also morgen früh an. Ich denke, dass wir jetzt eine ganz schlagkräftige Truppe beisammen haben! Höhöhö!"

„Das ist doch alles nicht wahr! Das träume ich doch nur!", Kuss ist fast den Tränen nah.

„So, meine Herren, die Pflicht ruft mich und Sie. Kommen Sie, Herr Busse, trinken wir in der Kantine ein Käffchen! Schon genug gearbeitet heute, höhöhö! – Herr Kuss, Herr Kirchner! Ich wünsche frohes Schaffen! Halten Sie mich bitte über Ihre Ergebnisse umgehend auf dem Laufenden. Sollte ich nicht erreichbar sein, wenden Sie sich vertrauensvoll an Herrn Busse!"

„Bevor ich mich an den wende, …!", schimpft Kuss.

„Reißen Sie sich doch zusammen, Herr Kuss!", zischt Kirchner ihn leise an.

„Verflucht, warum soll ich mich zusammenreißen, Kirchner? Die wichtigste Abteilung der Polizei, die Mordkommission, ist mit grünen Jungs und Mädchen besetzt! Und das vor dem Hintergrund einer Mordserie! Wer weiß, ob das nicht noch weiter geht!"

Jetzt ist Kirchner etwas beleidigt. Er will nicht als grüner Junge gelten. Er glaubt, ein vollwertiger Polizist zu sein.

„Nun geben Sie mal Ruhe", mischt sich Ingo Busse ein, „wir haben für Sie unter den obwaltenden Umständen getan, was möglich war!"

Kuss zuckt es in der rechten Hand. Er möchte aufspringen und Busse am liebsten eins aufs Maul hauen, reißt sich aber in letzter Sekunde zusammen.

„Auf Wiedersehen!", flötet ganz widerwärtig gut gelaunt Hans-Georg Nagel und verschwindet mit seinem Büttel Ingo Busse von der Bildfläche.

„Ist doch wohl nicht wahr, das Ganze!", stöhnt Kuss noch einmal.

10. Tödliches Saufen

Die Nacht auf Donnerstag verläuft für Kirchner und Kuss von der Mordkommission in jeglicher Hinsicht ausgesprochen unruhig. Um drei Uhr morgens klingelt bei beiden das Telefon. Die Streife ist wegen ruhestörenden Lärms zu einem Haus an der Walther-Rathenau-Straße gerufen worden. Und hat bei dieser Gelegenheit gleich einen offenbar gerade eben Verblichenen entdeckt. Es ist klar, dass es sich um ein Tötungsdelikt handelt. Da müssen Kuss und Kirchner ran.

Für Kuss liegt dieser Termin ganz schlecht. Er hat lange ferngesehen, sich dann sehr spät ins Bett gelegt und konnte nicht einschlafen. Gerade, als er die nötige Schwere erreicht hat, muss er wieder aufstehen. Er fühlt sich wie ausgekotzt. Aber er ist pflichtbewusst und will zum Einsatz. In seinem Badezimmerspiegel sieht er ein bleiches Gesicht mit Bartstoppeln und roten Augen. Er putzt sich die Zähne und ruft ein Taxi.

Kirchner geht es zumindest mental deutlich besser. Auch, wenn er ebenso erschöpft wie Kuss ist. Aber das liegt eher an der wilden Liebesnacht mit Verena Prohaska. Oliver Kirchner quält sich aus dem Bett, ist ebenso wenig von dem eigenen Gesicht im Badezimmerspiegel angetan, wie Kuss von dem seinen. Zähneputzen und dann los. Verena Prohaska bleibt einfach liegen und schläft weiter.

‚Es ist Equinox, oder wie das heißt', denkt sich Kuss, als er vor der Haustür auf das Taxi wartet. Keine Nacht mehr, aber auch noch nicht richtig Tag. Alles ist farblos, grau. Kein Mensch auf der Straße, kein Auto weit und breit. Unheimlich. Als wäre die Stadt ausgestorben, als wären alle über Nacht getürmt. Gab doch auch mal einen Titel von John Coltrane, der so hieß.

Das einzige Auto, das auftaucht, ist sein Taxi. Er fröstelt. Das ist für dich bestimmt, Thomas. Es kommt dich holen.

Der Fahrer ist nicht besonders gesprächig. Kuss muss sich

voll und ganz darauf konzentrieren, nicht im Wagen einzuschlafen. Vor der Walther-Rathenau-Straße 78, einem mächtigen Altbau aus Kaisers Zeiten, ist viel los. Mehrere Streifenwagen und ein Rettungswagen stehen da, alle mit Festbeleuchtung, die Blaulichter flackern.

„Was isn hier los?", fragt der stumme Fahrer mürrisch. Der Tonfall seiner Stimme signalisiert, dass ihn das im Grunde überhaupt nicht interessiert.

„Wollen mal sehen!", sagt Kuss, zahlt und steigt aus. Lässt sich aber noch eine Quittung über den Fahrpreis geben.

Er zeigt den Kollegen von der Streife seinen Ausweis. Aber die kennen ihn, winken ihn heran. Er geht ins Haus, ackert sich zum vierten Stock hoch. Auf jeder Etage stehen Wohnungstüren offen und Menschen im Türrahmen. Sie unterhalten sich laut. Ihre Sprachen klingen fremd.

‚Mein Gott', denkt sich Kuss, ‚in diesen Häusern stinkts sogar noch nachts nach Erbsensuppe mit Einlage. Darf nicht wahr sein!'

Im vierten Stock ist viel los. Kolleginnen und Kollegen von der Spurensicherung, dem Streifendienst und andere drängen sich auf dem Flur und in der engen Wohnung, in der der Tote liegen soll.

Kuss kämpft sich durch die Leute. In den Räumen ist es stickig, es riecht nach Zigarettenqualm, säuerlich und gleichzeitig streng. Die Mischung hat Thomas Kuss schon oft gerochen, wenn er die Leiche eines armen Schweins begutachten musste, das sich offenbar totgesoffen hatte: Erbrochenes, Urin, schales Bier, Schnaps. Widerlich. Die Wohnung ist taghell erleuchtet, die Tapeten, Vorhänge und Gardinen sind hell- bis tiefbraun. Alles, was in diesen vier Wänden einmal eine andere Farbe gehabt haben mag: Jetzt war es braun vom Rauch und Nikotin tausender Zigaretten.

‚Unglaublich', denkt Kuss, ‚in dieser Wohnung ist mehr los, als auf dem Hauptbahnhof! Wo kommen all die Leute her?'

Oliver Kirchner geht ihm entgegen.

„Morgen, Herr Kuss!“

„Kirchner, schmeiß sofort, und ich meine sofort, alle Leute hier raus, die mit der Ermittlung nicht unmittelbar etwas zu tun haben! Uns werden doch alle Spuren zerstört. Und überhaupt! Ist das hier ‘ne Volksbelustigung? Die Kollegen von der Streife sollen alle Schaulustigen wieder zurück in ihre Wohnungen schicken! Verstanden? Ach, was solls, ich machs schon selbst!“

Kuss stellt sich in den Flur der Wohnung und brüllt: „Alle mal herhören! Verdammt noch mal, alles hört jetzt her! Bis auf die Spurensicherung alle raus, alle! Habe ich mich klar ausgedrückt?“

Kuss fühlt sich gleich besser. Was so ein bisschen Rumschreien für eine wohltuende psychotherapeutische Wirkung haben kann! Unter allgemeinem Gemurmel und leise gesprochenen empörten Sprüchen wie ‚Mein Gott, wie ist der denn drauf?‘ schieben sich die Menschenmassen aus der Wohnung. Danach ist Ruhe. Man hört nur noch das Klicken der Fotoapparate der Spurensicherung, das Summen, wenn sich der Blitz auflädt, leise gesprochene Worte, wenn etwas entdeckt wird. Thomas Kuss geht in das nikotingelbe Wohnzimmer der Wohnung und sieht dort einen Mann neben dem stumm laufenden Fernseher auf dem Bauch liegen. Er hat nur eine dunkle Unterhose an, Socken und ein dunkles Hemd.

„Was war hier los, Kirchner?“

„Anruf in der Notrufzentrale, etwa um zwei Uhr. Nachbarn hier aus dem Haus beschwerten sich über den anhaltenden Lärm aus dieser Wohnung. Laute Musik, Brüllen, Lachen, zum Schluss Schreien und lautes Rumpeln, als würden Möbel gerückt. Als die Kollegen eintrafen, wurde ihnen nicht aufgemacht. Drinnen laute Musik, laute Gespräche, Schreien. Die Streife sah Gefahr im Verzug und trat die Tür ein. Drinnen fand sie drei Männer vor, 50, 45 und 30 Jahre alt, schwer alkoholisiert. Die machten gar keine Anstalten, den Toten zu verstecken. Er blutete aus Nase und Ohren, und obwohl der Kollege gar keinen Puls mehr fühlte, rief er den Rettungswagen. Die drei Besoffenen standen belämmert dabei. Als bei den Kollegen der Verdacht entstand, dass diese den Mann am Boden so zugerichtet haben, wollten sie die drei festnehmen. Da gabs plötzlich eine wilde Rauferei. Verstärkung war noch nicht da. Kollege Haubrock von der Streife musste schließlich die Waffe ziehen und drohen, damit Ruhe einkehrt. Lange Rede, kurzer Sinn: Es sieht so aus, dass die Männer hier in der Wohnung sich am Abend zu einem Saufgelage zusammenfanden, dann gabs Streit mit dem vierten Mann im Raum, und dann haben sie so lange auf ihn eingeprügelt und ihn getreten, bis der Tod eintrat. Und noch darüber hinaus. Das haben die in ihrem Suff gar nicht bemerkt. Die Täter sitzen nebenan, in der Küche. Zwei Kollegen passen auf."

„Alles klar!"

Kuss sieht sich den Toten näher an. Geht auf die Knie, um das Gesicht zu betrachten. Übel zugerichtet. Das Blut aus der Nase und den Ohren ist mittlerweile getrocknet, das Gesicht vollkommen verquollen. Der Unterkiefer sieht komisch aus, als sei er nicht an der richtigen Stelle. Wahrscheinlich ausgerenkt oder gebrochen oder beides.

‚Was für Arschlöcher, diese Typen! Tut ihnen wahrscheinlich auch noch Leid, wenn sie wieder nüchtern sind!' Kuss hat keine Lust, mit den mutmaßlichen Tätern zu sprechen. Hirnlose Schmeißfliegen!

„Mann, Thomas, ich krieg noch richtig gut zu tun bei euch!", sagt plötzlich eine Stimme. Sie gehört dem gähnenden Heinrich Skrzybinski, der gerade eingetroffen ist. Er stellt seinen Instrumentenkoffer neben der Leiche ab und zieht sich die Gummihandschuhe über.

„Hallo Heinrich!", grüßt Kuss. „Allerdings ist das hier nicht besonders geheimnisvoll. Hier haben nur ein paar besoffene Vollidioten ihren Kumpel totgeschlagen. Na, hoffentlich musste er nicht so leiden wie unser Mann auf der Stange von gestern!"

„Mit Sicherheit nicht!", entgegnet der Gerichtsmediziner. „Unser Gepfählter hat mit dem Ding im Leib noch zwei Tage gelebt! Der Täter hat ihm vorm Verbrennen der Hand sogar kreislaufstabilisierende Medikamente gespritzt, damit er nicht ständig das Bewusstsein verliert, sondern alles schön mitbekommt und nicht etwa am Schock stirbt!"

„Na, dann mach dich mal an diese Sache ran! Ein schöner, brutaler, kompromissloser Mord!"

Kirchner mischt sich ein: „Draußen stehen ein paar Leute von der Presse. Sollen oder können wir denen was sagen?"

„Kirchner, du machst das! Geh hin und erzähl den Leuten, was wir verantworten können! Aber halt den Mund hinsichtlich unserer anderen Geschichten! Kein Wort!"

„Geht in Ordnung!"

Kirchner findet es ganz toll, wie ein Polizeisprecher auch einmal vor die Presse treten zu dürfen.

Die Leute von den Zeitungen geben sich allerdings ziemlich rücksichtslos und unnachgiebig. Mit Großkotzigkeit und solchen Sprüchen wie ‚kein Kommentar', wie er es im Fernsehen schon oft gesehen hat, kommt Kirchner nicht weit. Um vier Uhr morgens, vor dem Haus in der Walther-Rathenau-Straße, nehmen ihn die Journalisten mächtig in die Zange. Sie wollen natürlich wissen, ob es nicht einen Mord an einem Zahnarzt gab, einen Mord an einem Rechtsanwalt und warum die Polizei dazu schweigt, obwohl es die halbe Stadt doch schon längst wisse. Mit letzter Kraft gelingt es Kirchner, die Presse abzuwimmeln. Er schwitzt. Das hat er sich einfacher vorgestellt.

‚Darum hat Kuss mir dieses Privileg eingeräumt. Hatte selbst keinen Bock drauf!' Kirchner ist sauer.

Oben, im vierten Stock, hat Kuss seinen Abscheu überwunden und die Küche betreten, in der die drei Täter mit Handschellen gefesselt hocken.

‚Sind ja wandelnde Stereotypen', denkt sich Kuss, als er sie erblickt.

Man sieht sofort, dass etwas mit ihnen nicht stimmt, dass sie Alkoholiker sind. Aber sie sind noch nicht ganz unten angekommen, sie müssen noch nicht ins Gebüsch pinkeln und auf Parkbänken übernachten. Aber sie befinden sich auf jener schiefen Ebene, die nach unten führt. Und sie sind ihrem Tiefpunkt durch den Mord an ihrem Saufbruder ganz nahe gekommen. Jetzt lockt erst einmal der Knast.

Als Kuss die Küche betritt, gucken die drei hoch. Zwei von ihnen, die Älteren, lassen die Köpfe hängen, während der Jüngere, der zwei blaue Augen, wohl von einer früheren Schlägerei, hat, Hauptkommissar Kuss herausfordernd und aggressiv direkt in die Augen schaut.

„Was glotzen Sie?", fragt Kuss. „Wollen mich wohl am liebsten mit Fußtritten und Schlägen töten? Wie Ihren Freund?"

„Der ist nicht unser Freund!", sagt er.

„Und weil er nicht Ihr Freund ist, saufen Sie mit ihm zusammen und ermorden ihn dann?", fragt Thomas Kuss.

„Halt die Fresse, Eddi! Du reitest uns doch nur noch mehr rein!", sagt einer der Älteren zu dem mit den dicken Augen.

Kuss wendet sich an einen der Uniformierten. „Schaffen Sie mir dieses Trio Infernal aufs Revier! Hab jetzt keine Lust, mich mit diesen Primaten zu unterhalten!"

„He, Vorsicht, Herr Kommissar! Passen Sie auf, was Sie sagen!", meldet sich Eddi.

„Pass auf, was du sagst, du Ursuppe, du Amöbe! Sonst gehst du solange in den Bau, bis du schwarz wirst!", zischt Kuss und geht raus.

Vor der Tür lungert Kirchner herum, der mit seiner Leistung bei seiner ersten Mini-Pressekonferenz hadert.

„Los, Kirchner! Wir hauen ab. Irgendwo was essen!"

„Gute Idee, Herr Kuss. Hab zwar gar keinen Hunger. Aber einen Tee könnte ich trinken!"

„Da weiß ich ganz genau das Richtige für dich!"

Etwas später sitzen beide im ‚Yol' am Hauptbahnhof. Es ist fünf Uhr morgens am Donnerstag und hier ist mehr los als am verkaufsoffenen Sonntag. Kuss weiß, dass in der Türkei zum Frühstück Suppe gegessen wird. Darum löffelt er jetzt auch eine Fleischsuppe. Hat sich ordentlich Zitrone drübergehauen.

„Schmeckt besser als Ragout Fin! Musste mal probieren, Olli!"

Kirchner will aber nicht. Ihm gehen die Morde und Leichen seit Montag schwer an die Nerven, besonders an jene im Magen- und Darmbereich. Er hat sich nur ein Tässchen schwarzen Tee genehmigt. Der kommt aus dem Samowar und ist so stark, dass es Kirchner fast umhaut.

Nach der Suppe fühlt sich Kuss schon viel besser. Kirchner klärt auf:

„Also, Herr Kuss! Die türkische Fleischsuppe. Das ist Fleisch aus dem Schädel vom Hammel oder so. Wird ausgekocht!"

„Egal, Kirchner! Schmeckt super!"

Kuss trinkt auch noch einen ultrastarken Tee und sieht sich um. Er fragt sich immer wieder, wie es dieser Laden schafft, dass hier Tag und Nacht der Bär steppt. Was die Betreiber wohl dem Ordnungsamt erzählt haben, um 24 Stunden am Tag die Bude geöffnet zu halten? Andererseits – was solls! Wo konnte man sonst um fünf Uhr morgens, unter der Woche, schon hingehen, um zu trinken und zu essen?

„So, Kirchner, was meinst du denn zu diesem scheußlichen Totschlag von heute Morgen?", fragt Kuss.

„Hat nix mit unseren anderen Morden zu tun!", sagt Kirchner. „Reiner und purer Zufall, dass der unserem anderen Täter die Schau stiehlt. Sind ein paar besoffene Deppen, die aus irgendeinem nichtigen Grund ihren Kumpel tottreten! Allerdings – widerwärtige Deppen!"

„Vielleicht hast du Recht!", meint Kuss. „Los, komm, Olli, wir gehen in die Kneipe. Ich tu dir einen aus."

„Oje, so früh in die Kneipe? Aber nichts Alkoholisches, bitte!"

„Dann trinkst du eben ein alkoholfreies Bier!"

Kuss schleift Kirchner mit ins ‚Hambacher' am Kesselbrink. Die machen jede Nacht erst um 24 Uhr auf. Hier ist ebenfalls 'ne Menge los. Einige, die so genannten Spiegeltrinker, saufen hier, noch vor der Arbeit, ihr Morgengedeck, um ‚auf Pegel' zu kommen. Den behalten sie dann den ganzen Tag bei. Dabei helfen ihnen ihre Büroflaschen, ihre Flachmänner oder die Pullen in den Spülkästen der Klos am Arbeitsplatz. Andere sind offenbar schon die ganze Nacht hier und vollkommen breit, hängen nur noch wie Untote an der Theke herum.

Kuss bestellt ein Herrengedeck und für Kirchner ein Herforder ohne Alkohol. Es ist verraucht, laut, an der Wand macht ein Monarch-Geldspielautomat seine seltsamen Geräusche, spielt Melodien, flackert mit dem Licht, lockt den Spielsüchtigen mit seinem Talmi. Kirchner fühlt sich nicht wohl, ist andererseits aber fasziniert von dieser Gegenwelt in Bielefeld, von deren Existenz er bisher nichts wusste.

„Na, gefällts dir hier?", fragt Kuss. „Schon ein bisschen komisch unter all den verkappten und tatsächlichen Alks, nicht?"

Sie trinken aus. Kirchner will Kuss im Gegenzug noch zu einem Kaffee ins ‚Meiners' einladen. Die machen dort schon um sieben Uhr auf. Kuss lehnt ab: „Wir fahren jetzt ins Büro und gucken uns die beiden Neuen an!"

11. Seltsame Nachrichten

Kirchner und Kuss hocken wenig später in ihrem Büro und versuchen nachzudenken. Das ist aber gar nicht so einfach.

„Hängt der Säufermord nun mit den anderen Taten dieser Woche zusammen, oder nicht?“, sinniert Kirchner.

„Mann, Kirchner, du Naivling. Alles kann mit allem zusammenhängen. Und: Nichts Genaues weiß man nicht!“

„Was für Weisheiten am frühen Morgen!“

„Kirchner, werd nich frech! Sonst sorge ich dafür, dass du ab nächster Woche Streifendienst in Lipperreihe schiebst!“

„Ich hab nichts gesagt, Herr Kuss!“

„Na, dann sind wir uns ja einig! Du gehst jetzt mal zur Spurensicherung rüber und fragst, was aus unserem Versailles-Flyer geworden ist. Ob es neue Erkenntnisse gibt. Ich glaubs ja nicht, sonst hätten die sich schon längst gemeldet, weil sie von mir gelobt werden wollen.“

Oliver Kirchner marschiert los, während Kuss einen Blick auf seine eingegangenen Mails wirft. Irgendein Kollege bietet im Intranet seinen Wagen zum Verkauf an. Dann wird für den Geburtstag eines Kollegen gesammelt. Man möge sich beteiligen. Eine Mail kommt von außerhalb. Den Absender kennt Kuss nicht. Er öffnet sie. Es steht nichts weiter drin, nur ein Link auf irgendeine Sache, die bei Youtube eingestellt ist. Kuss klickt drauf. Das Youtube-Portal öffnet sich, ein Video wird geladen. In dem Filmausschnitt sieht man einen bekannten deutschen Schauspieler, der eine rote Robe trägt. Er sieht aus wie ein Kirchenfürst, ein Bischof oder Kardinal. Wer trägt noch mal rot? Die Bischöfe? Der Schauspieler schnauft und stöhnt, wiegt sich hin und her und scheint sich nicht sicher, was er antworten soll, nachdem eine Stimme aus dem Off ihn gefragt hat: „Kann man da nicht mit Fug und Recht von einer Schatzkammer des Schmerzes reden?“ Dann ist das Video bereits vorbei. Es hat nicht länger als zehn Sekunden gedauert. Kuss lässt sich das Ganze noch einmal vorspielen, dann noch einmal, immer wieder. Er weiß nicht, was er damit anfangen soll und grübelt vor sich hin.

Als Kirchner nach einiger Zeit wiederkommt, sagt er zu ihm: „Kirchner, komm mal rüber, guck dir das mal an!"

Kirchner gehorcht. „Seltsam! Wirklich seltsam! Was mag das denn wohl bedeuten?"

„Kirchner, du wirst es nicht glauben: Das habe ich mich auch gerade gefragt!"

„Ist das ein Hinweis vom Täter? Ausgesprochen spannend! Unheimlich! Rätselhaft!"

„Wahrhaftig, sehr rätselhaft!", sagt Kuss. „Fängt jetzt dieses Spiel an? Wie im Kino, wo der Täter den Bullen immer einige Schritte voraus ist und denen Hinweise liefert, damit die dummen Polizisten nicht allzu sehr im Dunkeln tappen?"

„Kann sein, Herr Kuss. Wenn das Ganze keine üble Machenschaft von einem ist, der uns nur hochnehmen will! Wie dem auch sei; wenn es der Täter geschickt haben sollte, woher weiß er, dass wir mit der Aufklärung der Fälle beauftragt sind?"

„Nehmen wir an, der Clip stammt vom Täter. Warum schickt er uns das, was sagt er uns damit?"

„In den paar Sekunden ist von Schmerz die Rede. Von einer Menge Schmerzen, einer Schatzkammer, was auch immer das bedeuten mag. Er weiß, was er seinen Opfern für entsetzliche Schmerzen zugefügt hat. Und das bewertet er in jeder Hinsicht positiv."

„Einverstanden, ist nachvollziehbar, sogar für mich!", sagt Kuss. „Jetzt müssen wir nur noch den Absender identifizieren, und dann hätten wir ja schon den Täter! – Das wäre ja verdammt einfach. Nur etwas warten, dann melden sich die Täter selbst bei der Polizei!"

„Das ist ja toll, Herr Hauptkommissar! Und wie identifiziert man jetzt den Absender?"

„Keine Ahnung. Wissen Sie es?“

„Weiß auch nicht, wie das geht. Müssen wir mal unsere IT-Abteilung ranlassen!“

„Sieht so aus!“

Kuss schaut sich die Absenderadresse der Mail noch einmal an. Da steht ‚C4L485312.com‘. Das macht schon einen sehr anonymen Eindruck.

„Es ist natürlich davon auszugehen, dass unser Täter sämtliche Spuren, die zu ihm führen könnten, sorgfältig verwischt hat. Und wenn ich ihm jetzt an die Adresse eine Antwort-Mail schicke, in der ich ihn bitte, seinen Namen und Adresse preiszugeben, wird er mir wahrscheinlich nicht darauf antworten!“

„Wahrscheinlich nicht!“

„Hmm …“, macht Kuss und lehnt sich zurück, „schade!“

„Was meinst du, Kirchner? Ist mit der ‚Schatzkammer des Schmerzes‘ der Zahnarzt oder der Gepfählte gemeint? Oder beide? Oder kommt da noch etwas auf uns zu? Noch ein Mord? – Was sagt denn die Spurensicherung zu dem Faltblatt?“

„Nichts. Außer, dass sie unsere Fingerabdrücke massenhaft darauf gefunden haben. Ach ja, und dass der Flyer momentan überall in Paris ausliegt!“

„Wer hätte das gedacht!“

„Nicht wahr!“

Punkt acht Uhr klopft es an der Tür. Raquel De Zosa und Sebastian Prieß treten ein.

„Pünktlich sind se ja!“, muffelt Kuss, während Kirchner sich erhebt und die beiden per Handschlag begrüßt.

„Der grantige Herr dort vorn ist Hauptkommissar Kuss. Das ist der Boss hier. Der leitet auch die Ermittlungen bei den aktuellen Mordfällen!“

De Zosa und Prieß kommen hinüber zu seinem Tisch und schütteln auch ihm artig die Hand. Raquel De Zosa hat eine zarte, kleine Frauenhand, ein wenig feucht, ein wenig warm, bei der man sich nicht traut, zu stark zuzudrücken.

‚Oje, kann die denn überhaupt 'ne Pistole halten?', fragt sich Kuss. Ansonsten ist sie sehr hübsch, fast niedlich. Dunkle Haare, Korkenzieherlöckchen, wahrscheinlich natur, klein, auf hochhackigen Schuhen, dunkle Augen. Irgendwie hat sie ein ziemlich entschlossenes Wesen. Nicht zu hart, nicht zu weich. Wird wohl ihren Weg machen. Nett, freundlich, durchsetzungsstark. Da werden die männlichen Polizeianwärter und Vorgesetzten Schlange stehen für ein Date mit ihr. Die Zukunft gehört den Frauen.

Sebastian Prieß sieht aus wie ein Musterschüler alter Provenienz. Wie Schüler Pfeiffer – drei f, eins vor dem ei, zwei danach – aus der Feuerzangenbowle. Mittelgroß, dunkle Haare, schmales Gesicht, unmodische, dicke Brille, unauffällige Klamotten. Der ganze Typ ist unauffällig. ‚Vielleicht zahlt sich das bei Überwachungstätigkeiten ja noch aus', hofft Kuss. ‚Wenn der nicht zufällig ein Computer-Genie ist, wird er es im Leben nicht leicht haben.'

Prieß hat einen übertrieben festen Händedruck. Kuss schreit fast auf, reißt sich aber zusammen. Es wäre das erste Mal, dass er sich über einen zu festen Händedruck beschweren würde. Prieß hat wohl ein Selbstfindungsseminar mitgemacht. Und da hat man ihm offenbar geraten, als Ausdruck innerer und äußerer Entschlossenheit, die Hände von zu Grüßenden zu zermalmen.

‚Mein Gott', denkt Kuss, ‚ich bin nur noch von Deppen und Küken umgeben. Mit denen soll ich Mordfälle lösen!'

„So, meine Süßen", beginnt Kuss eine kleine Ansprache, „nachdem wir nun die Freundlichkeit und Gewogenheit heuchelnden Begrüßungsrituale absolviert haben, gehen wir direkt an die Arbeit. Frau De Zosa, Herr Prieß: Haben Sie sich schon mit den aktuellen Fällen der Mordkommission vertraut gemacht?"

Beide stehen stramm und nicken ernst. Ihnen ist zu Ohren gekommen, dass Kuss als streng und unnahbar gilt. Und sie sind bereit, alles mitzumachen und zu akzeptieren, wenn sie nur in der Mordkommission ermitteln dürfen. Denn das ist ein Ritterschlag, eine Auszeichnung, um die sie ihre Kollegen, Kameraden, Freunde und Verwandten beneiden werden.

„Gut!" Kuss gibt jetzt die Tagesbefehle aus. „Sie, Frau De Zosa, machen sich auf die Socken und gehen die Patientenkartei von Dr. Klagenfurt, unserem letal behandelten Zahnarzt, durch. Besorgen Sie sich vorher alle notigen Genehmigungen vom Staatsanwalt. Beantragt habe ich das Ganze schon am Montag. Sie werden dann nach Behandlungsfällen suchen, die für beide Seiten nicht sehr ersprießlich verlaufen sind. Dazu gehören offensichtliche Kunstfehler, hohe Rechnungen, die vielleicht nur schleichend oder gar nicht beglichen wurden. Sie werden alle Praxismitarbeiterinnen aufsuchen und eingehend nach persönlichen und geschäftlichen Feinden und Problemen befragen. Sie werden persönliche Freunde der Klagenfurts aufsuchen und befragen. Und Sie werden dasselbe bei den Feinden der Klagenfurts machen. Was Ihnen berichtenswert erscheint, werden Sie mir sofort melden!"

„Geht in Ordnung, Herr Kuss!" Das kommt wie aus der Pistole geschossen. Kuss meint, ganz leise das Zusammenschlagen von Hacken gehört zu haben.

„Übertreiben Sie es nicht, Frau De Zosa. Unsere beiden Länder waren im Krieg niemals verbündet! Wir sind hier nicht beim Kommiss!"

„Jawoll!", antwortet die Polizeischülerin.

„Na dann, dawai, dawai!"

„Bitte?"

„Mann, die junge Generation kennt nicht einmal mehr die russischen Brocken, die unsere Opas aus Stalingrad mitgebracht haben! Schlimm, schlimm! Junge Frau: Dawai heißt soviel wie ‚schnell' oder ‚rasch'. Ist russisch!"

„Okay, bin schon unterwegs!"

„Sie, Herr Prieß, werden genau dasselbe mit der Mandantenkartei von Dr. Hamich machen und ähnliche Befragungen in dessen Umfeld durchführen. Sie werden aber nicht in alle Unterlagen Einsicht erhalten, weil Hamich bis zu seinem Tod unsere hiesigen industriellen Schwergerichte in Rechtsangelegenheiten vertrat. Die werden sich mit Händen und Füßen gegen Einblicke in ihre Privatangelegenheiten wehren. Da sind manche Nüsse zu knacken. Herr Kirchner wird Ihnen beim Durchsetzen unserer Forderungen behilflich sein! – Ach, und übrigens, Herr Prieß! Gelten Sie zufällig als Computergenie? Sie kennen sich doch sicherlich aus!"

„Ja, so ein wenig!", sagt Prieß, als wenn er gar nicht erfreut darüber wäre, dass diese Angelegenheit angesprochen wird.

„Aha, so ein wenig also! Reicht dieses Wenige aus, um den Absender einer Mail zu identifizieren? Kommen Sie mal rüber an meinen Schreibtisch und sehen Sie sich diese Nachricht an!"

Nachdem De Zosa und Sebastian Prieß sich voller Feuereifer an die Arbeit gemacht haben, wendet sich Kuss an Kirchner: „Du befragst diese drei Riesenarschlöcher, die heute Morgen ihrem Freund alle Knochen gebrochen und das Lebenslicht ausgeblasen haben! Ich kann das nicht. Sind mir zu dämlich, diese Typen. Da krieg ich 'nen Brechreiz, wenn ich die vor mir sehe!"

„He, Chef, einen Brechreiz kriege ich bei diesen Idioten auch!", beschwert sich Kirchner.

„Tja, Pech gehabt! Du bist mir nämlich zugeteilt und untergeordnet. Ich darf dir diese Anweisungen erteilen, die du dann befolgen musst! Das Vorrecht des Älteren und Besseren, gewissermaßen!"

Kirchner stöhnt ganz schrecklich.

„Und was tun Sie heute, Herr Hauptkommissar?"

„Höre ich da ein ganz klein wenig Überdruss und Unverschämtheit heraus, Kirchner? Mäßigen Sie sich! Lehrjahre sind keine Herrenjahre!"

„Meine Güte, ich dachte, den Spruch gäbs seit den 70er Jahren nicht mehr! Ist heute Ihr Tag der toten Sprüche und Redensarten?"

„Schnauze, Kirchner! Ab zu den Deppen!"

„Noch mal gefragt: Womit beschäftigen Sie sich, Herr Kuss?"

„Ich nehme Meinward Adler noch einmal ganz genau unter die Lupe und treffe mich dafür mit Ihrer Freundin Verena Prohaska!"

„Gemein!", beschwert sich Kirchner.

Damit Simsek nichts merkt, hat sich Kuss am Donnerstag um die Mittagszeit mit Verena Prohaska in einem der mittlerweile zahlreichen Coffee-Stores verabredet, in denen man sich seine Getränke selbst vom Tresen abholt, dafür aber etwas mehr als in einem normalen Café mit Bedienung bezahlt. Da hocken um diese Zeit nur Mütter mit ihren lärmenden Kleinkindern rum, trinken Latte Macchiato und unterhalten sich angeregt, während ihr Nachwuchs spielt, schreit und in die Windeln macht. In einer Ecke, wo es nicht ganz so laut ist, haben sich die beiden Polizisten niedergelassen und trinken die momentan so angesagten italienischen Kaffee-Spezialitäten.

„Hör zu, Kuss", sagt Verena Prohaska, „nix zu machen! Wir haben uns tatsächlich ein wenig mit den ehemaligen Schülerinnen und Schülern und den Nachbarn von Meinward Adler befasst und die zu seinem Lebenswandel befragt. Keine dunklen Punkte! Völlig untadeliger Lebenslauf! Nichts zu entdecken!"

„Sucht weiter, fragt weiter herum!" Kuss wird ganz unruhig.

„Ja, sicher, machen wir. Aber nicht auf Hochtouren. Wir haben 'ne ganze Menge anderer ekliger Fälle am Hals, die zwar nicht ganz so rutschig sind wie unsere glitschige Leiche, aber dringender. Haben mit Erpressung und Prostitution zu tun. Unsere üblichen Kunden eben. Und in der Szene geht es im Moment ganz hart ab!"

„Ja, ja, weiß ich auch! Aber ihr wollt das Ganze doch nicht auf sich beruhen lassen, oder? Demnächst buddelt der Täter noch 'ne Leiche aus. Und die abgeschnittenen Finger von Meinward Adler habt ihr auch noch nicht gefunden!"

„Irgendwann tauchen sie auf. Oder nie!", entgegnet Prohaska.

„Eure Einstellung möchte ich haben!", schimpft Kuss.

„Nun werd mal nicht ungerecht!"

„Tschuldigung! Ich hatte so fest damit gerechnet, dass der Fall der glitschigen Leiche mit den anderen Morden zu tun hat!"

„Warum nur?", fragt Prohaska. „Nur weil die Art der Morde und das Ausbuddeln der Leiche so einen ähnlich schaurigen Charakter haben? Das kann auch ein völlig falscher Eindruck sein!"

„Kann sein, kann aber auch nicht sein."

„Na gut, Einspruch stattgegeben! Ein oder zwei ehemalige Schüler von Meinward Adler wollte ich heute noch besuchen. Ein paar letzte Fragen. Kannst meinetwegen mitkommen und dir anhören, was sie erzählen."

„Dein Angebot nehme ich gern an! Sollen wir gleich los? Ich zahle, bist eingeladen!"

„Welche Großzügigkeit! Danke, danke!"

„Und wo gehts hin?"

„Wir müssen nach Sieker. Da wohnt Frank Jacek. Den wollte ich mir als ersten vornehmen!"

„Na, dann los!"

12. Seltsame Zeugen

Verena Prohaska und Thomas Kuss stehen 20 Minuten später vor der Haustür eines Altbaus am Lipper Hellweg. Sie klingeln mehrere Male, aber niemand macht auf.

„Seltsam", sagt Verena Prohaska, „wir waren doch miteinander verabredet! Und am Telefon erschien mir Jacek ausgesprochen fit und pfiffig zu sein. Gar keine Schnarchnase!"

„Ist egal", sagt Kuss, „so was erleben wir ja nicht zum ersten Mal. Fahren wir einfach zum Nächsten!"

„Der heißt Udo Alterwirth, 50 Jahre. Wohnt in Heepen."

Es ist halb zwei, als sie vor der Tür von Udo Alterwirths Haus stehen. Ist offenbar ein Eigenheim. Ein Vorgarten, dessen Weg und die Begrenzungen der Rasenflächen wie mit einem Lineal gezogen sind. Das Zweifamilienhaus ist mit rotem Backstein verklinkert.

‚Wäre auch nicht nötig gewesen', denkt sich Kuss. ‚Dass manche Leute immer alles verklinkern müssen. Wieso eigentlich? Sieht hinterher immer irgendwie bescheuert aus. So selbstgemacht. Und so langweilig. Wie die kleinen Häuser von ‚Kibri, Kindler und Briel' hieß die Firma. Gibts die eigentlich noch? Also, wie die kleinen Häuser von ‚Kibri' für die HO-Eisenbahnanlage. Hab ich doch auch gehabt. Selige Kinderzeiten!'

Nach einmaligem Klingeln öffnet ein Mann sofort die Tür. Ist mittelgroß, schlank, eher dünn. Ganz kurzes Haar, fast Glatze. Prohaska und Kuss stellen sich vor, weisen sich aus.

„Schönen guten Tag! Ich bin Udo Alterwirth", sagt der Mann, „kommen Sie doch herein! Wollten Sie mich nicht eigentlich erst am späteren Nachmittag besuchen? Sie haben Glück, dass Sie mich erwischen. Ich wollte gerade Einkaufen fahren!"

Verena Prohaska erklärt in kurzen Worten, weshalb man nun doch schon so früh bei ihm aufgetaucht sei. Alterwirth führt die Polizisten in ein Wohnzimmer, in dem es penetrant nach Katzen und ihren Hinterlassenschaften riecht, das aber ansonsten picobello aufgeräumt ist. Schweres Gelsenkirchener Barock ziert eine gesamte Längswand. Ein niedriger Couchtisch steht vor einer schwarzen und voluminösen Ledergarnitur. Es gibt Beistelltischchen, eine schwere geschmacklose Deckenleuchte aus Holz und Glaselementen, hier und dort etwas Schmiedeeisernes. Der vorherrschende Farbton ist orangebraun. ‚Ein Albtraum!', denkt Kuss und wundert sich, dass so etwas heute überhaupt noch existiert. ‚Das ist doch eine Wohnungseinrichtung, über die sich bereits Heerscharen von Kabarettisten und Comedians lustig gemacht haben. Eine Geschmacklosigkeit, wie sie nur noch in wenigen Katalogen ausgewählter Möbelhäuser zu finden ist.'

Die Ursache für den Katzengeruch lässt sich sehen. Es ist ein härener Kater, stumpfes Fell, eingerissenes Ohr, schlechte Zähne. Der hat schon so manchen Kampf hinter sich. Niemals hat Kuss auf den ersten Blick so wenig das Bedürfnis gehabt, ein Tier zu streicheln, wie bei diesem hier. Aber es lebt hier, wird hier von Udo Alterwirth gefüttert. Wo die Liebe so hinfällt!

Alterwirth weist den Polizisten die Besucherplätze auf der Leder-Couchlandschaft zu. Prohaska und Kuss sinken tief ein. Es ist eher ungemütlich als bequem. Man wird sofort müde und denkt an langweilige Fernsehsendungen, bei denen man eingeschlafen ist. Und es kommen einem Verwandtenbesuche in jungen Jahren in den Sinn, wo es schwere Torten gab, Schwarzwälder Kirsch, Frankfurter Kranz oder Junggesellenkuchen. Dazu Filterkaffee, der so stark war, dass es einen aus den Schuhen schlug.

„Ich mache gerade einen Kaffee für uns und hole ein paar Kekse!", sagt Alterwirth und verschwindet. Kuss und Prohaska bestaunen derweil den Wohnzimmerdinosaurier.

„Irgendwann werden Archäologen bei Ausgrabungen auf

dieses Wohnzimmer stoßen. In einigen tausend Jahren. Man wird sich wundern, man wird staunen und das Ganze dann in ein Museum verfrachten. Und man wird froh sein, dass man nicht mehr so sein Dasein fristen muss!“, sagt Kuss. „Eigentlich möchte ich den Hausherren sofort wegen dieser Räumlichkeiten verhaften. Unter zehn Jahren käme der nicht davon!“

„Könntest Recht haben! Außer der Richter hat selbst so ein Zuhause“, erwidert Prohaska.

Udo Alterwirth kommt nach einiger Zeit mit einer schwarzen Thermoskanne und einem Teller mit Keksen zurück.

‚Kein Delacre, du Sparschwein!‘, stellt Kuss mit Kennerblick fest.

Der Gastgeber holt Tassen, schenkt ein, fordert auf zuzugreifen. Prohaska gießt aus einem kleinen, niedlichen Plastikkännchen Milch in ihren Kaffee. Die Sahne zieht seltsame Streifen und Schlieren und bildet Flocken. Zu alt. Kuss nimmt sich einen Keks und beißt hinein. Zu weich, zu alt.

‚Für die Gäste nur das Schlechteste!‘, denkt er. ‚Oder will der Typ sich für irgendwas an der Polizei rächen? Man weiß ja nie. Hoffentlich ist kein Gift im Kaffee oder den Keksen.‘

„Vielen Dank, dass Sie uns so gastfreundlich empfangen, Herr Alterwirth!“, fängt Prohaska an. „Ich habe Ihnen am Telefon ja schon erzählt, um was es geht. Dass man das Grab und die Leiche Ihres alten Religionslehrers Meinward Adler, ja, sagen wir mal, geschändet hat. Nun suchen wir natürlich nach Tätern und Gründen für diese nicht sehr schöne Tat. Es gibt so gut wie keine Anhaltspunkte, weshalb die Totenruhe gestört wurde. Deshalb fragen wir stichprobenartig jene, die mit ihm beruflich, als Schüler oder freundschaftlich zu tun hatten. Und zu den ehemaligen Schülerinnen und Schülern gehörten auch Sie. Haben Sie vielleicht irgendwelche Vermutungen, warum jemand so etwas tun könnte? Oder, vielleicht sogar, wer es möglicherweise tat?“

„Als Sie mir am Telefon erzählten, dass man den alten Adler in der Kirche gefunden hat, im Straßenanzug und verwestem Zustand, habe ich mich sofort an etwas erinnert, das damals, als ich einer seiner Schüler war, die Runde machte. Und was irgendwie zu dieser seltsamen Szenerie zu passen scheint!", sagt Alterwirth.

„Erzählen Sie mal! Klingt ja geheimnisvoll", sagt Prohaska.

„Wissen Sie, Meinward Adler war schon damals einer vom ganz alten Schlag! Sehr streng! Weshalb und wofür der das Bundesverdienstkreuz gekriegt hat, das ist mir bis heute schleierhaft! Für das Ohrfeigen-Verteilen in der Schule? Ich hab den blöden Sack gehasst. Unterricht hat bei dem keinen Spaß gemacht. Man war immer voller Angst."

„Traf so etwas nicht auf viele Lehrer zu?", fragt Prohaska.

„Sehr geehrte Frau Polizistin, ich sehe, Sie sind einige Jährchen jünger als ich. Dennoch – wir reden hier von den 70er Jahren! Sie müssten wissen, dass auch zu dieser Zeit das Ohrfeigen-Verteilen in allgemeinbildenden Schulen und Internaten schon lange verboten war! Meinward Adler hat sich nicht daran gehalten. Und wenn man sich zu Hause bei den Eltern über ihn beschwerte, kriegte man zu hören, dass leichte Schläge auf den Hinterkopf das Denkvermögen erhöhen würden. Und dass wir Schüler bestimmt den Lehrer so lange genervt hätten, bis der sich nicht mehr anders hatte helfen können. Diese Zeit und diese Ansichten – das liegt noch gar nicht so lang zurück. Aber die Erziehungskonzepte von Adler muteten schon damals an wie aus Kaisers Zeiten."

„Okay, zugegeben, Herr Alterwirth. Ich bin ungefähr altersmäßig Ihre Kragenweite", fährt Kuss fort. „Meinen Sie, dass einer von seinen Schülern, der vielleicht von Meinward Adler während der Schulzeit bedrängt worden ist, ihn deswegen ausbuddelt, ihm einen grauen Straßenanzug anzieht und in die Kirche an einen Campingtisch setzt?"

„Weiß ich nicht. Schwer vorstellbar. Man kann natürlich in die Leute nicht hineinsehen", entgegnet Alterwirth. „Überhaupt: Was fragen Sie mich, ob so etwas möglich ist? Fragen Sie doch besser Ihre Polizeipsychologen! Die werden sich mit solch absurden Fällen besser auskennen!"

Dann ist Stille im Raum. Die drei schlürfen ihren Kaffee, Kuss mampft die weichen Kekse und fühlt sich bald so, als hätte er selber einen.

Verena Prohaska räuspert sich schließlich: „Äh, ist das schon alles, Herr Alterwirth? Oder haben Sie noch etwas Wichtiges zu berichten? Sie sagten mir am Telefon, dass es so Einiges gäbe, was für uns von großem Interesse sein könne. Ich hatte mir gewünscht, Sie hätten vielleicht eine Vermutung, könnten mir Namen nennen, mehr Hinweise geben."

„Tja", sagt Alterwirth. „Entschuldigung. Habe mich offenbar verbal etwas übernommen. Trotzdem: Vielleicht helfen meine Erzählungen ja doch ein bisschen weiter?"

Verena Prohaska und Kuss erheben sich.

„Wir bedanken uns herzlich für Ihre Gastfreundschaft. Dann schließen wir also die Akte Meinward Adler und buchen die Leichenschändung in Tateinheit mit Störung der Totenruhe als einen wirklich schlechten Scherz von einem oder mehreren Unbekannten ab. Sehr bedauerlich. Denn hinter der Tat scheint mehr zu stecken. Es ist kein Scherz. Wir würden schon gern wissen, wer hier in der Stadt Tote ausgräbt und ihnen dann drei Finger abhackt."

„Man hat ihm drei Finger abgehackt?", fragt Alterwirth, plötzlich sehr neugierig geworden. Verena Prohaska beißt sich auf die Unterlippe. Verflucht, das hatte sie eigentlich nicht verraten wollen. Kuss guckt sie scheel von der Seite an. Was solls. Kann passieren.

„Ja, hat man!" Prohaska wird unruhig und kurz angebunden.

„Welche Finger waren das genau?", will Udo Alterwirth wissen. Seine Augen sind aufmerksame, schmale Schlitze geworden.

„Der Daumen, der Zeige- und der Mittelfinger der rechten Hand", antwortet Prohaska.

„Aha, – nun, das ist ja wirklich merkwürdig. Sehen Sie, hier in Bielefeld öffentlich etwas gegen Meinward Adler zu sagen, das kommt in bestimmten Kreisen einem Sakrileg gleich. Denn Adler hat sich ja als Pädagoge mit seinen Konzepten einen dermaßen großen Namen gemacht. Kriegte dann ja auch noch das Bundesverdienstkreuz. Das ist schon Majestätsbeleidigung, wenn man über ihn etwas Negatives anmerken würde. Aber, wer jemals Unterricht bei ihm hatte, der wusste, dass er eigentlich ein furchtbarer Mensch war. Wir hatten damals als Schüler ja ein feines Gespür für so etwas. Das war ein Pauker, den man nicht fertig machen konnte, sondern der die Schüler fertig machte. Ich hatte Religion bei ihm. Gott, welche Klasse war das? Die Quinta oder Quarta. Reine Jungensklasse. ‚Knaben' nannte man das damals. Mann, war der streng."

„Kommen Sie doch mal zur Sache, Herr Alterwirth! Warum haben Sie so aufgehorcht, als Ihnen meine Kollegin die Sache mit den abgehackten Fingern erzählte?", fragt Kuss.

„Sehen Sie, was ich Ihnen jetzt sage, sind lediglich Vermutungen. Nachher stellt sich alles als ganz anders heraus, und ich habe den schwarzen Peter. Gelte als Nestbeschmutzer oder so."

„Herr Alterwirth, Zeugen werden hierzulande nicht in der Zeitung mit Bild und Adresse abgedruckt. Vermuten Sie einfach mal etwas!", regt Frau Prohaska an.

„Tja, Meinward Adler. Der war groß, kräftig, mit so einem schlohweißen Haarkranz auf dem Kopf, der ansonsten ziemlich kahl war. Sah aus wie Gerhart Hauptmann, irgendwie. Dazu trug er immer englische Knickerbockers. War eigentlich der Typ, der mit Klampfe und Wimpel und mit dreizehn jungfräulichen Knaben in den Wald zieht, inklusive gemeinsames Übernachten in der Kote. Morgens waschen mit eiskaltem Wasser. Wenn er in unsere Klasse kam, standen wir sofort alle auf und brüllten: ‚Guten Morgen, Herr Adler'. Das war in den 70er Jahren durchaus noch üblich. Dann sagte er kurz: ‚Setzen!'. Anschließend spazierte er langsam durch die Klasse mit seinem roten Zensurenbüchlein in der Hand und jeder hatte fürchterliche Angst, jetzt dranzukommen, und eine schwierige Frage beantworten zu müssen. Und dann hielt er ellenlange Vorträge über Dinge, die wir damals einfach noch nicht kapierten. Sprach davon, dass unsere Eltern auch ja das Richtige wählen sollten. Sagte immer so Sachen wie ‚Ja, aus dem Zweiten Weltkrieg sind wir ja eher als zweiter Sieger hervorgegangen'. Damals gab es dann immer Gerüchte an der Schule. Meinward Adler sei ‚Alter Herr' einer Schlagenden Studentenverbindung, was im politisch aufgeheizten Klima der 70er Jahren wohl allerhand gewesen sein musste. Wie gesagt, wir waren damals noch nicht einmal in der Pubertät oder bestenfalls auf dem Weg dorthin. Haben nicht viel kapiert, was lief. Das Einzige, was wir begriffen haben, war, dass zwei der besten und beliebtesten Lehrer im Internat mit Meinward Adler nichts anzufangen wussten. Und der nicht mit ihnen. Ich glaube, die beiden waren die ersten ‚68er'-Lehrer in dem Haus. – Irgendwann hieß es dann sogar, dass Adler Kontakte zur Nazi-Szene hätte. Andere behaupteten, er sei Zeit seines Lebens nur in der Studentenverbindung gewesen. Die dritte Theorie besagte, er habe sich bei den Freimaurern engagiert."

„Haben Sie davon zu Hause nichts erzählt? Den Eltern?", fragt Kuss.

„Sehen Sie, wenn man wie ich aus einem einfachen Elternhaus stammte, dann wussten die Altvorderen nicht einmal, was eine Freimaurer-Loge war oder eine Studentenverbindung. Mindestens war es was Akademisches, und da hatten die einen Heidenrespekt vor. Und wenn einer Nazi gewesen war und geblieben ist – was sollte es! Davon gab es viele in der eigenen Verwandtschaft oder unter Freunden und Bekannten. Das hatte noch nicht den Status von Verwerflichkeit erreicht, wie in den späten 70ern. Denn erst zu diesem Zeitpunkt schlugen die Ideen der 68er bis zu den ganz einfachen Leuten durch. Allerdings wurde gemunkelt: Ja, ja, dieser und jener, der war bei der SS oder so. Aber mehr war nicht."

„Ich frage Sie noch einmal: Warum hat es Sie so alarmiert, als ich eben die abgehackten Finger der Leiche erwähnte?", will Verena Prohaska endlich wissen. „Was hat es damit auf sich? Sie vermuten doch irgendetwas!"

„Na ja, wissen Sie, was Sie mir da so erzählen, von der Sache in der Kirche, dass die Leiche da so sitzt, an einem Tisch. Das hat was Rituelles, irgendwie. Und dann die abgehackten Finger. Das sind auch noch die drei, mit denen man schwört. Vielleicht haben diese Leute von den Freimaurern oder wer auch immer, da so ein Ritual vollzogen. Möglicherweise hat sich Meinward Adler irgendetwas zu Schulden kommen lassen, was weiß ich, vielleicht Meineid geleistet, ist dafür zu Lebzeiten nicht belangt worden, und jetzt hacken sie ihm nach seinem Tod noch die Schwurfinger ab. Gewissermaßen als verspätete Bestrafung."

„Junge, Junge, Sie haben ja Vorstellungen von den Freimaurern!", sagt Kuss. „Ist mir nicht bekannt, dass die in den vergangenen Jahrhunderten bis heute Menschen auf diese Art bestraft hätten. Wenn, dann traf das eher auf ihre Gegner zu!"

Alterwirth lässt aber nicht locker. Man habe da doch schon einiges gehört. In der Vergangenheit. Da seien doch schlimme Dinge passiert. Kuss zieht genervt die Augenbrauen hoch.

„Angenommen, Adler ist aktiver Nazi gewesen! Dann könnten ihm ja auch seine nationalsozialistischen Freunde die Finger abgehackt haben, oder?", fragt Kuss. „Vielleicht hat er sich ja bei denen unbeliebt gemacht!"

Alterwirths härener Kampfkater hat sich auf die Couch geschwungen und sucht jetzt die Nähe der Neuankömmlinge.

Kuss ist von dem abgerissenen Biest nicht besonders angetan. Scheint überdies auch noch sein Fell zu wechseln. Oder hat die Staupe oder wie das heißt. Kuss will das Vieh nicht streicheln. Schon aus dem Grund nicht, weil einmal eine Katze in seinen Reisekoffer gepisst hat. Ist eine lange Geschichte. Aber seitdem hasst er Katzen. Die mögen die Menschen ja eigentlich auch nicht. Wenn er den Kater sieht und den Geruch hier einatmet, den schlechten Kaffee schmeckt, die alten Kekse – eigentlich möchte er so schnell wie möglich von hier fort.

Kuss drängelt zum Aufbruch. Verena Prohaska will auch weg. Sie lässt Alterwirth noch ihre Telefonnummer da, beide bedanken sich für den Kaffee und verschwinden.

„Puuh", macht Kuss, als beide wieder im Auto sitzen, „endlich wieder frische Luft! Wie kann man in so einem Gestank bloß leben? Und wie kann man ein so hässliches Vieh in seiner Wohnung herumturnen lassen? Ich versteh die Menschen nicht!"

„Schwer zu erklären, Herr Kollege!", sagt Prohaska.

Kuss fängt an zu dozieren: „Dieser Alterwirth hat mich auf einen Gedanken gebracht! Ich bin jetzt der Meinung, dass der oder die Täter, die den Zahnarzt kalt gemacht, Hamich auf den Spieß gesetzt und die glitschige Leiche geschändet haben, wahrscheinlich identisch sind. Weil die Taten so überaus grausam sind, aber auch so einen rituellen Charakter haben!"

„Ritueller Charakter, Kuss? Was ist daran rituell, jemandem die Zähne samt Oberkiefer rauszureißen, ohne Betäubung, um dann alles mit einem glühenden Eisen auszubrennen? Ist doch entsetzlich! Das ist doch ein Täter, der sie nicht alle hat! Oder so'n armes Schwein auf einen Pfahl zu setzen, auf dem er dann zwei Tage lang vor sich hinleidet?"

„Hast Recht, stimmt alles! Aber ist doch irgendwie archaisch! Der oder die Täter könnten ja auch mit einer Pistole oder einem Gewehr losgehen und die Leute ganz normal und sicher ins Jenseits befördern. Stattdessen machen sie sich solche Mühe, inszenieren etwas und setzen sich der Gefahr aus, erkannt oder ertappt zu werden. Will sagen: Die Taten mussten minutiös durchgeplant werden! Da hat jemand wochenlang die späteren Opfer beobachtet, ihre Gewohnheiten und Verpflichtungen ausgekundschaftet, um an einem bestimmten Termin aktiv zu werden! Auch die Länge des Leidens dürfte ihm bekannt gewesen sein. Er wusste genau, was er tat. Das waren keine Taten, die im Affekt begangen wurden!"

„So weit, so gut! Was willst du also tun?", fragt Prohaska.

„Ich werde herauskriegen, ob und in welchen Bruderschaften, Geheimbünden oder was sonst Meinward Adler organisiert war. Wenn er irgendwo als Mitglied geführt wurde, dann werde ich der entsprechenden Vereinigung auf den Zahn fühlen. Ob Adler sich dort irgendeiner Sache schuldig gemacht hat. Ob dafür normalerweise Sanktionen verhängt worden sind, denen sich Meinward Adler entzogen hat. Und so werde ich peu à peu möglicherweise an den oder die Täter rankommen. Wenn ich Glück habe, dann verkehrten die Opfer vom Montag und Mittwoch, Klagenfurt und Hamich, auch in der entsprechenden Vereinigung!"

„Kuss, das ist ja schon Wunschdenken! Da verlangst du ein bisschen viel an glücklichen Zufällen!"

„Man kann ja mal träumen", sagt Kuss.

13. Besoffene Totschläger

Es ist früher Nachmitttag, und Kuss ist so was von hundemüde. Kann kaum noch die Augen offen halten. Er will heute früher nach Hause fahren. Hat schließlich schon um vier Uhr auf der Matte gestanden. Aber er muss unbedingt noch etwas essen.

Die Kantine hat noch ein paar Portionen des heutigen Mittagsmahls übrig. Es gibt mal wieder Gehacktes. Ganz dröge, mit einer blassen Sauce darüber und Kartoffeln, die nicht ganz durch und innen noch ganz glasig sind und auch so schmecken.

„Kartoffeln al dente!“, sagt Kuss zu den Umsitzenden. Die lachen bitter.

Der Nachtisch besteht aus einer hellgelben, quarkartigen Masse, die fast flüssige Konsistenz hat. Erstaunlicherweise hinterlässt sie im Mund einen eher sämigen Eindruck.

„Ganz merkwürdig!“, sagt Kuss und macht sich seine Gedanken. Den Grundstoff des Nachtisches, ein Pulver oder so, muss doch irgendeine Firma als Pudding- oder Quarkspeise anbieten. Und sie wird offenbar gekauft. Wie kann so etwas am Markt bestehen? Das kann wirklich nur über den Preis gehen. Aber ist nicht irgendwann Schluss? Dieses Produkt würde doch, ginge es mit rechten Dingen zu, nicht einmal geschenkt Abnehmer finden. Wie, zum Teufel, findet es dann aber den Weg in die Polizeikantine? Hier müsste mal die Abteilung ‚Organisiertes Verbrechen‘ umfangreiche Nachforschungen anstellen.

Nach dem Essen fühlt sich Kuss nicht besonders. Er denkt an eine Runde Büroschlaf. Und an einen Magenbitter. Im Büro lungert Kirchner herum.

„Was gibts Neues, Olli?“, fragt er.

Kirchner ist sauer, weil er die drei besoffenen Totschläger befragen musste und schmollt mal wieder.

„Na, los, sag schon, Kirchner, was haben unsere drei Saufhelden zu Protokoll gegeben?“

„Nun, was soll man von solchen Deppen schon erwarten? Das Übliche haben sie gesagt: ‚Wir waren vollkommen betrunken, wir können uns nicht mehr richtig erinnern, wir sind eigentlich unschuldig!' Dem Jüngsten im Trio tuts nicht mal Leid, dass sie ihren Kameraden in die ewigen Jagdgründe befördert haben!"

„Kann sich denn einer von diesen Primaten noch daran erinnern, um was es eigentlich ging, was der Auslöser des Streits war?"

„Es ging um Geld. Der Tote, er heißt übrigens Bernd Dierschke, hatte sich ein bisschen Kohle verdient und seine Kumpanen daraufhin auf seine Bude eingeladen. Versaufen des Geldes stand auf der Tagesordnung. Das machten die vier offenbar immer so. Alle haben übrigens noch einen festen Wohnsitz. Waren aber, wie es scheint, kurz davor, noch weiter nach unten abzurutschen."

„Wie könnten der Abend und die Nacht abgelaufen sein?", will Kuss wissen.

„Ich stelle mir das so vor: Die vier fangen das fröhliche Saufen an, gucken Fernsehen. Und irgendwann ist der Stoff zu Ende. Gibt nix mehr zu saufen. Einer muss zur Tanke und Nachschub holen. Der großzügige Spender des Abends soll Geld geben. Der behauptet, keines mehr zu haben. Man rechnet Dierschke vor, dass er auf jeden Fall noch welches haben müsse. Der Job habe ihm so und so viel Geld gebracht, er habe hier aber nur für so und so viel Euro Bier und Korn eingekauft. Der Gastgeber windet sich. Die anderen werden sauer. Vorwürfe. Ein Wort gibt das andere. Es wird laut. Schließlich geht man auf Dierschke mit Fäusten los, wirft ihm seinen Geiz vor. Die Schläger steigern sich in einen Gewaltrausch, enthemmt vom Alkohol, können gar nicht mehr aufhören, auf das Opfer einzuschlagen. Treten schließlich auf den am Boden Liegenden mit aller Kraft ein. Den Rest kennen Sie, Herr Kuss!"

„Weiß man, was das für eine Arbeit war, die Bernd Dierschke gemacht hat? Und für wen?", fragt Kuss.

„Ganz genau wusste das von den Beschuldigten keiner. Aber für gewöhnlich haben die vier hin und wieder bei der Tagesvermittlung der Arbeitsagentur auf der Matte gestanden. Da gibts ja immer für die Problemfälle unserer Gesellschaft Jobs auf dem Bau, in der Landwirtschaft, tageweise. Der Lohn wird in bar ausgezahlt. Und ist oft gar nicht mal so schlecht. Und meistens wird die Kohle sofort danach wieder in Drogen und Alk umgesetzt!"

„Frag doch bitte bei der Tagesvermittlung der Arbeitsagentur an, ob Bernd Dierschke sich dort in den letzten Tagen gemeldet und irgendwas gearbeitet hat! Und wenn ja, was es war, wo, wie der Arbeitgeber hieß und so weiter, und so fort ...! Und wenn das zu keinem Ergebnis führt, dann lass dir was anderes einfallen!"

„Geht in Ordnung! Wie lief es denn mit den Befragungen im Zusammenhang mit unserer glitschigen Leiche?"

„Interessante neue Einsichten!", sagt Kuss und berichtet ihm alle Fakten. Er erzählt auch, dass er sich trotz eines widerständigen Simsek mit Meinward Adlers Privatleben auseinandersetzen wird, um herauszufinden, in welchen dubiosen Vereinigungen der sein Unwesen getrieben hat.

„Was macht der Nachwuchs? Frau De Zosa und Herr Prieß?", fragt er schließlich.

„Keine Ahnung", entgegnet Kirchner, „haben sich bei mir noch nicht gemeldet!"

Kirchner und Kuss haben für heute keine Lust mehr. Um 16 Uhr verlassen sie ihr Büro. Kirchner dreht ab in Richtung Verena Prohaskas Wohnadresse, Kuss setzt sich in die Straßenbahn Richtung Innenstadt. Am Jahnplatz steigt er aus, kauft sich ein Stück Pizza, das er im Schlendern isst und sich dabei den Mund verbrennt. An einem Stand schiebt er noch eine Currywurst nach und macht sich auf den Weg nach Hause.

14. Daniela Hamich

Thomas Kuss steht vor seinem alten Alibert in seinem kleinen Badezimmer. Es ist sieben Uhr morgens. Er erschrickt vor seinem Aussehen. Dunkle Bartstoppeln, rundes Gesicht, dunkle Haare, lichter werdend, leichtes Grau darin. Er sieht an sich hinunter. Auch dort unverkennbare Anzeichen des Älterwerdens. Die Beine werden dünner, der Bauch dicker.

‚Muss aufpassen!', denkt er sich. ‚Bloß nicht fett werden'.

Er rasiert sich, putzt die Zähne, zieht ein frisches Hemd an. Dann frühstückt er, trinkt einen starken Kaffee und guckt noch einmal in den Spiegel. Na, also, sieht doch schon wieder ganz anders aus.

An der Haustür fischt er mit spitzen Fingern die Tageszeitung aus seinem Briefkasten, weil er wieder mal den Schlüssel vergessen hat. In die Zeitung eingelegt ist pfundweise Werbung. Super-Sonderangebote der umliegenden Billigheimer.

Kuss ist heute der erste im Büro, am Freitag. Die anderen lassen sich Zeit. Haben Überstunden gemacht. Das geht in Ordnung. Er faltet die Zeitung auseinander und liest die Lokalnachrichten. Es klopft an der Tür.

„Ja, bitte!", ruft Kuss laut. Wenn jemand so vorsichtig klopft, dann gehört er nicht zum Verein, ist jemand von ‚draußen'. Eine Zeugin oder ein Zeuge, obendrein auch noch unangemeldet. Das nervt am Freitagmorgen schon ein wenig.

Die Tür geht auf und herein kommt Daniela Hamich. Sie sieht mit ihrer blendenden, blonden Schönheit inmitten des grauen Polizei-Einerleis aus wie ein Wesen vom anderen Stern. Hat sich ganz in Schwarz gewandet, was die blonden Haare und den makellosen Teint noch mehr zur Geltung bringt. Sie trägt ein Kostüm, der Rock ist eng und endet ganz kurz überm Knie. Dazu schwarze Strümpfe, schwarze Pumps, ein perfektes Bild. So geht die trauernde Witwe von Welt aus dem Haus. Daniela Hamich bringt eine Wolke betäubenden

Parfüms mit ins Büro. ‚Na, mal was anderes im trüben Plattfüßler-Alltag', denkt sich Kuss, steht auf und begrüßt den Gast aufs Freundlichste.

„Setzen Sie sich bitte, Frau Hamich", fordert er sie auf. „Darf ich Ihnen etwas anbieten? Kaffee oder Saft oder etwas in der Richtung? Wobei ich gar nicht weiß, ob wir etwas ‚in der Richtung' überhaupt haben."

Frau Hamich lächelt ein betörendes Lächeln und sagt: „Danke, nicht nötig, wirklich! Ich habe gerade gefrühstückt!"

Kuss setzt sich wieder hin und fragt Frau Hamich, was sie zu ihm führt.

„Ich habe Ihnen ja vorgestern nicht besonders viel helfen können! Sie wollten sich ja sowieso noch einmal bei mir melden. Nun, ich bin Ihnen zuvorgekommen. Ich freue mich übrigens darüber, dass die Zeitungen nichts über den Tod meines Mannes berichtet haben! Bleibt das auch weiterhin so?"

„Ich fürchte nein! Denn, falls wir mit unseren Ermittlungen nicht mehr weiterkommen sollten, wird ein öffentlicher Aufruf gestartet. Darüber hinaus besteht für die Polizei eine Mitteilungsverpflichtung über die in der Stadt begangenen Verbrechen. Wie groß die Medien das hernach aufbauschen, bleibt ihnen weitgehend selbst überlassen."

Es entsteht eine Pause.

„Was möchten Sie mir sagen oder mitteilen, Frau Hamich?", fragt Kuss schließlich.

„Ja, wissen Sie, Sie hatten mich bei Ihrem Besuch gefragt, ob ich Ihnen Rede und Antwort stehen könne. Das ging einfach nicht. Heute fühle ich mich ein wenig besser. Also, falls Sie noch etwas wissen müssen: Ich stehe zur Verfügung! Denn ich will natürlich, dass der Mord schnellstmöglich aufgeklärt wird. Ich habe nämlich seit dem Verschwinden meines Mannes eine Heidenangst!"

Kuss wird hellhörig. „Wieso haben Sie eine so große Angst?"

„Zunächst einmal will ich von Ihnen wissen, wie Reinhold ums Leben gekommen ist! Wie hat man ihn umgebracht? Ist er erschossen worden?“

„Nein, erschossen worden ist er nicht!“, entgegnet Kuss. „Der oder die Täter waren nicht so gnadenvoll!“

„Was soll das heißen? Nicht so gnadenvoll?“

„Der Mord an Ihrem Mann hat etwas Archaisches. Mit Sicherheit stand im Vordergrund, ihm besondere Pein zuzufügen. Das ist gelungen. Aber seine Todesart hat darüber hinaus wahrscheinlich noch einen rituellen, symbolischen Charakter.“

Daniela Hamich drängelt: „Nun sagen Sie mir schon, wie er umgekommen ist!“

Kuss atmet schwer. Dann gibt er sich einen Ruck.

„Er wurde gepfählt. Man hat ihn am Montag auf einen spitzen Pfahl gesetzt und den dann aufgerichtet. Daran ist er zwei Tage später verstorben!“

Daniela Hamich schaut ungläubig. Sagt lange nichts. Würgt plötzlich ein wenig.

„Mein Gott, das ist ja schrecklich, entsetzlich!“, stammelt sie langsam. Kuss sieht, wie sie vollkommen bleich um die Nase wird. ‚Der Kreislauf‘, denkt er, ‚gleich bricht sie zusammen!‘. Er springt auf. „Lehnen Sie sich weit zurück, fächeln Sie sich Luft zu. Ich hole ein Glas Wasser!“

Zu spät. Kuss sieht Schweißperlen auf der Stirn von Daniela Hamich. Ihr Blick ist bereits ganz leer. ‚Hier sind Erste-Hilfe-Maßnahmen zu ergreifen‘, denkt er, senkt mit einem Griff den Bürostuhl, auf dem die Hamich sitzt, ab, macht die Rückenlehne nach hinten und greift ihre Beine, um sie hochzulagern. Als er gerade zwischen ihren Beinen steht und ihre Füße auf seinen Schultern lagern, wobei ihr Rock weit hochrutscht, geht die Tür auf, und Raquel De Zosa kommt herein. Sie bleibt erschreckt stehen und guckt verdutzt.

„Glotzen Sie nicht so, Frau De Zosa!“, fährt Kuss sie an.

„Es ist nicht so, wie es aussieht. Frau Hamich ist schlecht geworden. Holen Sie ein Glas Wasser! Aber zack, zack!“

Nach kurzer Zeit kehrt die Farbe in Daniela Hamichs Gesicht zurück. Sie lächelt etwas verschämt, sagt: „Tut mir leid!“ Kuss legt ihre Beine auf der Schreibtischplatte ab. So sind diese immer noch ein wenig hochgelagert. Daniela Hamich zieht ihren Rock wieder tiefer.

„Tut mir leid!“, sagt sie noch einmal. „Aber mir ist der Schreck in die Glieder gefahren!“

Raquel De Zosa kommt mit einem Glas ins Büro gestürmt und überreicht es Frau Hamich. Die trinkt begierig das ganze Glas aus.

„Wer macht denn so was, warum wird mein Mann gepfählt?“, fragt sie schließlich ganz leise.

„Warum wird er überhaupt umgebracht?“, fragt Kuss zurück. „Können Sie uns nicht irgendwelche Anhaltspunkte liefern?“

„Sie meinen, ob er Menschen kannte, die so böse auf ihn waren, dass sie ihm das antun konnten?“

„Vollkommen richtig! Sehen Sie, Ihr Mann hat sich in seinem Beruf als Anwalt bestimmt nicht nur Freunde gemacht. Das bringt dieser Job meines Wissens nach mit sich. Das müssen Sie doch gemerkt haben! Und wenn er massiv bedroht worden ist, und davon gehen wir aus, müsste Ihnen das irgendwie aufgefallen sein. Das können Sie nicht übersehen haben! Oder er hat es Ihnen gesagt. Oder angedeutet. Er muss davon berichtet haben! Etwas anderes kann ich mir nicht vorstellen. Deshalb sind Sie doch auch heute freiwillig hier hingekommen, Frau Hamich. Ihnen brennt doch etwas auf der Seele! Und offenbar haben Sie selbst große Angst!“

„Ja, so ist es! Ich habe furchtbare Angst. Seit Wochen, ach was, seit Monaten schon. Vor fast einem Jahr gab es eine Phase, da lief die Kanzlei von Reinhold, also meinem Mann, nicht besonders gut. Keine Ahnung, woran das lag. Dann tauchten eines Tages vier Herren in seinen Räumen auf, deren Herkunft ganz klar osteuropäisch war. Die konnten allerdings perfekt deutsch sprechen. Waren auch ganz angenehm in ihren Umgangsformen, doch man musste nur einmal hinsehen, um festzustellen, dass sie nicht ganz ‚astrein' waren. Damals hab ich noch zu meinem Mann gesagt, ‚Reinhold, um Gottes Willen, lass dich nicht mit diesen Ganoven ein!', aber er wollte nicht hören. Zum einen war er schon geblendet von den unglaublich lukrativen Fällen, die man ihm nun zuschanzte, zum anderen warf er mir vor, dass ich nur Vorurteile hätte, die einfach nicht stimmen würden. Reinhold hat sich da selbst etwas vorgemacht. Das war für mich der Beginn einer schrecklichen Zeit."

„Was waren das für dubiose Fälle, die Ihr Mann angenommen hat? Wissen Sie Näheres?"

„Tut mir leid! Mir gegenüber hat Reinhold über die Natur der Aufträge geschwiegen wie ein Grab! Ich hab ihm immer angesehen, dass ihn etwas beschäftigte. Wenn ich fragte, hat er mich aber barsch abgewiesen und gesagt, er sorge nur dafür, dass wir uns unseren gewohnten Lebensstandard auch weiterhin leisten könnten. Und ist mehr als einmal sehr gemein geworden!"

„Vermuten Sie doch mal! Was waren das für Geschäfte? Wir brauchen zumindest einen Anhaltspunkt!", drängelt Kuss weiter.

„Ich weiß wirklich nichts! Vielleicht etwas, in das die ‚Russenmafia' verstrickt ist?"

„Frau Hamich, das klingt jetzt etwas sehr allgemein! Die Russenmafia! Das sagt alles und gar nichts! Dass die Russenmafia irgendwo ihre Finger im Spiel habe, solche Aussagen sammeln wir hier zuhauf! Haben Sie es nicht ein wenig konkreter?"

„Wirklich nicht, Herr Hauptkommissar! Ich weiß nur, dass er zwei Mal seltsame Leute vor Gericht rausgehauen hat, die zu diesen neuen Bekanntschaften aus Osteuropa gehörten. Einmal ist es ihm nicht gelungen. Da hat er hier zu Hause gesessen und geschimpft über ‚undichte Stellen', und dass da irgendjemand gegenüber staatlichen Vertretern eifrig geplaudert habe. In diesem Zusammenhang hat ihm irgendetwas große Angst gemacht, das habe ich ihm angesehen!"

„Welcher Prozess war das? Vor drei Monaten lief doch der Prozess gegen einen weißrussischen Dealer vorm Landgericht! Dieses Verfahren war das, nicht wahr? Ja, das stand in der Zeitung. Da ist Ihr Mann mit Pauken und Trompeten regelrecht untergegangen. Dem Weißrussen haben sie, glaube ich, zwölf Jahre verpasst!"

„Ja, richtig, das war einer dieser Prozesse. Seitdem hatte mein Mann Angst. Und ich auch! Und jetzt wird er umgebracht auf so scheußliche Weise! Sie glauben gar nicht, wie mir die Angst im Nacken sitzt! Ich kann nicht mehr schlafen! Wir haben auf unserem Anwesen zwar alles mit Kameras überwacht. Und ein Sicherheitsdienst kommt in bewusst unregelmäßigen Abständen vorbei und sieht nach dem Rechten. Aber trotzdem habe ich Todesangst!"

„Eine direkte Bedrohung gab es aber noch nicht? Oder haben Sie vielleicht bereits einen Droh- oder Erpresserbrief erhalten?", fragt Kuss.

„Nein, noch nichts! Alles scheint noch ruhig. Niemand hat mich direkt bedroht."

„Tja, ich will mal schauen, was ich für Sie tun kann. Eigentlich ist ja keine Gefahr ‚im Verzug', wie das im Amtsdeutsch heißt. Aber vielleicht sollten dennoch zwei Kollegen vor Ihrem Haus Wache schieben!", sagt Kuss. Er telefoniert ein wenig herum und hat das nach kurzer Zeit geregelt.

„So, Frau Hamich! Ein Streifenwagen wird Sie jetzt nach Hause bringen. Die Besatzung des Wagens übernimmt dann auch die erste Schicht bei Ihrer Bewachung. Und Sie sollten noch einmal in sich gehen und ganz genau nachdenken, wer die Leute waren, von denen Sie mir eben berichteten und was genau sie wollten. Und dann werden wir uns die Unterlagen in der Kanzlei Ihres Mannes vornehmen. Ich werde einen entsprechenden richterlichen Beschluss erwirken!“

Daniela Hamich ist hin- und hergerissen. Von der Tatsache, dass nun alle Akten ihres Mannes eingesehen werden sollen, scheint sie nicht besonders begeistert. Aber sie ist voll des Dankes für den versprochenen Schutz und gibt sich plötzlich ganz schön kess. Raquel De Zosa beobachtet mit verächtlich hinabgezogenem Mundwinkel, wie Frau Hamich Thomas Kuss ganz nah auf die Pelle rückt und ihm zum Dank sogar einen Kuss auf die Wange drückt. Kuss brummelt irgendwas in Richtung ‚ist doch selbstverständlich‘, ‚keine Ursache‘ und ‚machen wir doch für jeden‘. Aber ihm läufts lauwarm den Rücken runter.

‚Wie angenehm so ein perfektes Wesen ist! Sie riecht gut, lacht schön, hat gute Zähne, tolle Haare, klasse Figur, einnehmenden Charakter, sanfte Stimme, makellose Haut – was wohl der Unterhalt kostet‘, fragt sich Kuss, ganz und gar alter Macho.

Die hundertprozentig männliche Streifenwagenbesatzung, die Frau Hamich abholen soll, stolpert ins Büro. Als sie sehen, wen sie befördern dürfen, laufen sie zu persönlicher Höchstform auf und übertrumpfen sich gegenseitig in Zuvorkommenheit. Dass sie Frau Hamich letztendlich nicht noch hinaustragen, wundert Kuss.

„Wer schön ist, der hats leicht!“, sagt er zu Frau De Zosa. „Das wissen Sie doch sicher aus eigener Erfahrung!“, schiebt er gleich ein Kompliment nach.

„Jetzt versuchen Sie es auch noch bei mir“, sagt sie, „keine Chance!“

Thomas Kuss fühlt sich ziemlich beschwingt. Das merken auch Oliver Kirchner und Sebastian Prieß, die nun eintreffen. Kuss ruft alle an seinen Tisch. Er will Ergebnisse hören.

Raquel De Zosa ist als Erste dran. Sie berichtet, dass sie das Personal von Dr. Klagenfurt genau befragt hat, also auch noch einmal Frau Pankoke und zwei junge Mädchen, die bei Klagenfurt in der Ausbildung zur Stuhlassistentin waren.

„Ja, so heißt das nun mal, ihr Penner!", sagt sie in Richtung Kirchner und Prieß, die sich ein pubertäres Kichern nicht verkneifen können. Die Vierte im Bunde ist, genau wie Frau Pankoke, schon eine langjährige Mitarbeiterin, die sich anscheinend mindestens genauso gut auskannte wie der Zahnarzt selbst. Alle berichteten nach einigem Nachhaken, dass Dr. Klagenfurt zwar ein korrekter und guter Zahnarzt gewesen sei, aber auch ein echter Schlachter. Um Betäubungsspritzen hätten die Patienten regelrecht betteln müssen. Dafür habe er exzellenten Zahnersatz gemacht. Da haben die Patienten offenbar abgewogen: Entweder eine schmerzhafte Behandlung bei Klagenfurt als Preis für einwandfrei sitzende Dritte oder schmerzfreies Bohren, Schleifen und Ziehen gegen jahrelange Malessen mit den Beißern bei anderen Zahnklempnern.

Die Patientenkartei sei ausgesprochen umfangreich. Darin irgendjemanden zu finden, der, aus welchen Gründen auch immer, Dr. Klagenfurt umbringen könnte, sei wie die Suche nach der Nadel im Heuhaufen. Deshalb habe sie, Raquel De Zosa, auch noch einmal die Witwe, Irina Klagenfurt, befragt. Das bot sich schon deshalb an, weil sie plötzlich in der Praxis auftauchte, um angeblich etwas zu suchen. Was, das habe sie aber nicht gesagt. ‚Etwas Privates', so lautete ihre Auskunft.

„Wir haben dann über ihren Mann geplaudert", erzählt Raquel De Zosa, „sie scheint mir nicht unbedingt die trauernde Witwe zu sein. Hat ihm offenbar mit ihrer Kohle von der Beteiligung an Render-Enterprises sehr geholfen, insbesondere beim Genießen des Dolce Vita. Und als Türöffner für bestimmte Vereine …"

Kuss ist alarmiert. „Was für Vereine?"

„Na, alles Mögliche. Wo man als Vermögender, der sich gern zum alten Geldadel rechnen möchte, eben so mitmacht. Golf, Tennis, was weiß ich! Es hörte sich aber so an, als ob Klagenfurt nirgendwo richtig dazugehörte. Ging wohl überall nur als Neureicher durch. Angeheiratet. Da haben die Alteingesessenen wohl nur die Nase gerümpft. Sehr zum Kummer von Irina Klagenfurt. Die galt nämlich auch nur, wie sie selbst sagte, als ‚Schlampe aus dem Osten', die auf seltsame Weise zu viel Geld gekommen war und damit das schöne Leben für sich und ihren Mann finanzierte. Auch die besten Freunde der Klagenfurts, die Familie des Neurologen Ribbeck, waren und sind nicht besonders gut angesehen. Ach – übrigens: Dass Ribbeck ein Verhältnis mit Irina Klagenfurt hatte, wussten alle. Auch Franz Klagenfurt. Der stand der Verbindung nicht einmal im Wege. Eifersucht als Motiv für einen Mord ergibt sich somit, wie ich finde, nicht unbedingt!"

„Was gesagt und was tatsächlich getan und gefühlt und erlebt wird, das ist in aller Regel sehr unterschiedlich. Trotzdem: sehr gut gearbeitet, Frau De Zosa!", lobt Kuss die junge Kollegin. „Helfen Sie mir! Basteln Sie mir jetzt und auf der Stelle trotzdem ein Motiv aus dem, was Sie vorgefunden haben! Es geht doch schließlich hier um Ihre Ausbildung. Spekulieren Sie einfach mal drauflos!"

„Äh, – also, es ist natürlich möglich, dass dennoch ein Patient mit Klagenfurts Behandlung nicht einverstanden war. Die Art der Verletzungen, die zum Tode führten, deutet andererseits auch darauf hin, dass der oder die Täter möglicherweise vom Fach waren. Also auch Zahnärzte oder Ärzte. Was kommt da als Motiv in Betracht? Neid, Missgunst? Da es ein gut vorbereiteter, gut geplanter, vorsätzlicher Mord war, kann der Auslöser dafür im Grunde auch sehr lange zurückliegen. In einer Zeit, die sich über die vorhandenen Unterlagen zunächst einmal nicht erschließen lässt."

„Für den Anfang gar nicht mal so schlecht", sagt Kuss.

„Finden Sie doch als nächstes bitte heraus, in welchen Vereinen und Vereinigungen Franz Klagenfurt Mitglied war! Vielleicht ist irgendetwas Dubioses dabei. Versuchen Sie auch, an den erweiterten Freundes- oder Bekanntenkreis heranzukommen!"

Danach ist der korrekte Sebastian Prieß an der Reihe. Er berichtet, dass seine Suche nach dem Absender der seltsamen Mail mit dem Ausspruch „Eine Schatzkammer des Schmerzes" nicht ergebnislos verlief. Sie war von einem Rechner in einem italienischen Internetcafé abgeschickt worden. Genauer gesagt befindet sich das Café in Florenz.

„Es heißt ‚Yellow Bar' und ist mitten in der florentinischen Altstadt", sagt Prieß.

„Heißt das nicht ‚Florentiner Altstadt'?", will Frau De Zosa wissen.

„Frau De Zosa, spielen Sie hier nicht den Klugscheißer!", meckert Kuss sie an.

Prieß berichtet davon, dass er die italienische Polizei über Interpol um Amtshilfe gebeten habe. Die würden sich jetzt die ‚Yellow Bar' vornehmen und die Benutzer und Besucher der letzten Tage durchgehen. Viel Hoffnung habe man Prieß aber nicht gemacht, da der Besitzer sich nicht die Namen der Besucher notiere.

„So was Ähnliches hab ich mir schon gedacht!", sagt Kuss, „Wenn die Mail vom Täter war, dann wird der alles unternommen haben, um eine Rückverfolgung unmöglich zu machen."

Danach schildert Prieß noch seine Recherchen in der Kanzlei des gepfählten Dr. Hamich. Das scheint sehr lang zu werden. Dafür hat Kuss nicht die Geduld. Er fragt nach Unregelmäßigkeiten. Prieß muss verneinen. Nein, nichts entdeckt.

„Gehen Sie noch mal los, Herr Prieß! Suchen Sie in den Unterlagen von Hamich nach Namen, die osteuropäisch klingen, ukrainisch, weißrussisch, russisch. Oder vielleicht auch baltisch. Fahnden Sie nach Leuten vom Balkan, die er möglicherweise vor Gericht vertreten hat. Habe da so einen Hinweis erhalten, dass Hamich kurz vor seinem Tod mit Leuten aus Osteuropa zu tun hatte. Möglicherweise ist da gedroht worden, sind dicke Beträge geflossen. Was weiß ich! Auch an Sie der Hinweis: Stellen Sie fest, in welchen Organisationen Hamich Mitglied war. Vom Sportverein bis zur Studentenverbindung. Alles ist von Interesse!"

„Okay!", antwortet Prieß. „Werde mich gleich heute Nachmittag wieder dransetzen!"

„Tun Sie das! Ansonsten sehr gute Arbeit!", sagt Kuss, der sich plötzlich wie ein ganz cooler Polizei-Captain aus einem amerikanischen Film vorkommt, CSI-Bielefeld oder so.

15. Ganz in Weiß, mit einem Blumenstrauß

‚Was für eine seltsame Woche!', denkt Thomas Kuss als Erstes, als er am Samstagmorgen aufwacht. Er ist am Freitag gleich nach Dienstschluss nach Hause gegangen, hat seinen Füßen nicht gehorcht, die ihn in Richtung einer seiner bevorzugten Kneipen lenken wollten. Ist eisern geblieben, hat sich nicht korrumpieren lassen und ist auch später nicht noch einmal losgezogen. Er hat stattdessen abends vorm Fernseher gehockt und geschmacksneutralen Schinken und anderen Aufschnitt aus eingeschweißten Packungen auf getoastetem Weißbrot verzehrt. Es war eine lustfreie Angelegenheit gewesen.

Jetzt sitzt Kuss, wie so oft, in seiner Küche und guckt nach draußen, wie er das jeden Tag mindestens einmal tut. Denkt über die Morde und die glitschige Leiche nach. Über die neue Kollegin De Zosa, über Prieß, den Musterschüler, über Kirchner. Und über sich selbst, den Chef vom Ganzen. Was für eine bucklige Gesellschaft! Und damit sollen die schlimmsten Morde aufgeklärt werden, die die Stadt je gesehen hat! Ironischer kann das Schicksal wirklich nicht sein.

Eigentlich hat Kuss nichts zu tun, kann vielleicht seine Wohnung ein wenig in Ordnung bringen, Staub saugen, sonst was machen. Oder Einkaufen gehen. Aber das wars dann auch schon. Kuss hat viele Bekannte, wirkliche Freunde aber kaum. Das war schon immer so, das hat er nicht anders in Erinnerung. Und so wird das Wochenende ablaufen, wie schon so viele Wochenenden abgelaufen sind. Kuss wird ins Büro fahren und arbeiten, irgendwelche Ermittlungen anstellen. Sich an den PC setzen, ein wenig im Internet surfen. Das hat ihn schon häufig auf gute Ideen gebracht. Vielleicht bleibt er auch zu Hause und liest etwas.

Kuss beendet sein Frühstück, wäscht ab. Das Radio läuft. Er trinkt noch einen Kaffee und zieht sich die Jacke über. Draußen scheint es heute nicht so warm zu werden, das Thermometer und der etwas bedeckte Himmel deuten zumindest darauf hin. Vor der Haustür überlegt er kurz: ‚Gehe ich ins Büro, oder mache ich lieber meinen Spaziergang?‘ Er entscheidet sich für ‚seinen‘ Spaziergang, fährt mit dem Bus bis zur Haltestelle Habichtshöhe und marschiert dann mitten durch den Wald über die Promenade bis zur Sparrenburg. Ein Weg, den er schon unzählige Male in seinem Leben gegangen ist, fast jedes Wochenende, bei Wind und Wetter. Heute ist Wetter. Es ist nicht zu kalt und nicht zu warm, also genau richtig. Er nimmt sich vor, kurz vor der Sparrenburg abzubiegen und in die Stadt hinunterzugehen, um irgendwo einen Espresso zu trinken. Das ist ein schönes, rundes Samstagsprogramm. Kuss ist zufrieden mit sich und dieser Planung.

Er ist allein im Wald, kein Mensch außer ihm scheint unterwegs. ‚Sind wahrscheinlich alle in der Stadt, kaufen ein!‘, vermutet er. Die Luft ist frisch und riecht nach Sommer. Trotz des hellen Tageslichts beschleicht Kuss plötzlich ein ungutes Gefühl. Er geht ganz für sich allein. Verfolgt ihn da jemand? Das kann nicht sein, die Bäume stehen hier weit auseinander, sind schlank und hoch. Gebüsch und Gestrüpp gibt es nicht. Er sieht sich um. Da ist niemand. Kuss sucht mit den Augen den weiteren Umkreis ab. Nichts. Einige hundert Meter entfernt steht eine Futterkrippe für den Winter. Hat er da nicht gerade ein Wildschwein gesehen? Die können sehr gefährlich werden, wenn sie sich gestört fühlen. Kuss greift unter die Jacke, vergewissert sich, dass er seine Pistole mitgenommen hat. Er wird ganz hektisch.

‚Ruhig Blut, alter Junge‘, sagt er sich. ‚Deine Nerven liegen blank. Zu viele bizarre Mordfälle in den letzten Tagen! Das macht überempfindlich!‘

Kuss muss plötzlich über sich selbst grinsen.

Plötzlich fängt er an zu schwitzen, ihm wird schlecht, eine monströse Übelkeit steigt in ihm auf. Panik! Hat er etwas Falsches gegessen, das verdorben war? Jetzt hat er das Gefühl, als müsse er sich sofort übergeben. Der Kreislauf versagt. Kuss setzt sich am Wegesrand auf den Waldboden. Muss die oberen Knöpfe seines Hemdes öffnen. Schwitzt wie ein Schwein. Er redet sich selbst gut zu. ‚Immer ruhig bleiben, du Pfeife!', sagt seine innere Stimme. Um ihn herum rotiert alles. Er legt sich flach auf den Waldboden, zwischen zwei riesige Bäume und verschiedene Pilze, wie etwa dem Schimmelbovist, Schwefelporling oder der Stinkmorchel und hofft, dass die Kreislaufattacke nur von kurzer Dauer ist. Die Panik ist das Schlimmste, das weiß er von früheren Attacken. Heißt das nicht auch ‚Vernichtungsangst' im Mediziner-Sprech? Wie auch immer: Kuss hat definitiv Vernichtungsangst. Er atmet tief durch, hat fast nicht mehr die Kraft, der Panik zu begegnen. Es ist schrecklich, grauenhaft, maßlose Schmerzen in der Brust. ‚Krieg ich jetzt etwa auch noch einen Herzinfarkt?', fragt er sich. Er atmet weiter ruhig durch. Nur die Ruhe, das ist jetzt wichtig. Bumm, bumm, bumm, er hört sein Herz schlagen. Ihm fällt jetzt plötzlich eine amerikanische Kurzgeschichte ein, die er mal im Englischunterricht lesen musste. Die war von Todessymbolen nur so aufgeladen, dass es fast schon läppisch war. Irgendwas von Tennessee Williams? Der ältere Protagonist hat einen Anfall, hört auch sein Herz so laut schlagen, wie Kuss es jetzt hört. Und sagt zu sich selbst: „Boom, boom, boom, here comes the parade!"

Kuss geht es allmählich wieder etwas besser. Die Schmerzen lassen nach. Er fühlt, dass er vollkommen nassgeschwitzt ist. Da ist 'ne Dusche fällig. Nach einiger Zeit rappelt er sich hoch. ‚Verdammt', denkt er, ‚wir sind alle sterblich!'

Niemand hat seinen Zusammenbruch an diesem durchwachsenen Samstagmorgen gesehen. Kein Mensch ist außer ihm im Wald. Niemand verfolgt ihn, versteckt sich hinter Bäumen, um nicht erkannt zu werden. Wer sollte ihm auch folgen und warum? Warum hat er aber so ein unheimliches Gefühl? Wie nach einem Albtraum, aus dem man erwacht und der so intensiv war, dass Traum und Realität in der Stille der Nacht ineinander übergehen, man sie nicht mehr auseinanderhalten kann.

Kuss sieht sich immer wieder um. Eigentlich hat ihn sein Gefühl nie betrogen, das er sich in jahrzehntelangem Dienst bei der Polizei antrainiert hat. Oder er wird langsam aber sicher verrückt.

Kuss saugt die frische, noch etwas kühle Morgenluft tief in seine Lungen. Lässt seinen Blick schweifen. Die mächtigen Bäume bilden erst in großer Höhe Äste aus. Ganz oben sind ihre Kronen zusammengewachsen und geben Kuss das Gefühl, er gehe durch eine Traglufthalle mit grünem Dach. Eine Öko-Traglufthalle.

Er spaziert langsam durch die phänomenale Landschaft. Möchte eigentlich schneller gehen oder laufen. Er wird seine Angst nicht los. Es wird langsam wärmer. Brütende Ruhe.

Dort, noch ganz weit entfernt, nähert sich jemand. Ist urplötzlich, wie aus dem Nichts, aufgetaucht. Kuss kneift die Augen zusammen, um besser erkennen zu können, wer sich dort auf ihn zubewegt. Nach dem Gang zu schließen ist es ein Mann. Und er ist ganz in Weiß gekleidet. Hat offenbar auch einen weißen Hut auf dem Kopf. Und in der einen Hand trägt er etwas. Was ist das nur? Dann glaubt Kuss, es zu erkennen. Es scheint ein Blumenstrauß zu sein. Ein schöner, großer, bunter Blumenstrauß.

Okay, es ist Sommer. Da ist es nicht ganz ungewöhnlich, ganz in Weiß in der Gegend herumzulaufen. Und vielleicht soll jemand besucht werden. Oder die Person ist auf dem Weg zu einem Rendezvous. Ein Blumenstrauß für die Geliebte!

Aber dieser Glaube beruhigt Thomas Kuss nicht. Wilde, irre Ideen durchschwirren seinen Kopf, während er den Mann beobachtet.

‚Das ist der Tod!', durchfährt es ihn. ‚Er kommt mich holen! Ganz unspektakulär, an einem Samstagmorgen im Wald. Und er ist kein Knochenmann. Und er hat auch keinen schwarzen Umhang um, sondern er trägt Weiß. Hat Blumen dabei. Die wird er auf mein Grab legen. Und er bewegt sich gemessenen Schrittes auf mich zu. Vollkommen unaufgeregt. Wie das Normalste auf dieser Welt.'

Kuss' Handy klingelt. Was für eine läppische Unterbrechung eines Vorgangs von größter Bedeutung! Kuss zieht das Gerät aus der Jackentasche und meldet sich. Die Verbindung ist schlecht. Kirchner ist am anderen Ende.

„Tach, Herr Kuss!", meldet der sich.

„Tach, Olli", sagt Kuss, „kannst mich übrigens gerne duzen! Mann, du hast mich gerettet! Was gibts denn?"

„Verstehe nicht! Wieso und warum habe ich Sie gerettet?"

„War nur so'n Spruch, Kirchner! Mach deine Meldung!"

„Unser irrer Mörder hat, scheints, schon wieder zugeschlagen! Und, wie ich hörte, wieder auf ganz grauenhafte Weise! Die Leiche fand man am Waldrand. Eine Spaziergängerin hat sie entdeckt, eine junge Frau. Die ist noch vollkommen fertig. Wir haben sogar eine Psychologin hier, die die Frau betreut!"

„Verflucht, ich hab am Wochenende keine Lust auf diesen Dreck!", schimpft Kuss. Aber er freut sich trotzdem. Freut sich, dass ihn die Realität wieder hat und er dem Tod von der Schippe gesprungen ist.

„Wem sagen Sie das!", fährt Oliver Kirchner fort. „Wo sind Sie jetzt, Herr Kuss? Dann schicke ich einen Streifenwagen vorbei, der Sie abholt."

Kuss erzählt, dass er selbst im Wald sei, gewissermaßen als unbescholtener Spaziergänger. Er könne in 15 Minuten an dem Ausflugsrestaurant Brands Busch sein. Dort soll ein Streifenwagen auf ihn warten und dann zum Tatort fahren. Abgemacht. Kuss legt auf und schaut hoch. Der Mann in Weiß ist verschwunden, wie vom Erdboden verschluckt. Kuss war abgelenkt und hat nicht mehr auf ihn geachtet. Unfassbar! Wo ist er hin? Oder war es nur Einbildung? Die Kreislaufschwäche hat ihn möglicherweise phantasieren lassen.

Quatsch mit Soße! Natürlich war der Mann in Weiß dort hinten! Möglicherweise war er ein ganz harmloser Spaziergänger, der urplötzlich in einen Seitenweg eingebogen ist. Trotzdem seltsam, das alles! Ihm ist nicht wohl.

Nach 15 Minuten strammen Fußmarsches erreicht Kuss die Waldgaststätte Brands Busch. Die Tische auf der großen Veranda sind teilweise bereits mit Gästen besetzt, die aus großen Pokalen Berliner Weiße trinken. Zwei Kollegen in Uniform drücken sich unauffällig an der großen Einfahrt zum Parkplatz herum. Kuss winkt. Kurze Zeit später sitzt er im Streifenwagen.

„Wo gehts hin?“, fragt er.

„Ochsenheide“, sagt einer der beiden, „Leichenfund vor etwa einer Stunde! Spurensicherung ist schon dort!“

Der Fahrer schaltet Blaulicht und Martinshorn an und rast mit irrer Geschwindigkeit durchs Johannistal, biegt rechts ab und brettert den breiten Waldweg zur Ochsenheide hoch. Die große Wiese liegt baumlos unter der mittlerweile knallharten Mittagssonne. Der Streifenwagen fährt am Rand der Wiese entlang und kommt in einiger Entfernung vom Waldrand zum Stehen. Hier sieht man schon ein mächtiges Aufgebot der Polizei am Werk. Ein Tatort nach dem anderen in dieser Woche. Ein Mord nach dem anderen. Kuss steigt aus. Kirchner, De Zosa und Prieß sind schon da. Kirchner kommt auf ihn zu. Seine Gesichtszüge sehen derangiert aus.

„Hallo, Herr Kuss! Machen Sie sich auf was gefasst! Aber Sie haben ja starke Nerven“, sagt er.

De Zosa und Prieß stehen etwas abseits und machen ebenfalls einen komischen, nicht ganz gesunden Eindruck. Die beiden Streifenpolizisten folgen Kuss. Die Uniformierten, die den Tatort absperren, lassen ihn durch. Dort am Boden liegt etwas. Etwas Helles. Thomas Kuss ist nicht wohl. Möchte am liebsten wegrennen.

Das seltsame Ding liegt am Fuße eines Riesenbaumes, einer gewaltigen Eiche. Als Thomas Kuss sich nähert, schlägt ihm sein Herz bis zum Hals. Er hat das Gefühl, als ginge er auf Watte. Das Ding, einige Meter vor ihm, liegt ruhig und unbeweglich. Das Ding ist – ein Mensch! Ein Torso! Ein Körper, der keine Arme und Beine mehr hat! Sind sauber abgetrennt. Große, kreisrunde rote Wunden sind zu sehen, die aber nicht bluten. Ein Kopf ist an dem Gebilde dran. Die Augen starren blass, glanzlos. Der Mund ist weit geöffnet.

Kuss steht hilflos wie ein Kind neben diesem Rest eines Menschen und ist vor Entsetzen unfähig, irgendetwas Gescheites zu tun oder zu sagen. Das ist selten. Ihm ist zu allem, auch den schlimmsten Dingen, immer zumindest etwas Sarkastisches eingefallen. Und er hat wirklich schon einige schlimme Dinge zu sehen bekommen. Das hier gibt ihm aber den Rest. Er fühlt sich sowieso nicht gut. Und dann ein Torso. Immer wieder sieht sich Thomas Kuss gehetzt um, ist vollkommen fertig mit den Nerven.

Irgendwann findet er die Sprache wieder.

„Ach, du lieber Himmel!“, entfährt es ihm schließlich. „Ach, du große, verdammte heilige Scheiße! Hat der Mensch so etwas je gesehen?“

Jetzt sind die Kollegen, die ihn hergebracht haben, auch in Sichtweite und kriegen den Mund nicht mehr zu. Das ist zu viel. Der Jüngere wird ganz grün im Gesicht, dreht sich um, rennt weg und übergibt sich am nächsten Baum.

„Nun reißen Sie sich mal zusammen, Korbach!“, schnauzt der ältere Kollege den jüngeren forsch an. Obwohl auch seine Gesichtsfarbe nicht besonders gesund aussieht und er mit dem Brechreiz kämpfen muss.

„Mann, Andi“, sagt Kuss zu dem Polizeifotografen, einem langjährigen Kollegen, „seit Montag haben wir nur so abartige Sachen! Hast du doch von gehört, oder? Leichen mit herausgerissenen Zähnen, abgehackten Fingern, aufgespießt auf

Pfählen und totgeschlagen von besoffenen Freunden. Und nun, heute, diese Schweinerei!"

Weitere Polizeiwagen treffen ein. Darunter der kommunale Leichenwagen. Die Leute steigen aus.

„Was soll uns dieser ganze Mist sagen, Kirchner? Frau De Zosa, Herr Prieß! Irgendwelche Ideen?", fragt Kuss einfach nur so in die Runde. Er erwartet von den Frischlingen eigentlich keine Antwort, mit der man etwas anfangen könnte.

„Da wir bis jetzt die abgetrennten Arme und Beine der Leiche in der näheren Umgebung nicht entdeckt haben, sieht es so aus, als habe man den Torso hier hingebracht und dann abgeladen", sagt Raquel De Zosa schließlich.

„Wer hat die Leiche entdeckt?", fragt Kuss.

„Frau Jeannette Niedermeyer", antwortet Kirchner, „die sitzt da vorn im Gras. Hat sich schon wieder etwas gefangen. Sie ist Schülerin. Ist heute Morgen hier gejoggt und dabei über den Torso fast gestolpert. Aber geistesgegenwärtig. Die Kids von heute haben ja alle ihr Handy dabei. Hat sofort die Polizei geholt und wollte dann wegrennen, weil sie es in Gegenwart der Leiche nicht aushielt. Ist dann ohnmächtig geworden, wieder aufgewacht und fast den Kollegen vors Auto gelaufen. Die haben dann unsere Psychologin geholt."

Kuss geht rüber zu dem Mädchen.

„Guten Tag, Frau Niedermeyer. Ich bin Hauptkommissar Thomas Kuss."

Jeannette Niedermeyer schaut hoch und grinst.

„Thomas Kuss? Hübscher Name! Machen Sie dem denn auch alle Ehre?"

„Na, Ihnen scheints ja doch schon wieder ganz gut zu gehen, oder? Können Sie mir bitte noch einmal kurz schildern, wie Sie die Leiche fanden?"

„Aber das weiß Ihr Kollege, der Herr Kirchner, der weiß das schon. Hab ich ihm alles schon erzählt!"

„Erzählen Sie es mir einfach noch mal. Mein Kollege Oliver Kirchner ist unwichtig. Ich bin hier der wichtigste Mann am Ort!"

Jeannette Niedermeyer lacht. „Na, wenn das so ist! Also, ich jogge hier öfters. Laufe um die Ochsenheide drum herum oder mal in den Wald. Meistens nachmittags, nach der Schule. Heute, am Samstag, bin ich vormittags los. Wollte den Restalkohol loswerden. Wir haben nämlich gestern ordentlich gefeiert! Und von Weitem habe ich schon gesehen, dass hier etwas liegt. So was Helles. Hat sich nicht bewegt. Dachte schon, dass hier jemand ein halbes Schwein hat liegen lassen. Hier wird ja immer gegrillt und so. Ich habe schon ein bisschen Angst gehabt, als ich näher kam. Man weiß ja nie. Schließlich erkannte ich, um was es sich handelt. Konnte es gar nicht glauben. Das war voll unwirklich. Ich hab noch nie einen Toten gesehen. Und dann das hier. Auch noch einen, dem alles abgehackt wurde!"

„Waren Sie ganz allein auf der Ochsenheide? Waren da noch andere Jogger oder Spaziergänger? Oder vielleicht Personen, die Ihnen verdächtig vorkamen?", fragt Kuss.

„Ich habe niemanden gesehen! Ich habe auch nicht mehr drauf geachtet, als ich die Leiche fand."

„Verstehe! Von wo sind Sie gekommen? Und haben Sie dabei etwas Auffälliges bemerkt? Vielleicht ein gerade abfahrendes Auto oder einen kleinen Transporter?"

Jeannette Niedermeyer kann sich an nichts Außergewöhnliches erinnern. Kuss bedankt sich bei ihr und sagt, dass sie sich in den nächsten Tagen für weitere Fragen bereithalten solle. Das sagt er immer. Das sagen die Kommissare im Fernsehen auch ständig. Ist irgendwie cool, macht sich gut.

Weiter hinten nähert sich der Transporter der Gerichtsmedizin, kommt ganz langsam angerumpelt und hält. Spejbl und Hurvinek steigen aus mit ihren grauen Kitteln. Das Schreckensduo ist wieder im Einsatz. Hurvi, die Ratte, guckt verschlagen in die Gegend, grüßt kurz und hämisch. Dann machen sich beide über den Torso her. Ohne irgendein Anzeichen einer Gefühlsregung.

Die beiden haben Thomas Kuss in seiner heutigen Schreckensbilanz, beginnend mit den Erlebnissen während seines Spazierganges, gerade noch gefehlt. Sie kommen ihm wie ein böser Gruß aus der Hölle vor.

„Wir werden ihn füttern müssen! Allein kann er das nicht. Nicht wahr, Speibi?", sagt Hurvi staubtrocken.

„Wo du a Recht hoast, hoast a Recht!", entgegnet Spejbl.

Einige Beamte haben das mitbekommen und können sich das Kichern und Prusten nicht verkneifen.

„Geht das schon wieder los?", ruft Kuss ärgerlich. „Seid froh, dass Skrzybinski nicht hier ist!"

16. Eine Schatzkammer des Schmerzes

„Wie kann man ihn denn identifizieren?", fragt Kuss.

„Gute Frage", antwortet Heinrich Skrzybinski. Kuss, Kirchner, Frau De Zosa und Sebastian Prieß haben sich im Sektionsraum der Gerichtsmedizin eingefunden. Es ist Samstagnachmittag. Für seinen alten Kumpel Kuss hat der Gerichtsmediziner Skrzybinski die Gäste seines Sommerfestes allein gelassen. Seine Frau kümmert sich jetzt um sie. Sie muss zusehen, dass alle ihre Bratwurst und mindestens ein gegrilltes Nackensteak bekommen. Die Männer sind mit Bier zu verpflegen, die Frauen mit Mineralwasser, Säften, Wein und Prosecco. Das wird Skrzybinskis Frau hinkriegen. Aber Grillen? Frauen und Grillen? Wenn das mal nicht in die Hose geht. Entsprechend unruhig und übellaunig ist Skrzybinski heute in die Gerichtsmedizin gekommen. Als er aber gesehen hat, was da auf dem Tisch liegt und auf ihn wartet, da war sein Interesse geweckt.

„Nach der ersten Untersuchung kann ich Folgendes über die Leiche sagen!", hebt Skrzybinski an. „Der Tod ist erst vor einigen Stunden eingetreten. Das Mädchen hat die Leiche um halb elf gefunden. Kann sein, dass erst eine halbe Stunde zuvor das Lebenslicht erlosch. Der Torso war ja sogar noch warm, wie die Spurensicherung berichtete."

Thomas Kuss denkt bei diesen Worten an den Mann in Weiß, der sich ihm vorhin genähert hat, der vermeintliche Tod. Ihm wird für einen Moment kalt. Wer mag das bloß gewesen sein? Vielleicht der Mörder? Oder ist das nicht alles Quatsch, was er sich da zusammenphantasiert? ‚Bist wohl ein wenig überdreht', stellt er fest. Aber es nervt ihn doch, dass er den Typen nicht wenigstens aus der Nähe gesehen hat. Verdammt ärgerlich!

„Der Tote wurde zuerst recht fachmännisch, aber dennoch äußerst schmerzvoll geblendet", fährt Skrzybinski fort, „dann hat ihm jemand die Zunge abgeschnitten. Ganz gerader Schnitt, wahrscheinlich mit einem Teppichmesser. Danach waren die Arme und Beine dran. Sie wurden mit einer Axt oder einem ähnlichen Werkzeug offenbar abgehackt. Dann hat der Täter die großen Wunden mit einer wachsähnlichen Substanz sofort verschlossen. Und schließlich, es muss unmittelbar darauf gewesen sein, brachte er den Torso in den Wald, um ihn dort abzuladen!"

„Das müssen doch unfassbare Schmerzen für das Opfer gewesen sein!", sagt Kuss. „Ist der Ärmste nicht ohnmächtig geworden? Ist er nicht sofort verblutet?"

„Thomas, du kennst das Procedere! Genaues weiß ich erst in den nächsten Tagen! So läuft das in Fernsehkrimis doch auch immer!", antwortet Skrzybinski lächelnd.

„Jedoch", fängt er plötzlich das Dozieren an, „hat es den Anschein, dass die Blendung der Augen und das Abschneiden der Zunge relativ geschickt gemacht wurden, ohne übermäßig Blut zu vergießen. Viel gefährlicher für das Überleben sind die riesigen Wunden nach der Amputation der Extremitäten. Damit sich hier nicht allzu schnell ein Ausbluten und die damit einhergehende Ohnmacht einstellt, hat der Täter, ich erwähnte es, wahrscheinlich Wachs angewandt. Damit hat er die großen Blutgefäße verschlossen. Raffiniert. Perfide."

Eine Pause entsteht.

„Eine Schatzkammer des Schmerzes", sagt Oliver Kirchner.

„Was? Was hast du gesagt?", fragt Kuss.

„Denken Sie an die Video-Botschaft, Herr Kuss. Auf Ihrem Dienst-PC, die Mail! Mit diesem kurzen Ausschnitt aus dem Interview! Das war eine Botschaft des Mörders. Er hat seine nächste Tat angekündigt. Hier haben wir es jetzt: Das Opfer war eine Schatzkammer des Schmerzes, als es noch lebte. Unfähig, seinen Schmerz der Umwelt mitzuteilen. Alle Möglichkeiten, sich zu artikulieren – weg! Keine Zunge, die Augen geblendet, keine Arme, keine Beine. Wie isoliert. Vollkommen isoliert! Und voller unfassbarer Schmerzen! Große, gewaltige Schätze des Schmerzes. Und wie eine Schatzkammer von dicken Mauern und gewaltigen Türen umschlossen ist, sodass niemand von außen die Größe des Schatzes ermessen kann, so war auch unser Opfer kurz vor seinem Tod durch seine fehlenden Fähigkeiten, sich mitzuteilen, wie durch dicke Mauern von der Umwelt getrennt."

Noch eine Pause. Alle sind ergriffen von dem Bild, das Kirchner entwickelt hat. Hätte ihm kaum einer zugetraut. Es hatte geradezu etwas Poetisches.

„Hör mal, Kirchner", Kuss bricht das Schweigen, „du hast ihm doch hoffentlich nicht die Arme und Beine abgehackt und so zugerichtet, oder? Ich weiß, dass du so eine romantische Ader hast und manchmal Hölderlin liest!"

„Nee, nee, Herr Kuss, ich war das nicht!"

„Mann, da bin ich aber beruhigt, Kirchner!"

Raquel De Zosa und Sebastian Prieß grinsen sich an und kichern wie die Backfische.

„Reißen Sie sich zusammen!", herrscht Kuss sie an, als er das bemerkt. Dann wendet er sich wieder an Heinrich Skrzybinski: „Noch einmal: Auf welche Weise identifizieren wir den Toten?"

„Wie gesagt: Das wird ganz schwierig! Das Einzige, was wir mit Genauigkeit sagen können, ist, dass es sich bei dem Toten um einen Mann handelt, der vielleicht 55 oder 60 Jahre alt und deutlich übergewichtig war. Alles Weitere demnächst!"

Kirchner, De Zosa, Prieß und Kuss trollen sich aus dem Sektionsraum, in dem es immer so merkwürdig riecht. Immer. Ob mit oder ohne Leichen. Sektionsräume sind wie Operationssäle. Immer gekachelt. Meistens grün. Die Farbe der Hoffnung.

Im Büro der Mordkommission, beziehungsweise der neuen Sonderkommission, laufen die PCs bereits. Kuss gibt die Anweisung, die Vermisstenmeldungen durchzuarbeiten. Erst die regionalen Meldungen, dann die deutschlandweiten.

Man stellt fest, dass es in der Region nur zwei Suchaufträge nach Männern gibt, die in etwa das Alter des Toten und ungefähr dessen Größe und Gewicht hatten. Bei beiden handelt es sich um Patienten einer Anstalt für Menschen mit geistigen Behinderungen, die seit einigen Tagen gesucht werden. Sie seien auf Medikamente angewiesen und würden wahrscheinlich orientierungslos durch die Gegend irren. Kuss ruft in der Pathologie an. Skrzybinski ist noch da. Er kann sich nicht losreißen. Der Fall ist viel zu interessant.

„Hör mal, Heinrich", sagt Kuss, „man kann doch sicherlich bei der Sektion feststellen, ob das Opfer geistig behindert war, oder? Check das doch mal nach, bitte!"

„Werde mein Möglichstes tun!", antwortet Skrzybinski.

Kuss geht die vermissten Menschen durch, die deutschlandweit gesucht werden, und auf die die Beschreibung des Opfers passen könnte. Das sind eine ganze Reihe. Er lässt sich ein paar Suchanfragen ausdrucken, macht sich aber nicht viel Hoffnung, dass darunter das Opfer sein könnte. Anschließend scheucht er De Zosa, Kirchner und Prieß aus dem Haus. Sie sollen in der Umgebung der Ochsenheide jeden fragen, der ihnen über den Weg läuft. Sie sollen an jeder Tür klingeln und auch dort ermitteln, wo jemand etwas Merkwürdiges gesehen oder gehört hat. Ganz egal, was. Alles ist von Interesse. Die drei machen sich auf den Weg, meckern und maulen etwas herum. Hatten heute, am Samstag, eigentlich etwas anderes vor. Freunde treffen, Saufen und Tanzen gehen. Bis auf Prieß. Der kann keine Freunde treffen, weil er keine hat. Aber er hatte sich auf ein gemütliches Wochenende vorm Fernseher und vorm Computer mit Ballerspielen gefreut.

Als Kuss allein im Büro sitzt und überlegt, klingelt das Telefon. Hans-Georg Nagel, der Polizeipräsident, meldet sich höchstpersönlich.

„Hallo, Thomas! Was höre ich denn da schon wieder? Was ist hier bloß los? Geht etwa der große Serienkiller um? Vier Morde in einer Woche! Verdammter Mist! Hab gerade einen Anruf aus dem Innenministerium bekommen. Irgend so ein kleiner Staatssekretär, der sich wichtig tut. Fängt an und will mit mir Schlitten fahren wegen der noch nicht erfolgten Aufklärung! Na, dem hab ich was erzählt! Hat zu viel Fernsehen geguckt, der Kleine. Sagte mir doch tatsächlich, der Minister würde Paso doble in meiner Schokoladenfabrik tanzen, wenn ich nicht bald Ergebnisse vorweisen könne!"

Kuss lacht: „Das ist ein Zitat aus dem Film ‚The Last Action Hero' mit Arnold Schwarzenegger! Irgendwann aus den 90er Jahren!" Dann wird er aber ganz ruhig und ernst: „Sag diesem Typen, dass wir tun, was wir können! Aber mit meiner buckligen Sonderkommission aus Frischlingen ist nicht allzuviel anzufangen. Die haben zwar manchmal ganz gute Ideen, aber es fehlt einfach an Erfahrung. Ich muss denen alles vorkauen! Und, lieber Hans-Georg, bitte beschwer dich nicht! Du hast mir diese Anfänger doch zugeschustert!"

„Ja, ja, ist ja gut. Das wird sich jetzt ändern! Du kriegst einen zusätzlichen Mann! Ein ganz erfahrener Typ ist das! Ein echter Prominenter! Du wirst dich wundern. Sagt dir der Name Professor Andreas Schneider etwas?"

„Bis auf den Professorentitel ein ziemlicher Allerweltsname. Sollte der mir was sagen?"

„Denk mal scharf nach!"

Kuss denkt ein bisschen schärfer nach.

„Meinst du diesen Psycho-Heini aus Wien? Der hin und wieder in der Glotze ist?"

„Genau den! Gilt als Europas bester Kriminalpsychologe – neudeutsch: Profiler. Du wirst es nicht glauben, aber den haben die Säcke in Düsseldorf über meinen Kopf hinweg engagiert, um dir bei der Aufklärung zu helfen!"

„Tatsächlich? Ob es das bringt? Bin natürlich über jede Hilfe dankbar. Und vor allem, wenn es sich um so einen angeblichen Super-Profi handelt. Aber das Ganze wird nach außen möglicherweise so aussehen und so verstanden werden, als seien wir Provinzheinis nicht fähig, schwere Verbrechen aufzuklären."

„Begeistert bin ich davon auch nicht besonders! Andreas Schneider ist ein Medienmensch. Wenn wir mit seiner Hilfe Ergebnisse erzielen, wird er das nach außen so darstellen, als habe er allein die Aufklärung besorgt. Und zwar zur besten Sendezeit im Fernsehen!"

„So wirds möglicherweise laufen! Na, mir bleibt auch nix erspart. Wann soll der Typ denn bei uns eintreffen?"

„Der ist schon in der Stadt! Hält heute Abend einen Vortrag fürs gemeine Volk in der Buchhandlung am Jahnplatz. Es geht um Massenmörder, Serienkiller und simplen Mord. Bei der Gelegenheit preist er sein neues Buch an. Vielleicht solltest du hingehen und dir anhören, wie echte Profis die Täter ermitteln."

„Okay, ich sehs mir an! Wollte schon immer mal wissen, wie man so was vernünftig anstellt. Schlimmer als Simsek von der Sitte kann er nicht sein! Soll ich mich vorstellen und ihn gleich mit ins Präsidium nehmen? Was darf ich ihm erzählen und zeigen? Alles?"

„Ich hab hier ein Fax vom Innenministerium. Dieser Staatssekretär hats unterschrieben. Darin heißt es, dass Professor Dr. Andreas Schneider volle Akteneinsicht zu gewähren ist. Auch darf er mit Verdächtigen reden, sie verhören. Nur verhaften darf er nicht!"

„Mein Gott, das ist ja ein Freibrief! Ist es denn nötig, dass man dem Schluchtenscheißer gleich Tür und Tor öffnet? Man könnte das doch bei einer beratenden Tätigkeit belassen!"

„Sehe ich auch so. Aber unsere Vorgesetzten wollen das anders. Langsam spricht es sich herum, dass hier in Bielefeld der Teufel umgeht. Und dass er, so scheint es zumindest, wahllos seine Opfer bestimmt, um die dann auf schlimmste Art und Weise zu töten. Ergebnisse müssen her, koste es, was es wolle!"

„Ist ja gut, Hans-Georg! Ich gehe heute Abend zu dieser Lesung. Unglaublich – jetzt kommt auch noch ein Profiler in die Stadt. Ist ja spannend – total amerikanisch, irgendwie!"

„Mach dich nicht lustig, Thomas! Vielleicht hilft euch der Knabe ja doch weiter. Ich sehe dann zu, dass der Ruhm der Täterüberführung nicht allein an seinen Fahnen kleben bleibt, sondern auf unseren Konten landet!"

„In Ordnung! Hoffen wir das Beste!"

Als Thomas Kuss an diesem Abend um fünfzehn Minuten vor acht in der Buchhandlung am Jahnplatz eintrifft, ist es dort bereits rappelvoll. Gehetzte Mitarbeiterinnen des Hauses schaffen von irgendwoher Notstühle heran. Eine Leinwand ist aufgebaut, davor stehen auf einem Tisch ein Beamer und ein Notebook. Auf die Leinwand ist das Cover von Andreas Schneiders neuestem Buch projiziert. Es zeigt sein Konterfei, einen großen runden, wenig behaarten Schädel mit listigen Schweinsäuglein, die mit zusammengekniffenen Brauen den Betrachter überaus skeptisch anschauen. Kuss scheint es so, als hätte ein Image-Berater Andreas Schneider zu dieser Pose geraten. Der aufmerksame, skeptische, unbestechliche Kriminalpsychologe. Das neue Werk Schneiders trägt den Titel ‚Der Teufel in uns'. ‚Da hat wohl jemand herausgefunden, dass die Menschen ganz fürchterlich böse zueinander sein können und ist jetzt ganz schockiert davon!', denkt sich Kuss verächtlich. Er nimmt weit hinten Platz. Das tut er immer bei Veranstaltungen, damit er unauffällig abhauen kann, wenn es zu langweilig wird. Und meistens wird es das. Da muss Kuss lange nachdenken, wann ihn eine Theateraufführung, ein Konzert, der Auftritt einer Band oder gar ein Vortrag so gefesselt hat, dass er bis zum Schluss geblieben ist. Er glaubt nicht, dass es heute anders sein könnte und schaut sich die Zuhörerinnen und Zuhörer an. Ganz normale Leute. He, da hinten sind ja einige Kollegen von der Verwaltung! Denen sind wohl die Berichte über die Tathergänge nicht spannend genug! Kuss winkt rüber zu ihnen, als sie ihn erblicken, grinst freundlich. Sie winken zurück und grinsen auch.

Die Chefin des Hauses erscheint, stellt sich auf einen Treppenabsatz und begrüßt freundlich die Anwesenden. Man freue sich über den Besuch von Professor Dr. Andreas Schneider, der aus Wien angereist sei und gleich einige Kapitel aus seinem neuen Werk vorstellen werde. Außerdem habe er einige Bilder aus seiner kriminalistischen Praxis mitgebracht, die er gleich zu zeigen gedenke. Wer über ein schwaches Nervenkostüm verfüge, sei vorgewarnt. Die Fotos würden teilweise sehr drastische Szenen abbilden.

‚Na, dann kriegt der heutige Abend ja doch noch richtigen Unterhaltungswert', denkt sich Kuss.

„Meine Damen und Herren, begrüßen Sie bitte recht herzlich Herrn Professor Dr. Andreas Schneider aus Wien!", fordert schließlich die Sprecherin die Anwesenden auf. Schneider kommt durch eine Tür herein. Die Leute klatschen. Er nickt dankend und nimmt seinen Platz hinter einem zweiten kleinen Tisch ein. Darauf steht eine kleine Leselampe. Das Licht im Raum wird stark gedimmt, bis die Lampe die hellste Lichtquelle ist.

„I wünsch Ihn an Guaten Abnd, Servus!", begrüßt Schneider die Gäste im breitesten Wiener Schmäh, „und freu mi, dass Ehna soa zahlreich erschienen sans!"

‚Boah!', denkt Kuss. Ihm fallen die Sektionsgehilfen Spejbl und Hurvinek ein. ‚Hoffentlich redet der Kerl nicht den ganzen Abend in dem Tonfall! Dann wirds anstrengend!'

Andreas Schneider hat Mitleid mit den Anwesenden und geht über zu einem seltsamen Hochdeutsch, in dem der Wiener Singsang und Spuren des Schmäh weiterhin deutlich mitschwingen. Er ist, passend zu seinem runden Gesicht, groß und breit, aber nicht dick. Schneider trägt ziemlich enge Jeans und eine hellbraune Lederjacke, deren Kragen hochgeschlagen ist. Laut Verlagsmitteilung ist er 54 Jahre alt. Er wirkt sehr smart. Hat fast etwas Angeberisches.

Zunächst erzählt Schneider Autobiografisches. Wie er in den Wiener Vorstädten aufwuchs, dass er in Europa und den USA studierte, promovierte, sich habilitierte und schließlich einen Lehrstuhl an der Rudolphina Vindobonensis, der Universität Wien, bekam. Dann kommt er vom Allgemeinen zum Besonderen.

„Geh, schauns, dann hab ich mich spezialisiert auf die kriminale Psychologie." Andreas Schneider berichtet von seinem Aufenthalt beim FBI und was er dort gelernt hat. Dass man in den USA ziemlich weit vorn sei, wenn es um die Aufklärung von Serienmorden gehe. Langsam wird es interessant. Schneider zeigt Fotos und Bilder von Massenmördern und Serienkillern aus den Vereinigten Staaten. Die sehen alle wie der nette Nachbar von nebenan aus. Es scheint Schneiders ganz persönliches Problem zu sein, dass er mit diesem Widerspruch nicht klarkommt. Dass die schlimmsten Verbrecher so entsetzlich normal sind.

Schneider beginnt damit, einige Passagen aus seinem Buch vorzulesen. Nicht sehr spannend. Er ist viel besser, wenn er frei vorträgt. Das weiß er offenbar auch selbst. Denn er verlässt sich auf seine frei formulierten Erläuterungen, die er zu den einzelnen Kapiteln seines Buches gibt. Das macht er sehr spannend. Die Zuhörer sind gefesselt. Sie sitzen auf der Stuhlkante, haben die Ohren gespitzt. Wenn eine Stecknadel zu Boden fallen würde – es würde mit Sicherheit als ruhestörender Lärm empfunden. Auch Kuss kann sich dem Erzählten nicht ganz entziehen. Auch wenn Schneider eine schillernde Person ist. Nicht sehr sympathisch, undurchsichtig. Aber auch nicht vollkommen abstoßend.

„Mein erster Fall in Österreich, überhaupt mein erstes Interview mit einem Serientäter war 1986. Das war durchaus hart. Er hieß Rubens Meister. Wie die meisten der schlimmsten Serientäter, deren man überhaupt habhaft wurde, hatte man ihn rein zufällig gefasst."

Auf der Leinwand neben Schneider erscheint ein großes Porträt von Rubens Meister. Ein schmales, freundliches Gesicht, volles Haar, dunkle Augen, vielleicht Ende vierzig. Rubens Meister war weder schön noch hässlich. Und überhaupt nicht auffällig. Eine dermaßen durchschnittliche Person, dass es fast unheimlich war. Aber vielleicht hat dieses Gefühl seine Ursache im Wissen des Betrachters um die Taten von Rubens.

„Er lebte in Mühldorf, im Innviertel. Ein ganz kleiner Ort. Jeder könnt a jöden. In der Nähe von Mühldorf lag ein großes Altenheim, pardon, Seniorenheim. Bis auf die Tatsache, dass in der Vergangenheit eine Anzahl der dort Wohnenden abgängig war, gab es keine besonderen Vorkommnisse. Eines Tages wird der Gendarmerieposten von der Besitzerin eines Kaufladens am Stadtplatz angerufen. Er möchte bitte sofort kommen. Es habe einen Ladendiebstahl gegeben, und man wisse nicht, wie man sich nun verhalten solle. Ein Gendarmeriehauptmann macht sich auf den Weg. Eine Bagatelle. Eigentlich. Aber in einer Kleinstadt dann eben doch nicht. Als er im Laden eintrifft, präsentiert die Besitzerin dem verdutzten Beamten Rubens Meister. Man kennt sich schon seit vielen Jahren. Schließlich wohnt Rubens schon sein ganzes Leben hier. Seit dem tragischen Unfalltod der Eltern lebt er ganz allein in deren großem Haus."

Auf der Leinwand erscheint ein Bild des Mühldorfer Stadtplatzes. Das Foto ist bei Sonnenschein aufgenommen worden. Alles wirkt freundlich und bäuerlich, ländlich.

„Und es heißt, Rubens habe gerade eben einen Ladendiebstahl begangen. Habe eine Schachtel Pralinés geklaut. Das sei der Chefin aufgefallen. Sie habe Rubens mit Hilfe ihres Sohnes, der zufällig anwesend war, gestellt und festgehalten. Und die Gendarmerie gerufen. Der Hauptmann ist ganz verdutzt, kann das gar nicht glauben, dass Rubens Meister so einen Unsinn macht und dabei riskiert, mit dem Gesetz in Konflikt zu geraten. Er will die ganze Angelegenheit auf freundschaftliche Art und Weise bereinigen. Will um so einen Ausrutscher, denn anders kann er sich das Verhalten von Meister nicht erklären, kein großes Aufheben machen. Er spricht mit der Ladenbesitzerin, die sich bald einsichtig zeigt, da ihr ja nichts abhanden gekommen sei. Dann schnappt er sich Rubens Meister, setzt ihn in seinen Dienstwagen und fährt mit ihm nach Hause. Unterwegs redet er Meister ins Gewissen, fragt ihn, warum er, in drei Teufels Namen, auf so einen Unsinn verfalle und eine solche Lappalie begehe. Das sei doch geradewegs kindisch. Man ist schnell vor Meisters Haus am Stadtrand angelangt. Der Gendarmeriehauptmann begleitet Meister ins Haus, will ihn noch einmal eindringlich belehren und dann wieder fortfahren. Rubens Meister hat nichts dagegen, dass der Polizist mit ins Haus kommt. Im Haus, vor allem im Wohnzimmer, sieht es jedoch seltsam aus."

Auf der Leinwand erscheint ein weiteres Foto, das nun das Innere von Rubens Meisters Haus zeigt.

„Auf den ersten Blick eine ganz normale Wohnstube im Innviertel. Bei genauerem Hinsehen stellt der Polizist jedoch fest, dass auf fast allen Gegenständen und Möbelstücken eine fingerdicke Staubschicht liegt. Nichts von diesen Dingen ist, so scheint es, noch in Benutzung. In einer Ecke befindet sich ein kleiner Tisch, der wie ein Altar hergerichtet ist. Zwei ewige Lichter stehen darauf und brennen. Sie rahmen ein Bild von Rubens Meisters verstorbenen Eltern ein."

Jetzt zeigt Andreas Schneider den gespannten Besuchern

seines Vortrags ein Foto des Altars. Das sieht schon sehr merkwürdig aus. Kuss läuft es kalt den Rücken hinunter. Natürlich haben viele Menschen ein Foto ihrer Liebsten an gut sichtbarem Ort im Haus aufgestellt. Aber dieser Hausaltar mit dem Bildnis der Eltern anstatt mit Jesus Christus lässt vermuten, dass im Geschirrschrank von Rubens Meister ein paar Tassen fehlen.

„Nicht nur Ihnen, sondern auch dem Gendarmerie-Hauptmann kommt das alles ausgesprochen dubios vor", fährt Andreas Schneider fort, „er vermutet, dass Rubens Meister schon zu lange allein im Haus der verstorbenen Eltern lebt. Dass irgendetwas Seltsames mit ihm passiert sein muss, dort draußen, am Rand von Mühldorf am Inn. Und er sagt schließlich zu Rubens, dass er sich in dessen Haus einmal umschauen möchte. Rubens Meister hat gar nichts dagegen, öffnet ihm bereitwillig die Türen. Der Polizist findet alle Räumlichkeiten, die Wohnstube, das Schlafzimmer der Eltern in offenbar seit Jahren unverändertem Zustand. Wie ein Heiligtum hat Rubens Meister die Zimmer ungenutzt gelassen."

Auch davon erscheinen nun Fotos auf der Leinwand. Man sieht geradezu atypische Zimmer älterer Herrschaften, vollgestellt mit Möbeln, überladen. Nicht schön, nicht wohnlich oder gar gemütlich. Aber voller Gewohnheiten eines langen Lebens. Kuss hat das Gefühl, den Mief dieser ungelüfteten Zimmer zu riechen.

„Schließlich lässt sich der Hauptmann auch noch die Keller des Hauses zeigen. Auch sie stehen voller Gerümpel. Dann macht der Polizist eine Tür auf, und dort bietet sich ihm folgender Anblick."

Das nächste Foto erscheint. Ein lautes Raunen geht durch das Publikum. Hier und dort entsetzte, leise Schreie. Kuss kneift die Augen zusammen, muss zweimal hinschauen, bis er begreift, was er sieht. Das Bild zeigt einen halbdunklen großen Raum mit fast schwarzen Wänden. Es sind Stahlträger zu erkennen, die die Decke stützen. An ihnen befinden sich schwere Haken. Es gibt sogar eine Schiene für eine kleine elektrische Laufkatze zum Bewegen von Lasten. Es sieht aus wie in einem Schlachthof. Tatsächlich hängt an den Haken auch Schlachtgut. Allerdings handelt es sich nicht um Tier-, sondern um Menschenhälften, die mit den Beinen nach oben dort baumeln. Die Köpfe fehlen allesamt. Die Menschen scheinen sauber und kenntnisreich ausgenommen worden zu sein.

„Bei diesem Anblick ist der Polizist natürlich auch erst einmal bleich geworden. Seine ersten Worte nach dieser Entdeckung sollen folgende gewesen sein: ‚Rubens, ich glaube, wir müssen uns jetzt erst einmal zusammensetzen und ernsthaft unterhalten!'"

Das Publikum in der Buchhandlung lacht. Nicht laut. Aber es befreit sich damit ein wenig von dem entsetzlichen Eindruck.

„Wie sich bei den weiteren Ermittlungen herausstellte, handelte es sich bei den insgesamt elf Schlachtopfern um jene Senioren, die in den vergangenen Jahren dem benachbarten Altenheim abhanden gekommen waren. Sie waren nicht etwa, in vermeintlich verwirrtem oder dementem Zustand, in die benachbarten Wälder gelaufen, hatten sich verirrt, waren dort umgekommen und deshalb nie wieder aufgetaucht, sondern Rubens Meister hatte ihnen während ihrer täglichen Spaziergänge aufgelauert. Er kannte ihre Gewohnheiten, passte sie an ruhiger, unbeobachteter Stelle ab, betäubte sie, verschleppte sie in sein Haus und dann – schlachtete er sie!"

Das Publikum atmet laut und schwer. Schneider macht eine Kunstpause, lässt das Gesagte wirken, fährt dann fort:

„Ich habe Rubens Meister in einem Hochsicherheitsgefängnis dann über seine Motive befragt. Es waren lange und schwierige Gespräche. Meister ist ein geradezu überfreundlicher Mensch, zuvorkommend, hilfsbereit. Aber er ließ nichts über seine Motive heraus. Meine Fragestellungen zu seinen Beweggründen und den Tathergängen blieben lange Zeit fruchtlos. Nach und nach entstand jedoch ein vages Bild. Sie erinnern sich: Meisters Eltern waren bei einem Unfall ums Leben gekommen. Seine Opfer aus dem Seniorenheim entstammten alle – statistisch gesprochen – in etwa der Alterskohorte seiner Eltern. Der Unfalltod hatte in Meisters Bewusstsein einen bereits vorhandenen Defekt zu voller Entfaltung gebracht. Und das, was ihm innere Stimmen nun sagten, das befolgte er jetzt bedingungslos. Er tötete und schlachtete die Eltern anderer Menschen. Das geschah nicht etwa aus Rache, sondern einfach nur deshalb, weil es angeblich ‚sein musste'."

Andreas Schneider fügt nun weitschweifige Erklärungsversuche an, die so fruchtlos wie lang sind. Letztendlich bleibt das meiste im Dunkeln. Findet zumindest Kuss.

‚Aber er hat seine Zuhörer geschockt und ihnen eine Show geboten. Haben was gekriegt für ihr Geld!', denkt sich Kuss.

Schneider macht zum Ende seiner Buchvorstellung den Anwesenden noch ein wenig Angst. Berichtet von Serientätern, die nach wie vor unerkannt sind. Niemand komme ihnen auf die Spur. Sie seien zu geschickt, zu gewitzt und würden häufig den Wohnort wechseln. Und wenn sie in ihre neue Stadt hineinführen, suchten sie sich meist schon zu diesem Zeitpunkt ihr neues Opfer aus, das sie dann ein halbes oder ein ganzes Jahr oder noch länger beobachteten, wie ein Detektiv, der ausschließlich observiert. Und dann würden sie irgendwann zuschlagen. Das bedeute in aller Regel das sichere Todesurteil für das Opfer. Oder sie schlagen nicht zu. Aus irgendeinem unerfindlichen Grund. Dann hat das Opfer das größte Glück gehabt, das man sich vorstellen kann.

„Es gibt wahrscheinlich in jeder Großstadt ein oder zwei dieser höchst gefährlichen Menschen", gibt Schneider den Anwesenden noch mit auf den Weg, „statistisch gesehen kommt auf 100.000 Menschen einer dieser Massenmörder!"

Jetzt ist auch der Letzte im Raum beunruhigt und nimmt

sich vor, ab jetzt nur noch in Begleitung seine Wohnung zu verlassen. Professor Dr. Andreas Schneider bedankt sich für die Aufmerksamkeit und verabschiedet sich. Man klatscht artig und lang. Aber so rechte Begeisterungsstürme stellen sich nicht ein. Dafür war das Thema zu schwer, zu abstoßend. Die Gäste erheben sich, gehen hinaus auf die Straße. Nach diesen Bildern und Berichten ist ein Bier fällig. Kuss will aber vorher noch mit Andreas Schneider sprechen, diesem Super-Profiler aus Wien. Er drängelt sich vorbei zur Chefin, zeigt seinen Ausweis und wird zu einer Tür gewiesen. Die Chefin klopft vorsichtig und lässt Kuss dann eintreten.

Auf einem Sofa sitzt Schneider. Vor sich, auf einem kleinen Tisch, steht eine Thermoskanne. Es riecht nach Kaffee und Zigaretten. In der Mitte des Raumes steht ein jüngerer Mann mit teurem, aber nicht gut sitzendem Anzug. Er trägt eine modische Glatze und sieht damit ausgesprochen ungemütlich und unsympathisch aus. Er hat ein hektisches, arrogantes Frettchengesicht. ‚Schöne Gesellschaft!', denkt sich Kuss.

„Geh, was wollen'S denn hier?", fragt das Frettchengesicht und will Kuss den Weg versperren. Der zieht seinen Ausweis, hält ihn hoch.

„Wir haben hier in Deutschland das Gewaltmonopol, nicht die österreichische Bundespolizei", zischt Kuss.

„Ach, tatsächlich, alter Mann?", fragt das Frettchen.

„Ah, geh, Carlo, sei nicht so unhöflich zu dem Herrn von der deutschen Polizei", sagt Schneider, „man hat uns schliaßlich um Oamtshilfe gebeten! Göi, Herr Hauptkommissar?"

Kuss ist schon jetzt vollständig genervt. Am liebsten würde er aus dem Frettchen Kleinholz machen. Und aus Andreas Schneider auch. Aber derlei Händel sind in Deutschland eher unüblich und führen sofort zum Verlust der Beamtenpension. Allerdings – man weiß es nicht. Vielleicht müsste er auch nur für zwei Jahre zur Bewährung ins Archiv.

„Setzen'S Ehna doch, Herr Hauptkommissar!", fordert

Schneider auf. „Lassen'S uns spröchen üaber diese seltsamen Dinge hier in der Stadt. Wollen'S an Kaffee?"

Kuss setzt sich widerwillig. Lehnt den Kaffee ab.

„Also, was haben'S hier in Bielefeld auf dem Herzen?"

„Das werde ich Ihnen gern sagen, sobald Ihr Prätorianer das Zimmer verlassen hat!"

Carlo guckt aggressiv. Kann offenbar gar nicht anders gucken. Schneider hebt die Augenbrauen. Carlo entfernt sich nun grummelnd.

„Wer ist denn dieser unangenehme Mensch?", fragt Kuss. „Ist das Ihr Agent? Oder Bodyguard?"

„Von allem ein bisschen! Und ein guter Freund! Und ein guter Begleiter!", sagt Schneider.

„Na, dann! Herzlichen Glückwunsch!" Kuss hat keine Lust mehr, freundlich zu sein. ‚Vielleicht gewöhn ichs mir ganz ab!', denkt er sich.

„Das scheint ja recht interessant bei Ihnen zuzugehen!", versucht Schneider einen Neuanfang. „Wie mir Ihr Herr Polizeipräsident berichtete, gibt es in Ihrer Stadt seit Montag den gewaltsamen Tod von einigen Menschen zu beklagen. Der Herr Polizeipräsident vermutet Zusammenhänge. Und Sie, Herr Hauptkommissar, würden die Ermittlungen leiten, die offenbar noch nicht so recht vorangekommen sind. Oder wie sieht das aus?"

„Herr Schneider …"

„Herr Professor Schneider, wenns Ihnen Recht ist!"

„Also, Herr Professor Schneider, den möchte ich kennenlernen, der vier Morde in einer Woche so mir nichts, dir nichts, vollständig aufklären kann. Das gelingt sicher nur Ihnen!"

Schneider überhört die Spitze. „Gehn wir doch mal in medias res und streiten wir uns nicht! Erzählen'S mir doch, was seit Montag passiert ist."

Kuss gibt Schneider eine kurze Zusammenfassung dessen,

was seit Anfang der Woche vorfiel. Währenddessen sitzt Schneider vollkommen entspannt im Sofa und fixiert Kuss. Diese Penetranz, dieses ununterbrochene Auge in Auge geht Kuss auf den Wecker, bringt ihn etwas aus dem Konzept. ‚Psychologengehabe!', denkt er sich. ‚Psychiatermasche!'

„Das ist ja hochinteressant!", sagt Schneider, nachdem Kuss seinen Bericht beendet hat. „Und Sie haben keinerlei Anhaltspunkte? Keinen Brief, keine E-Mail oder ein anonymes Bekennerschreiben?"

„Doch, wir haben eine seltsame Mail bekommen. Abgeschickt aus einem Internet-Café in Florenz. In der Mail stand nur ein Link auf ein bei Youtube eingestelltes Video. Wenn man darauf klickte, sah man für zehn Sekunden einen Schauspieler, der so eine rote Bischofsrobe anhatte, ein Ornat, oder wie man das nennt, und irgendeine Stimme sagte: ‚Eine Schatzkammer des Schmerzes'. Wir haben das als eine Meldung des Täters bewertet."

Kuss berichtet weiter über die Eingebung seines Assistenten Kirchner im Zusammenhang mit dem gerade gefundenen Torso. Dann erwähnt er noch den Flyer über das Schloss Versailles, dass man bisher keinerlei Aufrufe in der Presse oder den anderen Medien gestartet habe, und dass das zunächst auch so bleiben solle. Man wolle niemanden beunruhigen. Obwohl sich die Taten schon herumgesprochen hätten. Irgendeine Stelle sei ja immer undicht.

„Das mit den Medien lassen'S auch lieber bleiben! Wie viele Morde waren es bisher? Drei, göi? Die glitschige Loiche gehört mit Sicherheit ins Muster! Das dürfte derselbe Täter sein, der auch die Morde zu verantworten hat."

„Nun, so weit waren wir auch schon in unseren Überlegungen gediehen!"

„Wissen'S was, Herr Hauptkommissar? Diese oder ähnliche Taten sind mir schon häufiger im Leben begegnet. Die Vorgehensweise kenne ich. Und ich gebe Ihnen Brief und Siegel, dass sich der Täter bald wieder bei Ihnen, bei der Polizei, melden wird. So läuft das meistens! Vielleicht haben Sie morgen die nächste Nachricht auf dem Tisch! "

„Was, am Sonntag?", fragt Kuss entrüstet.

„Tja, da müssen'S Ihre Beamtenseligkeit schon einmal drangeben, Herr Hauptkommissar. Mörder arbeiten auch sonntags!"

„Was Sie nicht sagen!"

Kuss hat keine Lust mehr auf den selbstgefälligen Schneider. Verabschiedet sich. Schneider sagt, er werde am Montag auf Einladung des Polizeipräsidenten einmal im Präsidium vorbeischauen und sich den anderen Ermittlern vorstellen. Es wäre nett, wenn Kuss ihn auf dem Laufenden hielte und gibt ihm seine Visitenkarte.

„Aber jetzt ist erst einmal Sonntag für mich", sagt Schneider, „in ganz dringenden Föllen erreichen'S mich auf dem Mobile! Meine Residenz ist das Hoberger Landhaus!"

‚Ich werde einen Scheißdreck tun und dich anrufen!', denkt sich Kuss und verschwindet. Er hat sich entschieden, mal wieder in der ‚Taubengasse' am Hauptbahnhof vorbeizuschauen.

Dort ist mächtig was los. Es ist Wochenende und die Profi-Trinker brauchen endlich einmal keinen Vorwand für hemmungsloses Saufen. Um 22:30 Uhr hat Kuss sein erstes Herrengedeck vor sich auf dem Tisch.

„Na, Thomas, wie siehts aus? Alles klar?", fragt Didi, der Wirt, und stellt damit eine der unverfänglichsten Fragen dieser Welt.

„Geht so", erwidert Kuss. „Schwierige Fälle!"

„Hat sich schon herumgesprochen, dass ihr da so einige Probleme habt!"

„Tatsächlich? Wer erzählt denn so was?", fragt Kuss interessiert.

„Na ja, Gäste eben!", sagt der Wirt. „Nagel mich jetzt bloß nicht fest, wer genau das war! Irgendeiner wars!"

„Wie sah der aus?“, fragt Kuss, plötzlich hellwach.

„Immer im Dienst, was? Mein Gott, wie sah der aus? So ganz genau gucke ich mir meine sporadischen Gäste nicht an. Ich glaube, der war mittelgroß, schlank, dunkles Haar, kein Bart. Irgendein Dutzendgesicht, Thomas. Frag mich bitte nicht weiter!“

Kuss fragt nicht weiter. Lässt sich noch ein Herrengedeck bringen, zahlt danach und verlässt die Kneipe. Aus den Boxen dröhnt ‚Lebt denn der alte Holzmichl noch?‘ Alles grölt mit.

Draußen ist es seltsam hell, eine Vollmondnacht. Gespenstisch! Kuss erinnert sich an die Sprüche von Schneider. ‚Was für ein Arschloch! Bin ja nur ein blöder Provinzbulle, der nichts auf die Reihe kriegt!‘

Kuss hat Hunger und geht rüber zum ‚Yol‘. Lässt sich einen Döner auf die Hand geben und steht damit vor der Tür, schlingt und reißt das Zeug in sich hinein wie ein verhungernder Wolf. Dabei geht die Hälfte daneben, fällt auf den Gehweg. Egal. Um ihn herum lungern wie eh und je die Loser der Stadt. Es wird gedealt, gesoffen, geprügelt. Leute schreien sich an.

Kuss geht die Bahnhofstraße hinunter, an den billigen und seltsamen Klüngelgeschäften vorbei, die es in jeder Stadt in Bahnhofsnähe gibt. Zwischendurch immer mal wieder eine Kneipe, dann ein türkischer Grill, dann ein Ladenlokal, das leer steht. Auf der riesigen, staubigen und schmierigen Glasscheibe, hinter der früher die Auslagen des Geschäfts präsentiert wurden, kleben die Reste von Plakaten, die in irgendeiner riesigen Landdiskothek eine ‚BootyParty‘ ankündigen. Der ehemalige Eingang des Geschäftes ist durch ein herabgelassenes Gitter versperrt. Trotzdem ist der Bereich davor für alle möglichen Aktivitäten genutzt worden. Zwei Einweg-Spritzbestecke und die vertrockneten Hinterlassenschaften eines wilden Urinierers zeugen davon.

Am Ende der Straße befindet sich die große Niederlassung des ‚World-of-Sex‘, ein glitzerndes Kaufhaus, in dem die Mittel zur Erfüllung auch der ausgefallensten Wünsche angeboten werden. Man hat Tag und Nacht geöffnet. Es ist ein Kommen und Gehen.

Kuss hält den Anblick nicht mehr aus, obwohl er sich immer wieder von dieser Szene angezogen fühlt. Er steigt in ein Taxi und lässt sich nach Hause fahren. Schafft es gerade noch, die Wohnungstür hinter sich zu schließen und aus der Jacke und den Schuhen zu kommen. Dann lässt er sich auf seine Couch fallen und schläft sofort ein. Er träumt von einem Mann in Weiß, der ihn verfolgt. Und dann träumt er gar nichts mehr.

17. Die Kartause von Padula

Kuss' Flucht in den Schlaf dauert bis zum frühen Sonntagmorgen. Er wacht um acht Uhr auf, ist ziemlich groggy. Er lauscht auf sein Herz, seinen Kreislauf. Scheint in Ordnung zu sein, keine Alarmsignale. Hoffentlich bleibt das auch weiterhin so. Kuss weiß genau, dass er eigentlich zum Arzt muss. Wird er auch hingehen, irgendwann in den nächsten Tagen. Was das wohl gibt? Wahrscheinlich wird ihn der Arzt sofort zu einer Herzkatheteruntersuchung verdonnern. Kuss darf gar nicht daran denken. Denn davor hat er fürchterliche Angst.

Was solls? Erst einmal frühstücken. Der weißgekleidete Mann gestern im Wald geht ihm nicht aus dem Sinn. Wer oder was war das? Der Täter? Einbildung? Ein Warnzeichen aus einer anderen Welt?

Warum passierten die Morde alle in diesen wenigen Tagen? Wie hängen sie zusammen? Hängen sie überhaupt zusammen, oder ist das alles nur perfider Zufall? Ist es ein Täter oder sind es mehrere? Einen Menschen zu pfählen, Leichen auszugraben, zu transportieren oder noch lebende Torsi auf die Ochsenheide zu bringen – kann das einer ganz allein? Schwer vorstellbar!

Was ist dran an den ersten Verdachtsmomenten? Muss man sie alle verwerfen? Ist der Zahnarzt Dr. Klagenfurt von einem schlecht behandelten Patienten, von dem angeblich akzeptierten Nebenbuhler Ribbeck oder von einer ganz anderen Person umgebracht worden, die mit diesen Dingen überhaupt nichts zu tun hat? Wie sieht es mit Meinward Adler aus? Gehört der ebenfalls zu den Opfern jenes Täters oder jener Täter, die auch für die anderen Verbrechen verantwortlich sind? Spielen irgendwelche Vereinigungen oder Verbindungen eine Rolle? Ist, schließlich und endlich, der Rechtsanwalt Hamich von gnadenlosen osteuropäischen Mandanten hingerichtet worden? Liegt nahe, könnte sein! Und die Säufer, die ihren Kumpel erschlugen? Haben die etwas mit den Vorfällen zu tun, oder ist der Tod des Bernd Dierschke reiner Zufall im Todesreigen dieser Tage? Und der Torso? Wer ist das überhaupt? Was, wenn die Person sich nicht identifizieren lässt? Ist nicht das erste Mal, dass so etwas passiert! Und immer wieder die Frage, weshalb der oder die Mörder sich so viel Mühe machen, die Opfer auf so absurde und archaische Weise zu quälen! Werden die damit auf schreckliche Weise vom Täter bestraft? Sind diese Aktionen überhaupt als Strafe gedacht? Die meisten vorsätzlichen Mörder rächen sich für irgendetwas. Oder meinen, jemanden für seine früheren Taten bestrafen zu müssen. Vielleicht sind die Morde aber auch die Taten eines Nachahmers, eines Trittbrettfahrers, der zu viele Thriller im Kino oder Fernsehen gesehen oder zu viele Krimis gelesen hat, und der das Ganze jetzt auf ganz subtile Weise toppen will?

Da muss man natürlich ganz schön weich in der Birne sein oder zu allem entschlossen. Und man muss die Hartleibigkeit eines erfahrenen Schlachters mitbringen, um so etwas wie in den letzten Tagen minutiös zu planen und durchziehen zu können, denkt sich Kuss. Und wenn das der Fall sein sollte, dann müsste der Täter sich tatsächlich langsam melden und versuchen, den Kontakt zu der Polizei herzustellen! Nicht nur so kryptische Dinge wie Flyer versenden oder Botschaften über das Internet! Da muss ich leider diesem Andreas Schneider Recht geben. Solche Täter sind doch angeblich so stolz auf ihre Morde und wollen dafür Anerkennung. Vielleicht gibts ja bald einen deutlicheren Hinweis. Wahrscheinlich ist es gut, wenn die Presse noch ein wenig schmort und auch weiterhin nichts über die Morde veröffentlicht. Das muss den Täter verärgern. Keine Aufmerksamkeit für die Mordsarbeit! Vielleicht ist der Killer dann aber so sehr darüber verärgert, dass er noch eins drauflegt! Noch ein Mord! Die Gefahr besteht sicherlich.

Kuss muss plötzlich grinsen. ‚Irgendwie spannend, diese Woche!', denkt er sich. ‚Bin schon ganz neugierig auf den nächsten Mord!'

Der Hauptkommissar kann sich nicht erinnern, jemals in seinem Leben eine so heftig kribbelnde Zeit erlebt zu haben. Er ist fast schon ein wenig enttäuscht, dass der Täter nicht doch noch für den heiligen Sonntag, gewissermaßen als krönenden Abschluss, eine Leiche in petto hat.

Kuss schlurft zum Briefkasten. Er hat vergessen, gestern, am Samstag, hineinzusehen, ihn zu leeren. Als er mit dem kleinen Schlüssel die Klappe öffnet, quillt ihm das Übliche entgegen: Rechnungen und Werbung. Ein brauner Umschlag ist auffällig. Keine Werbung, keine Rechnung. Nur seine einsame Adresse oben drauf. Mit einem Laser-Drucker geschrieben. Nirgendwo ein Absender. Kuss überlegt, ob er mit dem Brief gleich ins Präsidium, zur Spurensicherung, fahren soll. Aber er ist zu neugierig. Er weiß, dass alles möglich ist: Es könnten Giftstaub, Krankheitserreger oder ein Sprengsatz in so einem Brief sein. Er zieht sich Einweghandschuhe an, setzt sich an seinen Küchentisch und schlitzt mit einem scharfen Küchenmesser, seinem einzigen, vorsichtig den Brief an der Lasche auf. Er schüttelt den Umschlag. Keine Briefbombe. Kein Anthrax. Heraus fällt wieder einmal ein farbiger Prospekt, ein Flyer. Zwei bedruckte Seiten, zweimal gefaltet. Kuss schaut sich das Deckblatt an. In etwas holprigem Deutsch steht da in Fettdruck: ‚Sehenswürdigkeiten des Cilento Nationalpark in Süditalien in Campanien'.

Darunter, in einer anderen Schrift: ‚Die Kartause von Padula. Das Kartäuserkloster San Lorenzo'.

Dann folgen schöne Farbfotos des Klosters mit kommentierenden Bildunterschriften. Ein davon abgesetzter Text informiert über das Gebäude. Im 14. Jahrhundert sei mit dem Bau begonnen worden. Er sei immer mehr erweitert worden. Noch im 19. Jahrhundert habe man Teile hinzugefügt. Es handele sich um das größte Kartäuser-Kloster Italiens mit dem größten Kreuzgang der Welt.

‚Ist ja hochinteressant', murmelt Kuss vor sich hin. ‚Und was sagt mir das jetzt?'

Auf Vorder- und Rückseite befinden sich weitere schöne Fotos von der Anlage, wie sie – eindrucksvoll in ihrer Größe – in der süditalienischen Sonne vor sich hin schmort.

Wer hat ihm den Prospekt in den Briefkasten geworfen? Der Täter vielleicht? Eine Art verschlüsselte Botschaft, die man nun interpretieren muss, um mit der Aufklärung der Fälle voranzuschreiten? Ist das die Nachricht, die Andreas Schneider vorausgesagt hat?

Kuss ist beunruhigt. Woher weiß der Täter, wo er wohnt? Andererseits, den Wohnort eines Menschen herauszufinden ist nun wirklich eine der leichtesten Übungen!

Hauptkommissar Kuss macht sich fertig, um die Wohnung und das Haus zu verlassen. Immerhin hat er jetzt einen Grund, ins Präsidium zu fahren. Was für ein Glück! Er hätte nämlich weiß Gott auch nicht gewusst, was er sonst hätte anstellen können.

Eine Alternative wäre das Surfen im Internet gewesen. Aber dort wäre er nur wieder auf Seiten gelandet, die der ‚netdoktor' oder ‚darmgesundheit.de' heißen und hätte sich über die schwerstmöglichen Erkrankungen erkundigt, deren deutliche Symptome er bereits bei sich selbst entdecken würde. Eine grauenhafte Perspektive.

Als Kuss die Haustür hinter sich ins Schloss fallen lässt, wird ihm schlagartig unwohl. Er denkt an die Ausführungen Schneiders zurück, dass Serientäter ihre Opfer manchmal über lange Zeiträume beobachten, um dann präzise und erbarmungslos zuzuschlagen. Wird er auch bereits beobachtet? Vielleicht hat es der Täter ja auch auf ihn abgesehen? Vielleicht will er zeigen, dass niemand vor ihm sicher ist. Auch nicht die Polizei.

Im Präsidium herrscht tote Hose. Die meisten Büros sind verwaist. Ab und an ist zu hören, wie Streifenwagen mit Martinshorn vom Hof fahren. ‚Die müssen los, um die üblichen Wochenend-Wemsereien zu schlichten', denkt sich Kuss. Bei der Spurensicherung sitzt ganz allein ein junger Mann, den er noch nie gesehen hat.

„Tach!", begrüßt er den Neuen.

„Guten Tag, Herr Kuss!", antwortet dieser.

„Oh, Sie kennen mich? Ist mir mein Ruf voraus geeilt?"

„Das will ich meinen!", sagt der junge Mann, und Kuss glaubt zu hören, dass geradezu Ehrfurcht in dessen Stimme mitschwingt. „Auf der Polizeischule kennt Sie jeder. Ihre Fälle werden immer wieder zu Lehrzwecken herangezogen. Und jetzt lerne ich Sie sogar persönlich kennen. Mein Name ist übrigens Mirco Haase." Sagts und streckt Kuss die Hand entgegen. Der schüttelt diese freundlich und kommt gleich zur Sache.

„Na, gut, dann können Sie gleich mal zeigen, was Sie gelernt haben. Sehn Sie mal, was ich gestern mit der Post bekommen habe!", sagt er und reicht Mirco Haase den Umschlag mit dem Prospekt. Der will mit bloßen Händen zupacken.

„Vorsicht! Nehmen Sie Handschuhe! Ist wahrscheinlich ein Beweismittel!"

Mirco Haase wird leicht verlegen, weil er eine der grundlegendsten Grundregeln außer Acht gelassen hat. Er zieht sich die Einweg-Handschuhe an, zieht den Prospekt über die Kartause von Padula aus dem Umschlag, entfaltet ihn vorsichtig.

„Ja, ja, mit den Neuen könnt ihrs ja machen! Immer wird man verarscht, wenn man irgendwo neu anfängt!", jammert Haase.

„Quatsch, ich verarsche Sie nicht! Der Umschlag und der Prospekt lagen in meinem Briefkasten. Sind mir anonym zugestellt worden. Und Sie untersuchen das Ding jetzt nach Spuren! Fingerabdrücke und so. Wahrscheinlich hat der Prospekt was mit den Morden der letzten Tage zu tun!", schimpft Kuss.

Mirco Haase ist plötzlich hellwach. „Mit der Mordserie? Cool! Ich mach mich sofort dran. Eine Stunde, nicht länger. Ich rufe Sie an. Sind Sie in Ihrem Büro?"

Kuss gibt ihm die Nummer und entfernt sich. Auf den Gängen sind die Putzkolonnen aktiv. Vor seinem Büro wischt Ilanka aus Montenegro den Boden. Hat so eine Art blauen Kittel an, mit dem Aufdruck der Firma, für die sie arbeitet.

„Hallo Ilanka! Wie gehts?"

„Challo, Thomas! Geht gutt, danke!"

Kuss möchte eigentlich noch ein wenig mehr mit Ilanka plaudern. Aber ihm fällt nichts ein.

Im Büro setzt er sich an den PC, startet die Kiste und wartet. Geht ins Internet und gibt in der Suchmaschine den Begriff ‚Kartause von Padula' ein. Er liest oberflächlich. Steht genau dasselbe drin wie in seinem Flyer, der jetzt bei Mirco Haase liegt. Einer von beiden hat abgeschrieben. Entweder, der, der für den Flyer die Texte gemacht hat oder der, der für den Eintrag bei Wikipedia zuständig ist.

‚Wenn der Täter mir damit einen Hinweis geben wollte, auf was auch immer, dann macht er mirs aber verdammt schwer!', denkt sich Kuss. ‚Soll vielleicht ein weiterer Mord in einem Kloster stattfinden? Soll ein Geistlicher sterben? Ist der Mörder vielleicht ein Mönch? Oder ein Italiener, der in Padula wohnt? Oder hat der Torso im Wald etwas mit der Kartause von Padula zu tun? War der dort tätig und hat sein Leben verwirkt, weil er die Denkmalschutzbestimmungen der EU nicht befolgt hat? Hat die glitschige Leiche von Meinward Adler in der Kirche irgendetwas mit der Kartause von Padula zu tun? Weiß der Geier!' Kuss ist genervt und unruhig.

Er geht noch einmal die Liste der Vermissten durch, auf der Suche nach der Person, die jetzt nur noch ein Torso ist. Er findet einfach nichts Adäquates.

Das Telefon auf seinem Schreibtisch macht seltsame elektronische Geräusche, von denen man nach wie vor sagt, es sei das Klingeln des Apparates. Im Display steht die Nummer vom Labor der Spurensicherung. Kuss meldet sich.

„Ja, Herr Kuss, hier Mirco Haase von der Spurensicherung!"

„Hab ich mir schon fast gedacht, Herr Haase", sagt Kuss, „was gibts Neues?"

„Leider nichts, Herr Kuss! Der Umschlag und der Prospekt sind übersät mit Fingerabdrücken unterschiedlichster Provenienz. Es lässt sich leider überhaupt nichts Konkretes feststellen, keinerlei Anhaltspunkte. Könnte sein, dass sich mit viel Mühe rekonstruieren lässt, woher das Papier des Umschlags stammt und mit welchem Drucker die Adresse aufgedruckt wurde. Wie gesagt, – könnte sein! Soll ich das in die Wege leiten?"

„Nein, tun Sie das vorerst bitte nicht! Ich gehe davon aus, dass unser Täter ein sehr kluges Kerlchen ist und alle Möglichkeiten, ihm auf die Schliche zu kommen, bedacht hat. Entsprechend wird er vorgegangen sein. Den Umschlag und den Prospekt hole ich mir nachher wieder ab!" Er legt auf und wählt die Nummer von Kirchner. Der meldet sich erst nach langem Klingeln.

„Tach Kirchner! Störe ich vielleicht?"

„Oh, guten Tag, Herr Hauptkommissar! Nein, nein, Sie stören nicht. Ist ja ein ganz normaler Sonntag! Was gibts denn?"

Kuss spürt, dass er doch stört. Wahrscheinlich vollziehen Verena Prohaska und Kirchner ein gemütliches Wochenende, mit allem Drum und Dran.

„Wie dem auch sei, Kirchner. Sagt Ihnen zufällig die Kartause von Padula irgendetwas?"

„Die, äh, bitte was?"

„Die Kartause von Padula! Ist ein riesiges Kartäuser-Kloster in Süditalien. Hat man 480 Jahre dran gebaut. Einzigartig. Mit größtem Kreuzgang der Welt!", führt Kuss aus.

„Wollen Sie da Urlaub machen? Oder wollen Sie überhaupt mal Urlaub machen? Wollen Sie für ein paar Wochen ins Kloster, um abzuschalten? Wissen Sie was, ich habe einen Bekannten, der …"

Kuss unterbricht den stotternden Kirchner: „Nein, nein, keinesfalls. Ein Prospekt, so ein Flyer über die Kartause von Padula ist gestern anonym mit der Post bei mir eingetroffen. Ich gehe jede Wette ein, dass es sich um ein Zeichen von unserem Täter handelt. Entweder vom Leichenschänder oder dem Mörder. Oder eben jenem, der alle Taten dieser Woche begangen hat!"

„Schon wieder ein Prospekt? Haben Sie den schon der Spurensicherung übergeben?"

„Nein, Kirchner, ich hab ihn weggeworfen! – Aber sicher habe ich ihn der Spurensicherung gegeben. Die haben jedoch nichts gefunden. Oder besser: zu viel gefunden. Umschlag und Flyer wimmeln von Fingerabdrücken. Und ob ich das ganz große Rad drehe, also Analyse des Papiers et cetera, das weiß ich noch nicht. Los, Kirchner, was können wir tun? Haben wir hier in der Umgebung katholische Mönche? Sollen wir die fragen? Oder jemand anderen von der Kirche? Oder einen Italien-Spezialisten?"

„Wenn wir davon ausgehen, dass der Täter uns damit irgendetwas sagen will, dann sollten wir in Windeseile alles an Informationen über die Kartause, oder wie das Ding heißt, zusammentragen und durcharbeiten! Haben Sie damit vielleicht schon begonnen?"

„Na ja, so ein bisschen im Internet geguckt und so …!"

„Herr Kuss, ich höre schon, dass Sie es bei der Kleinarbeit nicht so genau nehmen wollen! Klar, ist das mühsam. Wir könnten doch unsere beiden neuen Sklaven, Frau De Zosa und Herrn Prieß, daransetzen!"

„Gute Idee! Ich weiß auch schon, wer die beiden anruft und ihnen das sagt! Du machst das, Olli! Keine Widerrede!"

„Herr Kuss, bitte! Wir haben doch schon Sonntagnachmittag. Hat das nicht noch Zeit bis morgen?"

„Hat es nicht! Also los! Ach, übrigens, Kirchner – morgen kriegen wir Besuch. Irgendeinem Blödmann im Düsseldorfer Innenministerium haben wir es zu verdanken, dass der Kriminalpsychologe Professor Dr. Andreas Schneider aus Wien zu uns stößt, um uns bei der Aufklärung zu helfen!"

„Was, der Andreas Schneider? Der berühmte Profiler Schneider? Wie kommen wir zu dieser Ehre?"

„Schneider ist gerade auf großer Deutschland-Tournee, um sein neues Buch ‚Der Teufel in uns' vorzustellen. Ich war gestern Abend bei seiner Veranstaltung und hab mich anschließend mit ihm ein wenig unterhalten."

„Und, wie is' der so?"

„Spricht breites Wienerisch, ist arrogant. Ein echter Besserwisser und Schlaumeier!"

„Schade! Aber Stars haben wohl ganz generell einen an der Waffel!"

„Könnte hinkommen. – Ach, Kirchner: Du informierst Prieß und De Zosa auch darüber, dass sich morgen Andreas Schneider bei uns im Büro sehen lässt. Sag ihnen, dass sie ihm nicht allzu sehr in den Arsch kriechen sollen, auch wenn er in der Szene ein Star ist. Ich will nicht, dass der Schluchtenscheißer uns das Heft aus der Hand nimmt und aus der Aufklärung eine Marketing-Aktion für sein Buch macht!"

„Geht in Ordnung!"

Um 16 Uhr ist Kuss wieder zu Hause. Hat noch einmal in seinen Briefkasten gesehen, aber der war leer. Keine weiteren Hinweise. Auch auf dem Anrufbeantworter hat niemand eine Nachricht hinterlassen. Kuss macht sich Gedanken darüber, wie er den Sonntagabend verbringen soll. Es gibt nicht viel Auswahl. Etwas Lesen, vielleicht Fernsehen. Einen Krimi? Bloß nicht!

Das Telefon klingelt! Kirchner ist am anderen Ende.

„Hab ich vorhin ganz vergessen, Herr Kuss! Wir grillen heute Abend bei mir im Garten. Ich bekomme Besuch von einigen Freunden und Bekannten. Frau Prohaska ist auch dabei. Vielleicht haben Sie Lust und Zeit, vorbeizukommen? Sie sind jedenfalls herzlich eingeladen. Wo ich wohne, wissen Sie ja! Mitbringen brauchen Sie nichts!"

Kuss hat den Verdacht, dass Verena Prohaska Oliver Kirchner gedrängt hat, den Vorgesetzten und Kollegen einzuladen. Als freundliche Geste. Und auch, weil alle wissen, dass Kuss allein lebt. Und weil keiner weiß und alle ahnen, was er eigentlich in seiner Freizeit treibt, nämlich nichts. Kuss nimmt die Einladung an und wundert sich über sich selbst, dass er das getan hat. Eigentlich meidet er aus Gewohnheit und schlechter Erfahrung derartige Gesellschaften. Kirchner freut sich oder tut zumindest so.

„Sehr schön. Freut mich wirklich. Kommen Sie doch so gegen 19 Uhr vorbei!"

Kurz nach 19 Uhr steht Thomas Kuss am Gartentor von Kirchners Behausung. Er hat unterwegs von der Tankstelle noch etwas zum Knabbern besorgt und zwei Flaschen Prosecco, auf den die Frauen angeblich so abfahren. Kuss kommt sich ein wenig belämmert vor, wie er mit dem Kram so dasteht. Er marschiert ums Haus herum und hört lautes Männerlachen. Ein Grill qualmt bereits, es riecht nach lecker Bratwurst. Kuss hasst es, bei vollkommener Tag-Helligkeit irgendwo einzutreffen. Alle schauen auf, als er deutlich und laut ‚Hallo, Guten Abend!' in die Runde aus vielleicht fünfzehn Leuten ruft. Die meisten der sommerlich hell Gekleideten kennt er nicht. Aus der Gruppe löst sich Verena Prohaska und kommt auf ihn zu.

„Das ist ja schön, dass Sie vorbeikommen, Herr Kuss!" Sie scheint es ehrlich zu meinen.

Kuss überreicht seine Mitbringsel und merkt an, dass der Prosecco nicht so kalt sei, wie er eigentlich sein müsse. Verena Prohaska winkt ab. Macht nichts.

„Nehmen Sie doch bitte irgendwo Platz!", fordert sie ihn auf. „Wie wärs mit einem Bier?"

Nachdem er sich auf einen Stuhl in Augenhöhe mit den Gästen hat niederlassen können und ein kaltes Detmolder in Händen hält, geht es ihm schon besser. Kuss beruhigt sich. Ist immer doof, auf einer Party allein aufzulaufen und alles glotzt. Und hier ist er auch noch der Älteste. Alles junges Gemüse, was hier rumläuft. Na, trotzdem nett, mich einzuladen! Könnte von Prohaska und Kirchner schon fast der Vater sein. Die habens gut. Jung und fast schön. Kuss grinst in sich hinein. Nun sei mal nicht so ätzend.

Die wirklich schönen Frauen auf diesem Grill-Abend sind braungebrannt und tragen leichte Sommerkleider und modische kurze Hosen oder Röcke. Auf ihren Schultern sieht man kleine, gekonnte Tätowierungen. Manche haben sogar Ringe an ihren Zehen. Man sieht das, weil sie Schuhwerk tragen, das den Blick auf ihre lackierten Zehennägel zulässt. Sie sind freundlich und geschäftig, lachen, rufen nach ungezogenen Kindern, die weiter hinten im Garten toben und stellen selbstgemachte Salate auf den Tisch. Oliver Kirchner steht am Grill, wie sich das für den Hausherrn gehört. Er hat eine bescheuerte lange Schürze um, die beim ersten Hinschauen den Eindruck erweckt, als sei er vollkommen nackt. Nach diesem Schreck stellt man jedoch fest, dass auf die Schürze, die bis zu den Knien geht, ein nackter, braungebrannter und überaus muskulöser Männerkörper aufgedruckt ist mit allem, was dazugehört. Ein tierischer Brüller.

Kuss denkt bei sich ‚Ach, du lieber Himmel!' und geht zu Kirchner hinüber.

„'n Abend, Kirchner!", begrüßt er ihn.

„Willkommen, Herr Kuss!", sagt der überschwänglich. Kuss merkt, dass Kirchner schon einige Biere intus hat.

„Danke für die Einladung! Schicke Schürze hast du da!"

„Ha, ha, ha! Nicht wahr! Sie hätten sehen sollen, wie die Leute geglotzt haben, als ich mit dem Ding rauskam! Verena wäre beinahe in Ohnmacht gefallen! Ein echter Bringer! – Herr Hauptkommissar! Lassen Sie es sich gut gehen! Trinken Sie ein Bierchen. Die ersten Bratwürste sind gleich fertig!"

„Klasse, Kirchner! Hab schon gewaltigen Hunger!"

Nach einiger Zeit mampft Thomas Kuss seine erste Bratwurst mit Senf und komischem, seltsam schmeckendem, dafür aber selbstgemachtem Kartoffelsalat. Der ist ein wenig säuerlich, als sei Zitrone drin. ‚Ob der wohl schon umgekippt ist, oder wie das heißt?', fragt er sich. ‚Na, ja, werds merken. In sechs bis acht Stunden treten normalerweise Intoxikationen auf. Da hab ich also noch ein wenig Zeit!'

Neben ihm hat sich ein Mädchen niedergelassen. Offenbar die Tochter eines der anwesenden Paare. Zwischen zwei Bissen, die er für das Abpumpen einiger Schlucke Detmolder nutzt, wendet sich Kuss, weil es ihm die Freundlichkeit gebietet, dem Mädchen zu und sagt: „Hallo! Ich bin Thomas Kuss!"

Das Mädchen dreht sich zu ihm, lacht und sagt:

„'n Abend! Ich bin Manu!"

Kuss erschrickt fast. Das Mädchen ist gar kein Kind, sondern eine ausgewachsene junge Frau. Aber nicht zwergenwüchsig. Irgendwas dazwischen. Macht auf die Distanz aber den Eindruck. Aber eben nicht so ganz. Merkwürdig. Aber sehr nett anzusehen. Viel zu jung.

„Oh, äh, ja, sehr erfreut! Ich bin ein Kollege von Oliver Kirchner."

„Ja, ich weiß. Sie sind die Polizeilegende. Oliver erzählt immer voller Ehrfurcht von Ihnen. Ist ganz stolz darauf, zu

Ihrem Team gehören zu dürfen. Und dass Sie so ein Spiel haben."

„Was haben wir denn für ein Spiel?", fragt Kuss neugierig.

„Na, dass Sie Oliver immer duzen und ihm umgekehrt auch das Du anbieten. Dass er dieses Angebot aber niemals annimmt! Aus Respekt, glaube ich."

„Donnerwetter! Wusste gar nicht, dass ich so etwas wie einen guten Ruf habe!"

„Doch, haben Sie! Soll ich Ihnen noch ein Bier holen?"

„Nur, wenn Sie eins mittrinken!"

„Wird gemacht!", sagt das Mädchen, die Frau, die Manu heißt, und entfernt sich zur ausgedienten rosa Plastik-Badewanne, die voller Wasser ist, und in der die Flaschen zur Kühlung dümpeln. Deren Etikette sind mittlerweile fast alle verrutscht oder haben sich abgelöst. Kuss, der glaubte, mit Frauen eigentlich abgeschlossen zu haben, ertappt sich dabei, wie er der schwarz gekleideten Manu hinterher schaut. An ihr ist alles dran, nur in kleinerem Maßstab. Die Proportionen stimmen aber alle.

‚Hoffentlich setzt sich jetzt nicht irgend so'n Arsch auf den Platz neben mir und zwingt mir ein Gespräch auf, das ich nicht führen will!', denkt sich Kuss. Er hat Glück. Manu kommt mit zwei Flaschen zurück, der Platz ist freigeblieben und Kuss freut sich. Der heutige Abend ist wie ein Jungbrunnen für ihn. ‚Muss aufpassen, dass ich nicht zu schnell blau werde und Mist rede!', warnt er sich selbst.

Manu sitzt wieder neben ihm.

„An was sind Sie denn im Moment dran?", fragt sie.

„Hmm, ja, würde ich Ihnen gern sagen. Geht aber nicht. Im Moment nicht."

„Geheim? Sehr spannend! Muss ja ein interessanter Fall sein. Verena Prohaska und Oliver Kirchner hat er jedenfalls zusammengebracht. So schlimm kanns also nicht sein!"

„Ach, wissen Sie", sagt Kuss, „wie mans nimmt. Manches

ist schlimm, aber wenns täglich passiert, dann verliert es seinen Schrecken und wird normal."

„Klingt ja sehr abgebrüht!", sagt Manu.

„Mag sein. Kirchner und ich, wir wollen aber gar nicht die großen Abgebrühten und Coolen sein. Ist, so glaube ich, derselbe Effekt wie bei unserem Pathologen. Der wühlt ständig in Leichen rum. Außenstehende finden das schrecklich. Aber für ihn ist es das Tagesgeschäft! – Was machen Sie denn so, um durchs Leben zu kommen?"

„Sie wollen ablenken! Schade!"

„Sie werden nichts aus mir herauskriegen!"

„Meinen Sie? Sie kennen mich nicht!", antwortet Manu und schickt dem ollen Kuss einen Blick und ein Lächeln rüber, das für einen kurzen Moment wichtige Bereiche des Frontallappens in seinem Großhirn lahmlegt. Aber nur für einen kurzen Moment. Dann ist er wieder ganz der Alte. Glaubt er zumindest.

Nach einer kurzen Pause erzählt Manu, was sie so macht. Sie ist ewige Studentin, Literaturwissenschaften, arbeitet hin und wieder als Redakteurin für eine der hiesigen Tageszeitungen und jobbt zeitweise in einem Fitnessstudio. ‚Zeitung!', denkt Kuss und die Alarmglocken schrillen in seinem Kopf. Bloß nicht zu viel erzählen!

Kuss unterhält sich mit Manu noch ganz vorzüglich. Trinkt noch ein drittes Bier, isst Bratwürste mit viel Senf und verbrennt sich dabei an der heißen Pelle die Zunge. Tut aber gegenüber Manu so, als spüre er nichts. Der Abend ist angenehm. Kuss fühlt sich seit Langem wieder einmal rundum glücklich.

Kuss weiß nicht so genau, wie er den Abend beschließen soll. Es ist 23 Uhr und allgemeiner Aufbruch. Die Leute haben offenbar alle noch Jobs und müssen morgen früh zur Arbeit und deshalb zeitig in die Falle. Kuss findet es etwas albern, als Manu und er kurz vor der Verabschiedung damit beginnen, ihre Telefonnummern auszutauschen und ins Handy einzutippen. Zum Schluss bietet man sich noch das ‚Du' an. Und dann fragt Kuss noch an, ob er Manu zum nächsten Taxi-Stand begleiten dürfe. Der ist tatsächlich aber gar nicht in der Nähe. Und man könnte schließlich ein Taxi per Telefon rufen. Das würde jedoch das schöne Spiel zerstören. Also latschen er und Manu durch die Nacht. Gehen eben noch ein bisschen spazieren. Manu ist so klein, dass sich Kuss wie ein Papa vorkommt, der mit seiner halbwüchsigen Tochter durch die Nacht schleicht. Oder wie ein Unhold, der es auf das Kind abgesehen hat.

Es ist kein Mensch mehr auf den dunklen Straßen. Am Taxistand angekommen, verabschiedet man sich. Es läuft ab wie im Fernsehspiel der Woche.

„Ja, dann tschüss!", sagt Kuss.

„Tschüss, Thomas", sagt Manu, und dann: „Beug dich doch mal ein bisschen runter!"

Kuss, das alte Schlachtschiff, beugt sich ein bisschen runter und bekommt einen Kuss von Manu. Auf den Mund. Und ganz kurz. Aber lang genug, um die Weichheit und Wärme ihres Mundes zu spüren. Dann geht Manu zu einem Taxi, steigt ein. Der Wagen fährt los, sie winkt, weg ist sie.

In Thomas Kuss' Gehirn gehts zu wie in einem Heim für Schwererziehbare, nachdem die Betreuer ermordet wurden. Die Mäuse tanzen auf den Tischen, die Milch ist übergekocht, der Braten angebrannt. Dann wird irgendwo am Horizont noch ein Feuerwerk abgefackelt. Eine Blaskapelle spielt ‚YMCA'. Oder irgendwas anderes. Feine Sache, das.

Er fühlt sich überaus beschwingt. Geht den ganzen Weg nach Hause zu Fuß. Ihm ist jetzt danach. Hat seinen Wagen bei Kirchner stehen lassen. Als Kuss ankommt, guckt er noch ein wenig Fernsehen, legt sich dann schlafen. Schläft wie ein Kind, tief, fest, steinern.

18. Grillen für Profis

Gegen vier Uhr am Montagmorgen, als es schon langsam wieder hell wird, klingelt bei Kuss das Telefon. Das Erste, was er denkt, als er aufwacht, ist: ‚Der nächste Tote!'.

„Guten Morgen, Herr Kuss!" Es ist Stephan Osterhaus von der Bereitschaft. „Entschuldigen Sie die Störung! Notfall! Ein Toter, gerade eben gefunden. Grill- und Rasthütte auf dem letzten Parkplatz vor der Autobahnausfahrt Zentrum, Fahrtrichtung Herford. Soll ich einen Wagen schicken, der Sie abholt?"

„Ich bitte darum!", kriegt Kuss gerade so eben noch heraus. Er ist unfassbar müde. So müde, das lässt sich gar nicht beschreiben.

„Ist in 15 Minuten bei Ihnen", sagt Osterhaus.

„Bitte, bitte, lasst euch Zeit", murmelt Kuss.

Die Kollegen sind pünktlich. Zwanzig Minuten später sitzt ein völlig verratzter Kuss im Fond eines Streifenwagens. Dort, wo sonst die randalierenden Säufer sich in die Hosen machen und ihren Mageninhalt von sich geben.

‚Hoffentlich ist hier gut desinfiziert worden!', denkt sich Kuss. ‚Riechen tuts hier jedenfalls nach Klostein!'

Um zwanzig Minuten vor fünf Uhr morgens erreichen sie den Autobahnrastplatz mit Grill- und Rasthütte. Grillen, das erinnert ihn an den vergangenen Abend.

Der Streifenwagen fährt langsam auf dem großen Parkplatz herum. Hier ist noch nichts los. Hier wird noch nicht geparkt.

„Wo ist denn nun die verdammte Grill- und Rasthütte?", schimpft der Fahrer.

Sie ist schneller gefunden, als allen lieb ist.

„Da hinten dampft etwas! Wo es dampft, da wird gegrillt!", sagt der Beifahrer. „So früh am Morgen würde mir kein Nackensteak schmecken. Auch nicht mit scharfer Barbecue-Sauce."

„Ist das hier ein Polizeieinsatz gegen wildes Grillen, oder was?", stänkert Kuss herum. Sein Ärger richtet sich nicht gegen die Kollegen im Streifenwagen, sondern ist ein allgemeiner, ungerichteter. „Mann, und dafür werde ich nach drei Stunden Schlaf aus dem Bett geholt! Was soll denn da sein?"

Die Kollegen von der Streife wissen das auch nicht. Ein Toter eben. Sie halten vor der Hütte. Die ist so ein vorgefertigtes Standard-Ding und sieht aus wie aus dem Baumarkt. Auf der Rückseite qualmt es gewaltig. Kuss steigt aus. Man hört das Rauschen der in einiger Entfernung auf der Autobahn mit hoher Geschwindigkeit vorbeifahrenden Autos und LKWs. Es wird ein heißer Tag werden. Die Sonne hat schon jetzt freie Bahn. Zwei Wagen von der Autobahnpolizei stehen mit offenen Türen und laufendem Blaulicht herum. Sieht dramatisch aus. Wie für einen Spielfilm gestellt. Die Spurensicherung ist auch schon da. Heinrich Skrzybinski von der Pathologie ebenfalls. ‚Diese verfluchten Frühaufsteher!', denkt sich Kuss voller Hass. Er marschiert um die Grillhütte herum, zur Rückseite, dort, wo es so stark qualmt. Und da sieht er die Bescherung.

Da steht ein großes Metallgestell, ein zwei Meter langer Rost, gut dreißig Zentimeter hoch, vielleicht einen Meter breit. Sieht aus wie das Gestell eines Bettes, auf dem die Matratze fehlt. Unter dem Rost, auf den Steinplatten hinter der Grillhütte, liegt rot glühende Holzkohle. Ein Riesengrill. Das Ganze strahlt eine Höllenwärme ab. Es riecht aber nicht nach Bratwurst, sondern nach verbranntem Fett. Ein ganz besonderer Geruch. Der Grund dafür ist der Rest eines Menschen, der auf dem Grill liegt. Schwarzrotes, verbranntes Fleisch. Irgendwie ledern, wie eine Mumie. Vom Kopf und dem Gesicht ist nicht viel zu erkennen. Nur, dass der Mund des Opfers weit offen steht. Wie zum Schmerzensschrei aufgerissen. Füße, Beine, Hände und Arme sind mit Ketten an den Rost gefesselt. Kein Entrinnen möglich.

„Zum Kotzen!“, entfährt es Kuss. Ihm ist sowieso flau im Magen, das wird durch diesen Anblick nicht besser. „Verdammt, wer liegt da auf dem Rost?“, fragt er. „Gibts Hinweise?“

„Keinerlei Hinweise!“, sagt Skrzybinski. Er ist der Einzige, der nicht völlig dämlich und bedröppelt herumsteht. „Wie alle anderen der vergangenen Woche werde ich mir auch diesen Herren – ich vermute, dass es sich um einen solchen handelt – in meinen schönen gekachelten Räumlichkeiten vornehmen und wahrscheinlich feststellen, dass er lebend und bei vollem Bewusstsein gegrillt wurde. Etwas anderes würde ich von unserem Täter auch nicht erwarten. Er würde mich geradezu enttäuschen, wenn er nicht auch dieses Opfer aufs Grausamste gequält hätte. Ehrlich, Thomas, nach diesen Fällen verliere ich so langsam den Spaß an meinem Beruf. Könntest du nicht in absehbarer Zeit den Täter schnappen?“

„Heinrich, ich gebe mir die größte Mühe! Aber der Bursche scheint keinerlei Motive zu haben, die sich mit den gängigen Methoden ermitteln lassen. Oder er hat Motive, die nach unseren Maßstäben gar keine sind, sondern nur so kranke, seltsame Vorstellungen. Wie im Film ‚Sieben‘ mit Brad Pitt und … Kennst du doch, oder? Ist in den 90er Jahren gedreht worden. Wird doch ständig im Fernsehen wiederholt! Ist noch besser als ‚Das Schweigen der Lämmer‘! Finde ich jedenfalls.“

„Ja, und? Hast du mal in dieser Richtung ermittelt? Vielleicht ist unser Mörder ja ein Trittbrettfahrer! Allerdings ein wenig verspätet, zugegeben!“

„Hast vollkommen Recht, Heinrich! Nur im Film hat der Täter immer Hinweise hinterlassen für die Polizei. Das war so ein Katz-und-Maus-Spiel. Das macht unser Täter zwar auch, aber so gekonnt, dass man ihm einfach nicht auf die Spur kommt. Unser Täter will anonym bleiben und schafft das bis jetzt auch geradezu vorbildlich!“ Kuss verschweigt das

Video auf Youtube und die Flyer. Hier hören zu viele Ohren mit. Da besteht die Gefahr, dass einer von ihnen gelegentlich bei den hiesigen Tageszeitungen vorbeischaut.

Während die beiden sich als einzige unterhalten, stehen nach wie vor alle Anwesenden, mit und ohne Uniform, still um den Gegrillten herum. Wissen nicht, was sie sagen oder tun sollen.

Die Leiche knistert. Wenn Körperfett in die glühende Holzkohle tropft, zischt es. Irgendwann sagt einer der Streifenpolizisten: „So, ich glaube, der ist jetzt gut durch! Will einer ein Stück? Ich nehm' jedenfalls gerne ein Nackensteak!"

Alle kichern, einige lachen lauthals. Bis auf Skrzybinski. Wieder einmal. Der bleibt ganz ernst, wird puterrot und schnauzt dann den jungen Kollegen in Uniform an:

„Mann, reißen Sie sich zusammen! Schon mal was von Pietät gehört? Ich glaube nicht! Der Mensch hier hat einen furchtbaren Tod gehabt, weil wir, weil Sie, nicht rechtzeitig zur Stelle waren und gehandelt haben! Also: Achten Sie auf Ihre Worte!"

Der junge Polizist ist ganz still geworden, sagt nur: „Jawoll!"

Die Leute von der Spurensicherung in ihren weißen Plastikoveralls bekommen alles mit, hören das, aber es geht ihnen nicht so nah wie Skrzybinski.

„Schluss jetzt mit der Grillparty! Es gibt nix mehr zu trinken und zu essen! Wir räumen jetzt ab!", sagt einer von ihnen und erntet dafür wieder lautes, herzliches Lachen.

„Mist, wie sollen wir bloß die Beweismittel sichern?", fragt sein Kollege. „Eigentlich müssten wir warten, bis alles abgekühlt ist. Ich hole mal Wasser und mache das Holzkohlenfeuer aus!"

Unbemerkt von allen ist der kommunale Leichenwagen eingetroffen. Aus ihm steigen, wie immer, Spejbl und Hurvi, die Ratte. Die zwei Herren in den grauen Kitteln. Sie, vor denen alle irgendwie Angst haben, weil sie den Geruch des Todes mit sich herumtragen, kommen näher.

„Wir haben es schon gehört“, sagt Hurvi, „hier gibts leckeres Grillat. Habt ihr ein bisschen Senf oder diese rote, scharfe und würzige Soße? Wie heißt die denn noch gleich?“

Die Anwesenden biegen sich vor Lachen. Das Gegröle will nicht aufhören. Mittendrin steht der Gerichtsmediziner und versucht, die Moral zu retten. Es will nicht gelingen. Thomas Kuss legt ihm den Arm um die Schulter und sagt: „Nimms nicht so tragisch, Heinrich! Spaß muss sein, auch bei der Leiche! Sonst hält man so was einfach nicht aus!“

Kuss lässt sich ins Präsidium zurückfahren, ist übermüdet. ‚Um wie viel Uhr könnte ich denn mal Manu anrufen?‘, fragt er sich. Dann überlegt er, dass er bis zum Abend, besser noch bis morgen warten sollte. Das sieht dann so aus, als sei er ganz cool und habe es nicht nötig, hinter irgendwelchen Frauen oder Mädchen herzulaufen. ‚Mein Gott, du benimmst dich ja wie ein Teenie!‘, ruft er sich selbst zur Ordnung, ‚Schreib ihr doch ’ne SMS, und dann gibst du noch am Schluss diese Emoticons ein, oder wie die Dinger heißen. Vielleicht ein Smiley!‘

Kurze Zeit später sitzt Kuss wieder an seinem Schreibtisch. Er hat sich noch einmal den Prospekt zur ‚Kartause von Padula‘ vorgenommen, der gerade eben von der Spurensicherung per Hauspost wieder zurückgeschickt worden ist. Kuss wartet auf De Zosa, Prieß und Kirchner. Sie kleckern ab acht Uhr ein.

„Na, ihr Schnuffis, gut geschlafen?“, fragt Kuss, als alle da sind. „Zum Besuch des Tatorts hattet ihr heute Morgen wohl keine Lust, was?“

Kirchner verteidigt sich und die beiden anderen. Tatsächlich habe man vergessen, sie zu benachrichtigen. Kuss weiß um diese Schlamperei. Deshalb motzt er auch nicht weiter.

„Wer hat sich denn mit der Kartause von Padula auseinandergesetzt und kann mir neue, erstaunliche Dinge berichten?“, fragt er in die Runde. Sebastian Prieß meldet sich. Er habe sich gestern ausführlich mit der Geschichte dieses Klosters beschäftigt und sei sogar in die Universitätsbibliothek gefahren, um Informationen zu bekommen, die nicht im Internet stünden.

„Anständig!“, lobt Kuss. „Ansonsten darf ich Ihnen allen vielleicht zunächst berichten, was Sie heute Morgen verpasst haben. Ich wurde gegen vier Uhr zu einer Grillparty der besonderen Art gerufen. Da steht eine Rasthütte auf einem Autobahnparkplatz kurz vor der Abfahrt Zentrum. Dort hatte jemand, ich nehme an, es war ‚unser‘ Täter, einen Mann auf einen großen Metallrost gelegt und unter ihm ein Holzkohlenfeuer entfacht. Hat den Mann offenbar langsam zu Tode gegrillt. Scheußliche Sache, die unsere Morde der vergangenen Woche ergänzt. Hoffentlich sucht der Typ nicht wahllos seine Opfer aus. Denn dann könnte jeder von uns demnächst auf einem Spieß oder einem Grill oder im Wok oder auf einer heißen Herdplatte landen!“

„Haben Sie gesagt, dass das neue Opfer gegrillt wurde?“, fragt Sebastian Prieß nach.

„So is’ es, Herr Prieß! Mit Ketten auf ein seltsames Metallgestell gefesselt. Ich weiß noch nicht, wie lange das Grillen gedauert hat. Keine Ahnung, wie lange ein Mensch braucht, bis er gut durch, bis er gar ist!“

„Also, das ist jetzt merkwürdig und vielleicht sogar eine Spur. Die Kartause von Padula, die ist nämlich in ihrem Grundriss einem Grill nachempfunden, auf dem die Römer im Jahre 258 den Heiligen Laurentius von Rom gebrutzelt haben!“

Kuss horcht auf. Alle horchen auf. Ist das endlich so etwas wie eine heiße Spur?

„Wie war das?“, fragt Thomas Kuss.

„Nun“, sagt Prieß, der merkt, dass er und seine Arbeit plötzlich ganz wichtig geworden sind, „ich hab mir da was aufgeschrieben!“ Er geht rüber zu seinem Schreibtisch, fischt seine Tasche hervor, macht sie auf, holt ein Notizbuch raus. Damit kommt er zurück und beginnt seine Vorlesung:

„Laurentius von Rom wurde, so mutmaßt man, wahrscheinlich im spanischen Osca geboren. Vielleicht aber auch in Laurentum, das in der Nähe von Rom liegt. Er war Archidiakon …

„Was ist ein Archidiakon?“, fragt Raquel De Zosa.

„Soweit ich das verstanden habe, ist der Archidiakon in der frühen Kirche eine Art Stellvertreter des Bischofs. ‚Archi‘ kommt aus dem Griechischen und heißt soviel wie ‚Haupt‘. Also der Hauptdiakon. Und das zur Zeit des Papstes Sixtus II. In Vertretung des Papstes sah Laurentius sich für die Verwaltung des römischen Kirchenvermögens und dessen Verwendung für soziale Zwecke zuständig. Im dritten Jahrhundert nach Christus erfreuten sich die römischen Christen noch keiner großen Beliebtheit. Deshalb ließ der römische Kaiser Valerian den Papst enthaupten. An Laurentius erging daraufhin die Aufforderung, alles Kircheneigentum dem Kaiser zu übergeben. Laurentius aber verteilte das Geld an die Mitglieder der Gemeinde. Dann scharte er Arme und Kranke um sich, marschierte zum Kaiser Valerian und präsentierte den unseligen Haufen dort als den ‚wahren Reichtum der Kirche‘. Das hat Valerian überhaupt nicht gefallen. Er ließ Laurentius nach allen Regeln der Kunst martern und schließlich auf einen Eisenrost legen. Darunter entfachte man ein Feuer und grillte ihn auf diese Weise langsam zu Tode. Es wird berichtet, dass Laurentius im Laufe dieses Martyriums folgende Worte an den Kaiser gerichtet habe: ‚Mir ist dieses Feuer eine Kühle, dir aber bringt es ewige Pein!‘“

Alle im Büro sind mucksmäuschenstill. Prieß ist stolz auf seinen spannenden Vortrag.

„Na, und weiter?", fragt Kuss scheinbar unberührt, was Sebastian Prieß wiederum ein wenig ernüchtert.

„Und dann soll er nach einiger Zeit noch gesagt haben, dass er jetzt gar sei und gegessen werden könne! Tja, in der katholischen Kirche gilt Laurentius seit seinem Tod im Jahr 258 als sehr bedeutender Heiliger. Der Grillrost wird noch heute in Rom verehrt. Skurril ist übrigens, dass, weil Laurentius' Tod was mit Feuer und Grillen zu tun hat, er als Schutzpatron der Köche gilt."

„Und welcher Zusammenhang besteht jetzt noch mal mit der Kartause von Padula?", fragt Kirchner.

„Ihr Grundriss ist zur Verehrung des Heiligen Laurentius den Maßen des Grillrostes nachempfunden, auf dem Laurentius zu Tode kam. Seit 1306 hat man an dem riesigen Kloster in Kampanien gearbeitet. Da gibt es zwei Gebäudearme, die das Atrium begrenzen. Sie stellen gewissermaßen den Griff des Rostes dar. Die Unterkünfte der Mönche um den Kreuzgang herum stehen symbolisch für die einzelnen Gitterstäbe. Am nordwestlichen Ende des Gebäudes steht ein achteckiger Turm. In dessen Innern befindet sich eine ellipsenförmige Doppelstufe, die die Schale versinnbildlichen soll, in der das triefende Fett des dampfenden Laurentius gesammelt wurde."

„Mmmm", macht Kuss, „die Fettschale fehlte allerdings an unserem morgendlichen Arrangement auf dem Autobahnparkplatz. Da hat unser Täter wohl ein kleines Detail übersehen!"

„Das ist ja wieder mal total ekelhaft!", lässt Raquel De Zosa von sich hören.

„Dann ist der Flyer über die Kartause von Padula also ein weiterer deutlicher Hinweis des Mörders an uns!", sagt Kirchner. „Dann starb das Opfer am Autobahnrastplatz höchstwahrscheinlich nach dem Muster oder Vorbild des Heiligen Laurentius!"

„Kirchner, an dir ist wirklich ein Sherlock Holmes verlorengegangen! Wie machst du das bloß?"

Oliver Kirchner ist irritiert. „Was?“, fragt er.

„Schon gut“, sagt Kuss, „warum schickt uns der Täter diesen Flyer über die Kartause von Padula? – Gut, wir nehmen an, dass es sich bei dem Absender um den Mörder handelt. Wenn wir bei dieser Annahme bleiben und auch davon ausgehen, dass die anderen Taten der vergangenen Woche vom selben Mörder begangen wurden und auch die seltsame Mail mit dem Link auf das bei Youtube eingestellte Video und der Prospekt über Versailles von ihm geschickt wurden, stellen sich einige Fragen. Warum haben die Hinweise so einen seltsamen Rätselcharakter? Warum muss erst geschichtswissenschaftliche Forschung stattfinden, bis einem klar wird, um was es geht? Warum tötet der Mörder im heutigen Fall nach dem Vorbild eines christlichen Märtyrers? Ist der Typ auf dem Rost am Autobahnrastplatz etwa ein Märtyrer? Hat dieser Mord oder haben alle bisherigen Taten etwa religiöse Hintergründe? Oder hat nur dieser Mord einen christlichen Background? Oder ist das alles vielleicht nur Zufall? Für das kirchlich-religiöse Moment spräche, neben dem Vorbild der Padula-Kartause, auch das glitschige Leichen-Arrangement in der St. Andreas-Kirche vom vergangenen Dienstag. Aus welchem Grund bekomme ausgerechnet ich die erwähnte Mail und die Flyer zugestellt? Die Antwort ist: Der Täter beobachtet uns, beobachtet mich! Er weiß, wer die Mordkommission leitet und wahrscheinlich kennt er auch Sie, die übrigen Mitarbeiter! Nun stellt sich natürlich ernstlich die Frage, ob auch wir gefährdet sind! Immerhin könnte der Mörder auf die Idee kommen, eine oder einen von uns aus dem Weg zu räumen. Aus Spaß, gewissermaßen. Oder um zu zeigen, was er als Täter so alles draufhat. Herauszubekommen, wer in welcher Stadt bei der Polizei in welcher Abteilung arbeitet, ist ja nicht besonders schwer. Da hilft das Internet weiter. – Zugegeben: Das alles ist keine besonders komfortable Vorstellung!“

Zunächst ist nach Kuss‘ Ansprache Stille im Raum.

„Dann müssen wir jetzt wohl ein wenig Angst haben?“, fragt Prieß.

„Ich denke, das müssen Sie wirklich!“, lässt sich eine Stimme aus dem Hintergrund des Raumes vernehmen. Sie gehört Andreas Schneider, der unbemerkt das Büro betreten hat. Kuss stöhnt.

„Wie lange sind Sie denn schon hier?“, fragt er.

„Lange genug, Herr Hauptkommissar, um alles erfahren zu haben! Die Geschichte mit dem Heiligen Laurentius – das ist ja hochinteressant! Ihr Täter ist verdammt gefährlich!“

„Das haben wir mittlerweile auch herausgefunden“, sagt Kuss.

„Ja, aber wie gefährlich er ist, auch für Sie und Ihre Mitarbeiterinnen und Mitarbeiter, darüber machen Sie sich, so glaube ich, noch nicht die richtigen Vorstellungen!“

„Dann jagen Sie uns doch mal so richtig Angst ein!“

„Erinnern Sie sich bitte daran, was ich den Anwesenden am Samstagabend anlässlich meiner Buchvorstellung erläuterte. Ich beschrieb, dass es in fast jeder Großstadt ein oder zwei Menschen gibt, die zu jenen Taten fähig sind, die sich seit über einer Woche hier in Ihrer Stadt ereignen. Und für mich hat es den Anschein, dass wir es hier mit einem dieser seltenen Exemplare zu tun haben. Und seien Sie alle hier im Raum versichert: Diese Spezies ist überaus schlau, gewitzt, intelligent. Ich habe mehr als einmal die Beobachtung machen können, dass diese Täter sich geradezu willkürlich ihre Opfer aussuchen. Ihr Wille, zu töten, ist von Anfang an vorhanden. Zunächst beobachten sie aber ihre Opfer. Das kann sich über Wochen oder Monate hinziehen!“

Kuss sieht, wie Prieß, De Zosa und Kirchner an Andreas Schneiders Lippen hängen und jedes seiner Worte schlürfen, weil sie sie für die Äußerungen eines wahrhaftigen Genies halten.

„Diese zukünftigen Opfer werden also vom Täter regelrecht

observiert. Er ist immer dabei. Weiß nach einiger Zeit alles über seine Zielperson. Wann sie morgens das Haus verlässt, wann sie wiederkommt. Wo sie zu Mittag isst, was sie gewöhnlicherweise zu sich nimmt, welchen Frisör sie aufsucht, wie der Freund oder die Freundin heißen, welchen Sport sie treibt, welche Unterwäsche sie trägt, welche Sendungen im Fernsehen angeschaut werden. Bald weiß der Täter mehr über die Gewohnheiten des Opfers als das Opfer selbst. Er macht sich die ungeheure Mühe einer gewaltigen, groß angelegten Observation. Die kann manchmal bis zu einem Jahr dauern. Oder vielleicht noch länger. Und dann, irgendwann, entschließt er sich, zuzuschlagen. Oder auch nicht. Das hängt von allen möglichen Umständen ab. Schon das kleinste Detail, das am geplanten Tag der Tat nicht stimmt, angefangen vom Wetter bis zu dem Umstand, ob es im Hausflur nach Essen oder nach Putzmitteln riecht, können seinen Plan zunichte machen. Dann findet der Mord nicht statt. Wird niemals stattfinden. Aber – wenn alles stimmig ist – ja, dann gibt es für das Opfer keinen Ausweg. Dann ist er oder sie des Todes, definitiv und ohne Zweifel. Dann läuft der vom Täter minutiös geplante Todesplan vollkommen gnadenlos und präzise wie ein Uhrwerk ab. Häufig wird das Opfer vom Täter entführt, vielleicht mit Hilfe einer vorübergehenden Betäubung handlungsunfähig gemacht. Es erfolgt in aller Regel die Verbringung an einen, im wahrsten Sinne des Wortes, todsicheren Ort, wo dann die Phantasien des Täters ohne jegliche Störung von außen durchgeführt werden können. Ein Opfer, das nach seiner Entführung wieder zu sich kommt und erkennt, dass es sich in der Hand eines solchen Psychopathen befindet, muss, ich betone: muss, mit dem Leben abschließen. Denn die Aussichten, durch irgendeine glückliche Fügung doch noch gerettet zu werden, tendieren gegen Null.“

Kuss sieht sich seine Mitarbeiter an. Die sind alle ein wenig blass geworden.

„Danke für Ihre Ausführungen, Herr Professor Dr. Schneider! Sie haben es tatsächlich geschafft, dass meine Kolleginnen und Kollegen jetzt nicht mehr ruhig schlafen können!“

„Es war nicht meine Absicht, Sie über die Maßen zu verängstigen oder gar zu übertreiben. Aber tatsächlich scheint mir größte Vorsicht geboten. Nein, besser ausgedrückt: allergrößte Vorsicht! Sie müssen sich immer bewusst machen, dass Sie es in solchen Fällen wie diesem hier mit einem Gegner zu tun haben, der genial ist. Genial im Planen einer Tat und ein Meister im qualvollen Töten ohne jedwede Gnade!“

„Sie haben es alle gehört!“, wendet sich Kuss an seine Leute. „Gehen Sie ab heute etwas vorsichtiger durchs Leben! Passen Sie auf, wer mit Ihnen Kontakt aufnimmt! Plaudern Sie nicht zu viel aus. Schauen Sie sich um, wenn Sie aus dem Haus gehen, ob irgendetwas anders ist als sonst! Werden Sie andererseits aber nicht paranoid! Das ist genauso verkehrt wie eine allzu große Sorglosigkeit.“

„Wie ich schon sagte“, meldet sich noch einmal Andreas Schneider, „so ein Täter ist uns allen meistens haushoch überlegen. Das soll heißen, dass Sie keinerlei Veränderung bemerken werden, wenn Sie morgens Ihre Wohnung verlassen. Er wird Sie in Sicherheit wiegen. Er weiß, wie das geht.“

„Wie ist es denn mit unserem Gespür?“, fragt Kuss etwas ärgerlich, weil er sieht, wie De Zosa, Prieß und Kirchner die Hosen gestrichen voll haben und wahrscheinlich schon überlegen, ob sie sich nicht lieber krankmelden oder ins Raubdezernat versetzen lassen sollten. „Die Menschen spüren doch häufig, dass sie jemand beobachtet, observiert. Man merkt doch, wenn Blicke auf einem ruhen! Das ist doch eine Warnung, die uns unser Körper schickt!“

„Schon richtig, Herr Hauptkommissar Kuss“, sagt Schneider, „aber bedenken Sie, wie häufig man selbst schon vom eigenen Bewusstsein getäuscht worden ist. Und wie man sich es selbst einreden kann, unter Beobachtung zu stehen oder auch nicht! Das kann, bei entsprechender Veranlagung, bis zur Ausbildung von Geisteskrankheiten gehen!"

„Womit wir wieder beim Thema wären", sagt Kuss und wendet sich noch einmal an sein kleines, angsterfülltes Gefolge, „bleiben Sie ruhig. Wägen Sie sachlich alles ab. Und geben Sie Acht, dass Sie ihre Wohnung gut verschließen!"

Prieß guckt wie ein geschlagener Hund.

„Gott, Prieß, so dramatisch ist das auch wieder nicht!", macht Kuss Mut. „Wie sollen wir nun weiter vorgehen? Irgendwelche Ideen?"

Wieder ist Stille im Raum. Dann meldet sich Raquel De Zosa: „Ich würde vorschlagen, dass wir all die anderen Morde nach Hinweisen auf Beispiele in der Vergangenheit untersuchen. Ich würde mich nicht wundern, wenn auch in den übrigen Fällen unser Mörder nach historischen Vorbildern seine Taten begangen hat! Man sollte Fachleute hinzuziehen, Historiker zum Beispiel!"

„Sehr gut, Frau De Zosa! Genau damit werden wir sofort beginnen! Lassen Sie die sonstigen Arbeiten vorerst ruhen! Da kommen wir anscheinend sowieso nicht weiter. Wenn wir wissen, nach welchen Mustern und Vorbildern der Kerl die Leute abmurkst, dann sind wir – hoffentlich – sehr viel weiter. Obwohl er sich natürlich jetzt denken kann, dass wir diesen Weg der Ermittlung beschreiten. Was solls! Ist ja egal – ich glaube, jetzt beginnt der Wettlauf!"

Kuss hat sich in Rage geredet und die anderen im Raum angesteckt, motiviert. Sie sitzen an ihren Schreibtischen und Computern, noch bevor er sie dazu aufgefordert hat.

„Ach, Kirchner! Ruf doch mal bei Frau Prohaska an, wie weit die mit dem Fall der glitschigen Leiche sind!"

„Geht in Ordnung! Wollte ich sowieso gerade machen."

„Herr Professor Dr. Schneider! Wollen'S an Kaffee?", fragt Kuss und versucht, das Wienerische zu kopieren.

„Ah, geh! Schaun'S, Herr Hauptkommissär! I göh' jötzt mit

meinem Agenten ins Caféhaus, wenn'S ihr so was überhaupt hier hoabt! Und da werd ich Aktenstudium betreiben. Ihr Herr Polizeipräsident hat mir freundlicherweise Kopien der Untersuchungsergebnisse zu den Mordfällen gegeben! Servus, Herr Hauptkommissär!"

Damit verschwindet Schneider ins montägliche Dolce Vita. Kuss ist ziemlich sauer und ruft den Polizeipräsidenten Hans-Georg Nagel an. Fragt ihn, ob das denn nötig gewesen sei, Schneider Kopien von überaus vertraulichen Akten auszuhändigen, mit denen dieser sich nun in öffentliche Cafés setze. Nagel bedauert das, ist ganz auf Kuss' Seite, wie er versichert. Er könne aber trotzdem nichts machen. Es handele sich um Weisungen aus dem Düsseldorfer Innenministerium.

19. Das akademische Viertel

Kuss steht am Montagnachmittag um 14:30 Uhr auf einem Flur der Fakultät für Geschichtswissenschaft der Universität und wartet vor dem Büro von Professor Dr. Aloys Kroll. Mit dem Historiker hatte Kuss um exakt diese Uhrzeit ein Treffen vereinbart. Jetzt ist die Bürotür verschlossen. Auch das Sekretariat ist unbesetzt. Er fragt in den benachbarten Büros, wo denn der Herr Professor Kroll sei. Dort wird ihm beschieden, dass man ihn heute noch nicht zu Gesicht bekommen hätte. Ob man seine Handynummer wisse, fragt Kuss weiter. Nein, die wisse man nicht. Kuss telefoniert von seinem Handy aus in die Runde, versucht irgendwen zu erreichen, der ihm Auskunft geben könnte. Er wartet geschlagene 15 Minuten auf dem öden Flur, bis sich jemand nähert, der, nach Kuss' Vorstellungen, wie ein Professor aussieht.

„Entschuldigen Sie bitte meine Verspätung, Herr Kuss!", sagt der Mann mittlerer Größe mit grauweißen Haaren, Brille und Kleidung am Leib, die für die Jahreszeit viel zu warm sein dürfte. „Ich hatte noch ein längeres Gespräch mit einem Kollegen, dem ich mit Rat und Tat zur Seite stehen musste. Habe mich aber dennoch beeilt, um einigermaßen pünktlich zu sein."

„Eine Viertelstunde Verspätung gilt also in Universitätskreisen als einigermaßen pünktlich?", fragt Kuss und macht sich gar keine Mühe, zu verbergen, dass er ziemlich genervt ist.

„Schon mal was vom akademischen Viertel gehört?", fragt Kroll.

„Na, hören Sie mal, das gilt doch wohl nur für Seminare und Vorlesungen!", empört sich Kuss.

Die Stimmung ist auf der Kippe und beide überlegen, ob sie sich nicht hier und jetzt wieder voneinander verabschieden.

„Sehn Sie, Herr Professor Kroll!", setzt Kuss an. „Wir haben hier seit der vergangenen Woche Mordfälle aufzuklären, die von einem höchst gefährlichen Täter begangen wurden. Da zählt jedes akademische Viertel, um ihn zu fassen und damit weitere Taten zu verhindern!"

„Ich habe verstanden!", sagt Kroll. „Und ich entschuldige mich. Kommen Sie doch bitte in mein Büro!"

Das „Büro" ist ein recht kleiner, karger Raum, in dem es nach kaltem Zigarrettenrauch müffelt. Der Schreibtisch ist zugepackt mit Unterlagen und Büchern. Der Fußboden ist schmuckloses Linoleum. An den Wänden stehen Ikea-Regale, vollgestopft mit Büchern. Hier und dort ein Plakat. Eines davon kündigt das Jazz Rock-Festival „Umsonst und draußen" für das Jahr 1975 an. Es macht den Eindruck, als hinge es hier auch schon seit damals. Kuss schüttelt in Gedanken den Kopf. ‚Hier residiert also ein veritabler Professor', denkt er sich. ‚Ganz schön mickrig. Aber das ist hier ja auch eine Reformuniversität, da muss das wohl so sein. Wahrscheinlich alles alte 68er hier!'

„Da bin ich aber gespannt, was die Kriminalpolizei von einem Mediävisten will!", sagt Kroll.

„Herr Professor Kroll, ich brauche Sie als Fachmann. Ich sagte es schon: Wir haben da einige seltsame Mordfälle, die uns großes Kopfzerbrechen bereiten! Gleichzeitig muss ich Sie bitten, Stillschweigen über das zu wahren, was ich Ihnen hier erzähle."

„Ehrlich gesagt, ich habe von den Morden gehört! Es wird ja viel erzählt", antwortet Aloys Kroll.

„Ach, tatsächlich? Was wird denn so gemunkelt?"

„Dass die Polizei von einem Killer in Atem gehalten wird, der ziemlich grausame Taten begeht. Und dass es so etwas in unserer Stadt und der Region noch nie gegeben hat. Und dass die Polizei im Dunkeln tappt. Es geht sogar schon so etwas wie allgemeine Unruhe und Angst um. Das liegt wohl daran, weil von den Vorgängen überhaupt nichts in den Zeitungen steht oder im Radio zu hören, beziehungsweise im Fernsehen zu sehen ist!"

„Stimmt, das machen wir absichtlich so! Wir hatten eigentlich ursprünglich vor, niemanden damit zu beunruhigen, da es sich um überaus bizarre Verbrechen handelt. Wir glauben nach wie vor, dass, im Falle einer allzu detaillierten Berichterstattung, möglicherweise eine Panik entstehen könnte!"

„Oh, ist es doch so schlimm? Hätte ich nicht gedacht. Ich war davon ausgegangen, dass die stille Post ihre Wirkung entfaltet hätte und die ganze Angelegenheit dadurch enorm aufgebauscht worden sei!"

„Von wegen! Rechnen Sie mit dem Schlimmsten!", warnt Kuss.

„In Ordnung. Legen Sie los, ich bin ganz Ohr!" Aloys Kroll lehnt sich zurück. Ihm wird ein wenig unwohl. Es ist allerdings auch ziemlich spannend.

Thomas Kuss erzählt ihm die Geschichte von der Mail und den anonym zugesandten Prospekten über die Kartause von Padula und das Schloss Versailles und schildert den Grillmord. Kroll kann es nicht fassen. Und er wird ganz grün im Gesicht, als Kuss ihm sagt, dass es drei, vielleicht sogar vier weitere Taten gibt, die ähnlich abstoßend seien. Als Erstes will Kuss jetzt wissen, was es mit dem Torso auf der Ochsenheide auf sich haben könnte. Kroll glaubt erst nicht, was er von Kuss hört. Dann überlegt er. Steht auf, geht an sein spartanisches Bücherregal, holt einen Wälzer heraus, stellt ihn wieder ein. Sieht unglaublich professoral aus. Fast schon unecht. Als würde er lediglich den Professor spielen. Kuss betrachtet die Vorstellung und fragt sich, ob Kroll vor Beginn seiner Seminare und Vorlesungen die eigenen Unterlagen absichtlich durcheinanderbringt, damit er während der Veranstaltungen die Notizen nicht auf Anhieb findet und so dem Typus des zerstreuten Professors entspricht.

„Also, wissen Sie, Herr Kuss, das Abhacken der Extremitäten, das Blenden und Herausreißen der Zunge – das sind Strafen, die im Mittelalter nicht unüblich waren. In vielen Regionen dieser Erde, insbesondere aber im arabischen Sprachraum, werden sie ja heute noch praktiziert. Davon kann man allenthalben lesen. Allerdings habe ich im Moment kein konkretes Beispiel für den Fall parat, den Sie mir gerade schilderten! Denn der ist ja von besonderer Rigidität. Als habe der Täter nichts auslassen wollen."

„So ist es! Maximale Qual!", sagt Kuss und ist enttäuscht, dass Professor Kroll nicht sofort ein Beispiel aus der Vergangenheit einfällt, das ihn auf erhellende Gedanken bringen könnte. Trotzdem redet Kroll ohne Unterlass, erzählt dies und das, manches Interessante ist darunter. Kuss fällt plötzlich der Spruch ein: ‚Wenn Sie einem deutschen Professor das Wort geben, kriegen Sie es nicht wieder!' Kroll erzählt und erzählt.

‚Der Typ bringt mich nicht weiter!', denkt Kuss und fragt sich, ob es sich lohnt, ihm auch die anderen Morde und die Sache mit der glitschigen Leiche zu schildern. Nach kurzer Überlegung entscheidet er sich dagegen. Er bereut es schon, überhaupt so viel erzählt zu haben.

„Herr Professor Kroll! Ich bedanke mich für die spannenden Ausführungen. Ich werde jetzt weiterziehen. Zurück ins Präsidium. Die Arbeit ruft. Auf Wiedersehen!"

Aloys Kroll ist ein wenig verdutzt. „Schildern Sie mir doch noch die anderen Fälle. Vielleicht kann ich Ihnen da auch weiterhelfen."

„Äh, nein, da sind meine Kollegen schon dran und sehr weit gekommen! Denen will ich nicht ins Handwerk pfuschen. – Um eins möchte ich Sie aber bitten: dass Sie mich anrufen oder mir mailen, sobald Ihnen noch etwas zu dem Torso einfällt."

„Nun ja, sicherlich werde ich das tun!"

Thomas Kuss übergibt seine Visitenkarte und verschwindet.

20. Schuld und Sühne

Es ist später Montagnachmittag und Kuss ist entsetzlich müde. Er fährt noch einmal ins Präsidium, will die E-Mails durchsehen. Vielleicht ist auch noch jemand bei der Spurensicherung oder in der Gerichtsmedizin. Die Identität vom Torso ist ja immer noch nicht geklärt. Geschweige denn die vom Grillgut.

Kuss betritt sein Büro. Auf dem Tisch liegt ein Umschlag. Und er weiß sofort, dass der wieder vom Täter stammt. Er fühlt es. Ruft zuerst bei der Poststelle an. Will wissen, wer diesen Brief auf seinen Tisch gelegt hat. Aber in der Poststelle ist niemand zu erreichen. Dort hat man schon Feierabend gemacht, ist zu Hause. Ist ja auch verständlich. Müssen früh raus, die Jungs und Mädchen. Thomas Kuss zieht sich Einmal-Handschuhe an, die er immer griffbereit in seiner Schublade hat. Tastet vorsichtig den Umschlag aus braunem Papier ab. Er kann nichts Verdächtiges fühlen. Scheint nur etwas ganz Dünnes drin zu sein. Wieder ein Flyer mit den schon üblichen kryptischen Hinweisen?

Thomas Kuss schlitzt vorsichtig den Umschlag auf. Es passiert nichts. Keine Explosion, keine Giftwolke. Er schüttelt den offenen Umschlag. Ein einmal gefaltetes weißes Blatt fällt heraus. Kuss faltet es vorsichtig auseinander. Es ist eng bedruckt. Eine Fotokopie. Scheint sich um eine Seite aus einem Buch zu handeln. Er liest:

‚Eine so große Sache plane ich, und dabei fürchte ich mich vor solchen Kleinigkeiten!‘, dachte er mit einem eigentümlichen Lächeln. ‚Hm … ja … alles hat der Mensch in seiner Hand, und doch lässt man sich alles an der Nase vorbeigehen, einzig und allein aus Feigheit … das ist schon so die allgemeine Regel … Merkwürdig: Wovor fürchten die Menschen sich am meisten? Am meisten fürchten sie sich vor einem neuen

Schritte, vor einem eignen neuen Worte … Übrigens schwatze ich viel zuviel. Darum handle ich auch nicht, weil ich so viel schwatze.'

Was sollte das? Was war damit gemeint? Was sollte ihm dieser Ausschnitt aus einer Geschichte sagen? Kuss, der in seinem Leben durchaus mit großer und bekannter, aber auch mit nicht so bedeutender Literatur in Berührung gekommen war, konnte dennoch keinesfalls auf Anhieb sagen, von wem dieser Text wohl stammen mochte. Hatte ihn der Mörder vielleicht selbst verfasst?

Kuss ist plötzlich hocherfreut! Jetzt hat er einen wirklich guten Grund, Manu sofort und auf der Stelle anzurufen! Sagte sie nicht, sie sei ewige Studentin der Literaturwissenschaften? Dann muss sie wissen, wer diese Zeilen geschrieben hat. Und wenn nicht, ists auch egal. Hauptsache, ich kann mit ihr sprechen, mich mit ihr unterhalten. Vielleicht sogar ein Treffen arrangieren. Kuss sieht im Adressbuch seines Handys unter „Manu" nach. Da ist sie, die Nummer zum Glück! Er wählt und lässt es klingeln. Kommt sich, je länger es klingelt, ganz blöd vor, weil die Frage nach Manus Literaturkenntnissen nur ein Vorwand ist, um bei ihr anzurufen.

Es meldet sich jemand. Eine männliche, verschlafen klingende Stimme.

„Ja?"

Kuss hasst es, wenn die Person, die man anruft, nur ein schrecklich genervtes ‚Ja?' ins Telefon blafft, ohne den eigenen Namen zu nennen. Kann er auf den Tod nicht ab. Warum haben diese Menschen überhaupt ein Telefon, wenn sie jeder Anruf so entsetzlich nervt und offenbar aufs Äußerste stört? Und wer ist das überhaupt am anderen Ende? Der Freund von Manu?

„Guten Tag, Kuss, Kripo Bielefeld! Mit wem spreche ich bitte?"

„Was wollen Sie?"

„Mit wem spreche ich, bitte?"

„Verdammt, was wollen Sie?"

„Verdammt, geben Sie mir jetzt sofort Frau Manuela Ellermann oder ich komme vorbei und lasse Sie wegen Behinderung der Polizeiarbeit einbuchten!"

„Was wollen Sie von ihr?"

„Das geht Sie nichts an! Und seien Sie demnächst etwas freundlicher zu den Vertretern der Polizei! Wir werden doch immer gerufen, wenns irgendwo ungemütlich wird. Da machen Sie doch sicher keine Ausnahme!"

Es entsteht eine Pause. Kuss hört irgendwelches Gemurmel. Der Unfreundliche hält offenbar die Muschel zu und spricht zu irgendeiner Person. Dann meldet sich eine Frauenstimme.

„Manuela Ellermann!"

Kuss hat schon keine Lust mehr, mit Manu zu sprechen und Süßholz zu raspeln. Dieser dämliche Typ hat ihm die Laune verdorben. Vor Kuss' innerem Auge ersteht plötzlich ein Bild der Wohnung von Manu. Vielleicht ist es eine Wohngemeinschaft. Möglicherweise genauso heruntergekommen wie eine von jenen, die Kuss in seiner Jugend so häufig aufgesucht hat. Sie befanden sich damals, in den 70er Jahren, entweder in einem Kotten auf dem Land oder in einem Altbau im Westen der Stadt. Man wollte jemanden besuchen, kam vielleicht nachmittags um drei Uhr vorbei, um einen Teil der Bewohner beim Frühstück in der Küche vorzufinden. Die Bewohnerinnen hatten immer einen Bademantel an, beide Beine hochgezogen, damit die Hacken auf der Stuhlkante platziert werden konnten, während ihre Hände eine große Milchkaffeetasse ohne Henkel umfassten, aus der geräuschvoll geschlürft wurde. Auf dem Küchentisch befand sich meist ein heilloses Durcheinander von Bechern mit billiger Margarine, Marmelade und Käse. Betrat man als Besucher diese Küchen, schaute niemand hoch. Diese Menschen bemerkten ihre Gäste nie. Da hätte der Bundespräsident persönlich erscheinen können. Und wenn man nach der Person fragte, die man besuchen wollte, kam nach einiger Zeit irgendeine gelangweilte Antwort, die besagte, dass man nicht wisse, wo die Person sei. Wie in der Universität, als er nach Kroll fragte. Kuss hat keine Lust auf so was. Dafür ist er zu alt. Aber er reißt sich zusammen.

„Hallo Manu, hier ist Thomas Kuss! Der Kripo-Mann von gestern Abend!"

„Ach, hallo, Thomas! Lange nichts voneinander gehört!"

„Kann man wohl sagen! – Ähem, ich brauche dich als Fachfrau, sozusagen! Du sagtest doch, dass du Literaturwissenschaft studierst!"

„Vollkommen richtig. Aber frag mich nicht, im wievielten Semester ich bin!" Manu lacht laut auf. Allerdings schwingt im Lachen schon leichte Bitterkeit mit. Die meint Kuss jedenfalls herauszuhören. „Wo drückt denn der Schuh?", fragt sie dann, „kann ich zur Klärung eines Mordes mit meinen Kenntnissen beitragen? Wäre ja toll!"

„Pass mal auf, ich lese dir jetzt mal ein paar Zeilen vor. Vielleicht erkennst du die ja wieder? Kannst mir eventuell sagen, aus welchem Buch das sein könnte, von welchem Schriftsteller!"

„Wie lustig, ein Quiz!", sagt Manu. „Aber am Telefon wird das nix! Ich muss den Text vor mir haben. Treffen wir uns lieber heute Abend auf ein Bier. Und dann versuche ich mein Glück!"

Thomas Kuss ist hocherfreut über diese Wendung. Seine gerade einsetzende schlechte Laune ist wie weggeblasen. „Sehr gern", sagt er, „hast du eine besondere Vorliebe für irgendeine Kneipe oder ein, äh, Restaurant?"

„Nee, nicht unbedingt! Treffen wir uns doch im ‚Mellow Gold'! Um acht Uhr?"

„Geht in Ordnung!"

‚So angenehm kann also das Leben sein!', denkt sich Kuss. ‚Erlebe wohl einen zweiten Frühling!' Sofort stellt sich bei ihm eine wohlbekannte, fundamentale Skepsis ein. Sollte er nicht lieber die Finger von so jungen Menschen lassen? Wird er sich nicht lächerlich machen, wenn er sich in eine viel zu junge Frau verliebt? Eine Studentin? Auch, wenn die mittlerweile im 1.000. Semester ist und also schon ein wenig älter als ihre Kommilitoninnen?

Kuss macht eine Kopie des Blattes mit dem seltsamen Text und gibt das Original samt Umschlag in die Spurensicherung. Mirco Haase ist als Einziger dort noch anwesend und freut sich wieder ein Loch in den Bauch, dass der berühmte Thomas Kuss ihn aufsucht. Große Hoffnung, dass bei der Analyse des neuen Schriftstückes gescheitere Ergebnisse als bei den bisherigen Flyern zu Stande kommen, machen sich beide nicht. Aber das polizeiinterne Procedere muss eingehalten werden. So verlangen es die Vorschriften.

Dann fährt Kuss schnell nach Hause. Legt sich noch eine halbe Stunde aufs Ohr, um bei seinem Date nicht vor Müdigkeit zusammenzubrechen. Kann aber gar nicht schlafen, ist viel zu aufgeregt. Steht auf, putzt sich die Zähne, rasiert sich, duscht. Und fühlt sich danach schon wieder wie ein Mensch. Dann legt er sich noch ein wenig Musik auf. Ben Webster haucht in sein Saxofon. Kuss singt leise mit, kennt aber nur eine Textzeile: „What a difference a day made, twenty-four little hours, and the birds and the flowers, lalalala, …, dadadada, …".

Um halb acht macht Kuss sich auf die Socken. Es ist ein wunderschöner, golden glänzender Abend. Die Hitze des Sommertages ist nicht mehr so heftig. Man wird im ‚Mellow Gold' draußen sitzen können. Hoffentlich ist noch nicht alles belegt. Zur Not könnte man ins ‚Milestones' hinübergehen. Da hängen um diese Zeit zwar nur Becks-Bier trinkende Studenten herum, aber für Manu wärs wahrscheinlich genau die richtige Umgebung.

Kuss steigt am Jahnplatz aus der Straßenbahn. Die heißt seit einigen Jahren Stadtbahn und fährt teilweise unter der Erde. Das hat etwas Großstädtisches. Die ostwestfälische Metropole. Na ja.

Kuss fährt die zwei Rolltreppen hoch und landet vor der innerstädtischen Dependance der weltweit größten Burger- und Frittenschmiede. Hier stinkts bestialisch nach Küchenabfällen.

‚Dass da trotz des Gestanks Leute zum Essen reingehen!' Kuss wundert sich. Ist zudem angewidert von dem anwesenden Personal vor dem Schnellrestaurant. Neben der Szene vor dem Hauptbahnhof ist dies hier das kriminelle Zentrum der Stadt. Kleinganoven, Dealer, Schläger und Zuhälter aus allen europäischen Ländern versammeln sich hier allabendlich, um ihre Geschäfte zu tätigen. Ein paar Brüder von der Landstraße und einige Drogenfreaks sind auch darunter. Der Boden ist übersät mit plattgetretenen Kaugummis. Hier und da eine Pfütze Erbrochenes.

Die Linienbusse der städtischen und regionalen Verkehrsbetriebe halten hier. Zentraler Umsteigepunkt der Stadt. Ein ständiges Kommen und Gehen. Da sind erfolgreiche Taschendiebstähle wahrscheinlich. Kuss entfernt sich schnell. Eine Szene, die er als junger Streifenpolizist ausgiebig kennen- und hassen gelernt hat. Immer wieder Schlägereien schlichten, sich mit irgendwelchen Idioten prügeln. Den Dealern ihre Schore abnehmen. Sich mit Leuten unterhalten müssen, die Deutsch sprechen können, nach ihrer Verhaftung durch die Streife aber so tun, als verstünden sie kein Wort. Und alle sind unschuldig. Und alle haben irgendeine Geschichte parat, die belegen soll, dass sie vollkommen zu Unrecht von den Ordnungshütern festgehalten werden. Dass sie nichts getan haben. Dass derjenige, der gerade aus einer Wunde wie ein

Schwein blutet und am Boden liegt, nicht von ihnen geschlagen wurde, sondern unglücklich gefallen sei. Alle hassen die Bullen wie die Pest und verachten sie. Nehmen sie nicht ernst.

Kuss erinnert sich daran, wie er früher irgendwelchen Deppen scharfe Waffen abnahm. Und wie er aufs Übelste beschimpft wurde. Aber wenn Gefahr im Verzug war, dann wurden sie, Kuss und seine Kollegen von der Wache, sogar vom schlimmsten Zuhälter per Notruf geholt.

Nichts wie weg! Damit wollte er nichts mehr zu tun haben! Da mussten Jüngere ran, die stark genug waren, diesen Mist auszuhalten! Das würden die aber auch nur einige Jahre mitmachen.

Kuss geht die Bahnhofstraße hoch. Hier werden gerade nach des Tages Mühen die Geschäfte geschlossen. Ein paar Kaufwillige rennen immer noch herum. Das sind die, die wissen, dass der Laden um 20 Uhr zumacht und dass die Angestellten nach Hause wollen, und die trotzdem noch um fünf vor Ultimo eine ausgedehnte Beratung erwarten. Wenn er nur dran denkt, kriegt Kuss zu viel.

‚Mann, ich habe heute aber wieder mal so richtig die Hasskappe auf!', sagt er sich. Und: ‚Ruhig, Brauner!'

Er erreicht das ‚Mellow Gold'. Für was steht das noch mal? Ist das nicht ein Album von Beck gewesen, aus den 90er Jahren? Heute ist es ziemlich voll, laut. Ein riesiger Flachbildschirm hängt an einer Wand. Sport läuft. Zwei Boxer von nicht ganz Weltklasseformat hauen sich gegenseitig auf den Kopf. Es sieht aus wie eine Schlägerei zweier britischer Soldaten am Samstagabend vor einer Dorfdisko in Schloß Holte. Schnell, hart. Nicht so ruhig und bedächtig wie manche Schwergewichtskämpfe aussehen. Was für ein Betrieb an einem Montagabend! Kuss marschiert einmal quer durch den Laden, sucht nach Manu. Die ist aber noch nicht da. Dann setzt er sich auf einen freien Platz an einen der Tische vor der Tür, bestellt ein Bier und wartet. Guckt in die Gegend. Denkt an nichts. Da hinten ist Manu. Ist nicht größer geworden seit gestern. Ganz in Schwarz gekleidet. Sieht gut aus. Schwarze Haare, dunkle Augen, leicht dunkler Teint. Sie steuert auf Kuss zu und grinst ein breites, die großen weißen Zähne entblößendes Lachen. Es ist entwaffnend.

„Hallo, Thomas!“, sagt sie zur Begrüßung.

„'n Abend, Manu! Wie siehts aus?“

„Geht so! Menge Ärger, Nervereien. Da kommt mir unser Treffen gerade recht! Erst mal ein Bierchen, oder?“

Beide bestellen sich ihr Bier. Zum Warmwerden. Zum Lockermachen. Da hat ein Gezapftes ja durchaus magische Kräfte. Darf auch ruhig ein Großes sein. Kein 0,3-Kinderbier!

Kuss und Manu unterhalten sich über Belanglosigkeiten. Bestellen was zum Essen, trinken noch ein Bier. Ist ein angenehmer Abend.

„Kommen wir doch zum Grund unseres Hierseins!“, sagt Manu irgendwann. Stimmt. Kuss hats schon fast vergessen. Er zieht aus seiner Jackentasche die zusammengefaltete Fotokopie heraus und reicht sie Manu. Sie liest.

„Weißt du was, Thomas? Du solltest dein Glück besingen, dass dir hier am Tisch eine Literaturwissenschaftlerin mit profunden Kenntnissen der russischen Literatur gegenübersitzt. Denn sonst könnte das Rätsel, wer der Verfasser dieser Zeilen ist, nicht so einfach gelöst werden!“

„Gut, ich werde dieses, mein unverdientes Glück, mit Sicherheit noch angemessen preisen. Aber sag mir zuerst, was das für ein Text ist!“

„‚Schuld und Sühne‘ von Dostojewski! Das ist ein Abschnitt vom Anfang des Buches!“, sagt Manu wie aus der Pistole geschossen.

„Donnerwetter! Ich bin beeindruckt!“, sagt Kuss. „Kannst du mir auch sagen, um was es in dem Buch geht? Inhaltlich? Die Handlung?“

„Kann ich Dir sagen“, entgegnet Manu, „die Handlung beginnt um 1860 in Sankt Petersburg. Hauptperson ist ein armer, aber hochbegabter Jura-Student namens Raskolnikow. Der hält sich selbst für genial wie so viele junge Männer, hihihi!"

„Du hast da wohl gewisse Erfahrungen gemacht, was?", fragt Kuss.

„Kann man so sagen! Also, Raskolnikow entwickelt so einen Überlegenheitsdünkel. Er glaubt an außergewöhnliche Menschen, die gegenüber den anderen, den normalen, gewisse Vorrechte genießen. Er geht davon aus, dass er selbst ein Erwählter ist. Dabei ist er so arm, dass er finanzielle Hilfe bei einer geizigen und wucherischen Pfandleiherin sucht, eine wirklich herzlose Alte, die nur am Zusammenraffen von Geld Interesse hat. In Raskolnikows Augen ist sie nur Ungeziefer, ein wertloser Mensch, der anderen schadet. Raskolnikow sieht sich als viel wertvollerer und begabterer Mensch berechtigt, so jemanden umzubringen. Und er plant den Mord an der Frau. Einem Mädchen, das er kennenlernt, schildert er seine Motive. Er will wissen, ob er selbst eine Laus, ein wertloses Ungeziefer ist, oder ein wirklicher Mensch. Und ein wirklicher Mensch, das ist für ihn ein ‚großer Mensch', der sich unter anderem auch durch gewisse notwendige Rücksichtslosigkeiten auszeichnet. Ja, und schließlich erschlägt Raskolnikow die Alte und obendrein noch deren Schwester, weil diese zufällig dazukommt."

„Interessant", sagt Kuss, „man meint hier gewisse Parallelen zu Ereignissen in der jüngeren deutschen Geschichte zu erkennen!"

„Kann hinkommen! Aber es ist nichts Rassistisches in Dostojewskis Roman zu finden. Es geht darin nur um, sagen wir mal, wertvolle und wertlose Menschen. Und Raskolnikow leidet nach seiner Tat Höllenqualen der Selbstzerfleischung. Er merkt, dass seine Theorie vom wertvollen Menschen nicht trägt. Und er merkt, dass er keinesfalls ein Mann ohne Gewissen ist, der mit großer Gefühlskälte einfach Leute killt.

Und dann kommt in dem Buch das große psychologische Spiel. Einem Richter ist völlig klar, dass Raskolnikow der Täter ist. Aber er kann es nicht beweisen. Täter und Richter wissen um den Sachverhalt. Es entwickelt sich schließlich so etwas wie ein intellektuelles Gefecht. Raskolnikow fühlt sich allerdings immer total beschissen dabei. Letztendlich ahnt er, wie sehr er im Unrecht ist."

„Und wie endet die Geschichte? Wird Raskolnikow seiner gerechten Strafe zugeführt?"

„Ja, gewissermaßen. Durch die Liebe einer Prostituierten, die ihm rät, sich zu stellen. Er soll für seine Tat bezahlen. Und jetzt geht Raskolnikow endlich zur Polizei, nachdem er das vorher schon etliche Male erwogen hat. Das Gericht verknackt ihn zu wer weiß wie viel Jahren Arbeitslager in Sibirien. Dostojewski schildert dann noch die Zeit im Lager. Dort wandelt sich Raskolnikow dann zum gläubigen Christen. Er wird gewissermaßen erlöst."

„Danke für diese umfassende Inhaltswiedergabe! Hätte ich nicht erwartet. Du scheinst in deinem Fach was drauf zu haben."

„Och, na ja, also, ich weiß nicht!"

„Doch, doch!", sagt Kuss. „Du hast mir sehr geholfen!"

„Sagst du mir, um was es geht?"

„Darf ich nicht! Noch nicht. Demnächst mehr!"

„Wirklich schade! Komm, gib dir einen Ruck! Ich kann schweigen wie ein Grab!"

Kuss schweigt eisern. „Ich auch!", sagt er.

„Wer war denn vorhin die freundliche Telefonstimme, als ich bei dir anrief?"

„Das war mein Freund Angelo!"

„Aha, Angelo also!" Kuss merkt, wie eine gigantische Enttäuschung beginnt, seinen Hals zuzudrücken, ihm die Luft abzuschneiden. Wie konnte er auch damit rechnen, dass Manu vielleicht mit ihm … Warum hält sein Leben für ihn eigentlich nur noch Enttäuschungen und grauenhafte Morde parat?

„Schon lange mit ihm zusammen?“, fragt er schließlich in einem Tonfall, der möglichst desinteressiert klingen soll. So, als habe er mit Manus Auskunft in dieser Form gerechnet.

„Seit ein paar Jahren. Angelo habe ich aus Italien mitgebracht. Ich war dort im Urlaub. In Florenz. Und da haben wir uns kennengelernt. Wirklich, es klingt wahrscheinlich fürchterlich kitschig – aber er arbeitete in einer Pizzeria, wo ich mit meiner Freundin täglich zum Abendessen hinging. Na, da hat es dann mächtig gefunkt. Und dann bin ich immer wieder nach Florenz gefahren, um ihn zu treffen. Eines Tages stand er dann vor meiner Tür hier in Bielefeld. Das hat mich gewaltig erschreckt. Damit hatte ich überhaupt nicht gerechnet! Oder ich hab diese Möglichkeit einfach verdrängt. Schlagartig war der schöne Traum vorbei. Angelo hing dann ständig bei mir in der Wohnung herum und nervte mich mit seiner schlechten Laune. Dann hab ich ihn schließlich arbeiten geschickt. Rat mal, wo er einen Job bekommen hat!“

„An der Uni, als Professor!“

„Sehr lustig! Nein, als Bäcker in einer Pizzeria. Da Fernando in Brackwede!“

„Na ja, es gibt Schlimmeres. Schließlich versteht er sich ja aufs Pizzabacken, nehme ich an.“

„Ja, das tut er. Ist wirklich gut. Dünner Teig, schön kross, aber nicht zu sehr. Gerade richtig! – Jetzt muss ich ihn nur noch davon überzeugen, dass er sich eine eigene Wohnung nimmt und bei mir auszieht!“

„Soll ich ihm irgendwas anhängen? Ein paar fingierte Beweise unterschieben? Dann würden wir ihn festnehmen, und er wandert für ein paar Jahre in den Bau. Oder wird nach Italien zurückgeschickt!“

„Wäre überlegenswert! Guter Gedanke! Komme bei Gelegenheit darauf zurück!“

„Gerne!“

Es wird für beide doch noch ein richtig netter Abend. Das Stichwort Italien hat den Anlass gegeben, nun, nach genossener Mahlzeit, auf italienischen Rotwein umzusteigen. Ehe beide sich versehen, sind sie hackendicht. Da hilft auch kein Espresso zum Abschluss des Abends. Auf unsicheren Beinen stolpern Manu und Kuss durch die Nacht.

Am Taxistand wiederholt sich die Szene vom vorangegangenen Abend. Kuss bekommt zum Abschied einen kurzen, in seinem Charakter unbestimmten Kuss auf den Mund. Er hätte die kleine Manu am liebsten gepackt und festgehalten und wer weiß was mit ihr angestellt. Aber er reißt sich zusammen. Es ist noch nicht die Zeit dafür. Er weiß nicht, ob die Zeit dafür überhaupt jemals kommen wird.

„Also Manu, vielen Dank für deine Gesellschaft und die Möglichkeit, an deinen Literaturkenntnissen teilzuhaben!“

„Nicht der Rede wert, Thomas! Bis die Tage!“

„Bis die Tage, Manu! Darf ich dich mal wieder anrufen?“

„Das nächste Mal bin ich dran! Ist besser so, wenn ich mich melde. Ansonsten gibt es immer einen Riesenstress mit Angelo, wenn der merkt, dass ich Kontakte zur Außenwelt und zu anderen Männern pflege!“

„Hört sich irgendwie nicht so prickelnd an!“

„Ist es auch nicht! Ciao, Thomas!“ Sagts und fährt mit einem Taxi davon.

Thomas Kuss fühlt sich beschwingt. Fühlt sich so, als sei er gerade 16 Jahre alt geworden und hätte die Schönste aus der Klasse gefragt, ob sie mit ihm gehen möchte. Und hätte eine Zusage bekommen. Soll er sich jetzt richtig reinhängen? Sich um Manu wirklich bemühen? Ausgerechnet jetzt, in seinem 52. Lebensjahr? Und um eine sehr viel jüngere Frau, die nicht besonders groß ist?

Kuss fährt ebenfalls mit dem Taxi nach Hause. Schaut sich die Fotokopie mit dem Text aus ‚Schuld und Sühne‘ noch einmal an. So, das Buch handelt also von einem Mann, der sich für etwas Besseres hält und meint, er könne das vermeintliche Geschmeiß eigenhändig liquidieren. ‚Glaubt das auch unser Täter?', fragt sich Kuss. ‚Hält er sich an das, was in ‚Schuld und Sühne' gedacht und gesprochen wird? Dann müsste er ja mit einer Läuterung rechnen, die ihm am Ende vor Augen führt, dass er große Sünden begangen hat! Da soll einer durchfinden! Den Gedanken, jene Menschen zu eliminieren, die einem möglicherweise das eigene Leben zur Hölle gemacht haben, den haben bestimmt schon viele Menschen gedacht. Aber eben nur gedacht. Wenns an die Ausführung geht, dann schrecken doch alle Normalsterblichen zurück!'

Kuss seufzt. Manches bleibt eben doch nur Phantasie. Auch er hat, vor allem in jungen Jahren, davon geträumt, diesen oder jenen Lehrer an seiner Schule eiskalt vom Leben zum Tode zu befördern. Bei ihm ist das, glücklicherweise, bloße Vorstellung geblieben. Er hätte es niemals fertig gebracht. Er weiß, wie schwer ein Mensch zu töten ist. Der Mensch ist wie ein Regenwurm. Schneidet man davon etwas ab, ist er trotzdem noch durchaus lebensfähig. Nur leidet er dann. Das muss auch der Peiniger aushalten können. Foltern und schnelles oder langsames Töten ist etwas für Spezialisten, die das gelernt haben. Es ist ein Handwerk, wie das Tischlern oder Brotbacken. Das weiß Kuss. Sind beim Töten Amateure am Werk, kann es für alle Beteiligten eine sehr unerfreuliche Angelegenheit werden und sich zur wirklich üblen Schweinerei ausweiten.

‚Unser Mörder ist hochprofessionell', denkt sich Kuss, ‚der hat sich richtig kundig gemacht, wie man fachgerecht foltert und qualvoll tötet. Er konnte aus dem Vollen schöpfen. Es gab und gibt ja offenbar genug Beispiele in der Historie.'

Kuss kommt fast ein wenig ins Schwärmen. Wem hätte er nicht gern den Gaumen rausgerissen, auf einen Pfahl gesetzt, die Arme und Beine abgehackt oder gegrillt? Da gäbe es viele.

Er denkt an die Mathelehrerin aus der Grundschule. Damals hieß das noch ‚Rechnen'. Verdammt, wie war denn noch der Name von diesem Drachen? Diesem Teufel auf Erden, dieser Ausgeburt der Hölle? Wie habe ich diese Frau gehasst! Damals, als kleiner Junge, habe ich mir immer vorgestellt, sie an den Füßen festzuhalten, um sie dann, wie eine Fußmatte, aus der man den Staub haut, mit dem Kopf voran gegen die Wand zu schlagen. Richtig ‚mit Schmackes', wie man damals sagte. Kuss fragt sich, ob ‚mit Schmackes' wohl mittlerweile zu den sterbenden Wörtern und Ausdrücken gehört.

Jetzt fällts ihm wieder ein: ‚Fiese' wurde sie von den Schülern genannt! Fieseler war ihr richtiger Name! Zu ihren Lieblingsspielen gehörte es, die gesamte Klasse aufstehen zu lassen, um dann schwierige Kopfrechenaufgaben in den Raum zu rufen. Wer die Lösung kannte, musste diese laut rufen. War sie richtig, durfte er sich setzen. Thomas Kuss war niemals gut im Kopfrechnen gewesen. Und unter Stress schon gar nicht. Darum passierte es ihm damals fast regelmäßig, dass er bis zuletzt stehen blieb, weil er kein einziges Ergebnis wusste. Sein Kopf war in diesen Situationen immer leer wie ein ausgeblasenes Hühnerei zu Ostern. Dann begann das Spießrutenlaufen. Unter hämischen Blicken und feixenden Gesichtern seiner Klassenkameraden wurde er dann systematisch von ‚Fiese' fertig gemacht. Es ging zu wie im Volksgerichtshof. ‚Fiese' hatte etwas von Roland Freisler, dem unrühmlichen Präsidenten des NS-Volksgerichthofes. Und zwar nicht nur das ‚F' im Nachnamen.

Frau Fieseler stellte dann eine Rechenaufgabe nach der anderen, eine schwieriger als die andere. Und wenn er falsch antwortete, gab es jeweils eine verbale Klatsche, eine gemeiner als die andere. An einem Tag war Frau Fieseler zur Hochform aufgelaufen. Hatte den einzigen noch stehenden Schüler, natürlich Thomas Kuss, mit der Frage nach dem Ergebnis einer schwierigen Multiplikation aus dem großen Einmaleins gequält. Kuss erinnert sich, dass er sagte, er denke das Ergebnis laute so und so. Woraufhin die Lehrerin ihn anschnauzte: „Falsch! Das Denken solltest du den Pferden überlassen! – Was stehst du da so rum und hältst dir die Hose fest? Hast du keinen Gürtel? Hat dein Vater kein Geld, um einen Gürtel zu kaufen? Was ist dein Vater eigentlich?“

„Bauarbeiter.“

„Was hast du gesagt? Dein Genuschel kann ja niemand verstehen!“

„Bauarbeiter.“

„Also Maurer! Na, da braucht man auch nicht rechnen können. Da kommts ja nicht so sehr aufs Oberstübchen an!“

Die Klasse bog sich vor Lachen.

Thomas Kuss schreckt aus seinem Tagtraum hoch. Er ist müde, wäre beinahe eingenickt. Er hat ‚die Fiese‘ in aller Deutlichkeit vor seinem inneren Auge gesehen. Sie ist aber beileibe nicht die einzige, die er damals in die ewigen Jagdgründe gewünscht hat. Als Thomas Kuss etwas älter war und mit den Freunden kleine Feten – so hieß das damals – mit Alkohol und Musik in einem Keller des Hauses seiner Eltern feierte, stand schon nach kurzer Zeit die Polizei auf der Matte, von den Nachbarn gerufen. Angeblich habe sich jemand über zu laute Musik beschwert. Wer sich gestört fühlte und die Polizei benachrichtigt hatte, durften die Beamten nicht sagen.

Es war eine Welt des spießigen Miefs, der Niedertracht, des Ordnungswahns, der Eifersucht, des Neids und des Hassens jeglicher Individualität gewesen. Gegen diese Menschen waren in den 1960er Jahren die Studenten auf die Straße gegangen, hatten gegen deren schrecklichen Konservatismus demonstriert. Kuss war damals noch zu jung gewesen, um dort mitzumischen. Er ist kein „68er“, sondern eher ein „78er“. Aber, weiß Gott, er hätte diese Nachbarn mit eigenen Händen erwürgen können! Nun – die Zeit hat kalt und präzise und unbestechlich gearbeitet und diese Menschen den Weg alles Irdischen gehen lassen. Einer wie auch immer gearteten – irdischen – Strafe für ihr mitleidloses Dasein sind sie alle entgangen. Im Gegenteil: Sie haben im eigenen Häuschen verdammt lange gelebt. Herr Becker von gegenüber, von dem hinter der Hand und fast bewundernd erzählt wurde, er sei bei der SS gewesen, Partisanenkampf und Einsatzgruppen – wenn er besoffen war, berichtete er davon – ist erst vor drei Jahren im Alter von 98 Jahren gestorben. Kuss glaubt, dass er immer der erste war, der die Polizei rief, wenn woanders gefeiert wurde.

„Was für verdammte Drecksäcke!", sagt Kuss laut und voller Wut vor sich hin. Um solche Menschen zu hassen, muss er nicht Dostojewski lesen oder versuchen, sich in Raskolnikow hineinzufühlen. Tötet der Bielefelder Mörder solche Menschen, wie beispielsweise Herrn Becker von der SS? Betrachtet er diese als unnütz? Kann sein.

‚Gar nicht mal so unsympathisch', denkt sich Kuss. ‚Andererseits: Was muss man getan haben, um zu einer Schatzkammer des Schmerzes zu werden und ohne Beine, Arme, Zunge und Augen langsam in einem Waldstückchen vor sich hin zu krepieren?' Eine so grausame Strafe ist nach Kuss' Rechtsverständnis durch nichts zu rechtfertigen. Da ist er ganz demokratisches Weichei, mit 52 Jahren Bundesrepublik Deutschland in den Oberschenkeln.

Kuss ist hundemüde und breit. Er kickt die Schuhe von den Füßen, wirft seine Jacke irgendwo hin und lässt sich auf sein Bett fallen. Wie warm und gemütlich. Muss eigentlich noch Zähne putzen und … Kuss ist sofort weg. Verbringt eine traumlose Nacht voll bleiernen Schlafs. Hat noch nicht einmal das Licht in seiner Wohnung ausgemacht. Es brennt die ganze Nacht.

22. Der Meineid des Formosus

Als Kuss aufwacht, steht die Sonne bereits hoch am Himmel und brennt mit brutaler Wucht durchs Fenster auf sein Gesicht. Aber der Kater ist gar nicht so gewaltig, wie Kuss es am Abend noch befürchtet hatte. Immerhin besitzt er doch gewisse Erfahrungswerte aus längst vergangenen Tagen.

Es ist halb acht am Dienstagmorgen. Kuss springt aus dem Bett. Seine Euphorie vom vergangenen Abend ist noch in deutlichen Spuren vorhanden. Rasieren und Duschen gehen leicht von der Hand. Dann wird mit Zahnbürste und -pasta der Motorradhandschuh aus dem Mund geschrubbt. Nach ein paar Broten mit Konfitüre gehts Kuss richtig gut. ‚Wer sagt denn, dass Marmelade keine Kraft gibt?' An diesen Spruch muss Kuss plötzlich denken. Woher stammt der noch mal? Ist auch schon längst aus der Mode gekommen.

Dann ruft Kuss im Büro an. Oliver Kirchner meldet sich.

„Tach, Kirchner, wie gehts? Schon aktiv? Was machen die Ermittlungen?"

„Schönen guten Morgen, Herr Kuss! Ich wollte Sie übrigens auch gerade anrufen. Habe da eine interessante Entdeckung gemacht hinsichtlich weiterer historischer Vorbilder unseres Täters und seiner absurden Arrangements!"

„Interessant! Lassen Sie hören!"

„Nun, leider betrifft es keinen der Morde, sondern die glitschige Leiche vom Dienstag der vergangenen Woche."

„Ist egal, alles ist wichtig!"

„Ich hab meinen zukünftigen Schwager gefragt, der ist katholischer Priester …"

„Moment mal, Kirchner! Was soll das heißen: zukünftiger Schwager? Willst du etwa heiraten?"

„Tja, sieht so aus, Herr Kuss! Und raten Sie mal, wen!"

„Überhaupt keine Ahnung, Kirchner! Aber auch nicht im Entferntesten!"

„Äh, ehrlich nicht? Kann ich mir eigentlich nicht so richtig vorstellen!"

„Mann, Kirchner, ich hab Spaß gemacht! Natürlich wirst du Verena Prohaska von der Sitte heiraten! Aber schon so bald, so schnell?"

„Ja, doch! Das hat sich so ergeben!"

„Na, dann: herzlichen Glückwunsch!" Kuss sagt das voller Anerkennung und echter Herzlichkeit.

„Vielen Dank! Vielleicht hätten Sie sogar Lust, mein Trauzeuge zu werden?"

Thomas Kuss ist sprachlos, schluckt, ist fast den Tränen nah.

„Welch unerwartete Ehre, Olli! Wirklich! Das macht mich richtig verlegen. Bin natürlich sofort dazu bereit!"

Es entsteht eine kleine Pause, weil Kuss noch einmal schlucken muss. Dann wird er wieder dienstlich.

„So – jetzt zu deinem Bericht, Kirchner! Was hast du entdeckt?"

„Ja, also, Herr Kuss. Mein zukünftiger Schwager ..."

„Ich weiß, der katholische Priester! Was ist mit dem?"

„Den habe ich gefragt, warum jemand eine Leiche ausbuddelt, sie in einen Straßenanzug steckt und ihr dann drei Finger abhackt."

„Na, und? Und was sagt er, warum tut das jemand?"

„Mein zukünftiger Schwager sagte, das erinnere ihn an einen Fall aus der Kirchenrechtsgeschichte. Im Mittelalter habe man auch noch nach dem Tod als Rechtsperson gegolten, an die Ansprüche gestellt und die verurteilt werden konnte. Und da sei es im 9. Jahrhundert zu einer seltsamen Gerichtsverhandlung gekommen. Warten Sie, ich habs mir genau aufgeschrieben!" Kuss hört durchs Telefon, dass Kirchner mit irgendetwas rumfummelt. Es knackt und klappert.

„Das war ein Schauprozess im Januar 897 in Rom. Dabei handelte es sich um die berühmt-berüchtigte ‚Leichensynode'.

Angeklagt war der bereits seit neun Monaten verstorbene und in seiner Gruft vor sich hin gammelnde Papst Formosus. Den ließ einer seiner Nachfolger, Papst Stephan VI., wieder aus dem Sarg holen und ganz adrett herrichten. Das heißt, soweit das noch möglich war. Die schon fast flüssige Leiche bekam jedenfalls das päpstliche Ornat verpasst, die Tiara auf den Kopf gesetzt und einen Sitzplatz auf dem Thron des Papstes. Und dann startete die Gerichtsverhandlung."

„Donnerwetter!", sagt Kuss. „Das ist ja eine ganz bizarre Nummer! Konnte man denn hinterher den Ornat und die Tiara noch weiter verwenden? Musste wahrscheinlich gründlich gereinigt werden!"

„Wahrscheinlich! Jetzt hören Sie mal mit dem nötigen Ernst weiter zu! Also, da wurde dann richtig verhandelt, mit einem Verteidiger und einem Ankläger und einem veritablen Richter. Und alles im Beisein der stinkenden Leiche!"

„Haben die damals alle mit einer Klammer auf der Nase da gesessen?"

„Aber auf keinen Fall! Das wurde alles mannhaft durchgezogen und ertragen. Die Anklagepunkte waren übrigens samt und sonders fingiert."

„Hat sich die Leiche nicht beschwert? Um was gings denn?"

„Weiß ich gar nicht so genau. Eigentlich habe ich es auch nicht richtig kapiert, was mir da erzählt wurde. Irgendwelches Geschacher um Ämter, Königskrönungen und so'n Kram. Jedenfalls erkannte man den toten Papst der Vergehen für schuldig. Das wiederum hatte zur Folge, dass man ihn seines Amtes enthob, für unwürdig erklärte, ihn exkommunizierte, ihm ein christliches Begräbnis absprach, nebst aller zugehörigen kirchlichen Sakramente und ihm, wegen angeblich geleisteten Meineids, die Schwurfinger der rechten Hand abhackte. Daumen, Zeigefinger und Mittelfinger!"

„Aha, aha! Da kommen wir der Sache aber sehr viel näher!"

„Nicht wahr! Und dann wurde die Leiche des ehemaligen

Papstes entkleidet und irgendwo verscharrt. Das genügte den Anklägern aber nicht. So ließen sie ihn schon nach kurzer Zeit wieder ausgraben und in den Tiber werfen!"

„Mein Gott, da war der Typ doch nur noch Matsche! Und dann ab ins Wasser. Da hat er dann die Umwelt weiter verschmutzt und die nächste Pest verursacht!"

„Nicht ganz! Bevor das geschehen konnte, fischte ein früherer Anhänger des Papstes die Haut und Knochen von Formosus wieder aus dem Wasser und begrub sie heimlich auf einem richtigen Friedhof!"

„Ist ja vollkommen ekelhaft, Kirchner! Was war denn zu diesem Zeitpunkt von Formosus noch übrig? Da muss die Verehrung ja verdammt weit gegangen sein."

„Aber das sind doch wohl mal richtige und wichtige Erkenntnisse!", sagt Kirchner. „Vielleicht lässt sich ja davon einiges ableiten! Dass Meinward Adler, unsere glitschige Leiche, vielleicht irgendwann mal einen Meineid geleistet hat. Möglicherweise hat der Täter in der Kirche einen regelrechten Prozess gegen ihn geführt!"

„Und ihm dann als Strafe die Schwurfinger der rechten Hand abgehackt und verschwinden lassen! Und uns überlässt er die Entsorgung der übrigen glibberigen Masse. Das ham wa gerne. Jetzt müssen wir herausfinden, ob Adler irgendwann mal Ärger mit der Justiz hatte. Ob er dabei jemanden durch seinen Eid oder seine Aussage geschädigt hat."

„So is' es, Herr Kuss. Ich gebe nur zu bedenken, dass das historische Vorbild der geschändeten Leiche, also Papst Formosus, im Grunde der Geschädigte und Unschuldige in einer Person war. Der hatte ja niemals einen Meineid geleistet. Vielmehr waren seine Richter bei der Leichensynode die schlimmen Finger. Die hatten sich irgendwas aus ihren Fingern gesogen, irgendeine Anschuldigung, um ihre eigene Position nachträglich noch zu rechtfertigen."

„Interessanter Standpunkt, Kirchner! Stattgegeben! Ist auch

nur das übliche Polizeidenken. Irgendeiner muss sterben, wird ermordet, weil ein anderer sich an ihm für etwas rächen oder die Person bestrafen will. So läufts ja meistens. – Übrigens, Kirchner, was hältst du davon? Als ich gestern spätnachmittags noch einmal ins Büro ging, fand ich auf dem Schreibtisch eine neue Nachricht von unserem Mörder vor!"

„Das darf nicht wahr sein! Wieder ein Briefumschlag mit einem Werbeflyer?"

„Nein, dieses Mal ist es eine Fotokopie aus einem Buch der Weltliteratur. In einem braunen B 5-Umschlag, ein ähnlicher wie der letzte, lag als Fotokopie die erste Seite aus ‚Schuld und Sühne' von Dostojewski."

„Was hat das denn jetzt wieder zu bedeuten?"

„Nun, ich habe mich da mal schlau gemacht, da ich den Inhalt des Buches auch nicht kannte. Es geht darin um einen jungen, verarmten Mann namens Raskolnikoff im zaristischen Russland, der sich in den Kopf gesetzt hat, Menschen, die er wegen ihrer Veranlagungen als wertlos und sogar schädigend für die Übrigen einstuft, kalt lächelnd umzubringen. Gewissermaßen als Strafe für ihr parasitäres Dasein auf Erden."

„Woher wissen Sie denn das?", fragt Kirchner. „Von Manu?"

„Wieso von Manu?", fragt Kuss entrüstet, der wie ein verliebter junger Mann geradezu glücklich ist, dass das Gespräch auf seine heimliche Geliebte kommt.

„Na, weil Manu Literaturwissenschaften studiert. Und Sie haben sich doch am Sonntagabend recht gut mit ihr unterhalten! Sie haben sie doch auch noch zum Taxistand gebracht, nicht wahr? Und Telefonnummern wurden auch ausgetauscht!"

„Ja, verdammt noch mal, woher weißt du denn das? Was seid ihr denn für verfluchte Klatschbasen?"

„Wissen Sie, meine Zukünftige und Manu sind eng miteinander befreundet. Und unter Freundinnen gibts ja bekanntermaßen keine Geheimnisse."

„Na, was solls. Ist ja auch nicht schlimm! Also, fassen wir zusammen: Wenn wir den Zeichen des Täters Glauben schenken wollen, beziehungsweise sie richtig interpretieren, dann handelt es sich um einen Menschen, wahrscheinlich männlich, der, nach eigener Auffassung, der Gesellschaft gute Dienste leistet, indem er sie von parasitären und sonstigen Existenzen befreit, die den Übrigen Schaden zufügen. Und er orientiert sich dabei, offenbar, an historischen Vorbildern des Folterns und Liquidierens. Er grillt jemanden qualvoll zu Tode und kopiert auf diese Weise den Märtyrertod des Heiligen Laurentius. Er gräbt eine Leiche aus, um ihr, nach Art der ‚Leichensynode' von 897, den Prozess zu machen und die Schwurfinger abzuhacken."

„Und hoffentlich lässt er uns in Ruhe und kommt niemanden besuchen, um sie oder ihn durch den Fleischwolf zu drehen!"

„Lassen Sie sich von Andreas Schneider nicht zu große Angst machen! Ist der übrigens schon da?"

„Nee, Herr Kuss! Aber er hat angerufen. Will gleich vorbeikommen!"

„Meine Güte, muss das denn sein?"

23. Neues von Professor Kroll

Gerade will Kuss seine Wohnung verlassen, um ins Büro zu fahren, als das Telefon klingelt. Am anderen Ende der Leitung ist Aloys Kroll, Professor für die Geschichte des Mittelalters.

„Herr Professor Kroll, schön von Ihnen so bald wieder zu hören! Was kann ich für Sie tun? Ist Ihnen etwas eingefallen?"

„So kann man es wohl nennen, Herr Hauptkommissar. Tatsächlich habe ich mir die ganze Zeit seit unserer gestrigen Unterredung meine Gedanken zu dem Torso gemacht, den Sie gefunden haben. Zugegeben: Ich war in meiner Ehre als Historiker gekränkt, weil ich nicht sofort wusste, was es für historische Beispiele für so eine schreckliche Tat gibt. Ich habe Ihnen ja schon gesagt, dass das Mittelalter voller Taten und Foltermethoden und Hinrichtungsarten ist, die uns heute schockieren. Dabei brauchen wir demgegenüber nur die aktuellen Nachrichten zu schauen, um festzustellen, dass überall auf der Welt noch viel subtiler als früher gemordet und gefoltert wird."

„Herr Professor Kroll, Ihre goldenen Worte in allen Ehren! Aber – was haben Sie herausgefunden?"

„Sie mahnen zur Eile, richtig, richtig, gewiss, gewiss! Sie sind ein Mann vom Fach, der schnell die gewonnenen Erkenntnisse benötigt, um effektiver den Tätern nachstellen zu können, ja, ja!"

„Tja, so ist es wohl!" Kuss verdreht die Augen. „Herr Kroll, erläutern Sie mir Ihre Ergebnisse!"

„Ja, richtig! Also, ähem, sehen Sie, es gab von 1204 bis 1261 das so genannte ‚Lateinische Kaiserreich'. Es war in Folge des Vierten Kreuzzugs von den ‚Westlichen Kreuzfahrern', den Franken und Venezianern, gegründet worden. Man hatte das Ganze als Lehnsverband aufgezogen. Die Ländereien lagen um die Gegend des damaligen Konstantinopel, des heutigen

Istanbuls, in Bithynien, in Thrakien und der nordwestlichen Türkei. Ja, ähem …"

„Sehr interessant! Und wie gehts weiter?"

„Nun, man ernannte Wahlmänner aus Venedig und dem Frankenland und wählte Balduin von Flandern zum ersten Lateinischen Kaiser."

„Aha!", sagt Kuss und lässt diese Äußerung möglichst desinteressiert klingen, obwohl er das, was Aloys Kroll erzählt, durchaus spannend findet.

„Ja, sehen Sie, dieser Kaiser war von vornherein mit ungenügender Macht ausgestattet. Das hatten Franken und Venezianer so eingerichtet. Er konnte gar keine Macht aufbauen. Und dann fielen auch noch die Bulgaren in Thrakien ein. Balduin von Flandern stellte sich mit seinen Rittern dem bulgarischen Zaren Kalojan entgegen. Im Laufe dieses Krieges kam es zur Belagerung von Adrianopel, dem heutigen Edirne in der Türkei, durch das Lateinische Ritterheer. Zar Kalojan schickte zum Entsatz der bulgarischen Besatzung der Stadt ein zahlenmäßig den Lateinern deutlich überlegenes Heer aus Bulgaren, Walachen und Kumanen. In der Schlacht, die am 14. April 1205 stattfand, erlitten die Lateiner eine schlimme Niederlage. Tja, und dann kam es!"

„Was kam, Herr Professor? Ihr Bericht ist interessant. Aber was hat das mit unserem Torso zu tun?"

„Nun, Zar Kalojan schritt zur Bestrafung, ließ die überlebenden lateinischen Ritter hinrichten. Für Balduin I., der ihm im Laufe der Schlacht in die Hände gefallen war, hatte er sich jedoch etwas Besonderes ausgedacht."

Kroll macht eine kleine Pause, um den Triumph der gewonnenen Erkenntnisse voll auskosten zu können. Er fährt genüsslich fort: „Und was dieser erleiden musste, erinnert fatal an den Mord, den Sie mir gestern schilderten. So wurde Balduin von Flandern entkleidet und auf dem Marktplatz zunächst von Sklaven des bulgarischen Adels geschändet, das heißt, vergewaltigt. Hat man Ihren Torso auch vergewaltigt?“

„Weiß ich nicht! Er ist noch nicht zu Ende obduziert. Auch kennen wir seine Identität nicht!“

„Ah, ja! Dann fragen Sie doch Ihren Pathologen, ob das Opfer vergewaltigt worden ist. Das lässt sich doch sicherlich noch feststellen.“

„Werde ich tun. Wie gings weiter mit dem armen Balduin?“, fragt Kuss.

„Nach dieser Prozedur blendete man ihn. Das tat der bulgarische Zar in erster Linie deshalb, um zu zeigen, dass er die Blendung von 14.000 Bulgaren nach der Schlacht von Kleidion im Jahre 1014 nicht vergessen hatte. Damals hatten der byzantinische Kaiser Basileios II. und seine Ritter die Bulgaren vernichtend geschlagen. Die 14.000 Gefangenen ließ Basileios in Gruppen zu jeweils 100 aufteilen. 99 wurden geblendet, dem 100. ließ man die Sehkraft auf einem Auge. Er hatte die Aufgabe, die restlichen 99 nach Hause zu führen.“

„Ach, du Scheiße!“, entfährt es Kuss.

„Kann man wohl sagen! Die äußerst schmerzhafte Blendung nahm man übrigens bei diesen, wie auch schließlich bei Balduin, mit einem glühenden Eisen vor, das man dicht an die geöffneten Augen führte. Durch die Hitze verbrannte die Netzhaut und die Augenflüssigkeit erhitzte sich stark. Anschließend schnitt man Balduin die Zunge heraus. Nun war er stumm und blind. In der Zwischenzeit stellte man erhitztes, flüssiges Bienenwachs bereit. Die Henkersknechte, oder wer auch immer, hackten nun dem Lateinischen Kaiser beide Arme und Beine ab. Damit nun aus den großen Hauptschlagadern nicht zu viel Blut austrat, was zum schnellen Verbluten und somit zum raschen Tod geführt hätte, versiegelten sie die großen Wunden mit dem Wachs. Diesen geschändeten Leib, diesen Torso, brachte man nun in ein Waldstück und legte ihn, noch lebend, dort ab. Dann entfernten sich alle und überließen die weitere Arbeit den Tieren des Waldes.“

„Ist ja zum Kotzen!“, sagt Kuss. Er atmet schwer. Nach einer kurzen Pause sagt er: „Vielen Dank für diese erschütternde Geschichtsstunde, Herr Professor Kroll!“

„Nichts zu danken, Herr Hauptkommissar! Da zeigt sich wieder einmal, was die Menschen sich untereinander antun. Wenn man so etwas liest und hört, scheint es geradezu ein Witz zu sein, ein friedliches Miteinander der Menschen auf der Welt zu propagieren. Wer das tut, möchte wahrscheinlich nur und in erster Linie auf der moralisch sicheren Seite sein. Möchte sich gut fühlen, weil er Frieden fordert und ein friedliches Zusammenleben aller miteinander. Ich glaube, dieser Wunsch ist hirnrissig. Dennoch hat er vor allem bei meinen jungen Studenten immer noch, oder wieder, Konjunktur. Obwohl gerade sie solche Berichte, wie den eben geschilderten, geradezu schlürfen. Man weidet sich allzu gern an den Grausamkeiten!“

„Kann ich mir vorstellen, Herr Kroll! Wenn ich den Medien über neue Morde berichten muss, kanns denen meist auch nicht grausam genug sein. Das wollen angeblich die Leser. Aber die Journalisten findens selbst im wahrsten Sinne des Wortes ‚geil‘.“

„Ja, leider! – Übrigens, es fällt mir gerade ein: Man darf so manche Grausamkeit des Mittelalters nicht sofort und ausschließlich als quasi-pathologische Handlung eines Herrschers oder sonstiger damaliger Zeitgenossen missverstehen. Im Falle von Zar Kalojan waren die unfassbaren Verletzungen, die er dem Lateinischen Kaiser antun ließ, eher eine Demonstration der Macht. Mit anderen Worten: Er zeigte auf diese Weise, was er sich sogar mit einem westlichen Herrscher erlauben konnte, welche Macht ihm von oben gegeben war!“

„Danke für den Hinweis, Herr Professor! Das relativiert das Geschehen natürlich ungemein. Was will mir unser aktueller Täter aber mit dieser Grausamkeit sagen? Dass auch er Macht besitzt, die gottgegeben ist?“

„Ich denke mir das etwa so, Herr Hauptkommissar: Der

Täter ahmt ganz offensichtlich nicht nur eine Hinrichtungsmethode nach, sondern er rekonstruiert eine ganz besondere Situation, in der jemand bestraft wird, der eigentlich so eine schreckliche Qual gar nicht verdient hat. Der Delinquent steht vielleicht nur stellvertretend für Taten, die möglicherweise schon lange zurückliegen, und, aus Sicht der Rechtsprechung, sowieso schon längst verjährt sind. Es ist, aus der ganz subjektiven Perspektive des Opfers, im Grunde die allergrößte Ungerechtigkeit, die hier stattfindet. Aus Sicht des Täters ist es aber wiederum gerade umgekehrt."

„Das beantwortet eigentlich meine nächste Frage an Sie, die gelautet hätte, ob der Ermordete, beziehungsweise Hingerichtete, also der Lateinische Kaiser, ein ‚Schädling' war, also jemand, der der Allgemeinheit durch seine Taten Schaden zugefügt hat und vielleicht deshalb sterben musste?"

„Nun, eigentlich nicht! Vielmehr war Kaiser Balduin ein für damalige Verhältnisse aufgeklärter Mensch, der versuchte, im Rahmen des zeitgenössischen Rechtsverständnisses wirklich ‚gerecht' zu sein und zu urteilen. Er führte sozusagen ein rechtschaffenes Monarchenleben. Es ist natürlich möglich, dass er, vor diesem Hintergrund, die Übernahme der Verantwortung für die Taten seiner Vorgänger durchaus akzeptierte. Ich weiß allerdings nicht, beziehungsweise ist es nicht überliefert, ob er zu diesem Sachverhalt jemals befragt wurde oder sich geäußert hätte."

„Aber bei seinem Widersacher, dem bulgarischen Zaren, darf man doch sicher annehmen, dass dieser überzeugt war, mit Balduin einen Parasiten der Weltgeschichte aus ebendieser zu entfernen?"

„Das mit Sicherheit!"

Kuss macht noch ein bisschen Small Talk mit Aloys Kroll, der ganz neugierig ist und gerne noch mehr über die anderen Taten erfahren hätte. Aber Kuss mauert. Mehr kriegt Kroll nicht zu hören.

Wenig später marschiert Kuss gut gelaunt in sein Büro und sieht als erstes Professor Dr. Andreas Schneider, wie er gerade mit Raquel De Zosa schäkert. Prieß und Kirchner sind auch schon da.

„Na, haben Sie schon gute Kontakte zu unseren Mitarbeiterinnen aufbauen können, Herr Professor Schneider?", fragt er süffisant.

„Doch, doch, Herr Hauptkommissar! Frau De Zosa scheint eine überaus begabte junge Mitarbeiterin zu sein, die sich des in sie gesetzten Vertrauens als vollkommen würdig erweisen wird!"

Kuss schmeißt seine Jacke auf den Haken und geht zur Kaffeemaschine. Kein fertiger Kaffee. Eine kalte Pfütze dümpelt in der Kanne. Die Delacre-Keksdose ist auch wieder einmal vollkommen leer. Das verschlechtert seine Laune schlagartig. Er dreht sich um. Schneider hält die große Besuchertasse in Händen, geht von einem zum andern und redet ihnen in die Arbeit rein. Kuss setzt neuen Kaffee auf und geht zu seinem Schreibtisch. Unaufgefordert nimmt Schneider auf dem Besucher- und Verhörstuhl Platz.

„Ihre netten Kollegen haben mich schon umfassend über die neuesten Vorfälle in Kenntnis gesetzt", sagt Schneider. Kuss atmet schwer und guckt Prieß und Kirchner vorwurfsvoll an. Beide schütteln den Kopf und zeigen auf Raquel De Zosa.

„Petze!", zischt sie.

„Frau De Zosa, Sie haben sich von diesem Charmeur also einwickeln lassen und unsere geheimsten Geheimnisse ausgeplaudert?"

„Ah, geh, san'S net so strääång, Herr Hauptkommissär. Nach Anweisung Ihres Herrn Polizeipräsidenten bin ich doch sowieso befugt, in alles genauen Einblick zu erhalten!"

„Ja, leider!", sagt Kuss.

„I hoab mir Ihre Akten zu den bisherigen Fällen in aller

Ruhe durchgesehen. Weit san'S ja noch net kommen, göi? Außer den wenigen Erkenntnissen hinsichtlich der glitschigen Leich in der Kirche!"

„Darum sind Sie als Großmeister der Kriminalpsychologie ja auch hinzugezogen worden, um dem Ganzen augenblicklich die erhellende Wendung zu geben."

„So einfach ist das nicht!" Schneider wechselt plötzlich ins Hochdeutsche, „ich bin jemand, der lediglich anhand vorliegender Taten ein so genanntes Täterprofil entwickeln kann, sozusagen eine fiktive Person, die wahrscheinlich im Aussehen und in ihren Charaktereigenschaften dem Täter entspricht."

„Ich weiß, was Sie können und sollen! Haben Sie denn schon ein Profil unseres Mörders erstellt? Geben Sie uns Einblick in Ihr geniales Denken! Wie sieht er aus? Was macht er, was denkt er?"

„Sehn'S, auch wenn Sie mich nicht so recht mögen, will ich Sie doch an meiner Weisheit teilhaben lassen! – Ihr Täter ist sicherlich ein wirklicher Serienkiller. Das Erstaunliche ist bei erster Betrachtung, dass er offenbar nicht die emotionale Abkühlung benötigt, die andere vergleichbare Täter zwischen den Morden unbedingt brauchen. Er stammt keinesfalls aus der Nähe, aus dem Umfeld der Opfer. Seit über einer Woche zieht er sein Programm durch. So, als habe er sich schon vor längerer Zeit einen genauen Plan über den Ablauf der gerade vergangenen Tage gemacht. Mit anderen Worten: Er ist kein Massenmörder und auch kein Rausch-Mörder, da er sein Vorgehen ganz genau abgesteckt und die Mordopfer schon vor längerer Zeit sehr dezidiert ausgewählt haben dürfte. Ob der Mörder einen besonders hohen Intelligenzquotienten besitzt, der ihm besonderes Raffinement gestattet, darüber kann ich noch nichts sagen!"

„Aha, Herr Professor Schneider! Zugegeben, zu diesen Erkenntnissen waren wir hier in unserem kleinen, provinziellen Polizeiquartier auch schon durchgedrungen!", sagt Kuss.

„Bitte keine Häme!“, beschwert sich Schneider. „Viele Dinge erscheinen uns auf dieser Welt einfach und klar. Und zwar erst, nachdem wir sie deutlich benannt und beschrieben haben!“

‚Kann sein‘, gesteht sich Kuss ein, sagt es aber nicht.

Mittlerweile haben sich Kirchner, Prieß und De Zosa mit offenen Mündern und gespitzten Ohren um Andreas Schneider gruppiert und lauschen voller Andacht seinen Ausführungen. Kuss verehren sie, weil er ein guter Handwerker ist. Andreas Schneider aber ist ein Genie!

„Ob nun die Gewaltdelikte seit vergangenem Montag auf einen Täter schließen lassen, bei dem die auslösenden Faktoren für seine mörderische Ausrichtung in der Kindheit liegen, ist durchaus möglich. Meistens ist das so. Meine US-Kollegen vom FBI gehen ja nach wie vor davon aus, dass in aller Regel sexuelle Misshandlung, beziehungsweise Gewalt, erfahren als Kind in der nächsten Umgebung oder im unmittelbaren Lebensumfeld, die auslösenden Faktoren sind.“

Schneider macht eine Pause, um das Erzählte wirken zu lassen.

„Darf ich Ihnen noch einen Kaffee bringen?“, fragt Raquel De Zosa mit einer Stimme, die Kuss und die anderen noch nie von ihr gehört haben.

„Göi, Raquel, sei so guat!“, sagt Schneider und reicht ihr die Tasse.

‚Wenn ich meine jungen Mitarbeiterinnen beim Vornamen nenne und sie duze, habe ich gleich ’ne Beschwerde am Hals!‘, denkt sich Kuss und ist sauer.

„Die Taten der Killer sind meist entsetzlich grausam, gehen manchmal mit tagelanger Quälerei und Folterung der Opfer einher. Sexuelle Handlungen, vor oder nach dem Tod, sind nicht selten. Manchmal verspeisen sie auch Teile der Mordopfer!“

„Unseren Mordopfern fehlt ja so einiges“, sagt Prieß. „Der

Gaumen des Zahnarztes, die Arme und Beine, Zunge und Augen des Torsos. Nicht zu vergessen, die verbrannte Hand des Dr. Hamich. Was hatte der Täter überdies mit dem Gegrillten vor?"

„Sehr schön beobachtet, junger Freund", sagt Schneider, „die Extremitäten des Torsos sind ja auch noch gar nicht gefunden worden!"

„Wahrscheinlich liegen sie in irgendeiner Kühltruhe eines bis jetzt unbescholtenen Bürgers der Stadt!", sagt Kuss.

„Könnte durchaus sein", meint Schneider, „denken Sie an den Kannibalen von Rotenburg! Obwohl der nicht ins Schema des Serientäters passt! Überhaupt ticken die Serientäter hier in Deutschland, in Mitteleuropa etwas anders, als jene in den Vereinigten Staaten. Hierzulande sollte man zwar die Erkenntnisse des FBI im Hinterkopf haben, sich ansonsten aber eher mit den Arbeiten von Stephan Harbort aus Düsseldorf befassen. Er stellte das typische Erscheinungsbild eines deutschen Serienkillers nach langen Forschungen etwa folgendermaßen dar: 16 bis 36 Jahre alt, ledig, vielleicht auch geschieden. In aller Regel kinderlos. Im sozialen Umfeld sind sie wenig auffällig, sind angepasst, freundlich. Insgeheim frönen aber die meisten abwegigen sexuellen Praktiken. Vier bis fünf Jahre treiben sie ihr Unwesen, erst dann werden sie gefasst. Drei Viertel der Täter sind vor ihren Morden bereits im Zusammenhang mit Sexualdelikten aufgefallen. Das Erstaunliche ist übrigens die Tatsache, dass, je niedriger der Intelligenzquotient der Täter, diese umso schwerer überführt und dingfest gemacht werden können. Jedoch – was sollen die Erkenntnisse. Jeder Fall lehrt etwas Neues. Und schwierig zu kriegen sind diese Menschen so oder so."

„Sie können einem richtig Mut machen! Wie siehts aber mit unserem Mörder aus? Was ist er für ein Typ?", fragt Kuss.

„Ja, sehen Sie, habe ich mich doch verplaudert. Also, ich vermute, dass unser Täter, wenn er denn überhaupt aus dieser

Stadt kommt, folgende Eigenschaften besitzt: Er ist männlich und Mitte bis Ende Dreißig. Und er ist gebildet, interessiert sich für Geschichte, …"

„… was Sie nicht sagen!", stöhnt Kuss.

„… ich denke, er geht einer festen Beschäftigung nach, hat eine gute Ausbildung genossen, ist mit sich und seinen Eltern mehr oder weniger im Reinen, ist angepasst. Ob es in seiner Kindheit sexuelle Übergriffe oder Gewalt gegeben hat, wage ich fast zu bezweifeln. Der Täter dürfte zu jedermann freundlich sein, fast extrovertiert, vielleicht sogar richtig liebenswürdig. Wahrscheinlich fährt er ein neues, sehr gepflegtes Auto. Wenn er seine Taten begeht, dann macht er das meistens in der Nacht. Eine Besonderheit unseres Mörders ist, dass die Tatorte weitgehend identisch mit den Fundorten der Leichen sind. Das ist sehr ungewöhnlich. Eigentlich neigt diese Art von Tätern dazu, die Mordopfer zu verstecken. Unser Täter will dagegen, dass man sie bald findet und das gelungene Arrangement zur Kenntnis nimmt. Ganz klar für mich ist, dass der Mörder bei allen Opfern Zwangsmittel benutzte, sie betäubte oder fesselte oder beides. Typisch wiederum scheint, dass er die Opfer vor der Tötung aufs Grausamste quälte."

Prieß, De Zosa und Kirchner hängen an Schneiders Lippen, halten jedes seiner Worte für eine Offenbarung. Kuss ist nicht so begeistert. Alles, was Schneider sagt, haben er und seine Kollegen im Grunde schon längst erkannt.

„Aber Sie haben Ihren Täter sehr verärgert!", fährt Andreas Schneider fort. „Er, der mit Sicherheit stolz auf seine Taten ist, findet nichts davon in der Presse, den Medien! Das muss sehr enttäuschend für ihn sein! Und darum hat er schließlich auch Kontakt zu Ihnen aufgenommen. Die Taten müssen gewürdigt werden! Obendrein ist er – höchstwahrscheinlich – ein echter Bewunderer der polizeilichen Ermittlungsarbeit!"

Kuss' Kollegen sind hingerissen von so viel Scharfsinn.

„Und was empfehlen Sie jetzt? Wie soll das weitere Vorgehen aussehen?", fragt Sebastian Prieß.

„Nun, ich würde dringend dazu raten, dass Sie sich mit dem LKA in Verbindung setzen. Da gibt es für solche Zwecke, wie dem hiesigen, ein Expertenteam, das die operative Fallanalyse betreibt. Die wenden unter anderem das Computerprogramm ‚Viclas' an. Sie werden während Ihrer Zeit bei der Polizei schon davon gehört haben. Da müssen etwa 170 Fragen zu einem jeden Mordfall beantwortet werden. Dann sucht das Programm nach Übereinstimmungen mit anderen Fällen und Taten. Auf diese Weise lassen sich Eingrenzungen vornehmen. Man kommt dem Täter etwas näher. Für normale Mordfälle gilt ja mittlerweile in Deutschland eine Aufklärungsquote von fast 93 Prozent. Und der oder die Täter sind nach 24 Stunden ermittelt. Aber: Bei Serientätern besteht die große Gefahr, dass man sie niemals erwischt. Es wird beispielsweise vermutet, dass allein in Deutschland etwa 14 Serienkiller unerkannt und somit frei herumlaufen und nach ihrem nächsten Opfer Ausschau halten!"

„Und unser Freund ist einer von diesen 14 Leuten!", muffelt Kuss.

Nach diesem Auftritt verabschiedet sich Andreas Schneider, um irgendwo einen Kaffee zu trinken, obwohl es, Schneider zu Folge, angeblich nirgendwo in Deutschland ein vernünftiges Kaffeehaus geben würde. Nur so komische Restaurationen, wo vor der Tür mit ‚Coffee to go' geworben werde.

Als er fort ist, erzählt Kuss seinen Leuten von Aloys Krolls Anruf und den neuesten Erkenntnissen hinsichtlich des Torsos, beziehungsweise seiner historischen Vorbilder.

„Gnade uns Gott, wenn der Täter jemals einen von uns in die Finger kriegt!", sagt Kirchner. „Das wird 'ne ganz freudlose Angelegenheit werden. Kein Kinderkram!"

„Mir ist schon ganz schlecht, wenn ich nur dran denke", sagt Raquel De Zosa.

„Ja, dann los! Macht eure Arbeit! Schafft mir die dunklen Flecken in Meinward Adlers Leben ran! Findet heraus, wer der Gegrillte und wer der Torso ist! Je schneller, desto besser. Dann kommt ihr vielleicht mit dem Leben davon!"

Kuss hält das für einen guten Witz und lacht laut. Die anderen sagen nichts dazu.

Es ist später Dienstagnachmittag. Das Schreiben mit dem Auszug aus ‚Schuld und Sühne' ist mittlerweile aus der Spurensicherung zurück. Wieder mal keine Erkenntnisse. Es ist, wie die Flyer, mit Fingerabdrücken übersät.

Kuss erwartet heute keine neuen Erkenntnisse mehr und will sich auf den Weg nach Hause machen. Das Telefon klingelt. Auf dem Display erscheint die Nummer des Polizeipräsidenten. Kuss meldet sich so freundlich, wie es ihm möglich ist.

„Tach, Thomas, hier ist Hans-Georg", meldet sich Nagel, „wie weit sind eure Erkenntnisse gediehen? Konnte der famose Andreas Schneider euch schon weiterhelfen? Gibt es heiße Spuren?"

„Nee, heiße Spuren kann uns Schneider ja auch gar nicht liefern! Er hat uns auf die Schnelle so eine Art Täterprofil zusammengebastelt. Hörte sich an, als hätte er vorher noch mal zur Sicherheit ‚Das Schweigen der Lämmer' auf DVD geguckt. Und noch einmal in seinem eigenen Buch nachgelesen. Ich fand seine Ausführungen nicht unbedingt umwerfend. Aber Prieß, De Zosa und Kirchner sind hin und weg von ihm. Der kann seine schwammigen Thesen natürlich gut verkaufen! Das muss man ihm lassen. Er macht aus allem eine kleine, spannende Show!"

„Sei nicht so kritisch mit ihm! Versuch, von seinem Gelaber zu profitieren! Auf irgendetwas Konkretem muss sich sein toller Ruf doch gründen."

„Ich werde mich bemühen, entspannt zu bleiben!", versichert Kuss. „Wir sollen uns übrigens ans LKA wenden, regt Schneider an. Die haben da so ein tolles Suchprogramm, mit dem man typische Merkmale von Taten mit denen anderer Morde vergleichen kann."

„Da brauchen wir nicht aktiv werden! Die kommen morgen, spätestens übermorgen von selbst an. Sind schließlich ein gefundenes Fressen, die Morde in unserer Stadt! Wo gabs das in dieser Häufung seit 1945? Da könnte man das Computerprogramm endlich mal wieder auf seine Tauglichkeit hin überprüfen!"

Dann berichtet Kuss dem Polizeipräsidenten noch kurz von den neuesten Erkenntnissen hinsichtlich der historischen Vorbilder der begangenen Morde. Vor allem, als Kuss den Bericht von Aloys Kroll referiert, merkt Hans-Georg Nagel auf.

„Mein Gott, was die Menschen sich Übles angetan haben! Man wird bei der Polizei wahrlich nicht zum Menschenfreund!"

„Noch etwas", sagt Kuss, „wir wissen jetzt ein wenig mehr über den Täter. Glauben zu wissen, wie er tickt. Und er weiß, dass wir das wissen! Und er weiß schon längst, wer gegen ihn ermittelt. Meine Kollegen bekommen mittlerweile leichte Angstzustände. Befürchten, dass der Mörder auch sie möglicherweise auf einen Grillspieß steckt und dann aufisst."

„Hm, was soll ich sagen? – Jeder, der in der Mordkommission arbeiten möchte, und Prieß, Kirchner und De Zosa wollten das unbedingt, muss mit diesem Risiko, das im Grunde bei allen Mordfällen drohen kann, fertig werden. Außer, die Ermittler ziehen sich bei Befragungen schwarze Masken über das Gesicht, wie die vom SEK, und geben falsche Namen an. So etwas sehen unsere Gesetze aber nicht vor!"

„Ich weiß, Hans-Georg! Letztendlich wissen die das auch. Ich hab ihnen gesagt, sie sollen in der nächsten Zeit ganz allgemein vorsichtiger sein als bisher. Vielleicht solltest du diese Greenhorns aus meiner Abteilung abziehen und mir ein paar alte Hasen zur Seite stellen. Die haben meist kein Muffensausen und mit denen komm ich auch schneller zu neuen Ergebnissen."

„Na, hör mal, Thomas, deine Youngsters werden einmal richtig gute Leute! Irgendwo müssen diese begabten jungen Menschen doch ihr Handwerk lernen! Und wo, wenn nicht beim besten Mann im Hause! Gib dem Nachwuchs eine Chance! – Guck dir doch nur mal die anderen verknöcherten Heinis hier im Präsidium an! Nein, nein, Thomas, du bist da schon bestens bedient!"

Kuss kann es einfach nicht nachvollziehen, dass er die schlimmste Mordserie, die die Stadt je erlebt hat, weiterhin mit Anfängern aufklären soll. Seine zusätzlichen Einwände fruchten nichts. Stattdessen verweist der Polizeipräsident darauf, dass Kuss immerhin den gesamten Polizeiapparat zu seiner Verfügung habe. Und damit sei er doch so gut ausgestattet wie sonst kaum jemand. Alle weiteren Klagen haben keinen Zweck. Hans-Georg Nagel gibt sich unbeugsam.

24. Wichtige Erkenntnisse

Als Kuss vor dem Mehrfamilienhaus jener gemeinnützigen Wohnungsbaugesellschaft steht, in dem er seine Eigentumswohnung hat, schaudert es ihn heftig. Ein Traum aus Beton.

‚Was habe ich aus meinem Leben gemacht?', fragt er sich. ‚Ich bin 50 plus, leichte Bierwampe, wenig Haare auf dem Kopf, glücklicherweise kein Vollbart, trage eine Nullachtfuffzehn-Allwetterjacke mit einer gelben Wolfstatze drauf, esse mehr Junk-Food, als mir gut tut und wohne in diesem Dreckloch! Sitze abends unter einem Neonring in der Küche und glotze nach draußen, auf eine große, von Hunden vollgeschissene Rasenfläche, die an eine viel befahrene Straße grenzt. Interessiere mich nur noch für die Arbeit, weil ich sonst nichts habe, für das ich mich interessieren könnte. Ich habe ein paar Kneipenbekanntschaften, die aber keine Freunde sind. Ich sollte zum Hauptbahnhof fahren und mir mit meiner guten alten Walther PPK auf der Bahnhofstoilette das Lebenslicht ausblasen. Möglichst so, dass nicht viel Dreck entsteht. Am besten vor einer gekachelten Wand. Da muss die arme Putzfrau dann nur noch mit einer Gummilippe drüber und das Ganze abziehen.'

Während Kuss die Treppe im sauber geputzten Treppenhaus zu seiner Wohnung hochsteigt, riecht er den permanenten Essensgeruch, der hier wabert. Er fragt sich, wieso er sich vor vielen Jahren für diese Wohnung entschieden hat. Da muss es doch auch schon nach Erbsensuppe mit Einlage gerochen haben. In diesen Häusern stinkt es doch immer danach. Er muss damals irgendwie vernagelt gewesen sein. Hatte wohl Wattepropppen in der Nase.

Im Briefkasten befindet sich kein neues Schreiben des Täters. Er ist leer, nicht einmal Werbung.

Kurz danach ist Kuss in seiner Wohnung und schaut aus dem Fenster. ‚Gott, ist das hässlich hier!', denkt er und fragt sich, wieso die Architekten und Stadtplaner der 50er, 60er und 70er Jahre davon ausgingen, dass Menschen sich in solchen Betonburgen wohl fühlen würden? Was haben die Leute damals nur gedacht? Und wo wohnten die Stadtplaner selbst? Doch bestimmt nicht im zehnten Stock einer Neubausiedlung!

Thomas Kuss überlegt zum x-ten Mal, ob er nicht endlich wegziehen soll. Und dann beginnt sein Gedankenkarussell. Seinem Leben eine Wendung geben, bevor alles zu spät ist? Vielleicht ist ja schon alles zu spät?

‚Habe ich genug Spaß gehabt in meinem Leben?', fragt sich Kuss immer wieder. ‚War meine Jugend auch wirklich exzessiv und ausgelassen? Oder habe ich etwas Grundlegendes verpasst? Hätte ich mehr Drogen nehmen, mehr Alkohol trinken müssen? Habe ich genug Sex gehabt? Hätte ich nicht doch eine Familie gründen sollen? Hätte ich nicht lieber etwas studieren, einen anderen Weg als den des Polizeibeamten einschlagen sollen?'

Kuss quält sich, macht schlimmste Selbstzerfleischungen durch. Und das in letzter Zeit immer öfters. Verschärfte Midlifecrisis.

‚Ich geh jetzt einen heben', entscheidet er, ‚werde eine stinknormale Eckkneipe aufsuchen. Eine von dieser aussterbenden Spezies hier um die Ecke, mitten im klassischen Arbeiterwohnbezirk. Werde mich unter die alten Säcke mischen und gucken, ob auch ich innerlich schon dazugehöre.'

Kurze Zeit später betritt Kuss den ‚Schwalbenkrug'. Es ist halb neun abends. Das Bild, das sich ihm bietet, ist ganz und gar ernüchternd, entsetzlich. Die Kneipe ist fast taghell erleuchtet. Keine Musik. An der Theke haben sich ein paar alte Knacker und ein junger Typ mit Vokuhila-Frisur inklusive Nackenbrett und Schenkelbürste im Gesicht, mit Karabinerhaken an der Theke festgehakt, um nicht nach hinten zu stürzen, wenn sie erst einmal abgefüllt sind. Als Kuss die Räumlichkeit betritt, schauen alle auf und machen ein Gesicht, das sagt: ‚Fremde wollen wir hier nicht!' Der Einzige, der Kuss' Gruß erwidert, ist der Wirt. Der hofft auf neue Gesichter, neue Kundschaft. Er kann die Hackfressen an der Theke, die allabendlich dieselben und immer betrunken sind, schon längst nicht mehr sehen.

Kuss bewegt sich zur Theke, durch eine typische, von irgendeiner Brauerei gesponserte Einrichtung, die heftig an Gelsenkirchener Barock erinnert und hört sich sagen: „Ein Bier und einen Korn, bitte!"

„Kommt sofort!", sagt der Kneipier.

Die Typen an der Theke mustern Kuss. Wo kommt der denn her? Was will der hier, in dieser gottverlassenen, verdammten Kneipe? Unter uns Stammkunden? Wir haben als Einzige das Recht, hier zu sein!

Kuss ist unwohl. Er wird das ‚Herrengedeck' trinken und dann wieder abhauen. Er kommt sich vor, als habe er in Amerikas Westen den Saloon von Tombstone betreten und würde gleich zum Duell gefordert. Kuss wundert sich, dass es so etwas wie den ‚Schwalbenkrug' noch gibt! Unfassbar!

So lange Kuss sein Bier trinkt, ist es in der Kneipe fast mucksmäuschenstill. Alle scheinen ihn zu beobachten. Er trinkt schneller, als ihm lieb ist, zahlt rasch und türmt. Der Kneipier schaut fast ein wenig traurig. Aber ihm zuliebe will sich Kuss nicht duellieren oder gar zu Tode langweilen. So landet er schließlich doch wieder in der Taubengasse am Hauptbahnhof.

Heute Abend ist ein seltsames Publikum anwesend. Ein paar Damen vom Gewerbe, einige Zuhälter, die nicht sehr freundlich aussehen. Und die Bude ist schon wieder rappelvoll. Es ist laut, Musik läuft, das Leben tobt. Hier ist Klein-St. Pauli. Das hat Kuss schon immer angemacht. Obwohl er nie so richtig dazugehörte und eigentlich auch nicht dazugehören wollte. Ein zwiespältiges Verhältnis.

Kuss ist sternhagelvoll, als er die Taubengasse verlässt. Ein Taxi bringt ihn nach Hause, zurück in seine kleine, langweilige Wohnung. Er macht das Fernsehen an und zappt durch die unzähligen Sender. Jetzt, zu später Stunde, wird nur noch Seltsames ausgestrahlt. Skurrile Ratesendungen. Da kann man anrufen und Geld gewinnen. Wer ruft um halb zwei des Nachts, mitten in der Woche, bei irgendeinem TV-Sender an, um 100 Euro zu gewinnen? Schichtarbeiter? Aber die müssen doch arbeiten! Oder solche Gestalten wie Kuss?

Am liebsten würde er jetzt Manu anrufen. Kuss kennt derlei Bedürfnisse. Immer, wenn er in jüngeren Jahren verliebt und dicke war, dann wollte er, egal, um welche Tages- oder Nachtzeit es sich handelte, seine Flamme anrufen. Das war niemals eine gute Idee gewesen. Später hörte er, dass das alle besoffenen Männer so machen. Und darum zwingt er sich, nicht den Hörer abzunehmen, um sich von dem griesgrämigen Mitbewohner Manus anpöbeln zu lassen. Kuss ist sowieso zu müde, muss ins Bett, aufs Laken.

‚Morgen sieht alles ganz anders aus‘, denkt er sich.

25. Geschichtsstunden

Trotz seines Katers zwingt sich Thomas Kuss zeitig aus dem Bett. Er könnte ja Überstunden abfeiern und länger schlafen. Macht er aber nicht. Nur nicht dem Schlendrian zu viel Raum geben. Deshalb ist er auch meist als Erster im Büro.

Heute allerdings nicht. Als er eintritt, sitzt da bereits Raquel De Zosa an ihrem Katzentisch und liest in einem Buch.

„Was machen Sie denn schon hier?", fragt er, „Wollen Sie sich bei mir einschleimen, indem Sie überpünktlich sind? Das hat bei mir keinen Sinn, das sage ich Ihnen gleich!"

„Schade, ich dachte, frühes Erscheinen am Arbeitsplatz könnte meiner Karriere förderlich sein!", sagt De Zosa und wirft dabei ihre Lockenpracht in den Nacken.

‚Ganz schön kess!', denkt sich Kuss.

„Na gut, Frau De Zosa, ich überlegs mir noch mal! Mal schauen, was ich für Sie tun kann. Mit mir zu schlafen, nützt sicherlich nicht so viel. Aber ich könnte ein Date mit dem Polizeipräsidenten für Sie einfädeln. Wenn Sie mit dem schlafen, sind Sie möglicherweise im Handumdrehen meine Vorgesetzte!"

„Wenn Sie das für mich in die Wege leiten könnten, wäre ich Ihnen sehr dankbar!"

„Was haben Sie denn da für ein dickes Buch? Sie wissen wohl nicht, dass wir hier auf Intellektuelle nicht besonders stehen!"

„Stimmt schon, Herr Kuss! Aber dieses Buch ist auch für so Leute wie uns geeignet. Es hat viele Bilder und wenig Text. Ist also gar nicht so intellektuell!"

„Und was steht Wissenswertes drin, dass Sie es sogar mit ins Büro schleppen? Warten Sie: Sie wollen mich mit irgendetwas beeindrucken! Sie wollen also doch schleimen!"

„Okay, zugegeben! Sehn Sie, dies ist ein Fotoband über das Schloss Versailles und über den Sonnenkönig Ludwig XIV."

„Sie haben sich also noch einmal mit dem seltsamen Flyer beschäftigt? Was gibt es Neues? Ist das Geheimnis gelüftet? Was für eine Botschaft schickt uns damit der Täter?"

„Ich glaube, unser Mörder hat sich ganz offenbar mit dem Sonnenkönig auseinandergesetzt und mit dessen Leben in Paris und Versailles."

„Aha! Wie das?" Jetzt ist Kuss wirklich interessiert.

„Unser ermordeter Zahnarzt, Dr. Klagenfurt, dem hatte man doch sämtliche Zähne und höchst brutal den Gaumen rausgerissen. Nun hatten wir ja die Aufgabe, nach historischen Vorbildern für die Taten unseres Mörders zu suchen. Und da ich ein Kind unserer internetverliebten Zeiten bin, habe ich dort intensiv recherchiert und bin auch fündig geworden und auf den Sonnenkönig Ludwig XIV. und den höchst beklagenswerten Zustand seiner Beißerchen gestoßen."

„Tatsächlich? Wie schlimm sahs denn im Mund vom Sonnenkönig aus?"

„Sehr schlimm! Um nicht zu sagen: sehr, sehr schlimm! Also: sehr, sehr, sehr, sehr schlimm! Und ein ‚schlimm' reicht eigentlich auch nicht aus! Treffender wäre ein schlimm schlimm!"

„Also: ganz, ganz, ganz schrecklich?"

„Genau so ist es, Herr Kuss. Damals, in der Mitte des 17. Jahrhunderts, herrschte bei den Ärzten die vermeintlich todsichere Erkenntnis vor, dass alles Übel, das einem Menschen so passieren kann, letztendlich von den Zähnen kommt! Und so einem glänzenden Herrscher wie dem Sonnenkönig gebührte natürlich beste medizinische Behandlung, gewissermaßen auf der Höhe der Zeit. Und darum entschloss man sich, dem 38-jährigen Ludwig sämtliche Zähne zu ziehen. Natürlich ohne Narkose oder sonstige Betäubung. Denn davon kannte man damals noch nichts. Man konnte sich allenfalls vor der Operation besaufen! Der Patient, nicht die Ärzte! Obwohl ich nicht ganz beurteilen kann, ob die nicht auch totenstramm waren."

„Ist ja hochinteressant! Der armen Sau hat man also ganz übel mitgespielt."

„Die fünf besten Ärzte Frankreichs, die als Leibärzte des Königs im Pariser Louvre lebten, machten sich dann am Morgen des 27. März 1646 an ihre verhängnisvolle Arbeit. Man begann mit dem linken Oberkiefer. Riss Zahn für Zahn heraus. Muss grauenvoll gewesen sein. Dann gönnte man dem Monarchen etwas Ruhe. In dieser Zeit entzündeten sich die falsch versorgten Wunden. Die Folge waren Abszesse, eine Nasennebenhöhlenentzündung und eine Knochengewebsentzündung, die sich gewaschen hatte!"

„Ach, du große Scheiße! Aber er hats ja überlebt!"

„Hat er. Sogar noch die anderen Behandlungen, die sich daran anschlossen. Denn nun gings den Beißerchen im rechten Oberkiefer an den Kragen. Dabei brach man ungeschickterweise einen Teil des Gaumenbeines. Als man schließlich und endlich sämtliche Zähne des Unterkiefers entfernte, brach auch dieser."

„Oh, Mann!"

„Anschließend brachte man es nicht fertig, für den König passende Prothesen anzufertigen. Die Folge dieser Prozedur waren nicht nur lebenslange ständige Schmerzen des Sonnenkönigs, sondern ein ganz abstoßendes Essverhalten. Ludwig XIV. schlang seine Mahlzeiten wie ein Köter hinunter. Da man ganz nebenbei bei den Extraktionen auch noch Teile des Gaumens mit herausgerissen hatte, gab es beim Essen für Mahlzeiten und Getränke die freie Wahl des Weges. Entweder hinunter in den Magen oder wieder hinaus, durch die Nase!"

„Boah, hören Sie auf, Frau De Zosa! Mir wird schon ganz schlecht!"

„Es kommt noch dicker! Da man so etwas wie umfassende Mundhygiene in jener Zeit nicht kannte, entstand im Gaumen und in Kiefer- und Nasennebenhöhle eine echte Tropfsteinhöhle aus Nahrungsresten, die still vor sich hingammelte und den König noch stärker als allgemein üblich stinken ließ. Sich in seiner Nähe aufzuhalten, soll nicht besonders einfach gewesen sein. Ihm beim Essen zuzuschauen noch weniger. Überdies waren die recht angenehmen Gesichtszüge des jungen Königs durch die brutalen Operationen irgendwie entgleist und entstellt. Dass er seine Zahnärzte nicht zu einer ähnlichen Behandlung verdonnerte, das grenzt an ein Wunder!"

„Sehen Sie, Frau De Zosa, da haben Sie selbst wieder das mögliche Motiv für den Mord an Dr. Klagenfurt genannt. Der Täter könnte ein früherer Patient von ihm gewesen sein. Oder zumindest ein naher Verwandter einer Patientin oder eines Patienten!"

„Ist nicht unbedingt von der Hand zu weisen!"

„Frau De Zosa, Sie wissen, was Sie jetzt zu tun haben! Sie fragen in der Gerichtsmedizin noch einmal ganz genau nach dem Zustand von Zähnen und Kiefer des Dr. Klagenfurt! Und Sie machen sich noch einmal an die Patientenkartei! Die haben Sie sich ja schon vorgenommen. Suchen Sie sich die schwierigsten Fälle heraus, schauen Sie nach den größten Eingriffen, die möglicherweise fehlgeschlagen sind. Fragen Sie die freundliche Assistentin, diese Frau Pankoke. Und, falls nötig, gehen Sie zeitlich so weit zurück, wie Sie können! – Und, Frau De Zosa: gute Arbeit!"

„Vielen Dank! War ja mehr Zufall und so …!" Raquel De Zosa wird ein wenig rot.

Kirchner und Prieß treffen ein. Sie bekommen von Raquel De Zosa eine Kurzversion der Leiden Ludwigs XIV. serviert.

„Dann haben wir es doch jetzt!", sagt Oliver Kirchner.

„Was haben wir?", fragt Kuss.

„Na ja, die Motive des Täters! Es scheint sich doch um ganz profane Rache zu handeln! Wahrscheinlich ist er oder jemand, den er gut kennt, von Dr. Klagenfurt schlecht oder ungenügend behandelt worden. Zur Strafe reißt ihm der Täter, nach dem historischen Vorbild des Sonnenkönigs, sämtliche Zähne und den Gaumen heraus. Und so wird es wahrscheinlich auch bei den anderen Morden gewesen sein. Alle nach historischem Vorbild begangen und mit Sicherheit alles Racheaktionen für erlittenes und nicht gesühntes Unrecht. Sorgfältig geplant und durchgeführt!"

„Könnte sein, Kirchner! Aber dann müsste der Täterin oder dem Täter wirklich verdammt viel Unrecht im Leben widerfahren sein. Und wenn dem so ist, dann kann man ja schon fast diesen Amoklauf verstehen!"

„Vielleicht hat er sich ja auch für etwas gerächt, das gar nicht ihm persönlich oder einer ihm nahestehenden Person, sondern, nach dem Beispiel in ‚Schuld und Sühne', der Gesellschaft ganz allgemein widerfahren ist. Und dass er sich vorgenommen hat, solche ‚Schädlinge' gewissermaßen unschädlich zu machen."

„Guter Gedanke, Kirchner! Der Täter ist also so eine Art Robin Hood der härteren Gangart. Bestiehlt nicht die Reichen, um das Raubgut an Witwen und Waisen zu verteilen, sondern bringt sie gleich auf bestialische Weise um. Kann hinkommen! – Was gibts denn Neues hinsichtlich unseres gepfählten Rechtsanwalts?"

Oliver Kirchner räuspert sich. Jetzt ist er dran. Hat sich auch ein wenig kundig gemacht. War ganz einfach. Das Internet und die Stadtbibliothek haben ihm weitergeholfen. Und ein kleines Büchlein über die mannigfachen Arten des Folterns auf dieser Welt, das er als Remittenden-Exemplar in der Buchhandlung am Jahnplatz erwarb. Er hat es mit großem Interesse gelesen und musste dabei an die Worte Woody Allens denken, dass Sex und Tod jene Dinge sind, die die Menschen am meisten interessieren.

„Ja, die Herrschaften! Auch ich bin ein wenig fleißig gewesen und habe mich ums Pfählen gekümmert! Das ist eine

Hinrichtungsmethode, die es wohl zuerst im antiken Ägypten und Assyrien gab. Ganz besonders doll getrieben hat es in der Frühen Neuzeit der berühmte ungarische Graf Vlad III., auch ‚Draculea' genannt, das heißt so viel wie ‚Drache' oder ‚Teufelchen'. Er war eine Zeitlang in osmanischer Gefangenschaft und hat dort diese Tötungsmethode kennengelernt. Und er hat sie nach seiner Rückkehr exzessiv angewandt. Da wurde sogar der osmanische Sultan blass. Und der war Grausamkeiten wahrhaftig nicht abgeneigt. Die Türken gaben Vlad III. den Beinamen ‚Zepesch', also ‚der Pfähler'. Es wird berichtet, dass Sultan Mehmed II. 1462 mit seinem Heer Vlad Zepesch nachsetzte. Dabei ritten sie südlich der Donau, in der Walachei, in ein Tal ein. Vor ihnen tat sich ein Wald aus gepfählten Menschen auf. Vlad hatte Tausende türkischer Gefangener pfählen und am Weg des Sultans aufstellen lassen. Der war angeblich von diesem Anblick so entsetzt, dass er seinen Truppen den Rückzug befahl. Als Grund soll er angegeben haben, dass er gegen einen Menschen, der zu so etwas fähig sei, nicht kämpfen wolle."

„Sehr schön, Kirchner, interessante Anekdote! Dann ist das Pfählen also vielen Leuten widerfahren! Was bedeutet es aber nun in unserem speziellen Fall? Unser Mörder hat sich bisher mit seinen Methoden an fulminanten, außerordentlichen Einzelfällen orientiert! Und jetzt das hier! Zugegeben: Die Methode des Pfählens an sich verdient es, außerordentlich zu bleiben! Eine schreckliche Sache! Aber, noch einmal: warum diese Ausnahme?", fragt Kuss.

„Ich glaube, unser Mörder ist sich gar nicht untreu geworden!", sagt Kirchner. „Da war ja irgendetwas mit der rechten Hand unseres gepfählten Opfers Reinhold Hamich angestellt worden. Und zwar mutmaßlich von seinem Mörder! Und als ich mich so kundig mache über das Pfählen, Vlad III. und die Osmanen und mich schon ganz und gar festgefressen hatte, da stoße ich per Zufall auf den französischen General Jean Baptiste Kléber, der im Jahre 1800 von einem türkischen Fanatiker namens Soleyman ermordet wurde. Kléber war mit seinen Truppen in Ägypten stationiert. Die Täter waren schnell ergriffen. Die drei Gehilfen Soleymans wurden zur Strafe enthauptet. Aber Soleyman selbst wurde, wegen der ungeheuren Erbitterung der französischen Soldaten über seine Tat, nach orientalischer Sitte gepfählt! Aber, nun kommts: Vorher verbrannte man seine rechte Hand, mit der er den Mord ausgeführt hatte, in einer Pfanne!"

„Jetzt wird einiges deutlicher!", sagt Kuss. „Unserm Gepfählten ist ja auch die Hand gebrutzelt worden! Überhaupt: Unser Täter grillt gern! Wir sollten ihn vielleicht in den einschlägigen Baumärkten suchen!"

Die Kollegen lachen pflichtschuldig und krampfhaft über den etwas schwachen Gag.

„So is' es", fährt Kirchner fort, „Soleyman war übrigens ein ganz Harter. Hat auch bei den schlimmsten Schmerzen seine Henker und alle Umstehenden verspottet, hat immer wieder gerufen: ‚Allah ist groß, und Mohammed ist sein Prophet!' Nach einigen Stunden auf dem Pfahl verlangte er dann nach Wasser. Die türkischen Henker haben ihm das aber verwehrt. Sie sagten, dass Soleyman dann sofort sterben würde. Die kannten sich natürlich aus. Tatsächlich war es beim Pfählen ein immer wieder beobachtetes Phänomen, dass, gab man dem Delinquenten nach einigen Stunden des Leidens etwas Wasser, dieser sofort verstarb. Wieso das so war, konnte sich allerdings niemand erklären. Als sich nun die türkischen Henker für einen kurzen Moment entfernten, hat ein französischer Soldat aus Mitleid einen Becher mit Wasser auf seinen Gewehrkolben gestellt und dem Delinquenten hochgereicht. Der trank und ist tatsächlich kurz danach verstorben."

Dann wird es für einen Moment ruhig im Büro. Alles denkt angestrengt nach.

„Also, was machen wir jetzt? Die Arbeit von Frau De Zosa

ist klar! Sollen wir weiter in alle Richtungen ermitteln oder ganz spezielle Dinge unternehmen? Irgendwelche Vorschläge?“, fragt Kuss.

Sebastian Prieß meldet sich: „Unser Mörder ist ja ein ganz Schlauer, der weiß, dass er vor uns relativ sicher ist, so lange er bestimmte Grenzen nicht überschreitet. So schickt er uns bereits kleine Hilfen, mit denen wir immerhin die Natur der Morde einigermaßen einordnen können. Er glaubt, er sei uns immer einen Schritt voraus. Vielleicht haben wir ihn aber auch schon eingeholt oder überholt und wissen es selbst noch nicht!“

„Ich denke, er bleibt uns immer mehrere Schritte voraus, weil die Motive für die Taten uns schlichtweg unbekannt bleiben werden, bis wir ihn schließlich selbst befragen können!“, sagt Kirchner. „Ich wiederhole mich: Der Herrn Kuss zugesandte Auszug aus ‚Schuld und Sühne‘ könnte darauf hindeuten, dass er die Gesellschaft von Schädlingen oder Schmarotzern oder so befreien will. Wenn dem so ist, stellt sich zusätzlich die Frage, ob seine Opfer ihm auch persönlich oder ihm Nahestehenden etwas Schlimmes angetan haben, oder ob er sich die zu Tötenden vollkommen willkürlich auswählt, weil sie zufällig einem Berufsstand angehören, der, seiner Meinung nach, der Gemeinschaft bisher mehr geschadet als genützt hat?“

„Und warum dieser Tick, nach historischen Vorbildern zu morden, oder besser: hinzurichten? Ist der Täter vielleicht Historiker oder Pastor oder Richter mit Gerechtigkeitsfimmel? Oder ist er irgendein bekloppter S adist mit historischer Vorbildung?“, fragt Prieß.

„Oder ist er, den Ausführungen von Schneider folgend, in der Kindheit sexuell misshandelt worden?“, fragt Kuss hämisch.

„Apropos Vorbildung“, Raquel De Zosa meldet sich zu Wort, „wir kennen ja alle den Film ‚Sieben‘ mit Brad Pitt und Morgan Freeman aus den 90ern. Da hat ja auch ein Typ willkürlich Leute für angebliche Todsünden nach biblischen und literarischen Vorbildern bestraft. Vielleicht haben wir hier lediglich einen Nachahmer, einen Trittbrettfahrer!“

„Darüber habe ich mich auch schon mit Heinrich Skrzybinski unterhalten! Kann sein, Frau De Zosa!“, sagt Kuss, „Die Idee der Bestrafung von Menschen, die unter ‚normalen‘ Bedingungen für ihre Taten nicht zur Rechenschaft gezogen würden, dann aber von einem selbst ernannten Richter auf groteske Weise vom Leben zum Tode befördert werden, ist allerdings sehr viel älter als der erwähnte Film. Sie taucht seit Jahrzehnten in allen möglichen Filmen, in Büchern, im Fernsehen auf. Denken Sie zum Beispiel einmal an den Krimi ‚Zehn kleine Negerlein‘ von Agatha Christie. Darin finden Sie vielleicht noch eine bessere Vorlage für die spezielle Vorgehensweise unseres Täters als irgendwo anders.“

„Hab ich nie gelesen. Muss ich zu meiner Schande ehrlich gestehen“, sagt Sebastian Prieß.

„Geht mir auch so“, sagt Raquel De Zosa.

„Von euch habe ich auch nichts anderes erwartet! Ungebildet werdet ihr zu Grunde gehen nach einem unverschämt langen Leben voller Drogen, Sex, Musik und Alkohol! Außer Herrn Prieß. Ach, wie ich euch beneide!“, seufzt Kuss.

„So dolle ist es auch nicht!“, lässt sich Raquel De Zosa vernehmen.

„Was soll das denn heißen?“ Kuss ist geradezu empört. „Von Herrn Prieß hätte ich so einen Einwand erwartet. Der erlebt ja nicht viel! Aber von Ihnen! Sie sind doch das blühende Leben!“

Prieß muffelt herum. „Also, so ganz ohne ist mein Leben auch nicht!“

„Schweigen Sie!“, sagt Kuss. „Wo waren wir stehen geblieben? Ach ja, bei den ‚Zehn kleinen Negerlein‘ von Christie. Ich bin mal so gnädig, Ihnen ein kurzes Inhaltsreferat zu geben, da ich Agatha Christie-Spezialist bin. Und damit Sie nicht allzu dumm sterben! – Also, das Buch ist 1939 erschienen und hieß ‚Ten Little Niggers' wie das Kinderlied, in dem zehn Strophen abgesungen werden. In jeder Strophe kommt einer dieser ‚Nigger' zu Tode. In Deutschland hieß dieses Werk entsprechend zunächst ‚Zehn kleine Negerlein'. Als es politisch unkorrekt wurde, von ‚Niggern' oder ‚Negern' zu reden, änderte man den Titel in England und den USA auf ‚Ten Little Indians', dann auf ‚And Then There Were None'. In Deutschland heißt das Buch momentan ‚Und dann gabs keines mehr' oder so. Das nur zur bibliographischen Einordnung, meine Herrschaften!"

Prieß, Kirchner und De Zosa sehen sich bedeutungsvoll an, nicken anerkennend.

„Unterlassen Sie diese spöttischen Gesten!", sagt Kuss. „Ich müsste sonst glauben, Sie nähmen mich nicht ernst!"

„Wie kommen Sie denn da drauf?", fragt Raquel De Zosa.

„Vorsicht, junge Dame! Sie werden mir zu kess!", sagt Kuss. „So, jetzt zum Inhalt des Buches. Da lädt irgendeine Person, ein Mister Ulick Norman Owen, also ‚unknown', deutsch: ‚unbekannt', zehn Personen auf seine Privatinsel ‚Nigger Island' im sturmumtosten Meer vor der Küste der britischen Grafschaft Devon ein. Die eintreffenden Gäste werden luxuriös auf dem Landgut des Mister Owen untergebracht. Allerdings ist das Ganze fürchterlich abgeschieden. In jedem Schlafzimmer des großen Hauses finden die Gäste an der Wand einen Bilderrahmen mit dem erwähnten Kinderreim und die Figur eines kleinen ‚Negers', beziehungsweise eines Schwarzen. Auf dem Kamin des großen Dining-Rooms stehen dann noch mal alle zehn dieser Figuren. Und dann sitzt die Gesellschaft beim opulenten Abendessen, hat es sich gerade bequem gemacht, als eine Stimme erklingt: ‚Meine Damen und Herren, ich bitte um Ihre Aufmerksamkeit! Sie sind folgender Verbrechen angeklagt: …' Ja, und dann kommt es ganz dicke. Die Stimme spricht jeden im Raum persönlich an und beschuldigt sie oder ihn eines zeitlich weit zurückliegenden Vergehens, das niemals geahndet worden ist. Und dann spricht sie noch schnell alle schuldig und verhängt für jede und jeden die Todesstrafe. Die Anwesenden sind empört, suchen im ganzen Haus nach dem Ursprung der Stimme und finden nur ein Grammophon mit einer Schallplatte. Einige Ängstliche wollen sofort abreisen. Das geht aber nicht, da ein Sturm aufgekommen ist. Die einzige Fähre hat ihren Betrieb eingestellt. Telefon und Funkgerät zum Festland funktionieren nicht."

„Ein spannendes Setting!", sagt Prieß.

„Ach, Setting heißt so was heute?", sagt Kuss mit gespielter Unkenntnis.

„Wie gehts weiter?", fragt Raquel De Zosa.

„Die Gäste entscheiden, dass das alles Unsinn ist, was der unsichtbare Richter eben verkündete und gehen zu Bett. Dann gehts los. Einer nach dem anderen wird in den folgenden Tagen und Nächten nach dem Muster des Kinderreims abgemurkst, wobei die Todesarten in etwa denen der kleinen ‚Negerlein' aus dem Kinderlied entsprechen. Das Entsetzen bei den noch Lebenden ist groß. Man durchsucht die kleine Insel, findet aber nirgendwo einen Hinweis auf den selbsternannten Richter und Henker. Also muss der Mörder einer von den Beschuldigten sein! Misstrauen macht sich breit, während die kleine Gesellschaft zahlenmäßig immer weiter abnimmt."

„Und wer ist schließlich der Täter, der Richter, die unheimliche Stimme?", fragt Kirchner.

„Tja, das ist es ja! Es wird in Christies Buch nicht richtig deutlich! Der wirkliche Täter bleibt unerkannt. Aber er hat jedenfalls 'ne Menge Leute kaltgemacht, die Dreck am Stecken hatten! Das Buch ist somit einer der ersten wirklichen ‚Mystery-Thriller'."

„Interessant, Herr Kuss!", sagt Raquel De Zosa. „Was sagt uns das jetzt, zusätzlich zu den Erkenntnissen, die wir schon gewonnen haben?"

„Hm, weiß ich auch nicht so genau! Wollte mich nur als

Kenner der grundlegenden Kriminalliteratur vor Ihnen profilieren. Aber es ist doch eine wirklich tolle Geschichte, oder?"

Da pflichten ihm alle bei und versichern, sich das Buch so schnell wie möglich zu besorgen.

Nach den eindrucksvollen kriminalistischen Vorträgen und Referaten schweigen alle im Raum und überlegen, wo man nun klugerweise ansetzen sollte, um dem Täter auf die Spur zu kommen.

„Kann man den Mörder nicht irgendwie ködern?", fragt Raquel De Zosa.

„Wie, bitte schön, soll das denn gehen?", fragt Kirchner. „Wir wissen doch letztendlich gar nichts über den Täter und seine Präferenzen!"

„War ja auch nur so ein Gedanke!", De Zosa ist pikiert. „Wir können doch nicht weiter auf gelegentliche Hinweise des Täters oder auf Zufälle warten!"

Das Telefon klingelt. Kuss meldet sich. Heinrich Skrzybinski ist dran.

„Hallo Heinrich! Was gibts?"

„Wir haben die beiden letzten Mordopfer identifiziert! Den Torso und den Gegrillten!"

„Grandios! Du und deine Leute, ihr seid wirkliche Aktivposten im hiesigen Betrieb! Will sagen, ihr seid wirklich gut! Ich stell dich mal auf laut, damit die anderen mithören können!"

„Alles klar, Thomas! Schönen guten Tag in die Runde!"

Prieß, Kirchner und De Zosa grüßen artig zurück.

„Also, der erste, der Torso, der heißt Thorsten Viski, ich buchstabiere: V-I-S-K-I! Wohnhaft bis zu seinem Tod in Stieghorst. War von Beruf Fahrer. Übergewichtig. Frühverrentung wegen Schadens an der Wirbelsäule. Ließ sich am Torso gut nachweisen. Hat da mal eine schwere Operation gehabt. Zudem stark vergrößerte Leber. Alkoholische Steatosis Hepatis. Muss wie ein Tier gesoffen haben."

„Klasse gemacht, Heinrich! Wie seid ihr an den Namen gekommen?“

„Schuss ins Blaue! Einfacher Suchlauf durch die Unterlagen der regionalen Kliniken hinsichtlich Bandscheiben-OPs im Zusammenhang mit dem Befund einer fortgeschrittenen Fettleber. Volltreffer – und wir hattens!“

„Und wer ist der Gegrillte?“

„Der heißt Carsten Schindel, wohnhaft in Gelsenkirchen, ist Journalist.“

„Und wie hast du das herausbekommen?“

„Carsten Schindel hatte mal eine Schussverletzung. Nicht besonders schwer. Durchschuss am rechten Oberarm. Aber trotzdem den Oberarmknochen touchiert. Vielleicht vor fünf bis sechs Jahren. Und glücklicherweise eine registrierte Verletzung. War insofern nicht besonders schwer, herauszufinden, wer der Gegrillte war. Natürlich ist auch hier wieder Glück mit von der Partie gewesen!“

„Heinrich, du bist einsame Spitze!“

„Ja, ja, schon gut! Ich habe euch die detaillierten Ergebnisse der Obduktionen per Mail zugeschickt. Müssten in diesem Moment bei euch eintreffen.“

Kirchner, Prieß und De Zosa sitzen bereits an ihren PCs, um die Berichte von Skrzybinski herunterzuladen und um in den Datenbanken der Polizei Näheres über Thorsten Viski und Carsten Schindel herauszufinden.

Kuss legt auf. „Ja, der Heinrich und seine Leute sollten leuchtende Vorbilder für uns sein! – Haben Sie die genauen Adressen und eventuelle Angehörige von Thorsten Viski und Carsten Schindel mittlerweile?“

„Haben wir, Herr Kuss!“, sagt Prieß. „Unserer Datenbank zufolge wohnen beide allein. Viski ist vor sechs Jahren geschieden worden. Keine Eintragung, was die Eltern angeht. Carsten Schindel ist ledig, war nie verheiratet. Hat trotzdem vier Kinder zu versorgen. Die Eltern sind vor zehn Jahren bei einem Bombenattentat im Sudan ums Leben gekommen."

„Ist ja krass. Na gut. Kirchner und ich fahren nach Stieghorst und sehen uns Viskis Wohnung an. Frau De Zosa und Herr Prieß: Sie informieren die Kollegen in Gelsenkirchen!"

26. Thomas Kuss' Geheimnis

Kirchner quält den Dienstwagen ewig lang durch die Bielefelder Innenstadt, malträtiert das Getriebe, jagt den Motor beim Anfahren an der Ampel auf ungeahnte Drehzahlen hoch. Würgt ihn brutal ab.

„Mann, Mann, Mann, Kirchner! Wie konnte man Ihnen bloß guten Gewissens den Führerschein aushändigen? Haben Sie da irgendwen bestochen, den Fahrprüfer mit Geld geschmiert? Wie sind Sie bei der Fahrausbildung während der Polizeischule davongekommen? Das sind doch ganz klar dunkle Punkte in Ihrem Leben! Da stimmt doch was nicht! Haben Sie vielleicht einen der Morde in der letzten Woche begangen? Würde mich nicht wundern!"

„Herr Kuss, es steht Ihnen vollkommen frei, selbst zu lenken! Dann müssen Sie sich nicht über meine Fahrweise aufregen!"

„Soweit kommts noch! Der Chef fährt selbst und sein Sklave lässt sich chauffieren, was? Nein, wäre mir nicht standesgemäß genug. Sie fahren!"

Auf der Detmolder Straße geht es etwas weniger stotternd und bockend voran. Kirchner hat grüne Welle. Nach einiger Zeit stehen sie schließlich vor einem Stieghorster Wohnblock aus den 60er Jahren. Sozialer Wohnungsbau. ‚Eher asozialer Wohnungsbau', denkt sich Kuss.

Trotz des Sonnenscheins sieht hier alles grau und verkommen aus. Die zum Teil zehnstöckigen Häuser scheinen nicht mehr durchgehend bewohnt. Lassen sich nicht mehr vermieten. Da will niemand freiwillig hinein. Und deshalb nimmt die Wohnungsbaugesellschaft auch keine Modernisierungen mehr vor. Ein Teufelskreis. Kuss fände es in Ordnung, wenn diese Betonmonster aus der Wirtschaftswunderzeit endlich verschwinden, gesprengt oder niedergerissen würden. Er hat sie noch nie ausstehen können, kein Mensch hat sie je ausstehen können, sie sind unmenschlich, idiotisch. Aus polizeilicher Sicht sowieso eine Katastrophe.

An der Straße stehen schon die Autos der Spurensicherung. Die waren schneller als Kirchner und Kuss. Der Wagen des Schlüsseldienstes, der die Wohnungstür von Thorsten Viski geöffnet hat, fährt gerade fort.

Der Hausflur des Wohnblocks starrt vor Dreck. Die Leiste mit den Klingelknöpfen ist demoliert. Die Briefkästen an der rechten Seitenwand sind teilweise mit roher Gewalt aufgebrochen worden. Viski wohnte im achten Stock. Kirchner drückt auf den Rufknopf, um den Aufzug zu holen. Irgendeiner hat mit dem Feuerzeug den Plastikknopf schwarz verkokelt. Lässt sich kaum richtig drücken. „Was für ein Dreck ist das denn hier?", fragt Kirchner.

Die Aufzugkabine ist mit dickem, schwarzen Filz- oder Fettstift vollkommen zugeschmiert. Aber der Aufzug funktioniert noch.

„Hoffentlich stürzen wir mit dem Ding nicht ab! Klappert ja an allen Ecken und Kanten!" Kuss ist angewidert.

Kurze Zeit später betreten sie die Wohnung von Thorsten Viski. Sie werden von ihren Kollegen begrüßt. „Ah, da sind sie ja, unsere beiden Geschwindigkeitsfreaks!" und „Kirchner ist'n echter Killer auf der Piste! Was, Kuss?", müssen sie sich anhören. „Maul halten, ihr Versager!", schreit Kuss und alle lachen.

Thorsten Viskis Wohnung ist ein Horrorkabinett, ein Museum der Unordnung. An den Wänden sind überall Regale, vollgestopft mit Bauteilen aus Elektro- und Elektronikgeräten und alten Fotoapparaten. Kuss hat sich seine Einweg-Plastikhandschuhe angezogen und sieht sich einige Stücke an. Findet darüber hinaus weitere seltsame Dinge. Dazu gehören zwei Butterfly-Messer, Handschellen, mehrere Motorradketten. Er greift eines der wenigen Bücher aus dem Regal. Es trägt den Titel ‚Star-Szene 1977'. Daneben liegen Postkarten, Schrauben,

Tankdeckel, Lötzinn, leere und volle Flaschen mit dubiosem Inhalt, ein Luftgewehr, Plastikmodelle von Kriegsschiffen und Jagdflugzeugen. Auf dem Fußboden stehen lange Reihen von Vinylschallplatten, an die Wand gelehnt. Kirchner zieht eine heraus. Es handelt sich um ein Werbegeschenk längst vergangener Jahre: ‚Unox-Sommerhits 1973'.

In den Schränken finden die Ermittler hunderte CDs und drei Computer ältester Bauart. Die werden von der Spurensicherung gleich eingesackt. Wollen sehen, was sich auf den Festplatten befindet.

Als besonders abstoßend empfindet Kirchner einige kleine Schädel, die in einem der Regale liegen und von einer dicken, grauen Staubschicht bedeckt sind.

„Rattenschädel!", sagt einer von der Spurensicherung zu Kirchner.

„Was?"

„Na, das sind Rattenköpfe – gewesen!"

„Brrrr!" Kirchner schüttelt sich.

Kuss öffnet einen Kleiderschrank. Dunkles, schweres Holz, die Scharniere quietschen. Da sind aber gar keine Kleider drin, sondern Zeitschriften. Vollgestapelt bis obenhin. Kuss zieht einige der Druckwerke heraus. Es handelt sich um alte und aktuelle amerikanische Ausgaben des ‚Playboy' und des ‚Penthouse'. Unzählige. Überall nur dralle All-American-Girls mit gigantischen Oberweiten.

Kuss lässt den Blick schweifen, geht durch die Räume. Eine seltsame, alptraumhafte Wohnung. Die Fenster sind vor Dreck fast blind. Davor hängen graue, ungewaschene Gardinen. Der Tisch in der Küche ist von einer zähen, klebrigen Schicht bedeckt. Küchenfett und Staub. In der Spüle stapeln sich schmutzige Töpfe und Geschirr. In ihnen steht Wasser, das offenbar dafür sorgen soll, angebackene Ränder nicht ganz hart werden zu lassen. Über den Herd ist ebenfalls seit langer Zeit nicht geputzt worden. Schmutzige, fettige Ränder haben sich um die Bedienknöpfe gebildet. In den Vertiefungen und Ecken der Kochplatten befinden sich festgesetzte Essensreste, die Kuss an die mittlerweile altgewordenen Fett-Eskapaden des Joseph Beuys erinnern. Der abgeschaltete Kühlschrank steht halb geöffnet. Der Geruch nach faulem Fleisch und Gemüse, der ihm entströmt, vermischt mit den Eindrücken, die Kuss' Augen wahrnehmen, lassen ihn frösteln. Thorsten Viskis Wohnung ist vollkommen verwahrlost. Was die Ermittler auch anfassen, alles ist mit einer klebrigen, rutschigen Schicht überzogen, wie in einer Großküche, in der nie geputzt wurde.

Kuss drückt die Klinke zu einem Zimmer auf der linken Seite des kleinen Flures. Dahinter befindet sich das Schlafzimmer. Ein schweres, großes französisches Bett steht in der Mitte des Raumes. Sein Holz ist alt und abgestoßen, eine große, verschlissene Steppdecke liegt über dem Federbett. Riesige dunkle Kleiderschränke nehmen die gesamte Fläche einer Wand ein. Eine Kommode steht links vom Bett. Alles Möbel, die diese Bezeichnung im Grunde nicht mehr verdienen. Sie gehören auf den Sperrmüll. Auf dem Fensterbrett liegen tote Insekten, die den Weg nach draußen nicht mehr gefunden haben. Im Raum ist der typische Geruch eines Schlafzimmers, der sich hartnäckig dort hält, egal, wie oft gelüftet wird.

Im kleinsten Zimmer der Wohnung bietet sich eine Szene unfassbarer Unordnung, ein schauderhaftes Chaos. Es ist grotesk. Eine bizarre Welt. Fauliger Geruch. Voller Widerwillen watet Kuss durch knöchelhoch liegenden Müll aus alten Zeitungen und halbleeren Fischkonserven, deren Inhalt getrocknet und von einer weißlichen Schicht Schimmelpilz überzogen ist. Angebissene Brote liegen herum. Dann entdeckt er auf dem Boden etwas Interessantes. Einen grauen Briefumschlag. Öko-Umweltpapier. Er beugt sich hinunter, räumt mit seiner behandschuhten Hand den Müll etwas beiseite. Auf dem Umschlag steht handschriftlich: ‚Für Thomas!' Kuss erschrickt bis ins Mark. Für ihn etwa? Gibts doch gar nicht! Verdammt, die Handschrift kenn ich doch irgendwoher!

„Was ist das bloß für'n Typ gewesen, dieser Thorsten Viski? War das ein Junkie?", fragt Kuss laut. Er erwartet keine Antwort, trotzdem bekommt er sie.

„Na, ja, schaun'S! Ich denk a typischer Messie!" Es ist die Stimme von Andreas Schneider, der, wie auch immer, von dieser Sache Wind bekommen hat und herbeigeeilt ist, um den hiesigen Kriminalbeamten mit Rat und wenig Tat zur Seite zu stehen. Während Kuss leise stöhnt und den Umschlag rasch in seine Tasche gleiten lässt, sind seine Kolleginnen und Kollegen ganz begeistert vom Eintreffen des Prominenten. Andreas Schneider hat gesehen, dass der Hauptkommissar heimlich etwas eingesteckt hat, sagt dazu aber nichts.

„Nicht wahr, Herr Hauptkommissar! A echter Messie! Dös ist mit einem Blick zu erkennen. Oder, wie es in der Fachwelt heißt: DSM IV. Der arme Thorsten Viski hat ein ganz schweres Desorganisationsproblem gehabt. Eine harmlosere Variante der psychischen Störung. Die exekutiven Funktionen haben eine Delle, laufen nicht richtig."

Den Kripoleuten in der Wohnung steht der Mund offen vor Bewunderung über diese schnelle Analyse des Vorgefundenen. Sie hört sich unglaublich fachmännisch an. Kuss hat genau gelauscht und festgestellt, dass Schneider wieder einmal mit Hohlphrasen arbeitet, die sich allenfalls dazu eignen, die Menschen zu blenden. Von Erkenntnisgewinn kann keine Rede sein.

„Herr Professor Dr. Schneider! Was wollen Sie hier?", fragt er.

„Na, Sie san'S lustig! I bin doch schließlich Ihr Assistent bei diesen Fällen!"

„Und wer hat Sie davon in Kenntnis gesetzt, dass wir hier sind?"

„Das war Herr Ingo Busse, der Referent vom Polizeipräsidenten. Sie hättens ja nicht getan, göi?"

„Vollkommen richtig! Dieser Busse! Ich wusste doch, warum ich den nicht mag!"

„Sie mögen nicht sehr viele Leute, Herr Hauptkommissar!"

„Ich mag die Aufrichtigen sehr gern!", antwortet Kuss.

Eine junge Beamtin von der Spurensicherung kommt in ihrem weißen Overall zu Schneider, zieht einen dicken Filzstift aus der Tasche und fragt, ob sie wohl ein Autogramm auf ihren Overall bekommen könne. Da lässt sich Schneider nicht lange bitten.

„Aber warum Thorsten Viski das Ziel unseres Mörders geworden ist, das können Sie nicht beantworten, oder?"

„Göi, Herr Hauptkommissar, das wäre ja zu viel verlangt. Ich kann hier nur, genau wie Sie und ihre Leute, nach Anhaltspunkten suchen. Wie ich hörte, ist Thorsten Viski, wegen großer Beschwerden mit seiner Wirbelsäule, sehr früh in den Ruhestand verabschiedet worden. Das kann in der Folge zu seiner Desorganisationsproblematik beigetragen haben. Weshalb er aber das Ziel eines so schlimmen Mordes wird, bleibt zunächst unklar."

„Ach ja? Herr Professor, Sie verblüffen mich immer wieder mit ihren messerscharfen Deduktionen!", sagt Kuss schnippisch, holt sein Handy aus der Tasche und ruft im Büro an. Prieß ist am Apparat. „Habt ihr mit den Kollegen in Gelsenkirchen gesprochen?"

„Haben wir! Carsten Schindel galt in Journalistenkreisen als ganz harter Hund. Sehr investigativ. War bei vielen verschiedenen Zeitungen beschäftigt. Flog aber überall raus. Zu großes Maul. Ist dann irgendwann in Gelsenkirchen gelandet."

„Danke, Herr Prieß. Was haben wir über Thorsten Viski?"

„War, wie gesagt, Fahrer für verschiedene Unternehmen. Die längste Zeit hat er für eine Sennestädter Marketing-Firma Drückerkolonnen und Prospektverteiler über Land gefahren. Wissen Sie, das sind die, die einem immer mit unnützem Zeug den Briefkasten vollstopfen. Aggressiver Mensch. Hat seine Schutzbefohlenen meist schlecht behandelt. Kann sein, dass das durchaus im Interesse der Firma lag. Große Alkoholprobleme. Vom vielen Sitzen hat er was mit der Bandscheibe gekriegt. Operation, Vorruhestand."

„Hat er irgendwelche Angehörigen hier in der Stadt? Ich weiß, Eltern unbekannt. Aber sonst jemanden?"

„Negativ, Herr Kuss!"

„Negativ? Was bedeutet das denn? Hören Sie mal, Prieß, Sie gucken wohl zu viel Fernsehen? Wir sind hier nicht bei den Marines!"

„Alles klar! Werde mich zukünftig einer besseren Ausdrucksweise befleißigen! Viski lebte offenbar im wahrsten Sinne des Wortes allein. Was die sonstigen sozialen Kontakte angeht – keine Ahnung. Da müssen wir wohl den üblichen Weg einschlagen und die Nachbarn befragen."

„Bestens! Danke, Herr Prieß."

Die Nachbarn in diesem Haus befragen, darauf hat Kuss keine Lust. Das können Kirchner und die beiden anderen machen. Ist eine blöde Arbeit. Müssen die sich dran gewöhnen. Lehrjahre sind keine Herrenjahre. Kuss erinnert sich, diesen Spruch während seiner Ausbildungszeit immer wieder gehört zu haben. Das hat genervt! ‚Und jetzt benutzt du ihn selbst!', wirft er sich vor.

„Was erhofft sich die Polizei eigentlich an Hinweisen in der Wohnung eines der Opfer?", fragt Andreas Schneider, der in der Zwischenzeit noch einige Autogramme gegeben hat.

„Keine Ahnung, irgendwas! Irgendetwas, was uns zum Täter führt! Ist doch logisch!"

Kuss wendet sich an die Kollegen: „Ich verschwinde! Bin in einer Stunde wieder in meinem Büro erreichbar. Ansonsten Handy. Sucht noch zwei Stunden, dann brecht ihr ab! Kirchner, du befragst die Nachbarn über Thorsten Viski! Wer hat ihn, wenn überhaupt, besucht? Welches war seine Stammkneipe, wenn er denn eine hatte? Hatte er Freunde, Bekannte? Können die was über ihn berichten? Und so weiter, und so fort! Hol dir De Zosa und Prieß dazu, wenns zu viel Arbeit ist!"

Kuss ruft sich ein Taxi und verabschiedet sich. Schneider tut ganz kurz darauf dasselbe. Schleicht sich aus dem Haus, sieht noch, wie Kuss an der Straße auf sein Taxi wartet. Nachdem es eingetroffen und der Hauptkommissar zugestiegen ist, folgt Andreas Schneider ihm möglichst unauffällig in seinem überaus unauffälligen Leihwagen, einem weißen Porsche Cayenne mit vier Millionen PS unter der Haube.

Kuss lässt sich am Polizeipräsidium absetzen. Schneider ist enttäuscht. Er hatte gehofft, möglicherweise irgendwelche Unregelmäßigkeiten des Hauptkommissars aufdecken zu können. Was hat Kuss in Viskis Wohnung in seine Jackentasche gesteckt? Welches Beweismittel hat er unterschlagen? Schneider folgt ihm ins Präsidium.

Kuss geht in sein Büro. Setzt sich an seinen Tisch, holt den Umschlag hervor, schlitzt ihn auf. Heraus fällt eine kleine Speicherkarte. Darauf ist als einzige Information ihre Kapazität gedruckt: ‚8 GB'. Kuss wirft den Computer an. Ist gespannt wie ein Flitzebogen, was sich auf der Speicherkarte befindet. Und er hat ein schlechtes Gewissen. Hat sich nicht korrekt verhalten. Hat ein mögliches Beweismittel unterschlagen. Das könnte Ärger geben. Aber als er den Umschlag auf dem Fußboden sah, offenbar an ihn adressiert, war er auf der Stelle überzeugt davon, dass dort etwas sehr Wichtiges drin sei. Als er dann die Stimme des von ihm verhassten Andreas Schneider hinter sich hörte, steckte er reflexartig das Ding ein. Er weiß letztendlich auch nicht so genau, warum er so handelte. Den möglichen Ruhm, das alles entscheidende Beweisstück gefunden zu haben, hätte ihm Schneider schließlich doch gar nicht streitig machen können! Kuss horcht tief in sich hinein. Es gab andere Gründe für die Unterschlagung, die er selbst noch nicht kennt.

Es klopft an der Tür. Schneider kommt herein.

Kuss wird sauer: „Verdammt, was wollen Sie? Mann, verfolgen Sie mich?"

„Aber nein, Herr Hauptkommissar! I hätt' Sie aber gern no a Mal gesprochen!"

„Ich aber nicht! Lassen Sie mich einfach in Ruhe meine Arbeit tun!"

„Aber gern! Apropos in Ruhe: Glauben'S nicht, dass Sie viel ruhiger arbeiten und auch schlafen könnten, wenn Sie der Spurensicherung alle Fundstücke zur Verfügung stellen würden?"

„Was wollen Sie damit sagen?"

„Nun, mir scheint, dass Sie, gerade in dem Moment, in dem ich vorhin in Viskis Wohnung eintraf, etwas einsteckten, das Sie zuvor vom Boden aufgehoben hatten."

„Sehn'S Herr Professor Dr. Schneider", sagt Kuss, wobei er erneut versucht, den Wiener Tonfall des Profilers nachzuahmen, „was ich in Ausübung meines Berufes für angezeigt halte oder nicht, das ist – bis zu einem gewissen Grad – meine ganz eigene Sache. Da darf, kann und soll mir niemand hineinreden. Schon gar nicht ein Österreicher. Sie können es ja – von mir aus – dem Polizeipräsidenten erzählen. Ich denke aber, ich habe gute Gründe für meine Handlungsweise. So, und jetzt: Servus, Herr Geheimrat!"

„Nun gut! Ich sehe das etwas anders! Servus, Herr Hauptkommissar!"

Kuss ist stinkig über Andreas Schneider. Was für ein Idiot! Soll er doch zu Hans-Georg Nagel rennen und die kleine Unregelmäßigkeit petzen. Auch egal. Da würde er sich schon wieder herausreden. Das ist ihm bis jetzt immer gelungen. Es wäre auch nicht das erste Mal, dass Hans-Georg beide Augen zudrückt. Man kennt sich einfach schon zu lang. Hans-Georg würde es nicht gestatten, dass die hiesige Polizei sich von dem arroganten Wiener Sack in die Parade fahren lässt. Würde schon schiefgehen.

Jetzt kriecht Kuss erst einmal auf dem Fußboden herum

und sucht an seinem PC nach einem Steckplatz für die gefundene Speicherkarte. Findet nichts. Kuss ist hinsichtlich allgemeiner Computerkenntnisse nicht gerade auf dem Laufenden. Und er hat den Eindruck, dass sein Bürocomputer schon fast so alt ist wie er selbst. Darum findet er auch keinen Slot – oder wie das heißt – für sein Fundstück. Schade. In der IT-Abteilung will er sich nicht melden und um Hilfe bitten. Die sollen ja nicht unbedingt sofort Wind von der Sache bekommen! Und dann hat er wieder mal den bestmöglichen Gedanken! Er wird Manu anrufen! Einfach auf gut Glück. Diese jungen Menschen haben doch sicher ein modernes Notebook mit allem Drum und Dran. Wie schön! Jetzt hat er wieder einen Grund, sich mit Manu zu treffen! Und dieses Mal hat er schon im Vorfeld Glück. Es ist nicht wieder der übellaunige Italiener am Telefon, sondern Manu.

„Hallo, guten Tach! Hier ist Thomas!"

„Hallo, Thomas! Freue mich über alle Maßen, dass du anrufst! Wie hast du denn unseren gemeinsamen Abend überstanden? Wir hatten ja doch einiges getrunken!"

„Danke, ganz gut! Leichte Übelkeit, Kopfschmerz, das Übliche eben. War aber ein wirklich netter Abend. Wo ist denn Angelo?"

„Weg. Unterwegs. Hat seinen ersten Job in der Pizzeria Da Fernando wieder hingeschmissen. Hab ihn jetzt losgeschickt zu einer anderen Pizzeria, deren Betreiber ich kenne. Der sucht einen guten Koch. Und da habe ich Angelo empfohlen. Hoffentlich schafft ers bis dahin und bleibt nicht unterwegs beim Espresso mit seinen dubiosen Freunden in irgendeiner Kaffeebude hängen."

„Wollen wirs hoffen! Ja, ähem, ich bräuchte mal wieder deine Hilfe. Allerdings nicht auf literarischem Gebiet, sondern eher im PC-Bereich. Besitzt du einen Computer, der diese kleinen Speicherkarten, diese Memory-Cards lesen kann? Weißt du, diese Dinger, die auch in Digital-Kameras sind!"

„Verstehe! Ja, so etwas besitze ich. Ist heutzutage an jedem handelsüblichen Laptop dran. Habt ihr denn so was nicht bei euch im Präsidium? Eure Spurensicherung und die IT-Abteilungen sind doch so toll ausgerüstet, wie man allenthalben hört! Oder hast du nach einem Grund gesucht, mich anzurufen? Wäre nicht nötig gewesen, ich freue mich auch ohne zwingende Notwendigkeit über deinen Anruf!"

„Ertappt!", gesteht Kuss, „aber nur teilweise! Tatsächlich handelt es sich, wie schon gestern, um ein Beweismittel. Aber um eins, von dem einige meiner Kolleginnen und Kollegen noch nichts wissen. Und so solls vorerst auch bleiben."

„Verstehe! Wieder so etwas ganz Spannendes! Mein Gott, ich gehöre mittlerweile zum Aufklärungsapparat der Kriminalpolizei."

„So kann man es wohl mit Fug und Recht in Worte fassen."

„In Ordnung! Halten wir es wie gehabt: um 20 Uhr zum Essen und Trinken im Mellow Gold!"

„Ich werde da sein! Und du bringst dein Notebook mit?"

„Das habe ich dabei!"

27. Schneiders Verhängnis

Professor Dr. Andreas Schneider, das Selbstbewusstsein in Person, öffnet die schwere Stahltür, die auf den großen Parkplatz des Polizeipräsidiums führt. Nachmittägliche, hochsommerliche Hitze umfängt ihn. Mit seinem Autoschlüssel kann er die Klimaanlage in seinem weißen Porsche Cayenne anschalten, obwohl er noch etwa 100 Meter von dem Wagen entfernt ist. Luxus ist schon was Feines. Man muss sich nicht in Mittelklasse- oder gar Kleinwagen durch die Landschaft quälen.

Als Schneider seinem Leihwagen näher kommt, erkennt er, dass ihm jemand etwas unter den Scheibenwischer geklemmt hat. Was soll das denn werden? Gibt es jetzt schon auf dem Polizeiparkplatz Strafmandate?

Es handelt sich aber nicht um ein Knöllchen, sondern um sauber gefaltetes Papier. Schneider nimmt es, setzt sich in den Wagen, faltet es auseinander. Drei mit Text bedruckte Seiten. Er liest:

Um elf Uhr erst holten sie ihn, kurz vor der Mittagszeit. Das gleißende Licht blendete, als er, mit Ketten an den Füßen und Händen, vor seinen sechs Kameraden hin zum Richtplatz stolperte. Sie sahen schlecht und unterernährt aus, waren schon fast tot. Er dagegen gutgenährt. Dass für ihn und seine Mitstreiter nun der Pfahl bereitstand, erfreute ihn nicht.

„Jetzt gehts uns an den Kragen!“, sagte Jonázs, der dicht hinter Dózsa ging.

„So ist es!“, sagte Dózsa. „Ich kann nicht behaupten, dass ich auf diese Erfahrung gesteigerten Wert lege! Allerdings glaube ich nicht, dass sie mich mit einer derart profanen Strafe wie dem Pfählen davonkommen lassen. Sie werden sich etwas Besonderes ausgedacht haben!“

„Darauf kannst du wetten!“, sagte eine der begleitenden Wachen lachend, „und jetzt halts Maul!“

Der Soldat zog mit einer kurzen Peitsche über Dózsas Gesicht und verfehlte dabei nur knapp die Augen. György Dózsa fühlte nichts. Keinen Schmerz. Nur lief ihm jetzt aus der Platzwunde Blut in die Augen und Mundwinkel. Es schmeckte metallisch. Der Vorhang aus Blut verlieh seinem Gesicht ein dramatisches Aussehen.

Der Zug erreichte den Marktplatz. Menschenmassen. Alles, was nur irgendwie laufen konnte, von ganz jung bis ganz alt, hatte sich hier versammelt. Der Pöbel schimpfte und spuckte nach den Gefangenen mit einer Inbrunst und einem offen zur Schau gestellten Hass, der nur von der Begeisterung übertroffen wurde, mit dem dieselben Menschen ihn, den siegreichen Dózsa, einige Wochen zuvor in ihrer Stadt empfangen hatten. Er kam sich fast wie Jesus vor.

‚So sind die Menschen also!', dachte sich György Dózsa, ‚kleine, widerliche Existenzen, die ihr Fähnlein nach dem Winde drehen!' Das hätte Jesus Christus in seiner Güte und Bereitschaft, zu verzeihen, allerdings weder gedacht noch gesagt.

Mitten auf dem Marktplatz befand sich ein seltsamer Scheiterhaufen. Er bestand aus glühenden Holzkohlen. Obenauf eine Art Gestell aus Eisen. Beim Näherkommen erkannten die Todgeweihten, dass es sich um einen Stuhl handelte, einen Thron, der durch die Hitze des Feuers bereits rot glühte. Die Menge johlte, als die Delinquenten ein Podest erreichten, das vor dem glühenden Stuhl aufgebaut war. Drei Henkersknechte packten Dózsa, der sich nicht wehrte, und rissen ihm die Kleider vom Leib. Vollkommen nackt stand er nun da. Verstohlene und neugierige Blicke wanderten den wohlgenährten Körper hinauf und hinunter. Die Henkersknechte bedeuteten ihm, die kleine Treppe zu dem Podest hochzusteigen. Hier waren in einem Halbrund sechs Stühle aufgestellt, davor, auf einem Tisch, einige Teller mit Messern und Gabeln. Gegenüber, in einer Art Loge, die extra für diesen Anlass aus Holz gezimmert worden war, saßen Zapolya und Báthory, Dózsas Widersacher, die ihn gefangen genommen hatten. Ihre Frauen und Kinder befanden sich ebenfalls in der Loge.

Zapolya erhob sich, Trommelwirbel setzte ein, die Menge verstummte.

„Mein lieber Dózsa!“, rief Zapolya, „Heute ist ein großer Tag für uns, weil du uns allen den Gefallen tust, auf immer und ewig von uns zu gehen. Damit dein Fortgang als Heerführer aber einigermaßen würdevoll verläuft, haben wir dir einen Thron aufgebaut, der deiner herausgehobenen Stellung hoffentlich gerecht wird. Dein Thronrat wird hinter dir sitzen und von deinen Weisheiten zehren.“ Zapolya gab ein Zeichen, erneuter Trommelwirbel.

Nun hievte man die gefesselten Begleiter Dózsas auf das Podest und hieß sie, auf den vorbereiteten Stühlen Platz zu nehmen. Niemand wehrte sich. Alle waren starr vor Schrecken. Vier Henkersknechte griffen zu langen Eisenzangen, ähnlich jenen, mit denen der Schmied das zu bearbeitende Werkstück hält, umfassten damit den rotglühenden Eisenthron an den Armlehnen, hoben ihn aus dem Feuer und setzten ihn auf das Holzpodest. Die Füße des Throns gruben sich zischend in das feuchte Holz. Zwei weitere Knechte holten aus dem Feuer eine glühende Eisenkrone und ein glühendes Eisenzepter.

Dózsa sprach zu dem ihm am nächsten stehenden Henkersknecht: „Töte mich, bitte! Schnell, hau mir die Gurgel durch!“

Der Henkersknecht kam dem Wunsch nicht nach. Es wäre aufgefallen. Die Menschen beobachteten alles ganz genau. Er hatte seine Anweisungen. Und er kannte kein Mitleid, sozusagen von Berufs wegen. Obwohl ihm, wie allen Henkern, unsachgemäße Tötung widerstrebte und in ihm den größten Widerwillen hervorrufen konnte.

Aber er sagte zu György Dózsa: „Du wirst sowieso ohnmächtig. Das hält keiner aus!“

Sie packten den Bauernführer und pressten ihn auf den glühenden Stuhl, wobei sie Acht geben mussten, nicht selbst das fast flüssige Metall zu berühren. Kaum dass Dózsa saß, warf der Henker ihm von hinten eine schwere Eisenkette um den Leib und zurrte ihn damit am Thron fest. Zischend und qualmend verbrannte Dózsas Fleisch an Oberschenkeln, Armen, an Gesäß und Rücken. Jemand setzte ihm die glühende Eisenkrone aufs Haupt und zwang ihm das ebenfalls glühende Zepter in die Hand. Die Schmerzrezeptoren und Nervenbahnen des Delinquenten spielten verrückt und wussten nicht, welchen Schmerz, dem in Bruchteilen von Sekunden ein anderer, noch viel stärkerer folgte, sie zuerst dem Hirn melden sollten. Dósza war ein sehr starker Mann und wurde keinesfalls sofort ohnmächtig. Zur Freude des Publikums schrie er wohl fast eine Minute lang, bis er in sich zusammensackte. Manch eine zarte Seele auf dem Platz erbrach sich beim Anblick des Gepeinigten und wurde dafür von den Umstehenden verlacht.

Während Dószas noch lebendes Fleisch kremiert wurde, was sehr übel roch und ganz gewiss nur wenig appetitanregend wirkte, nötigte man nun die auf dem Podest umsitzenden Unterführer des zerschlagenen Bauernheeres, ein Gabelfrühstück einzunehmen.

„So, meine Lieben!“, sagte der Henker väterlich, „der Landesherr ist so gnädig, einen von euch gottlosen Buben freizulassen. Es gibt dafür allerdings eine Bedingung: Derjenige, der am meisten von eurem lecker gegrillten Herrn essen kann, wird nicht gepfählt! Gehungert habt ihr ja in den letzten Wochen genug. Jetzt ist die Zeit gekommen, endlich den knurrenden Magen zu füllen! Also: Guten Appetit!“

Der Henker gab einem seiner Knechte ein Zeichen. Der griff sich einen Teller und ein Messer mit langer und offenbar sehr scharfer Klinge und fragte den ersten der im Halbkreis sitzenden: „Was darfs denn für eine Leckerei sein? Schinken oder Auge?“

Die ehemaligen Weggefährten Dózsas waren unfähig, ein

Wort zu sprechen. Ihr Verstand weigerte sich, das zu ihnen Gesagte für bare Münze, für die wirkliche Absicht von Zapolya und Báthory zu halten. Wer von ihnen überleben wollte, musste sich also zum Kannibalen machen!

Unterdessen hatte der Befragte bereits einen Teller in den Händen, auf dem ein längliches, faseriges und sehr blutiges Stück von Dózsas Oberschenkel lag. Es qualmte, stank wie die Pest, war nicht gut durch und konnte allenfalls als ‚sehr englisch' gebraten bezeichnet werden. Der designierte Kannibale wusste nicht, was zu tun war. Verständlicherweise hatte er im Angesicht des Todes keinen Hunger mehr.

„Wer von euch kotzt, hat gleich verloren!", schrie der Henker und wandte sich an den noch ungeübten Menschenfresser: „Los, friss! Friss oder stirb!"

György Dózsa bot mittlerweile auf seinem heißen Thron einen recht unerfreulichen und nicht sehr appetitlichen Anblick. Er war in sich zusammengesackt, schmorte und qualmte, Fett und Blut tropften auf das Holz unter ihm und bildeten dort eine unansehnliche Melange.

Das Festmahl, die Henkersmahlzeit begann. Zähne bohrten sich in zähes, sehniges, fast rohes Fleisch. Dózsas Unterführer hatten sich auf die niedrigstmögliche Kulturstufe begeben und fraßen um ihr Leben. Sie husteten und mampften und schluckten Erbrochenes, das ihnen aus dem Magen entgegenkam, wieder hinunter.

Die Menge auf dem Platz war nach und nach verstummt. So etwas hatten sie noch nicht gesehen. Man war hier katholisch. Man aß seine Mitmenschen nicht auf. Etwas wie Unmut über das Treiben auf der Richtstätte lag in der Luft. Jetzt erst bemerkten die Schaulustigen, dass Geistliche auf dem Podest nicht zugegen waren. Diese hatten sich nämlich geweigert, einem solch gottlosen Tun beizustehen. Zapolya bemerkte den Stimmungsumschwung und gab dem Henker und seinen Knechten das verabredete Zeichen.

„Schluss jetzt, ihr verfluchten Kannibalen! Wer Menschen frisst, der hat sowieso sein Leben verwirkt! Ihr seid der letzte Dreck!“, sagte der Henker in die Runde.

Gregor Hundya würgte gerade mit aller Kraft das linke Auge Dózsas hinunter und dachte sich: ‚Ich wusste doch, dass hier etwas nicht stimmt!‘

Die Henkersknechte packten sich den noch Kauenden, entkleideten und pfählten ihn. Ähnlich verfuhren sie mit den anderen fünf. Die Stimmung des Volksfestes war jedoch dahin und ließ sich durch diesen barbarischen Schlussakt nicht mehr reparieren. Auch die sonst sehr selbstbewussten Herren John Zapolya und Istvan Báthory waren mit dem Verlauf unzufrieden. Zusammen mit ihren Ratgebern hatten sie sich diese besonders perfide Hinrichtung in den Wochen und Tagen zuvor ausgedacht. Jetzt versuchten sie, die Schuld an dem Debakel ihren Ratgebern zuzuweisen. Diese boten all ihre Wortakrobatik auf, um das Fiasko kleinzureden. Denn allzu leicht konnte man in diesen Zeiten selbst auf dem Pfahl enden.

Andreas Schneider lässt die Hand mit den Textblättern sinken und denkt nach. Was ist damit gemeint? Wer hat ihm diese drei Blätter unter den Scheibenwischer geklemmt? Na, wer wohl? Der Täter natürlich! Und Schneider ahnt, dass das hier einen anderen Charakter hat als jene Hinweise, die der Mörder Kuss und seinen Kollegen zukommen ließ. Dieser Text ist eine Warnung, eine Warnung an ihn, Andreas Schneider!

Was ist zu tun? Zurück zu Kuss! Der mag ihn zwar nicht, aber der Job der Polizei ist es, die Einwohner zu schützen. Das gilt hoffentlich auch für österreichische Gäste. Die sind schließlich in der EU.

Gerade will Andreas Schneider aussteigen, als sich von hinten etwas nähert. Das Kalte, das Schneider an seinem Hinterkopf fühlt, ist die Mündung einer Pistole. Eine seltsame, verstellte Stimme sagt: „Sitzenbleiben! Augen geradeaus. Ganz ruhig, sonst macht es bumm!"

Es riecht plötzlich stark nach Alkohol im Wagen. Ehe Schneider weiß, wie ihm geschieht, presst ihm eine Hand eine Mullbinde auf Nase und Mund. Äther, eine ganz große Ladung. Schneider wird fast augenblicklich ohnmächtig.

28. Historische Vorlagen

Auch diesen Abend im ‚Mellow Gold' finden beide, Manu und Thomas Kuss, wieder sehr angenehm. Es ist warm, sie können draußen sitzen. Man isst viel und trinkt, vorzugsweise Bier. Endlich hat Kuss einen weiblichen, intelligenten Kneipengänger gefunden. Was für ein Glück, das ihm – durchaus verspätet, zugegeben – in seinem reifen jugendlichen Alter noch zuteil wird. Er kann es kaum fassen. Ist sich aber sicher, dass so etwas nicht lange anhält. Hat es in seinem Leben noch nie getan. In aller Regel war er es, der verheißungsvolle Ansätze für ein längeres Zusammenleben mit einer Frau durch dümmliche und seltsame Eigenheiten im Keim erstickte. Das war vor langer Zeit. Irgendwann hatte er das Thema Frauen ad acta gelegt und sich aufs Alleinsein spezialisiert. Dieser im Grunde unerfreuliche Lebensabschnitt schien jetzt durch die kleinwüchsige Manu zumindest für eine kurze Frist unterbrochen.

Fast hätte er vergessen, den Speicherchip aus der Tasche zu ziehen. Ihm fällts dann aber doch ein.

„Was hats denn mit der Speicherkarte auf sich, Thomas?"

„Hab ich heute in der Wohnung eines Mordopfers gefunden. War in einem Briefumschlag. Hab ihn eingesteckt, ohne der Spurensicherung davon etwas zu erzählen!" Kuss verschweigt Manu, dass der Brief an ihn adressiert war.

„Passiert dir so was öfter?"

„Nur in ganz außerordentlichen Ausnahmefällen. Und dies war so einer. Als ich den Umschlag entdeckte und vom Boden aufhob, wusste ich plötzlich, dass da was ganz Wichtiges drin war! Vielleicht der Schlüssel zu den Mordfällen!"

Manu holt aus ihrer braunen Lehrerinnenumhängetasche ihr Notebook, klappt es auf und startet das Ding.

„Raus mit der Sprache, Thomas! Wie viele Leichen habt ihr bis heute? Ich verspreche, dass ich nichts den Medien erzähle!"

„Ehrlich gesagt, Manu, ich glaube dir nicht so ganz! Du bist zwar für mich, nachdem wir uns schon die Ewigkeit von drei Tagen kennen, eine unbedingt loyale Person. Und ich würds dir wirklich gern sagen …!"

„Los, Thomas, sei nicht albern! Spucks aus!"

„Sechs." Kuss nuschelt ein bisschen.

„Wie bitte? Ich verstehe dich nicht richtig." Manu kreischt fast. Am Nebentisch dreht man sich um, guckt verwundert.

„Sechs", wiederholt Kuss, nur geringfügig lauter, „na, ja, eigentlich sinds nur fünf. Eine Leiche war schon länger tot, beziehungsweise ist vor einiger Zeit eines natürlichen Todes gestorben."

„Was heißt das denn jetzt?"

„Nun, wie ich sagte, der Tote war schon länger tot. Wir vermuten, dass der oder die Täter ihn ausgegraben haben, um gegen ihn zu verhandeln!"

„Was? Gegen eine Leiche verhandeln?"

„Erzähle ich dir später! Ist die Kiste soweit?" Kuss meint damit das Notebook.

„Gib mal her, das Ding", fordert Manu ihn auf. Sie nimmt die Speicherkarte und steckt sie in den dafür vorgesehenen Slot.

„Wahrscheinlich ist der Inhalt nicht für die Öffentlichkeit bestimmt", sagt Kuss.

„Tja, zu spät! Sind offenbar einige Fotos drauf! Ich öffne mal das Nächstbeste!"

„Dreh das Teil mal ein bisschen zu mir hinüber und vom Publikum weg!"

Manu gehorcht. Das erste Bild erscheint.

Man sieht ein Gemälde, das einen Fürsten oder König in barocker Pracht zeigt. Eine lange Lockenperücke umrahmt das selbstzufriedene Gesicht. Ein langes Gewand, eine Art Mantel, hängt um seine Schultern. Weißer Pelz und roter Purpur mit der französischen Lilie sind zu erkennen. Die rechte

Hand ist elegant auf einen langen Stab oder Spazierstock gestützt.

„Das ist ein Gemälde von Ludwig XIV., dem Sonnenkönig!“, sagt Manu.

„Hm!“, macht Kuss, „geh doch mal zum nächsten Foto.“

Es handelt sich ebenfalls um ein Gemälde. Allerdings sehr viel jünger als jenes, das den Sonnenkönig zeigt. In einem riesigen Saal sitzt auf einer Art Thron ein in die Papstgewänder gehülltes menschliches Gerippe. Davor hat sich ein großer Mann aufgebaut, der ganz in Schwarz gekleidet ist und einen seltsamen Hut trägt. Ein Mann der Kirche? Jedenfalls zeigt dieser mit seiner Linken auf den skelettierten Menschen, während seine rechte Hand zur Faust geballt ist und er mit wutverzerrtem Gesicht offenbar etwas in die Menge ruft, die an den Seitenwänden des Raumes sitzt und steht.

„Die Leichensynode“, murmelt Kuss.

„Was für ’ne Synode?“

Kuss erklärt in kurzen Worten, was es damit auf sich hat. Manu wird ganz bleich um die Nase. „Gott, mit was für ’nem Scheiß ihr euch so auseinandersetzen müsst!“

„Kannst du laut sagen. – Ich kann mir übrigens denken, was das nächste Bild sein könnte! Irgendjemand, der gepfählt wird!“

Das ist tatsächlich der Fall. Nur hat die Darstellung nichts Drastisches an sich. Vielmehr handelt es sich um eine Art antikes Steinrelief, auf dem, in rohen, wenig kunstfertigen Zügen, einige Menschen, auf langen Pfählen hängend, zu sehen sind.

„Ja, meine liebe Manu, eines der Opfer der vergangenen Woche fand sich auf einem Pfahl sitzend wieder, wo es langsam verstarb.“ Kuss erläutert die Art und Weise dieser Hinrichtungsform. Manu schüttelt nur noch den Kopf.

„Du willst mir doch nicht etwa sagen, dass diese Dinge hier in unserer Stadt in der letzten Woche wirklich passierten, oder?“

Kuss bedauert, dass dem doch so war.

Das folgende Bild zeigt eine mittelalterliche Miniatur, auf der einige Soldaten, mit handlichen Beilen ausgerüstet, einem am Boden liegenden Menschen die Arme und Beine abhacken. Diesem hat der Maler eine Krone aufs Haupt gesetzt. Hier wird also offenbar einem König oder Kaiser übel mitgespielt. Und Kuss wettet, dass es sich um den des Lateinischen Kaiserreiches handelt. Und die Söldner stammen mit Sicherheit aus Bulgarien. Als Letztes folgt eine im barocken Gestus überladene Darstellung vom Tod des Heiligen Laurentius auf dem römischen Grill.

„Unglaublich, unfassbar! Das sind gewissermaßen die Vorlagen unseres Mörders!"

„Du meinst, so hat er gemordet. Gepfählt, gegrillt, Arme und Beine abgehackt …"

„Gaumen herausgerissen, Augen geblendet und Zunge rausgeschnitten!"

„Ach, du lieber Himmel! Und so einer läuft hier frei herum?"

„So ist es! Ist übrigens ein ganz schlaues Bürschchen! Wir kommen einfach nicht an ihn heran! Morgen ist das LKA dran mit irgendeinem Computerprogramm, das uns helfen soll. Sogar ein Profiler aus Wien, ein beknackter, arroganter Typ, hat sich dazugesellt. Übermorgen steht alles in der Zeitung, wird die Bevölkerung um Mithilfe bei der Aufklärung der Taten gebeten."

„Ich fasse es nicht! Das ist ja dermaßen finster! Sind denn alle Einwohner der Stadt gefährdet?"

„Nun, im Prinzip schon. Allerdings gibt es Anhaltspunkte, dass der Täter seine Opfer nicht vollkommen willkürlich auswählt, sondern sich jene aussucht, die auf irgendeine Weise der Gesellschaft Schaden zugefügt haben."

„Ach, das ‚Schuld und Sühne'-Thema."

„Stimmt. Der Mörder bestraft die Opfer für etwas, das sie

der Gesellschaft und damit auch ihm angetan haben. Das nehmen wir jedenfalls an. Eine Strafexpedition mit Hinrichtungen nach historischen Vorbildern. Wer von der einheimischen Bevölkerung also Dreck am Stecken hat, irgendwann nach den noch unergründlichen Maßstäben des Täters ihm oder der Gesellschaft Schaden zufügte, der dürfte im Moment unruhige Nächte verleben – wenn er denn von den Taten und den mutmaßlichen Motiven des Mörders wüsste. Ich selbst hab zum Beispiel schon darüber nachgedacht, was meine dunklen Punkte in der Vergangenheit und Gegenwart waren und sind. Ob ich irgendjemandem oder der Gesellschaft schon einmal Schaden zugefügt habe. Da fallen mir 'ne ganze Menge Dinge ein."

„Du lieber Himmel, das macht mir Angst! Mir ist schon ganz schlecht!"

„Tut mir leid! Du wolltest es doch unbedingt wissen. Zu deiner Beruhigung kann ich nur sagen, dass relativ viele Serientäter in Deutschland seit Jahrzehnten frei herumlaufen. Man schätzt etwa 15 bis 20. Und einer davon ist unser Mann – wir glauben, dass es sich um einen Mann handelt – der in dieser sonst unbescholtenen Stadt sein Unwesen treibt. Es ist übrigens unerhört schwierig, solcher Menschen habhaft zu werden. Sie sind meist ziemlich gewitzt und oft sehr intelligent. Du weißt niemals, ob dir nicht gerade einer gegenübersitzt. Auch ich könnte, rein hypothetisch, sehr unlautere Motive für ein Treffen mit dir haben!"

Manu schreckt zurück. „So hab ich das noch gar nicht gesehen!"

„Ich kann dir versichern: Ich gehöre zu den Guten!"

„Na, weiß mans?"

Nur durch die Andeutung der schrecklichen Details hat der Abend eine Wendung bekommen, die beide nicht beabsichtigt haben. Das Bier schmeckt plötzlich nicht mehr so gut. Einsilbigkeit stellt sich ein. Schließlich bringt Kuss Manu zum Taxistand. Er bekommt einen kurzen Abschiedskuss auf die Wange.

„Schließ die Türen hinter dir sorgfältig ab! Denk dran: Alle sind potenziell gefährdet! Das relativiert das Ganze doch ein wenig, oder?"

„Puh, na ja, ich weiß nicht! Ich ruf dich morgen mal kurz an. Das geht doch, oder?"

„Na logisch."

Thomas Kuss macht sich zu Fuß auf den Weg nach Hause. Die laue Abendluft riecht gut. Unter einer Straßenlaterne greift er in seine Tasche und zieht den Umschlag noch mal hervor, den er in Thorsten Viskis Wohnung fand und in dem der Speicherchip war. Er hat sich die schwungvolle Handschrift, mit der dort ‚Für Thomas' draufgeschrieben ist, schon unzählige Male angeschaut. Er glaubt nach wie vor, sie zu kennen. Aber von wem ist sie?

29. In der Falle

Andreas Schneider, berühmter Kriminalpsychologe aus Wien, auf Lesereise für sein neues Buch ‚Der Teufel in uns' und mit Rat und Tat der Bielefelder Kriminalpolizei beim Aufspüren eines Serientäters behilflich, erwacht aus unruhigen Ätherträumen, in denen ihm schon nichts Gutes schwante. Diese Vorahnungen seines Unterbewusstseins bestätigen sich nach dem Aufwachen.

Schneider erkennt, dass er sich in einem Raum befindet, der mit Sicherheit nicht zu denen seines Hotels gehört. Es sieht hier aus wie in einer Jagdhütte oder einem Ferienhaus. Decke, Wände, Fußboden, alles Holz. Es riecht muffig, abgestanden. An einer Wand hängen Rehgeweihe. Auf dem Tisch liegt eine rot-weiße Wachstuchdecke. In der Mitte steht ein kleiner Umtopf mit irgendeinem schmucklosen, dafür aber offenbar höchst widerstandsfähigen Gewächs.

Schneider ist mit breitem Gaffer-Klebeband an den Stuhl gefesselt, auf dem er sitzt. Die Hand- und Fußgelenke sind mehrfach mit dem zähen Gewebeband umwickelt und an die Armlehnen und Stuhlbeine gebunden.

Wie eine Fontäne schießt in ihm die Panik hoch. Er weiß, wer ihn hierhergebracht hat, in wessen Gewalt er sich befindet. Wenn kein Wunder geschieht, ist es mit ihm jetzt aus und vorbei. Diese Situation hat er seinen Studenten und anderen Zuhörern immer wieder beschrieben, fast lustvoll vor Augen geführt. Wenn der überaus geschickte und intelligente Serienkiller so weit gekommen ist, dass er seine Zielperson in der Gewalt hat, gibt es keinerlei Rettung mehr für diese.

„Herr Professor Dr. Schneider, wie fühlen Sie sich?" Die Stimme kommt von irgendwoher hinter seinem Rücken. Hat den Tonfall eines Anästhesisten, der seinen Patienten nach der Operation befragt.

Schneider will antworten. Seine Lippen zittern. Sein Mund

ist trocken. Er bekommt keinen Ton heraus. Nur ein leises „Bitte, bitte, … nicht!"

„Was haben Sie gesagt, Herr Professor? Ich verstehe Sie nicht!"

„Bitte, was … wollen … Sie?", stammelt Schneider und bemerkt, dass er die Stimme, die gedämpft und irgendwie verfremdet klingt, zu kennen glaubt. Und er bemerkt, dass er seine Gefühle, die er sein ganzes Leben lang immer im Zaum hielt, denen er keine Entgleisungen gestattete, um, wie ein Japaner, ja nicht sein Gesicht zu verlieren, nun zum ersten und wahrscheinlich letzten Mal nicht mehr bändigen kann. Er gestattet sich die pure Angst, die nackte Panik! Es ist fast wie eine Befreiung. Aber nur fast. Irgendwo in seinem Hinterkopf mahnt eine Stimme: ‚Reiß dich zusammen! Als jammerndes Häuflein Elend willst du doch wohl nicht vor deinen Schöpfer treten!' Aber Schneider kann nicht mehr. Er macht sich geräuschvoll in die Hose.

„Herr Professor Schneider, haben Sie da gerade, wie man so schön und rücksichtsvoll sagt, ‚unter sich gemacht'? Haben Sie sich vor Angst in die Hose geschissen? Teufel, ja. Das stinkt ja bestialisch! – Das letzte Mal, als ich mir vor Angst in die Hosen gemacht habe, das ist schon ziemlich lange her, da war ich noch ein kleiner Junge. Hab damals in Nachbars Garten gespielt. Irgendwann kam der Nachbar aus seinem Haus gestürmt, einen Besenstiel über seinem Kopf schwingend, als wolle er gleich zuschlagen. Während meine Spielkameraden schnell entkommen konnten, jagte mich der Idiot vor Wut brüllend quer durch den Garten. Dabei passierte es, dass alles in die Hosen ging. Nach einer irren Verfolgungsjagd konnte ich über einen Zaun springen und war in Sicherheit. Glauben Sie mir: Damals habe ich mir in meiner kindlichen Gedankenwelt 1.000 Tode für diesen Menschen ausgedacht. Eine dieser Todesarten konnte ich glücklicherweise an ihm exemplifizieren! Sie waren übrigens heute in der Wohnung des qualvoll Verblichenen! Heute, am frühen Nachmittag. Thorsten Viski war sein Name. Gott hab ihn nicht selig!"

„Der Torso!" Andreas Schneider stöhnt auf. Nach einer Weile presst er hervor: „Was haben Sie mit mir vor?"

„Ich denke, Sie wissen es! Haben es doch schon gelesen, nicht wahr? Die Blätter, die ich unter Ihren Scheibenwischer geklemmt hatte!"

„Oh, nein! Bitte, … bitte, nicht!", Schneider winselt, „Ich habe Ihnen doch nichts getan! Lassen Sie mich doch einfach gehen! Ich habe doch niemandem irgendwelchen Schaden zugefügt! Und ich kenne Sie nicht, weiß nicht, wer Sie sind. Ich könnte niemandem etwas verraten!"

„Ach, wie unhöflich von mir! Ich sollte mich doch wohl besser zu erkennen geben!"

„Nein, bitte, das ist nicht nötig. Bleiben Sie einfach anonym!"

„Nein, nein, nein! Das verbietet mir meine gute Erziehung."

Jemand tritt von hinten vor den Stuhl, auf dem Schneider festgebunden ist. Schneider kneift die Augen zu, will nichts sehen. Der Mörder kann ihn nicht leben lassen, wenn er erkannt wird.

„Verdammt, Schneider, machen Sie Ihre Augen auf! Sehen Sie mich an! Seien Sie nicht so ein lächerlicher Angsthase, der sich wie verrückt an sein bisschen Leben klammert!"

Schneider jammert, wimmert. „Nein, nein, nein, bitte, … nicht!"

Schneider spürt, wie sein Peiniger versucht, ihm die Augenlider hochzuziehen. Schneider guckt mit aller Gewalt nach unten. So ist nur das Weiße in seinen Augen sichtbar.

„Sehen Sie mich an, Schneider! Oder wollen Sie, dass ich Ihnen die Augenlider abschneide? Dann müssen Sie mich ansehen!"

Andreas Schneider hört, wie irgendetwas gegriffen wird, etwas Metallisches klappert. Eine chirurgische Schere? Bloß das nicht! – Er öffnet die Augen. Vor ihm steht eine Person mit schwarzer Skimaske. Nur die Augen sind erkennbar. Schneider ist erleichtert. Sein Augenaufschlag war vielleicht noch nicht das Todesurteil.

„Sehen Sie! War doch gar nicht so schlimm, oder?“, sagt der Mann mit der Skimaske und zieht sie sich vom Kopf.

30. Original und Fälschung

Thomas Kuss begibt sich am Dienstagabend frühzeitig ins Bett. Er ist etwas enttäuscht vom Verlauf des Abends. Hätte es sich etwas harmonischer und unbeschwerter gewünscht, hätte mit Manu einfach nur ein wenig weitertrinken und plaudern mögen. Stattdessen die Bilder und die scheußlichen Berichte. Das konnte einfach nicht gut gehen. So etwas zerstört jede romantische Stimmung. Und weil Kuss sich jetzt zu Hause so seltsam leer und vollkommen lustlos fühlt, geht er eben ins Bett. Einfach eine Nacht drüber schlafen. Vielleicht hilfts ja.

Kuss schläft zwar rasch ein, wacht aber immer wieder auf. Macht das Licht auf seinem Nachttisch an und wieder aus. Er hat bizarre Albträume. Dazwischen ein leichter Schlaf. Erst gegen drei Uhr wird er tiefer und ruhiger.

Plötzlich schreckt Kuss hoch. Sieht an dem Licht, das durch die geschlossenen Ritzen der Lamellen in sein Zimmer fällt, dass es draußen langsam wieder hell wird.

‚Equinox', denkt er, ‚nicht mehr Nacht, aber auch noch nicht Tag. Ein seltsames, graues Licht! So hieß doch auch mal ein Stück von John Coltrane. Wie ging noch mal die Melodie?'

Und dann erschrickt Kuss bis ins Mark. Am Fußende seines Bettes sitzt jemand!

„Lass das Licht aus, Thomas", sagt die Stimme von Hans-Georg Nagel, dem Polizeipräsidenten, „dann wirkt das Ganze noch etwas dramatischer!"

„Hans-Georg?", fragt Kuss völlig ungläubig. „Um Gottes Willen, was tust du denn hier? Wie kommst du überhaupt in meine Wohnung?"

„Ich muss doch sehr bitten, Thomas! Wie lange sind wir beide bei der Polizei? Jahrzehnte! Wir haben doch wohl jeden nur erdenklichen Trick unserer Klientel von Räubern, Schlägern, Einbrechern und Mördern gelernt! Da ist das lautlose Eindringen in eine fremde Wohnung noch eine der leichtesten Übungen!"

„Ja, aber, ich verstehe nicht! Egal, was zu besprechen ist, hat das nicht Zeit bis zum Morgen? Im Büro? Und warum liegt eine Pistole auf deinen Knien? Willst du mich über den Haufen schießen?"

„Aber nein, mein lieber Thomas, wo denkst du hin? Die Waffe habe ich bloß deshalb griffbereit, damit ich dich von unüberlegten Handlungen abhalten kann. Es ist übrigens deine Pistole. Habe sie mir aus deinem Holster geholt, das in der Küche an einem Stuhl hängt. Könntest dort mal wieder spülen und den Fußboden wischen. Sieht saumäßig aus. Staubsaugen musst du auch!"

„Und um mir das zu sagen, brichst du in meine Wohnung ein?"

„Es hat noch andere Gründe, die ich dir gleich erläutern werde. Ich habe ein interessantes, frühmorgendliches Programm für uns beide ausgearbeitet. Das wird dich freuen. Es wird unvergesslich sein! Und nachher bist du obendrein ein berühmter Mann!"

„Das ist ja ganz toll! – Was ist los mit dir, Hans-Georg? Bist du durchgedreht? – Verdammt, ich habs mir eigentlich schon gedacht. Und zwar in dem Moment, in dem du mir eine Sonderkommission aus Anfängern zur Verfügung gestellt hast. Ausgerechnet die sollen die schlimmsten Morde aufklären, die die Stadt jemals gesehen hat."

„Aus dir spricht die pure Undankbarkeit! Aber nur, weil du das Ende der Geschichte noch nicht kennst! Aber heute wirst du es kennenlernen!"

„Ich bin mächtig gespannt auf deine Ausführungen, Hans-Georg! Aber deine Hand an der Knarre macht mich ein wenig nervös! Kannst du das Ding nicht weglegen?"

„Kann ich nicht. Ich wiederhole: Wenn du dich ruhig und

kooperativ verhältst, dann geschieht dir nichts Schlimmes. Im Gegenteil!“

Kuss war in seinem Leben schon in vielen seltsamen und gefährlichen Situationen. Diese frühmorgendliche Szenerie in seinem Schlafzimmer mit dem ranghöchsten Polizisten der Stadt am Fußende, der auch noch in seine Wohnung eingebrochen und im Besitz einer Waffe ist, überfordert ihn jedoch ein wenig. Er atmet schwer und tief. Bleib ruhig, mein Junge! Gleich wachst du auf und stellst fest, dass das alles nicht wahr ist. Aber Kuss wacht nicht auf. Er träumt nicht.

„So, Thomas, wir haben eine kleine Autofahrt vor uns! Steh jetzt bitte auf und zieh dich an. Und dann gehen wir. Nimm deinen Führerschein mit. Du fährst heute ausnahmsweise mal selbst. Ich werde im Fond meines Dienstwagens Platz nehmen und schauen, dass du mit niemandem Kontakt aufnimmst, der unser beider Situation, sagen wir mal, befremdlich finden könnte. Zur Sicherheit halte ich die Pistole auf dich gerichtet. Wirst du diese Spielregeln befolgen können, Thomas?“

„Du bist der Boss, Hans-Georg! Ich mache alles mit, um mein erbärmliches bisschen Leben zu retten! Aber mach doch wenigstens ein paar Andeutungen, um was es eigentlich geht! Hat diese seltsame Aktion etwas mit unseren Mordfällen zu tun?“

„In der Tat! Tatsächlich sitzt vor dir, mein lieber Thomas, der Verantwortliche für die Taten, die seit dem Montag der vorigen Woche dich und deine Leute in Atem halten.“

„Was soll das heißen, der Verantwortliche?“

„Nun, ich bin der Täter, der Vollstrecker, der Scharfrichter!“

„Du willst der Mörder sein? Hans-Georg Nagel, unser Polizeipräsident? Unmöglich, vollkommener Unsinn!“

„Thomas, mach mich bitte nicht wütend! Sonst kannst du dich gleich in die Opferriege einreihen!“

„Gut, in Ordnung! Aber warum solltest ausgerechnet du solche absurden Taten begehen?"

„Für die habe ich ganz triftige und weltliche Gründe gehabt, Thomas!"

„Ach, tatsächlich? Dann leg doch mal los und erklär mir, weshalb der Zahnarzt Dr. Klagenfurt dran glauben musste."

„Gut, kein Problem. Klagenfurt war ein Arzt, der noch ganz und gar zur ‚alten Schule' gehörte. Ich war schon als Jugendlicher bei ihm in Behandlung. Grausam, rücksichtslos. Um eine Betäubungsspritze musste man betteln und bekam sie dann doch nicht. Wenn ich während meiner langwierigen und schwierigen Behandlungen bei ihm das Jammern anfing, sagte er immer nur so Sprüche wie: ‚Ein Indianer kennt keinen Schmerz' oder ‚Ein Junge weint nicht!'. Mit blitzender Brille und mit dicker Schmissnarbe beugte er sich über mich, um mich mit diesen dicken, alten und langsam laufenden Bohrern zu malträtieren. Zog Zähne, die noch hätten drin bleiben können. Zu schwach betäubt. Für mich als Junge war das ein Horror! Ich teilte das Jahr nach den geplanten Zahnarztbesuchen ein. In die Zeit vor dem Horror und in die gute Zeit danach. Schon damals hatte ich immer wieder Mordgelüste. Ich hasste ihn, der meine schöne Jugendzeit verdunkelt hatte. Ich fand, er sei jemand, der der Allgemeinheit schadet, der nicht mehr in diese Welt gehört. Den Mumm, endlich was zu unternehmen, den entwickelte ich aber erst vor Kurzem."

„Also, Hans-Georg! Du willst mir doch wohl nicht erzählen, dass du Klagenfurt umgebracht hast, weil er dich in deiner Jugend schlecht behandelt hat?"

„Doch, mein lieber Thomas, dem ist so! Und ich wollte ihn nicht einfach so mit einer Dienstpistole über den Haufen schießen, sondern sein Heimgang sollte ausgesprochen stilvoll sein. Und du weißt: Ich bin Krimi-Fan! Und natürlich habe ich mir in der Vergangenheit alle Hollywood-Filme über Serientäter und Ritualmorde angesehen. Für Klagenfurt musste etwas wirklich Originelles her. Und, als sei es eine Fügung gewesen, stoße ich bei meinen Recherchen auf Ludwig XIV. und seine ominösen Zahnbehandlungen durch vollidiotische und rücksichtslose Möchtegern-Ärzte, die damals ihr ganzes Wissen aus Büchern zu ziehen versuchten, bei möglichst weiträumiger Umgehung der praktischen Arbeit am Patienten."

„Und wie bist du vorgegangen, Hans-Georg? Du musstest Dr. Klagenfurt doch überwältigen und fesseln!"

„Ach, Thomas, hör doch auf! Das sind doch alles Basics aktueller Polizeiarbeit! Ich hab den Kerl einige Wochen beobachtet. Zu seinen Gewohnheiten gehörte es, die Praxis am Freitagnachmittag als Letzter zu verlassen. Die Tür war immer geöffnet, ich gehe also irgendwann rein. Er denkt, ich bin ein Notfallpatient, ein Schmerzpatient. Ich tue auch so, gebe mich als sein alter Patient Hans-Georg Nagel zu erkennen. Im Behandlungszimmer ziehe ich meine Waffe, zwinge ihn in den Behandlungsstuhl und umwickele blitzschnell mit Klebeband seine Arm- und Beingelenke, fessele ihn damit an seinen Behandlungsstuhl. Dann stopfe ich ihm einen Knebel in den Mund und warte, bis auch der Allerletzte das Bürogebäude verlassen hat."

„Und dann?", fragt Kuss, während ihn die ungute Erkenntnis beschleicht, dass Hans-Georg Nagel nicht lügt, sondern ihm eine wahre Geschichte auftischt.

„Und dann, als alles schön ruhig im Haus war, ja, da habe ich meine Behandlung von Dr. Klagenfurt begonnen! Habe ihm so eine chirurgische Klammer in seinen Mund gesetzt, damit er ihn nicht schließen konnte. Und dann gings an die langsame Extraktion seiner Zähne, ganz langsam. Ein Zahn nach dem anderen. Muss irre weh getan haben. Klagenfurt hat gejammert und geschrien wie am Spieß. Sein Mund war ja permanent geöffnet. Da kann man nicht richtig schreien.

Er gab nur Laute von sich, die an das Brüllen eines Stieres erinnerten. Was solls! Es half ihm nichts. Ich hatte alle Fenster und Türen fest verschlossen. Dann liegt die Praxis auch noch im vierten Stock und kann von außen nicht eingesehen werden. Auch nicht vom Nachbarhaus. Da hab ich dann von Freitag bis Sonntagmittag meinen Spaß gehabt. Klagenfurt fand das weniger lustig. Wenn er drohte, ohnmächtig zu werden, hab ich ihn immer mit diesen Knick-und-Riech-Dingern zurückgeholt. Zu guter Letzt entfernte ich den Gaumen. Das war dann zu viel für ihn. Ich habe dann etwas Gnade walten und ihn am Kreislaufversagen sterben lassen. Er hatte auch einfach keine Kraft mehr. War ja nicht mehr der Jüngste."

„Du hast also geschlagene drei Tage in Klagenfurts Praxis verbracht?"

„So ist es! Wenn es mir langweilig wurde, habe ich gelesen. Ich habe wirklich die gesamte gelbe Presse, die der Lesezirkel angeliefert hatte, durchgeackert. Zwischendurch habe ich mir einen Kaffee gemacht und mir vom Pizza-Bringdienst leckere, riesige Pizza Tonno und Mista bringen lassen. Natürlich immer von verschiedenen Unternehmen. Wie gesagt – ich bin ja schließlich Profi!"

„Ich glaubs einfach nicht! Und was hast du jetzt mit mir vor?"

„Dir werde ich nicht weh tun, es sei denn, du zwingst mich dazu. Nein, ich werde dir vielmehr Gutes tun! Lass dich einfach überraschen!"

„Hans-Georg, was ist los mit dir? Ich kann das alles nicht glauben! Du willst also der Mörder sein? Willst in den vergangenen Tagen ganz allein vier Leute getötet haben? Mann, Hans-Georg, du bist doch immer ein ganz Friedlicher gewesen. Warum spielst du denn jetzt den Killer und lädst diese Schuld auf dich? Was ist schiefgelaufen?"

„Hör doch auf mit dem Psychologenscheiß, Thomas! Nix

ist schiefgelaufen! Ich habe einfach nur abgerechnet. Habe mit Leuten Schluss gemacht, denen ich schon immer die Pest an den Hals gewünscht habe. Die mir und anderen geschadet haben, und die nie dafür belangt wurden!"

„Was ist dir denn so Schlimmes widerfahren? Wenn wir alle unsere Zahnärzte umbrächten, weil sie uns als Kind falsch und wenig kindgerecht behandelt haben, dann gäbs in Deutschland nur noch wenige von ihnen!"

„Ich will dir jetzt etwas erzählen, das nur sehr wenige wissen, was ich nur meinen Eltern und einigen Sozialarbeitern anvertraut habe. Wie du weißt, habe ich meine Jugend in einem Internat verbracht, Lindenholz, ganz in der Nähe. Das wollten meine Eltern so. Sie sagten, das wäre standesgemäß und würde meine beruflichen Chancen später einmal deutlich erhöhen. Wie in allen Internaten war dort der Ton untereinander sehr ruppig, hart und ordinär. Insbesondere, wenn die Schüler in der Pubertät waren. Große Klappe, Großmannssucht, nix dahinter. Verklemmte Sexualität kam hinzu. Auf Lindenholz gab es damals, zu meiner Zeit, nur männliche Schüler. Einer davon war Reinhold Hamich. Er war ein oder zwei Jahre älter, hatte schon diese oder jene ‚Ehrenrunde' gedreht und immer einen Club von zwei oder drei Leuten um sich, gewissermaßen seine Hofschranzen, seine Prätorianer. Die waren ihm geradezu hörig. Er war der unangefochtene Anführer. Ich selbst war eher schwächlich. Sah aber gut aus. Wahrscheinlich etwas zu weiche Gesichtszüge. Wenn wir unsere Ausflüge in die Stadt unternahmen, dann suchten die Mädchen den Kontakt zu mir, nicht zu Hamich.

Eines Nachts packten mich Hamichs Prätorianer, zerrten mich aus dem Bett, hielten mir den Mund zu und schleppten mich in einen Abstellraum, in dem Gartengeräte standen. Da wartete schon Reinhold Hamich auf mich. Mich warfen sie über so einen Tisch nach vorne, zogen mir die Schlafanzughose herunter und dann wurde ich von Hamich vergewaltigt.

Während er dabei war, sagte er so Sachen zu mir wie: ‚Na, du schwule Sau, wie schmeckt dir das?' Lustig, nicht wahr? Dabei war er doch derjenige, der eher den Jungen als den Mädchen zugeneigt war. Nach dieser Prozedur ließen sie von mir ab. Ich hab mich zuerst nicht getraut, irgendwem davon zu erzählen. Schließlich hab ich es dann den Eltern berichtet und dem Klassenlehrer. Da war nun aber schon einige Zeit seit der Tat vergangen. Und meine Eltern, wie auch der Klassenlehrer, waren nicht daran interessiert, die Angelegenheit zu verfolgen. Reinhold Hamich und sein Gefolge schworen in einer Befragung bei Gott und allem, was ihnen angeblich heilig war, dass sie mit der Vergewaltigung nichts zu tun hätten. Für meine Eltern war es zu peinlich und für das Internat stand der gute Ruf auf dem Spiel. Da hat man mich einfach nicht weiter erhört oder erhören wollen. Reinhold Hamich blieb unbehelligt. Du ahnst nicht, welche Rachegedanken in mir seitdem kochten.

Irgendwann geriet der Vorfall jedoch auch bei mir in den Hintergrund. Ich habe ihn verdrängt, wie man das als Mensch so macht. Bis vor einiger Zeit, als ich den Gedanken entwickelte, nicht zuletzt nach der Lektüre von ‚Schuld und Sühne' von Dostojewski, auf eigene Faust einige dieser gesellschaftsschädigenden Elemente auszuschalten. Und ein jeder sollte so bestraft werden, dass er in etwa nachvollziehen konnte, was er den Menschen angetan hatte. Dieses und jenes Buch und Recherchen im Internet haben mich dann auf die Pfählung gebracht. Das, so fand ich, würde für Hamich die angemessene Bestrafung sein. Genauso, wie er mich vergewaltigt hatte, würde ich ihm den angespitzten Pfahl ins Rektum stoßen und ihn damit aufrichten. Vorher musste seine rechte Hand, die Schwurhand, aber noch behandelt werden. Ich las irgendwo von dem französischen General Jean Baptiste Kléber und seinem Mörder Soleyman. Und dass man diesem, bevor er gepfählt wurde, die Rechte, also die Hand, mit der er die Tat begangen hatte, in einer Pfanne briet. Das habe ich dann mit Hamich auch veranstaltet. Mann, hat der geschrien! War schon nicht mehr feierlich. Ach, ja, die Historie hält so viele schöne Details und nachahmenswerte Beispiele für uns bereit. Sie ist eine echte Lehrmeisterin. Ich hätte lieber Historiker als Polizist werden sollen!"

„Und dann bist du doch lieber Mörder geworden!"

„Thomas, wie ich es bereits sagte: Ich sehe das anders. Hamich hat nach meinem Dafürhalten so sehr den Tod verdient wie sonst kaum jemand auf der Welt. Und – ich habe ihn nicht ermordet, sondern ich habe ihm den verdienten Tod gegeben! Möglichst qualvoll. Und mit jedem Schrei ist ein Stück Schlechtigkeit aus seinem Leib gewichen. Ich habe ihm dabei geholfen, erlöst und reinen Herzens vor seinen Schöpfer zu treten!"

„Und das auch noch an historischer Stelle und höchst dramatisch! Oder warum hast du die Galgenheide für die Pfählung ausgesucht?"

„Vollkommen richtig, Thomas! Die ‚Atmo', wie man heute so sagt, die musste stimmen. Deshalb die Galgenheide. Sah doch eindrucksvoll aus, im Licht der Morgensonne! War doch auch für dich ein irrer Anblick, als du auf die Lichtung getreten bist. Hatte was sehr Ästhetisches. Was rede ich – das war Kunst! Ein Kunstwerk, von mir geschaffen! Hab natürlich auch unverschämtes Glück gehabt, dass das Wetter mitgespielt hat. Das hat meine Werke sehr hübsch in Szene gesetzt. Obwohl, bei grauem Himmel und Regen – hätte vielleicht auch etwas für sich gehabt!"

„Mann, Hans-Georg, du bist vollkommen wahnsinnig geworden, durchgedreht! Du musst dringend zum Arzt! Vielleicht landest du nach der Gerichtsverhandlung dann nicht im Gefängnis, sondern im Maßregelvollzug oder in einem Landeskrankenhaus! Da geht es etwas lockerer zu und du könntest an Gesprächstherapien und derartigen Dingen teilnehmen!"

„Wollen mal sehen, wo ich lande! Weißt du eigentlich, wer mir bei meinen diversen Aktionen geholfen hat? – Du wirst es nicht glauben: Bernd Dierschke!"

„Ach, der Säufer, der am vergangenen Donnerstag von seinen Kumpanen zu Tode geprügelt wurde!"

„Dass Dierschke starb, war von mir übrigens nicht geplant! Das lag an seinem schlechten Umgang. Seine Freunde hatten sich einfach nicht im Griff, konnten mit dem Gefühl des Neides nicht wirklich gut umgehen. Grund dazu hatten sie durchaus. Ich habe nämlich Dierschke für seine Mitarbeit fürstlich entlohnt. Der hat für mich Reinhold Hamich aufgelauert, ihn betäubt und zu unserer improvisierten Richtstätte gebracht. Der saß bei Hamich auch auf dem Rücken und hat ihn niedergedrückt, als ich ihm den Pfahl verabreichte. Dann haben wir ihn mit vereinten Kräften auf der Galgenheide aufgestellt. Dierschke hat für mich auch den fetten Thorsten Viski gekidnappt und in meinen Keller gesperrt. Weißt du, so ein Luftschutzkeller, mit Stahltür. Von außen sieht und hört man nichts. Hat dessen Bau dann schlussendlich doch noch einen Sinn gehabt, auch wenn der Dritte Weltkrieg nicht ausgebrochen ist und die Russen doch nicht kamen!"

„Diesem Dierschke muss doch aufgefallen sein, was er da tat! Dass er dabei half, Menschen umzubringen! Das kann der doch nicht sehenden Auges und bei klarem Verstand gebilligt haben! Wie pervers ist das denn?"

„Dierschke und klarer Verstand? Dass ich nicht lache! Ich habe mir Dierschke aus dem Bielefelder Alkoholiker-Angebot genau ausgewählt. Der war schon jenseits von Gut und Böse! Hatte nicht nur Alkoholprobleme, sondern fummelte auch immer mit der Crack-Pfeife herum. Pfiff sich rein, was er kriegen konnte. Ich hab dem das richtig angesehen, dass er zu allem bereit war, dass er selbst schon fast tot war und sich vor seiner eigenen Existenz ekelte. Nur noch der Suff und andere Drogen hielten ihn gewissermaßen am Leben.

Der hat sogar Meinward Adler für mich ausgegraben! Ich habe den Schlüssel von der St. Andreas-Kirche besorgt und Dierschke gegeben. Der hat den Rest gemacht. Hat die glitschige Leiche, wie ihr sie zu nennen pflegt, in einen Straßenanzug gekleidet und vorn in die Kirche gesetzt. Ich habe dem leider schon verstorbenen Meinward Adler dann drei Finger der rechten Hand abgehackt und sie in den Müll geworfen. Zugegeben – das war alles schon ein wenig eklig. Und ich schwöre dir: Hätte Adler noch gelebt – er wäre einen wirklich ganz bemerkenswerten Tod gestorben!"

„Aber, was sollte das? Warum hackst du einer Leiche die Schwurfinger ab?"

„Schwurfinger? Wie kommst du auf Schwurfinger? Ach, stimmt ja: mein historisches Vorbild, Papst Formosus! Ja, dem hat man die Schwurfinger wegen angeblichen Meineides abgehackt, stimmt! Ich habe die drei Finger aber wegen einer ganz speziellen Angewohnheit von der schäbigen Leiche getrennt. Mein Klassenkamerad Udo Alterwirth hat euch ja schon einiges über Adlers Unterrichtsmethoden erzählt. Dazu gehörte auch, die unruhigen und schlechten Schüler, die störten und zu viel Unsinn machten, nach vorn in die erste Reihe zu setzen. Das war im Prinzip nichts Ungewöhnliches. Wird wahrscheinlich heute noch so gemacht. Ich saß meistens in der ersten Reihe, weil ich häufig den Klassenclown gab. Das passte Adler überhaupt nicht. Immer, wenn er zum Unterricht die Klasse betrat, wir unser ‚Guten Morgen, Herr Adler' gebrüllt und uns, nach erfolgter Erlaubnis, wieder hingesetzt hatten, kam er zu uns, vor die erste Reihe. Und dann steckte er einem von uns Daumen, Zeige- oder Mittelfinger seiner rechten Hand in unsere Münder und sagte: ‚Na, dann koste doch mal! Was habe ich wohl heute Morgen gegessen? Waren es Brötchen mit Wurst, mit Käse oder mit Marmelade?' Tja, und dann hatte man also seine von Schweiß salzig schmeckenden Finger im Mund und lutschte daran herum.

Zum Kotzen! Was, wenn er vorher gerade Kacken gewesen war und sich nicht die Hände gewaschen hatte? Zuzutrauen war es ihm."

„Hast du das denn nicht deinen Eltern erzählt? Warum haben die sich nicht beschwert?"

„Bitte, denk doch mal nach, wie es zu jener Zeit zu Hause ablief! Die Eltern waren Ende der 1960er Jahre immer noch streng autoritätsgläubig. Trotz der 68er und diesem ganzen Kram. Die Behörden hatten immer Recht. Lehrer hatten immer Recht. Ärzte hatten immer Recht. So lief das doch. Klar habe ich meinen Eltern von Adlers perversen Neigungen erzählt. Die haben mir schlichtweg nicht geglaubt, dachten, ich spinne, phantasiere was zusammen! Haben stets gesagt, dass jedwede Strafe, die wir als Schüler über uns ergehen lassen mussten, mit Sicherheit ihre Berechtigung habe, da wir uns mutmaßlich wieder schlecht aufgeführt hätten. Als Kind und Jugendlicher war man immer Schuld, immer der Depp. Da hatte man, per definitionem der Erwachsenenwelt, immer nur Flausen im Kopf, machte nur bestrafungswürdigen Unsinn!

Schließlich habe ich selbst fast geglaubt, dass das, was Adler machte, irgendwie vielleicht doch ‚normal' war. Immerhin gehörte es tatsächlich zu unserem ‚normalen' Internatsalltag. Im Hinterkopf haben wir Schüler aber alle gewusst, dass der Typ vollkommen pervers war. – Als ich meinen Rachefeldzug plante und begann, da war Meinward Adler leider schon ein paar Wochen tot. Aber, die Geschichte lehrt es, auch Tote können noch gerichtet werden! Darum habe ich das Schwein ausgraben und in jene Kirche setzen lassen, in der er getauft worden war und ihm dann, vor Gott und der Welt, post mortem seine verdammten Lutschfinger abgehackt und entsorgt!"

„Unfassbar, dass Dierschke das mitgemacht hat. Der muss doch gedacht haben, dass du ein Irrer bist, ein ganz gefährlicher dazu!"

„Thomas, ich sage es ein drittes Mal: Achte auf deine Worte! – Was Bernd Dierschke angeht, so habe ich niemals eine korruptere Person kennengelernt! Für Geld machte er alles und hielt den Mund. Davon abgesehen: Wäre Dierschke zur Polizei gelaufen, um zu gestehen, glaub mir, das wäre mir egal gewesen! Ich war sowieso der festen Überzeugung, dass meine Taten und ich als Täter über kurz oder lang ans Licht kommen würden, beziehungsweise müssten! Ich habe die Ermittlungen ja sogar noch forciert, habe Spuren gelegt, Gerüchte gestreut und mich fast zu erkennen gegeben. Einen Abend war ich sogar in deiner Stampe, der ‚Taubengasse' und hab mit dem Wirt gesprochen! Trotzdem bist du mir nicht auf die Schliche gekommen. Meine Entdeckung, meine Enttarnung, war einfach eine Frage der Zeit. Bis dahin konnte ich aber meine wichtigsten Taten noch verüben. Und dazu gehörte das möglichst grausame Auslöschen der Existenz von Thorsten Viski!"

„Hat der auch so schlimme Sachen getan, wie andere Leute an seinen Fingern lutschen lassen?"

„Thorsten Viski war Zeit seines Lebens ein fetter, sabbernder Großkotz. Das war eigentlich Grund genug, ihn vom Leben zum Tode zu befördern. Aber er hat sich noch andere Dinge zu Schulden kommen lassen. Liegt auch schon ein wenig zurück. Viski gehörte zu unseren Nachbarn in meiner Kindheit. Ich musste zwar nicht an seinen Fingern lutschen, dafür hat er mich eines Tages mit dem Besen verfolgt. Da war ich sechs Jahre alt. Oder sieben, oder acht. Weiß ich nicht mehr so genau. Mit dem Scheiß-Besen lief der hinter mir her, hoch erhoben, als wolle er gleich zuschlagen! Und er hätte es auch getan, wenn er mich erwischt hätte."

„Und warum? Warum tat Viski das? Was hast du verbrochen?"

„Was ich angestellt hatte? Nichts, wofür man einem Sechsjährigen nachstellt, um ihn zu Tode zu prügeln! Verflucht! –

Meine Kameraden und ich, wir haben gespielt und sind dabei durch seinen Garten gelaufen. Nicht einmal durch seine verdammten Blumenbeete, sondern über ganz normalen Rasen. Und Herr Viski kommt aus dem Keller gelaufen und schreit, wir sollten sofort verschwinden, sonst würde er es uns schon zeigen. Meine Kumpels kriegten kalte Füße und hauten ab, so schnell sie konnten. Ich fand nicht sofort den richtigen Weg aus dem Garten. Dann war plötzlich Viski nur noch einige Meter von mir entfernt. Brüllte wie ein Tier. Herausquellende Augen, purer Hass. Bewaffnet. Ich wär' vor Angst fast gestorben und habe mir voll in die Hosen geschissen. An diesem Tag habe ich mir geschworen, dass das, irgendwann im Leben und auf dieser Erde, ein schlimmes Nachspiel haben wird. Du machst dir keine Vorstellungen, wie wir Kinder damals gegängelt wurden. Wir durften nichts. Egal, was wir taten in unserer Straße, was wir spielten. Nach kurzer Zeit war einer der älteren Nachbarn da und verbot uns genau das. Schrie uns an, drohte uns. Es gab niemals Gnade. Jahre später habe ich mir immer wieder überlegt, wieso diese Menschen so wenig Verständnis für uns hatten. Sie waren doch selbst einmal Kinder. Hatten sie Ähnliches erlebt? Machten sie mit uns nur das, was auch ihnen widerfahren war? Warum dieser geradezu panische Reflex, alles zu verbieten, was Kindern Spaß macht? Hinterher kam ich zu der beruhigenden Analyse, dass es sich bei ihnen schlicht und ergreifend um Arschlöcher handelte. Es gibt ja so was. Menschen kommen als Arschlöcher auf die Welt, machen dann viele Jahre ihren Mitmenschen das Leben zur Hölle, um sich zu allem Übel dann auch noch viel zu spät von dieser Welt zu verabschieden. Bei Thorsten Viski, dem einzigen noch lebenden Stinkstiefel aus der Straße meiner Kindheit, habe ich dann mit Wonne nachgeholfen. So einer hätte besser daran getan, sein ganzes Leben lang den Mund zu halten und vollkommen unbeweglich irgendwo seinem wohlverdienten Tod entgegenzudämmern. Nichts sagen, nichts sehen, nichts hören. Die drei Affen in einem. So hätte er kein Unheil anrichten, keine Kinderseelen schädigen, niemanden schlagen, keine große Klappe haben können. Ich habe ihm zu diesem für alle anderen Menschen begrüßenswerten Zustand verholfen. Bin in meinen Luftschutzkeller hinein, habe ihn mit Äther in eine schwere Ohnmacht versetzt und ihm dann, nach dem Vorbild des Lateinischen Kaisers Balduin, die Beine und Arme abgehackt, die großen Wunden mit Wachs versiegelt, die Zunge mit einem Teppichmesser herausgeschnitten und mit einem Zigarettenanzünder die Netzhaut verbrannt! Die Trommelfelle ließ ich unversehrt. Er sollte hören, wer ihm das antat und warum!"

„Eine wahrhaft angemessene Strafe für jemanden, der einem mit dem Besen hinterhergerannt ist!", sagt Kuss bitter.

„Solche Menschen gehören ausgemerzt!"

„Und dass du dir trotz allem die Mühe gemacht hast, dem historischen Vorbild einigermaßen treu zu bleiben! Anerkennung!"

„Vielen Dank! – Danach habe ich den ohnmächtigen Thorsten Viski am frühen Samstagmorgen auf die Ochsenheide gefahren und ihn dort liegenlassen. War schon beängstigend, als der aus der Narkose erwachte und ohne Zunge losjammerte. Hört sich ja scheußlich an! Da hab ich mich schnell vom Acker gemacht! Sonst wäre mein weiches Herz noch berührt worden! Anschließend zurück in Viskis Wohnung, den Speicherchip für dich hinterlegen. Ich hab dir ja zahlreiche Hinweise auf den Charakter der Taten zukommen lassen, nicht wahr? Der Flyer zum Schloss Versailles, die Mail mit dem Ausschnitt aus dem Interview, das Alexander Kluge über die Schatzkammer des Schmerzes führte, die Fotokopie aus ‚Schuld und Sühne' und der Touristen-Flyer über die ‚Kartause von Padula'. Das war doch schon sehr geheimnisvoll für euch, nicht wahr? Habt euch doch gefühlt wie in

,CSI-Miami', ,Das Schweigen der Lämmer' und ,Sieben' zusammengenommen, oder? Und schließlich noch die Speicherkarte in einem Umschlag mit meiner Handschrift drauf! Den hast du übrigens noch gar nicht der Spurensicherung gegeben, sondern unterschlagen? Darf man die Gründe dafür erfahren?"

„Was die Handschrift anging, so war ich mir nicht vollkommen sicher, Hans-Georg! Aber ich kannte sie, das war klar! Hab irgendwie geahnt, dass das deine Schrift ist! Ich weiß nicht genau, was mich bewegt hat, den Umschlag heimlich einzustecken. Kann sein, dass ich mir erst endgültige Klarheit verschaffen und mit dir darüber reden wollte. Weil du ein alter Kumpel bist und mir schon oft geholfen hast. Ich dachte, bevor hier schlimmste Verdächtigungen ausgesprochen werden, sehe ich mir die Sache ganz genau an. Außerdem wollte ich nicht, dass sich dieser Depp von Andreas Schneider wieder auf unsere Kosten mit seinen halbgaren aber medienwirksamen Wahrheiten profiliert."

„Ich danke dir von ganzem Herzen! Dieser Schutz meiner Person wäre aber gar nicht nötig gewesen. Ich will mich ja sowieso stellen und zwar dir! Du sollst mich verhaften und den Ruhm einstreichen. Nicht etwa Andreas Schneider oder dein Jugendzentrum im Büro!"

„Ausgesprochen rücksichtsvoll von dir, Hans-Georg! Womit habe ich das verdient?"

„Mann, Thomas, sei ein bisschen dankbar! Ich verhelfe dir aus deinem trüben Dasein mittels eines phänomenalen Fahndungserfolgs, nämlich meiner Verhaftung, zu ungeahntem Ruhm! Apropos ,verdient': Ich habe uns beiden noch eine kleine Aufgabe vorbehalten, die wir gemeinsam bewältigen müssen! Aber danach wird alles gut! Wir haben noch etwas vor. Wir müssen los! Zieh dich bitte ganz schnell an. Es geht um Leben und Tod!"

Der Lauf der Pistole ist auf Kuss gerichtet. Der gehorcht.

Steigt langsam aus dem Bett und bleibt eine kurze Zeit auf der Bettkante sitzen.

„Was soll das denn jetzt?", fragt Hans-Georg Nagel, „mach hin, alter Junge!"

„Nur eine Sekunde, Hans-Georg! Wenn ich zu schnell aufstehe, bekomme ich immer Kreislaufprobleme. Mein Arzt hat mir gesagt, ich soll während des Aufstehens einfach einen Moment auf der Bettkante sitzen bleiben, bis sich der Kreislauf stabilisiert hat. Du kannst mir in der Zwischenzeit ja erzählen, warum du den Journalisten aus Gelsenkirchen getötet hast. Kann mich dunkel erinnern, dass du mit dem in grauer Vorzeit einen Disput hattest. Ist Jahre her!"

„Carsten Schindel? Ja, ja, der hat ebenfalls keinen schönen Tod gehabt. Auch wenn ich dessen Ableben getreu dem Vorbild des Heiligen Laurentius gestaltet habe, war Schindel keinesfalls ein Heiliger! – Du hast Recht, Thomas, mit dem hatte ich so meine Schwierigkeiten. Vor zwölf Jahren war ich verantwortlicher Hauptkommissar in Gelsenkirchen und für die Aufklärung von ein paar schwierigen Mordfällen im Ruhrgebiet zuständig. Durch einen blöden Fehler einer meiner Kommissare entwischte uns der Täter und benutzte die gewonnene Zeit dazu, gleich noch jemanden umzulegen. Dass das bundesweit Furore gemacht hat, dafür sorgte in erster Linie Carsten Schindel. Der Gelsenkirchener Polizeipräsident schickte mich vor, um Schindel, der als freier Journalist für alle möglichen großen Blätter arbeitete, in einem Interview Rede und Antwort zu stehen. Das lief, aus meiner Sicht, sehr unglücklich. Von vornherein schoss sich Schindel auf meine Person ein, gab mir die Schuld an allen Versäumnissen und damit indirekt auch die am Tod des letzten Opfers. Ich war so gut wie erledigt. Freunde verhalfen mir zu einer Versetzung und zu erneuten Aufstiegsmöglichkeiten. Carsten Schindel hingegen tönte hernach herum, dass er mich in dem Interview regelrecht ‚gegrillt' habe. Er bekam großes Lob dafür von seinen

Journalistenkollegen. Ich hab damals schon gedacht: Mein lieber Carsten, eines Tages wird es umgekehrt sein. Dann werde ich dich grillen. Aber mit Holzkohle. Das wird dann richtig weh tun!“

„Hans-Georg, du bist konsequent! Und hast ein Elefantengedächtnis! Wie hast du Schindel denn auf den Rost bekommen?“

„Dass er erst nicht so recht wollte, das ist nachvollziehbar. Er hatte einfach keine Lust, in die Fußstapfen des Heiligen Laurentius zu treten. Ich konnte ihn schließlich nur mit Gewalt davon überzeugen, dass sein vorzeitiges Ableben ein großer Dienst an der Menschheit sei. Schließlich und endlich hat, wie bei Thorsten Viski, nur die Betäubung mit Äther die Sache ermöglicht!“

„Und dann fand sich Carsten Schindel auf einem Grill in der Nähe einer Autobahnraststätte wieder?“

„Scharf kombiniert! Er wachte auf und war auf einen Rost gefesselt. Der wusste zunächst nicht, wie ihm geschah. Als er es langsam merkte, begriff er auch, wie ernst ich es meinte. Er flehte mich an, beschimpfte mich, bot mir Geld und Satisfaktion, Klarstellungen der Gelsenkirchener Sachverhalte in allen namhaften Zeitungen und Zeitschriften und alles, was sich denken lässt! Aber die Würfel waren gefallen. Ich ließ mich nicht erweichen. Ich hatte jetzt die Macht! Hab ihm dann gesagt, dass ich ihn jetzt auf andere Weise grillen würde, als er mich vor Jahren in Gelsenkirchen gegrillt hatte. Dann jaulte er, kreischte, entschuldigte sich immer wieder. Das half natürlich überhaupt nicht. Ich hab dann bei langsam aufgehender Sonne die Holzkohle angefacht. Hatte so ’nen kleinen Blasebalg dabei und ein wenig Brennspiritus. Anfangs bereitete mir das Geschrei von Schindel etwas Sorgen, wenn auch der Lärm der vorbeifahrenden Autos und LKWs im Grunde alles übertönte. Die Ohnmacht kam dann auch – leider – sehr schnell. Hab Schindel dann noch zwei oder drei Mal mit Knick-und-

Riech wieder aufwecken können. Hat aber nicht viel genutzt, ist schnell wieder bewusstlos geworden. Obwohl ich unter seinem Kopf nicht so viel Hitze angefacht hatte. Carsten Schindel war im Leben wie im Sterben ein schwacher Mensch."

„Ach, du lieber Himmel, Hans-Georg! Was hast du getan? Hast in etwas mehr als einer Woche vier Leute aufs Grausamste ermordet! Wie solls weitergehen? Soll ich dich jetzt verhaften und ins Präsidium bringen? Mann, das ist ja alles einfach nicht zu glauben!"

„Nur bevor ich mich in deine Hände begebe, muss noch eine Kleinigkeit zu ihrem Ende gebracht werden. Kannst jetzt von der Bettkante aufstehen und dich anziehen! Der Kreislauf dürfte okay sein. Schnell, schnell, mein Freund, es geht hier ums Verrecken!"

„Welches? Meins, deins oder wessen?"

„Wird sich zeigen."

31. High Noon

Kuss und Polizeipräsident Hans-Georg Nagel fahren mit dem Dienstwagen aus der Stadt hinaus. Kuss sitzt am Steuer, Nagel im Fond. Er hält die Waffe auf den Hauptkommissar gerichtet. Es geht nach Nordwesten. Nachdem die Vororte passiert sind, gibt Nagel detaillierte Anweisungen. Hier links ab, dort rechts, dann links in einen Waldweg hinein, der zum Hohlweg wird. Dann eine Lichtung, auf der eine Jagdhütte steht.

„Wir sind am Ziel", sagt Nagel, „halt vorne rechts neben der Hütte!"

Kuss tut, wie ihm geheißen. Schaut auf die Uhr. Fünf Uhr dreißig. Er stellt den Wagen ab, schaltet den Motor aus.

„Okay, Hans-Georg! Was hast du vor? Wie solls jetzt weitergehen? Willst du mir die nächste Leiche zeigen?"

„Hast mich vollkommen richtig eingeschätzt. Steig aus, wir haben noch einige Schritte zu gehen."

Kuss geht vor, Nagel folgt ihm in einigem Abstand mit der Pistole. Sie sind schließlich hinter der Jagdhütte. Eine Veranda ist hier angebaut. Daran schließt sich eine kleine Rasenfläche an, die etwas abfällt, zum Ufer eines kleinen Waldsees. Die Morgensonne glitzert auf dem Wasser. Enten quaken, Vögel zwitschern. Eine Idylle.

„Ist ja verdammt lauschig hier, Hans-Georg! Ist das deine kleine Jagdhütte, zu der du mich nie mitgenommen hast? Hast immer erzählt von ihr. Aber mitfahren durfte nur unser alter Geldadel. Bist du immer noch auf dem Trip, Hans-Georg? Kannst machen, was du willst: Dir fehlt einfach das nötige Kleingeld, um in der Welt der Schönen und Reichen mitspielen zu dürfen. Die akzeptieren dich nicht, haben das nie getan!"

„Wie Recht du hast, Thomas! Traurigerweise stellte sich diese Erkenntnis erst vor kurzer Zeit bei mir ein. Und dann habe ich gehandelt. Du weißt, wie! Geh mal runter zum See!"

Kuss gehorcht. Findet eine kleine, steinerne Treppe, die durch Buschwerk auf einen Ministrand mündet, der ganz offensichtlich künstlich angelegt worden ist. In der Mitte steht eine seltsame Konstruktion. Dort sitzt Andreas Schneider auf einem Gartenstuhl aus Metall. Ist mit Ketten daran gefesselt. Über dem Mund klebt graues Gaffer-Band. Er schaut unruhig hin und her, will rufen oder etwas sagen, aber es ist nur so etwas wie ein langgezogenes „Mmmmm" zu hören. Sein Stuhl steht auf einer Art Scheiterhaufen aus Holzkohle und Holz. Schneider gegenüber sitzt sein aggressiver Adjutant, Begleiter und Bodyguard Carlo, ebenfalls an einen Stuhl gefesselt und geknebelt. Vor ihm befindet sich ein kleiner Tisch, darauf liegen ein Teller, Messer und Gabel und ein Trinkbecher.

„Verdammt, Hans-Georg, was ist bloß mit dir los?", fragt Kuss voller Ärger, „ich hab das überhaupt nicht bemerkt, dass bei dir im Kopf die Gehirnströme nicht mehr richtig fließen!"

„Ich warne dich jetzt zum letzten Mal, Thomas! Mach dich nicht lustig! Die Sache hier ist todernst!"

„Ist ja schon gut! Aber, verdammt noch mal, was soll das denn hier werden, wenns fertig ist?"

„Nun, das ist ein kleines Arrangement, das sich an der Hinrichtung des György Dózsa orientiert."

„Wer, in drei Teufels Namen, war das denn?"

„Dózsa war ein kleiner Landadeliger aus Siebenbürgen. Wegen seines wilden und erfolgreichen Kampfes gegen die Osmanen ernannte man ihn im Jahre 1514 zum Anführer eines großen Heeres, das in einen neuen Kreuzzug gegen die Türken ziehen sollte. Gestützt durch eine päpstliche Bulle, die im Prinzip ein Freibrief zum Plündern war. Zu den freiwilligen Kämpfern gehörten viele Bauern mit gerade geschmiedeten Sensen und mit Knüppeln. Ihr schwerwiegendstes Motiv für die Bereitschaft zum Kampf war die Erbitterung über die Ausbeutung durch ihre ungarischen Herren, nicht etwa religiöser Eifer. In György Dózsa glaubten die meisten einen der ihren als Heerführer zu haben. Einen, der die Sache der Unterdrückten verteidigen würde."

„Ich höre, du hast dich auch für diesen Fall wieder umfassend schlau gemacht!"

„Das will ich meinen! – Der Kreuzzug entgleiste vollkommen. Es ging bald nicht mehr gegen die Türken, sondern gegen den ungarischen Adel! Das war der erste Bauernkrieg in Europa gewesen. Dózsas Leute haben schlimm gehaust. Dagegen waren die Vandalen Waisenknaben. Haben die Adeligen gepfählt, gekreuzigt und verbrannt. Es war eine regelrechte Revolution, die damals stattfand. Dózsa wähnte sich in einem kurzen Rausch der Allmacht. Und dann setzten schließlich die Söldner des Adels dem Treiben ein jähes Ende. Nach der großen Schlacht bei Timisoara wurde Dózsa, zusammen mit sechs seiner Unterführer, gefangen genommen. Damit war ihr Schicksal besiegelt."

„Sehr interessant! Und was hat das jetzt mit dieser Szenerie zu tun?", fragt Kuss ungeduldig.

„Unserem gemeinsamen Freund Andreas Schneider möchte ich denselben Tod gönnen wie dem Bauernführer Dózsa. Der wurde nämlich auf einen glühenden Stuhl aus Eisen gesetzt, bekam eine glühende Eisenkrone aufs Haupt und ein glühendes Zepter in die Hand. Anschließend zwang man seine Unterführer, vom schmorenden Fleisch Dózsas zu essen."

„Es ist nicht zu fassen! Das kann doch nicht dein Ernst sein!" Kuss ist verzweifelt. Er weiß: Nach Lage der Dinge wird Nagel seine Absicht verwirklichen.

„Es ist mein vollster Ernst! Schneider muss bestraft werden. Er hat diesen Größenwahn von György Dózsa. Diese Überzeugung, es besser zu wissen und zu können als all die dummen Provinzbullen!"

„Meinetwegen! Da hast du in dieser Hinsicht ansatzweise Recht. Aber das sind doch keine Gründe, ihn zu töten! Und was ist mit Carlo? Soll der etwa vom schmorenden Fleisch Schneiders essen?"

„Ja, ich denke, ich werde ihn dazu bewegen können. Ich habe mir schon einige Argumente zurechtgelegt, die ihn überzeugen werden, einmal Menschenfleisch zu kosten."

Kuss weiß nicht mehr, was er sagen soll. Er überlegt angestrengt und fieberhaft, wie er aus der Situation herauskommt. Wie er Schneider und Carlo retten kann.

„Und was soll ich jetzt hier, Hans-Georg? Soll ich mir das Ganze wie ein Zaungast ansehen?"

„So habe ich das geplant. Ich bringe diese Sache hier zu Ende. Wenn alles vorbei ist, darfst du mich verhaften und als geständigen Mörder der Öffentlichkeit präsentieren."

„Du weißt, dass das nicht geht! Ich kann hier nicht in aller Seelenruhe zuschauen, wie du mordest und dich erst dann verhaften! Da bin ich wegen unterlassener Hilfeleistung dran!"

„Ach was! Ich bedrohe dich mit der Waffe. Da kannst du sowieso nichts machen. Vor Gericht hat das Bestand! Und – Hand aufs Herz: Haben Schneider und sein Kompagnon diese Behandlung nicht wirklich verdient?"

Andreas Schneider und Carlo schauen entsetzt zu Hans-Georg Nagel hinüber.

„Hans-Georg, bitte! Wie viel arrogante Menschen gibt es allein in unserer Stadt? Die meisten wahrscheinlich noch viel schlimmer als die beiden hier! Wenn es nach dir ginge, müsste vor diesem Hintergrund das größte und schrecklichste Strafgericht einsetzen, um alle diese Leute ins Jenseits zu befördern! Was für ein Unsinn! – So, Hans-Georg, Schluss mit dem ganzen Quatsch! Gib mir jetzt deine Pistole, und ich ruf dann die Kollegen an!"

„Tja, da bist du ja jetzt in einem klassischen Dilemma, mein Lieber! Ich geb dir die Knarre nämlich nicht! – Würdest du mich angreifen, um Schneider und Carlo zu retten, obwohl ich die Walther auf dich gerichtet halte?"

„Nur, wenn ich selbst eine Pistole hätte!"

„Hast du denn eine?"

„Ja!"

„W… wie b-b-bitte?"

„Na, ja, Hans-Georg: So viele Jahre Polizeiarbeit gehen nicht ohne Knacks an einem vorbei. Schau dich doch an! Was mich angeht, so habe ich in den letzten Jahren ein übertriebenes Sicherheitsbedürfnis entwickelt. Darum trage ich, neben meiner Dienstwaffe, seit einiger Zeit immer eine kleine Walther PPK in meiner Jackentasche. Ist ein Original aus dem Jahre 1932, von meinem Großvater geerbt. Weißt ja, wir sind eine alte Polizei-Dynastie. Und die ist jetzt genau auf dich gerichtet. Um dich außer Gefecht zu setzen, würde ich sogar ein Loch in meiner nicht ganz billigen Sommerjacke riskieren."

„Thomas, du bluffst doch!"

„Hans-Georg, reden wir mal Klartext! Wollen wir beide uns jetzt tatsächlich wegen Andreas Schneider und Carlo gegenseitig rote Löcher in den Bauch schießen? Wäre dir das so wichtig?"

„Wenn ich Schneider verschone, wird der ganz schnell sein nächstes Buch schreiben. Das wird heißen ‚Wie ich dem Serienkiller von Bielefeld entkam' oder so ähnlich. Da macht der noch richtig Kohle. Und zwar auf meine Kosten!"

„Die Gefahr besteht natürlich! Hättest du bedenken können, als du dir deine Opfer ausgesucht hast! Ist deine eigene Schuld!"

Hans-Georg Nagel gönnt sich eine lange Denkpause. Im Waldsee plätschert etwas. Eine Ente quakt lauthals. Ein Fischreiher startet seinen Flug. Die Vögel zwitschern. Ein Kuckuck ruft.

„Okay, okay, ich sehs ein! – Pass auf, Thomas, ich geb' dir jetzt meine Waffe. Dann kannst du mich verhaften!"

„Sehr gut, Hans-Georg! Ist das Vernünftigste!"

Hans-Georg Nagel reißt blitzschnell seine Waffe hoch und schießt zweimal.

Etwas ist plötzlich aus der Ordnung geraten, der Lauf der Dinge hat eine Unterbrechung erfahren. Kuss fühlt keinen Schmerz. Aber er weiß, dass er getroffen ist. Ein Geschoss hat sich irgendwo in seinen Leib gebohrt. Ihm ist auf einmal alles egal. Er hört Nagels Stimme, weit weg. Das Bewusstsein trübt sich. Als er erwacht, sieht er über sich einen bedächtig wirkenden, kräftigen Mann mit weißer Kleidung, darüber eine rote Jacke. Dann nichts mehr.

32. Schluss, Ende, Aus

Thomas Kuss kommt im Krankenhaus zu sich. Ein Arzt sagt ihm, dass der Chef dreieinhalb Stunden an ihm herumoperiert habe, um das Geschoss aus seiner Schulter zu holen. Große Blutgefäße seien perforiert worden. Wäre nicht unmittelbar nach der Verletzung Erste Hilfe geleistet worden, dann läge Thomas Kuss jetzt nicht hier, sondern einige Etagen tiefer, im Kühlkeller. Kuss glaubt, dass sein vernebeltes Hirn diesen Bericht des jungen Mediziners nur traumt, so unwirklich erscheint ihm dessen vorwurfsvoller Tonfall. Dann schläft Kuss weiter. Irgendwann stehen Kirchner, De Zosa und Prieß an seinem Bett, grinsen und stellen dümmliche Fragen nach seinem Wohlbefinden. Haben ihm sogar etwas mitgebracht. Darf nicht wahr sein! Orangen, Hohes-C-Orangensaft und einen kleinen bunten Blumenstrauß.

„Wo ist Nagel?“, fragt Kuss und bemerkt, dass er ein Sperrmüllsofa im Mund hat.

„Wie bitte?“, fragt Kirchner.

Kuss zeigt auf die Flasche, lässt sich einen Schluck Hohes C in ein Glas füllen, trinkt etwas, wobei er sich aufsetzen muss und dabei höllische Schmerzen leidet. Danach ist seine Sprache verständlicher.

„Polizeipräsident Nagel ist verschwunden, Herr Kuss! Ist zur Fahndung ausgeschrieben! Aber nirgendwo zu finden. Wie vom Erdboden verschluckt!“

„Ich hab dir schon tausendmal gesagt, dass du mich duzen sollst!“, schimpft Kuss schwach.

„Ja, ja, immer cool bleiben, was? Auch mit einer Schussverletzung?“, spottet Kirchner, „Pass auf, Thomas! Hans-Georg Nagel hat dich angeschossen, danach Erste Hilfe geleistet, den Notarzt geholt, der uns dann wiederum Bescheid gegeben hat. War übrigens höchste Eisenbahn! Wärst beinahe abgekratzt!“

„Was ist mit Andreas Schneider und Carlo?", fragt Kuss leise und unter Schmerzen. Ihm fällt auf, dass er das Duzen durch Kirchner und seinen plötzlich sehr lockeren Tonfall doch nicht so gut findet.

„Leben beide, sind wohlauf! Ob sie guter Dinge sind, weiß ich nicht. Haben beide einen ziemlichen Schock."

Gegen Abend, es dämmert bereits, schleicht sich Manu ins Krankenzimmer. Sie ist wieder ganz in Schwarz gekleidet. Und seit der letzten Begegnung nicht größer geworden.

„Mann, Thomas, du machst ja Sachen!", sagt sie, weil ihr nichts Gescheiteres einfällt.

„Hinsichtlich des erlebten Nervenkitzels hat sich der Einsatz voll gelohnt!", meint Kuss. Er freut sich über den Besuch. Auch wenn Manu soviel jünger ist als er, und die Sache im Grunde keine Erfolgsaussichten hat. ‚Welche Sache?', fragt er sich selbst. ‚Bilde dir mal nichts ein!'

Manu hat einen Blumenstrauß und eine Flasche Hohes C mitgebracht, die sie neben die anderen Dinge auf den Nachttisch packt.

„Woher wusstest du, dass ich auf Hohes C stehe?", fragt er.

„Habs mir irgendwie gedacht", antwortet Manu, „habe ja auch richtig gelegen!"

„Stimmt! Hohes C ist wirklich das geilste Getränk, das ich mir vorstellen kann! Magst du auch Hohes C?

„Verdammt, ich hasse das Zeug!"

Um 23 Uhr, Manu ist längst gegangen, klingelt das Telefon auf Kuss' Nachttisch. Er wendet sich hin und her, muss richtig arbeiten, um den Hörer abnehmen zu können. Irgendwie schafft er es und meldet sich.

„Thomas? Wie gehts, mein Bester?"

Es ist die Stimme von Hans-Georg Nagel.

„Hallo Hans-Georg! Es geht so. Habe Schmerzen. Kein feiner Zug von dir, mich beinahe abzuknallen!"

„Tut mir wirklich leid! War nicht beabsichtigt! Na, zuerst eigentlich doch! Ich hatte mächtige Angst, dass du tatsächlich noch irgendeinen Ballermann hervorziehst."

„Erst auf mich schießen und dann erste Hilfe leisten! Du weißt wohl nicht so genau, was du willst?", presst er hervor.

„Nachdem ich dich getroffen hatte, tat es mir sofort leid. Habe dann deine Blut sprudelnde Arterie im Bereich der Schulter so gut es eben ging abgebunden. Und per Handy den Rettungswagen gerufen. Ich wusste, dass es bei dir um Leben und Tod ging. Du musstest sofort in ein Krankenhaus! Aus einiger Entfernung, in einem Gebüsch versteckt, beobachtete ich dann noch, wie der Notarzt eintraf und dich versorgt hat. Anschließend bin ich getürmt, ohne meine Arbeit an Schneider und Carlo zu Ende führen zu können."

„Ich wunderte mich schon, wieso die beiden noch leben! Wo bist du, Hans-Georg?"

„Thomas, was soll das? Wie lange sind wir beide schon bei der Polente? Meinst du etwa, ich verrate dir meinen Aufenthaltsort?"

„'tschuldigung! Bin noch nicht wieder richtig fit. Sonst hätte ich es raffinierter angefangen."

„Ich kann nicht so lang sprechen, mein lieber Thomas! Wer weiß, ob die Kollegen nicht irgendeine raffinierte Schaltung eingebaut haben und nun schon auf halbem Wege zu mir sind!"

„Meines Wissens ist nichts geschaltet", sagt Kuss. „Wie gehts jetzt weiter, Hans-Georg? Ein Leben lang auf der Flucht?"

„Aber nein, Thomas!", antwortet Nagel. „Die unerwartete Wendung der Ereignisse hat weitere Pläne in mir reifen lassen. So habe ich mir fest vorgenommen, Andreas Schneider und seinen Adlatus Carlo noch einmal zu besuchen. Und danach – wer weiß?"

„Bei unserem letzten Treffen hat sichs noch so angehört, als wolltest du dich stellen. Von mir verhaften lassen."

„Die Konstellation war grundsätzlich anders. Der schöne Morgen nahm einen ganz anderen als den geplanten Verlauf. Und vergiss meine Bedingung nicht: Verhaftung nur, wenn ich Schneider und Carlo erledigt habe. Aber, das genügt mir jetzt nicht mehr. Ich hänge noch ein paar Fälle dran. Ich habe festgestellt, dass mir das einfach Spaß macht! Ich werde dir im Vorfeld meiner nächsten ruhmreichen Taten oder auch danach, je nach meinem temporären Gusto, wieder kleine Rätsel zukommen lassen, an denen du dann herumknobeln kannst."

„Werden das wieder historische Morde sein? Taten nach historischen Vorbildern?"

„Könnte ich mir durchaus vorstellen! – So, Thomas, die Zeit ist um! Wünsche dir gute Besserung, viel kriminalistischen Spürsinn und, falls wir uns nicht in dieser Welt sehen sollten …"

„… dann sehen wir uns in Bielefeld!", ergänzt Kuss.

Hans-Georg Nagel legt den Hörer des Hausapparates auf. Damit ihn niemand hier im Foyer des Klinikums Mitte erkennt, in dem Thomas Kuss mit seiner Schussverletzung liegt, hat er sich eine unmodische Brille mit dicken Gläsern aufgesetzt und eine Perücke. Jetzt geht er langsam hinaus, wirft einen großen, braunen Umschlag in den Briefkasten, winkt ein Taxi herbei und lässt sich davonfahren.

Am nächsten Morgen um elf Uhr übergibt eine Schwester Thomas Kuss den Umschlag. Er hält ihn in Händen, ahnt Schlimmes, weiß, dass er von Nagel stammt. Es fühlt sich so an, als sei ein Buch darin. Kuss reißt den Umschlag auf. Tatsächlich, – ein Buch, ein großes Sachbuch, nein, eher ein Bilderbuch. Auf dem Cover ist ein Totenschädel abgebildet. Darunter gekreuzte Knochen. Der Totenkopf hat eine Augenklappe über seiner linken Augenhöhle. In der anderen steckt ein großer roter Diamant aus Plastik. Der Titel lautet: „Das große Piratenbuch". Ist was für Kinder. Dinosaurier und Piraten sind ja seit ewigen Zeiten bei Kindern schwer in Mode. Thomas Kuss blättert etwas hin und her. Interessant, schön, mit Liebe und Sachkenntnis gemacht. Dann bemerkt er den Post-it-Aufkleber, der eine bestimmte Seite markiert. Er schlägt sie auf. Da ist von Käpt'n Edward Teach, genannt ‚Blackbeard', die Rede. Seine schlimmen Taten werden aufgezählt und bebildert, sofern historische Illustrationen vorhanden waren. Eines der Bilder zeigt eine alte Radierung oder einen Stich. Blackbeard steht im Vordergrund, hat irgendetwas in der Hand, das er einem gefesselten Mann abgenommen hat und drückt es einem anderen in oder an den Mund. Die Bildunterschrift gibt Auskunft, was dargestellt ist: ‚15. März 1716 auf einer der Jamaika vorgelagerten Inseln. Blackbeard reißt einem lebenden Gefangenen das Herz aus dem Leib und stößt es einem anderen zwischen die Zähne'. Unter diesen Text hat Hans-Georg Nagel einen weiteren Aufkleber mit einer handschriftlichen Anmerkung gesetzt. Darauf steht: ‚Die Historie hält so viele wunderbare Dinge für uns bereit. Als ich von diesem Ereignis las, habe ich meine Pläne für die Bestrafung von Andreas Schneider und Carlo sofort entsprechend geändert! Was hältst Du davon?'

Thomas Kuss lässt sich stöhnend in die Kissen zurückfallen. Es ist nicht zu fassen! Hans-Georg Nagel ist ein wirklich hartnäckiger Fall! Kuss ruft Kirchner an und erzählt von der neuen Sachlage. Und gibt ihm den Auftrag, auch Schneider und seinen Begleiter zu warnen.

„Tja, das ist ja nun so eine Sache!", sagt Kirchner. „Die beiden haben sich, mit schönen Grüßen und Genesungswünschen an dich, vorgestern zu einem Kurzurlaub in die Südsee aufgemacht. Es heißt, beide seien von den Ereignissen so mitgenommen und gestresst, dass ihnen etwas Freizeit auf Jamaika guttun würde. Nun könnte man fast glauben, dass sie dort schon erwartet werden!"

„Diese Möglichkeit besteht allerdings", antwortet Kuss. „Versuch bitte, mit Interpol Kontakt aufzunehmen und die Dinge dort zu erklären. Und warne bitte Schneider und Carlo, wenns irgendwie geht. Die werden doch sicherlich Rufnummern hinterlegt haben, oder?"

„Haben sie!", sagt Kirchner, „werde mein Möglichstes tun."

Am nächsten Tag ruft Kirchner an. Er kann die beiden Urlauber nicht erreichen. Auch am übernächsten Tag gelingt es ihm nicht. Einen weiteren Tag darauf meldet er sich gegen 14 Uhr noch einmal.

„Was gibts, Olli?", fragt Kuss gut gelaunt, da ihm der Arzt die baldige Entlassung aus dem Krankenhaus in Aussicht gestellt hat.

„Auf einer Insel der Pedro Cays, die zu Jamaika gehören, hat es gestern einen hässlichen Zwischenfall gegeben. Zwei Urlauber seien schwer misshandelt und getötet worden. Einem habe man das Herz herausgerissen und dem anderen …"

„… zwischen die Zähne gestoßen! Ja, ja, Kirchner, ich weiß! – Ich glaube, wir müssen demnächst mal eine weite und lange Dienstreise machen, um Hans-Georg Nagel von weiteren Taten abzuhalten! Erkundige dich doch bitte schon einmal, ob dafür der politische Wille und die Kohle vorhanden sind!"

„Wird gemacht, Thomas!"

Irgendwie passt Kuss diese Vertraulichkeit nicht. Das Duzen und die Anrede mit seinem Vornamen. Das muss sich wieder ändern.

Die Handlung ist frei erfunden. Jede Ähnlichkeit mit lebenden oder verstorbenen Personen ist rein zufällig.

Pendragon Verlag
gegründet 1981
www.pendragon.de

Gedruckt auf holz- und säurefreiem Naturpapier

2. Auflage 2010

Originalausgabe
Veröffentlicht im Pendragon Verlag
Günther Butkus, Bielefeld 2010

Lektorat: Eike Birck, Alexandra Kalinowski
Umschlag: Michael Baltus
Druck: AALEXX Buchproduktion, Großburgwedel
ISBN 978-3-86532-191-6
Printed in Germany

Am Abgrund

von Jürgen Siegmann

Kommissar Lippes erster Fall

Ein Bielefeld Krimi

296 Seiten, Paperback, Euro 9,90

ISBN 978-3-86532-087-2

Die Menschen genießen den Sommer in der Stadt. Alles scheint gut, doch die Polizei sucht zwei 16-jährige Schülerinnen, die kurz nacheinander verschwunden sind. Eine davon ist die Tochter des Bielefelder Kommissars Florian Lippe. Sind die beiden durchgebrannt oder wurden sie entführt?

Die Polizei ermittelt unter Hochdruck, aber ohne vorzeigbare Ergebnisse. Daraufhin formiert sich eine Bürgerwehr. Ihr erstes Opfer: Ein Mann, der gerade eine Haftstrafe wegen Vergewaltigung verbüßt hat. Eines Morgens findet man ihn, auf einem der belebtesten Plätze der Stadt, nackt an einen Pfeiler gebunden.

Als eines der verschwundenen Mädchen ermordet aufgefunden wird, spitzt sich die Lage dramatisch zu. Kommissar Lippe will den Entführer auf eigene Faust zur Strecke bringen. Um jeden Preis.

P E N D R A G O N - Verlag